書下ろし

信長の軍師外伝

天狼 明智光秀（上）

岩室 忍

祥伝社文庫

上巻目次

一　武儀川《むぎがわ》の祈り

美濃葛原《みのくずはら》、尾並坂峠《おなみざかとうげ》を源《みなもと》にして、六里（約二四キロ）を下《くだ》って長良川《ながらがわ》に入る武儀川《むぎがわ》の中流、美山《みやま》の辺《あた》りに猪《いのしし》の背のような一塊《ひとかたまり》の岩がある。

その岩の上に立って孕《はら》み女が合掌《がっしょう》して祈っていた。

東の山の稜線《りょうせん》が白《しら》んで、間もなく夜が明けそうになっていた。暑い夏の盛《さか》りが過ぎ、武儀川の河畔《かはん》には芒《すすき》が穂《ほ》を伸ばし秋が忍び寄っている。

女の立つ岩の傍《そば》に松明《たいまつ》を持った老人が、女の守護神多聞天《たもんてん》のように屹然《きつぜん》と立っていた。

「武儀川の神さま、安産でありますように、土岐家《ときけ》のため元気な和子《わこ》をお授《さず》けください。願わくば、天下に名を残す武将をお授けください……」

祈っている女の名はお袋多《ふた》という。十八歳の初産《ういざん》だ。

中洞村《なかほらむら》の豪族、中洞源左衛門《げんざえもん》の娘で、鷹《たか》狩りに来た明智長山城主《あけちながやまじょうしゅ》、土岐四郎《しろう》元頼《もとより》に見初《みそ》められ、ほどなくして元頼の子を身ごもった。もう臨月《りんげつ》になる。

老人の松明の灯《ひ》が、武儀川の水にキラキラと煌《きら》めいて流れて行く。武儀川は川幅六間《けん》（約一〇・八メートル）ほどの清流だが、夜の暗《やみ》の中で黒く水音だけが響いた。

「爺《じい》、手を貸しておくれ……」

「はい、足元に気をつけられて……」

合掌を解《と》いたお袋多が老人の手を取って、浅い水の中を半間ほど歩いて河原《かわら》に立った。

お袋多の足袋《たび》と草履《ぞうり》が濡《ぬ》れた。

二人の侍女がお袋多の足元にうずくまって、濡れた足袋と草履を履《は》き替《か》えさせる。

「姫さま、川沿《かわぞ》いを騎馬《きば》がまいりますが？」

お袋多が顔を上げて川下《かわしも》を見た。まだ辺りは暗く、影絵《かげえ》のような騎馬がゆっくり近づいてくる。

「誰でしょう？」

「後ろから二騎が追ってきます。殿さまではありませんか？」

「殿さま……」

お袋多の顔が松明の灯に輝いた。もし、元頼なら一カ月ぶりになる。臨月になってお袋多は元頼が恋しくてたまらなかった。臨月に入ったことは、明智長山城に書状で知らせてある。

「きっと、殿さまが駆け付けて下さったのです」

「だと良いのですが……」

老人が松明を差し上げて左右に振った。

槍《やり》を持った兵が二人、道端《みちばた》に立って警戒する。山の稜線がずいぶん明るくなって、もう誰の顔もうっすらと分かる。

駆けて来た騎馬は三間（約五・四メートル）ほど手前で止まると元頼が飛び降りた。

「殿さま……」

お袋多が嬉しさのあまり泣きそうな顔で元頼に頭を下げた。

「お袋多ッ、達者《たっしゃ》かッ？」

「はいッ！」

「ずいぶん大きくなったな！」

「はい、臨月でございますから……」

「うむ、書状は読んだぞ！」

老人と侍女二人、槍を立てた兵二人が頭を下げている。三十七歳の元頼は美濃守護《しゅご》の土岐成頼《しげより》の五男で、長男頼継《よりつぐ》と不仲で家督を争って戦い、敗《やぶ》れて明智長山城に入って長山四郎《ながやましろう》と名乗っている。美濃守護は既に頼継の子、頼芸《よりのり》になっている。

その頼芸は兄の頼武《よりたけ》と戦い越前《えちぜん》に追いやって美濃守護になった。

応仁《おうにん》の大乱《たいらん》以来、家督相続で一族同士が戦う大名がほとんどだった。そのため、一族が分裂《ぶんれつ》して衰退《すいたい》したり家が滅ぶことも多い。

そもそも応仁の大乱を引き起こしたのは、名門といわれる武家の家督相続の争いなのだ。それが足利《あしかが》将軍家や三管領《さんかんれい》の斯波《しば》、細川《ほそかわ》、畠山家《はたけやまけ》にも飛び火、四職《ししき》の赤松《あかまつ》、一色《いっしき》、京極《きょうごく》、山名家《やまなけ》を巻き込み、五職の土岐家、六職の今川《いまがわ》家など全国の大名家に広がって誰も収拾《しゅうしゅう》できない大乱に発展した。

斯波家のように奥州《おうしゅう》、越前、遠江《とおとうみ》、尾張《おわり》の守護で三百万石の大《だい》大名でも一族が争い、あっという間に衰退して滅んだ一族もある。

細川家のように大乱の真ん中にいながら、宗家《そうけ》は滅んでも傍流《ぼうりゅう》がうまく生き残って、讃岐《さぬき》、阿波《あわ》、和泉《いずみ》、奥州、備中《びっちゅう》、遠江、肥後《ひご》など全国に一門を広げ、繁栄した一族もいたが多くは家督争いで力を失い衰退した。

土岐家もそんな危機にあった。

「五兵衛《ごへえ》、傅役《もりやく》いつも大儀《たいぎ》だな！」

「はッ、姫さまがお元気で安心しております」

「うむ、みな、面《おもて》を上げろ、お袋多の警護、大儀である！」

元頼が四人に声をかけた。そこに元頼を追ってきた二騎が到着、夜明けが川面《かわも》に下りて来て水音が清々《すがすが》しい。

秋の夜明けは少し寒いくらいだ。

「お袋多、馬に乗れ……」

「まあ……」

「余が手綱《たづな》を引いてやる」

「そのような、勿体《もったい》ないことは……」

「いいから乗れ、ゆっくり行けば大丈夫だ……」

元頼と五兵衛が二人でお袋多を馬の鞍《くら》に押し上げる。手綱を元頼と五兵衛の二人が両側から取ってゆっくり歩きだした。

あたりはすっかり明るくなっている。お袋多が鞍をしっかり摑《つか》んで、馬の背から落ちないようにしている。

一行《いっこう》は武儀川沿いの道を下流に歩いて、中洞村に入って行くと早起きの村人が、路傍《ろぼう》に立って元頼とお袋多に頭を下げた。

その元頼の来訪を告げた者がいて、中洞家の門前に源左衛門以下、十人ほどの家臣が出て迎えている。源左衛門の屋敷は大きく中洞《なかほら》城とも呼ばれている。家臣や使用人を二百人以上抱える豪族なのだ。中洞村を中心に数カ村を治めている。

元頼が門前に馬を止めた。

「殿さま、ようこそ、お出《い》で下さいました……」

源左衛門が元頼に頭を下げる。

「源左衛門、元気なようだな？」

「お蔭《かげ》さまにて、病《やまい》知らずにございます」

「うむ、今日はお袋多を見舞いに来た！」

「有り難く存じまする。どうぞ、中へ……」

馬からお袋多を降ろして、源左衛門が元頼を屋敷に招き入れ、すぐ、朝餉《あさげ》が支度《したく》され広間に運ばれてきた。

お袋多は元頼が数日傍《そば》にいてくれるものと思ったが、昼過ぎには家臣二人と城に戻って行った。

元頼がお袋多を見舞った二日後、お袋多が眼を覚《さ》まし、いつものように武儀川に行こうと支度を始めると、にわかに陣痛《じんつう》が始まって中洞屋敷が大騒ぎになった。

「竹庵《ちくあん》を連れて来いッ、産婆《さんば》も呼んで来いッ！」

飛び起きた源左衛門がこの周辺の村で、ただ一人の医師と産婆を呼んで来いと大声で家来《けらい》に命じた。

「あのものぐさ医者が四の五の言ったら叩《たた》き斬《き》ると脅《おど》せッ！」

「畏《かしこ》まって候《そうろう》ッ！」

若い男が屋敷を飛び出して竹庵の家に駆けた。

屋敷に女たちが集まって、大急ぎでお産の支度が始まる。

源左衛門と五兵衛は何をしていいのか分からずオロオロするだけだ。

「そうだッ、五兵衛ッ、白山《はくさん》神社から産湯《うぶゆ》に使うご神水《じんずい》を運んで来いッ！」

「おう、そうだッ、水だッ、水だッ、蔵から樽《たる》を出せッ、いや、桶《おけ》だッ、桶を出せッ！」

五兵衛が若い者を二十人ばかり連れて蔵に行くと、荷車《にぐるま》に大きな桶を五つ載せて、ガラガラと白山神社に駆けて行った。その後をもう一台の荷車が、同じように桶を積んで追って行った。

屋敷では源左衛門の後添《のちぞ》えが女たちの指揮《しき》を取っている。若いがなかなかしっかりした女で気丈に振る舞っている。そこに産婆が駆け込んできた。

「お館《やかた》……」

「お婆《ばば》ッ、頼むぞッ！」

「へい……」

「奥だッ！」

産婆は源左衛門に頭を下げると、勝手知ったるわが家のように、案内もなく奥へ小走りに急いだ。廊下を行ったり来たり源左衛門は落ち着かない。

その頃、医師を呼びに行った若い家来が竹庵と喧嘩《けんか》していた。


「姫さまが苦しがっているッ。早く来てくれッ！」

「陣痛だな……」

「早くしろッ、子どもが生まれてしまうぞッ！」

「陣痛が始まったばかりだ。まだ半日は生まれねぇ……」

真夜中に叩き起こされて竹庵は不機嫌《ふきげん》だ。

「いいから、早くしろッ！」

「大丈夫だ。まだすぐには生まれないよ……」

「馬鹿野郎《ばかやろう》ッ、お館さまが連れて来いと言ってるんだッ。グズグズ言うと叩き斬るぞッ！」

「おうッ、斬れるものなら斬ってみろぃッ！」

「何ッ！」

「斬ってみろよッ！」

機嫌の悪い竹庵が怒って開き直った。

「てめぇッ、この野郎ッ！」

若い男が興奮して太刀《たち》の柄《つか》を握った。二人が睨《にら》み合っている竹庵の家の前を、桶を積んだ荷車がガラガラと駆け抜ける。若い男が外に飛び出した。そこに五兵衛が通りかかった。

「どうしたッ。竹庵はまだか？」

「それが……」

「どけッ！」

五兵衛が竹庵の家に飛び込んだ。

「竹庵ッ、もう、生まれそうだぞッ。急げッ、白山神社から水を汲《く》んでくるッ。

早くしろッ！」

「へいッ……」

五兵衛が竹庵に命じて外に飛び出すと荷車を追って行った。白山神社までは武儀川を越えて半里ほど南に走って行く。五兵衛は偏屈《へんくつ》なものぐさ竹庵に、若い家臣が手古摺《てこず》っているのを直感したのだ。

「五兵衛殿が産湯を汲んでくるか、おいッ、モタモタするなッ。この薬籠《やくろう》を持ってこいッ！」

逆に竹庵がボーと立っている若い男を叱《しか》った。不満顔で若い男は竹庵を睨んだが、薬籠《やくろう》を持つと竹庵を追って走った。

中洞屋敷には人の出入りが激しくなっている。気の早いものは正装して、源左衛門に挨拶《あいさつ》しようという構えで走ってくる。

「お館ッ……」

「おうッ、竹庵、いいところに来たッ。間もなく生まれるそうだ。奥だ。早く行けッ！」

「ゲッ、もう生まれると……」

薬籠を持つと大慌てで奥の産所《さんじょ》に急いだ。源左衛門は相変わらず落ち着かない。大広間に家臣や客が集まり始めているが、廊下に立ったままで源左衛門は出て行かない。産所に通じる廊下《ろうか》を相変《あいか》わらずウロウロしている。

半刻《はんとき》（約一時間）ほどが過ぎた。

「もう生まれる頃だが……」

その時、白山神社でご神水を汲んだ五兵衛一行が、ガラガラと中洞屋敷に駆け込んできた。

「ご神水を台所に運べッ！」

「桶を降ろせッ、ご神水をこぼすなッ！」

「モタモタするなッ！」

桶が慎重に次々と降ろされ、台所に運ばれると下女《げじょ》たちの手で、支度されている大釜《おおがま》に注《そそ》がれ産湯が沸《わ》かされた。

産所からはお袋多のうめき声が聞こえてくる。

「お袋多……」

源左衛門はお袋多のうめき声を聞くたびに気が気でなく鳥肌《とりはだ》が立つ。初産では難産《なんざん》でお産に失敗した母親が死ぬことがある。

だが、四半刻《しはんとき》（約三〇分）もせずに産所から元気のいい「ギャーッ！」という泣き声が、屋敷の空気を振るわせて響いた。

「生まれたぞッ！」

源左衛門が崩れるように廊下に座り込んだ。その前を女たちがゾロゾロ台所に走る。

「どっちだ？」

走ってくる女に源左衛門が聞いた。

「男でございます！」

忙しい女がそう言って台所に走って行った。

大永《だいえい》八年（一五二八）八月十五日早朝、美濃中洞村中洞源左衛門の屋敷で男子が誕生した。

「男、男だ……」

女たちが盥《たらい》に産湯を入れて次々と産所に戻って行く。源左衛門が疲れた顔でフラッと立ち上がると産所から竹庵が出てきた。源左衛門がようやく庭が白く、夜が明けているのに気付いた。

「男だそうだな？」

「はい、間違いなく男子にございます」

「よし！」

源左衛門が竹庵と大広間に出て行った。

「男だッ！」


「おおうッ！」

歓声《かんせい》が沸き起こった。

「五兵衛ッ、城の殿さまに知らせを出せッ！」

「承知しましたッ！」

男子誕生と聞いて集まった面々《めんめん》の顔が、喜びで晴れ晴れとしている。源左衛門は祝いの酒を面々に振舞《ふるま》うと、半刻余りで祝《いわ》い酒に酔っぱらった客が出る始末だ。

昼頃には明智長山城に早馬《はやうま》が飛び込んだ。中洞家の使いは八里半（約三四キロ）の道を駆け抜け、フラフラで元頼の前に通された。

「生まれたのかッ？」

「はッ、今朝早く、男子にございますッ！」

「うむッ、でかしたぞッ。今日は行けぬが、二、三日のうちには行くと源左衛門とお袋多に伝えろ！」

「はッ、お伝えいたしまする！」

使いが戻ると元頼は生まれた子の名前を考えた。元頼が三十七歳で初めて儲《もう》けた男子だ。だが、正室の子ではない。

「殿、中洞村の源左衛門の使いのようでしたが、お生まれになられましたか？」

元頼の部屋に明智光綱《みつつな》が入ってきた。

「うむ、男だ……」

「それは、おめでとう存じまする！」

光綱は三十二歳で元頼の腹心《ふくしん》だ。二人は何でも腹を割って話ができた。互いに信頼し合っている主従で、光綱は井ノ口《いのくち》まで行って戻ってきたばかりだ。

「頼芸はどうであった？」

「西村《にしむら》殿がなかなかの策士《さくし》にて、いずれ、頼武さまは再び追放されましょう」

「そうか、形勢は頼芸が有利なのだな？」

「御意《ぎょい》、一つ、気になる噂《うわさ》を聞いてまいりました」

「ほう、どんな話だ？」

「殿は頼芸さまが愛妾《あいしょう》の深芳野《みよしの》を、西村殿に下げ渡されたことをご存じでしょうか？」

「うむ、確か、西村の密通だったな？」

「はい、その密通相手の深芳野が、昨年六月に男子を産んだのですが、その男子は西村殿の胤《たね》ではなく頼芸さまの胤だということにございます」

「何《な》んだと……」

元頼が渋《しぶ》い顔で光綱をにらんだ。

「深芳野は西美濃の実力者稲葉良通《いなばよしみち》の姉ですから、いずれ頼芸さまの家督相続の火種になるかも知れません」

「厄介《やっかい》なことになるというのか？」

「そのような気がいたしまする」

この頃、美濃守護の土岐家は、兄頼武と弟頼芸の家督相続で大荒れになっていた。

元頼と兄の政房《まさふさ》こと頼継が争って元頼が負け、今はその頼継の子の頼武と頼芸の兄弟が争っているのだ。元頼は弟の頼芸に味方していた。そこに深芳野の産んだ子が絡《から》んでくることになりそうだ。

光綱の言う西村殿とは西村勘九郎正利《かんくろうまさとし》のことで後の斎藤道三《さいとうどうさん》、深芳野の産んだ豊太丸《とよたまる》は後に父親の斎藤道三を殺す斎藤義龍《さいとうよしたつ》である。

光綱がその道三と深芳野の密通を気にしているのは、道三の正室に妹の小見《おみ》の方を嫁がせているからなのだ。

西村勘九郎こと道三が力をつけてくると、光綱は先々のことを考え父光継《みつつぐ》と相談して、幼い妹の小見を人質に出した。

その小見は聡明な子で道三に気に入られ手がついて正室になった。つまり光綱と道三は義兄弟なのだ。

二　麒麟《きりん》の降誕

大永八年八月二十日、朝廷《ちょうてい》は後奈良《ごなら》天皇の即位《そくい》の改元《かいげん》を行い、享禄《きょうろく》元年八月二十日となった。

この日早朝、元頼がお袋多を見舞うため馬に乗って城を出た。

いつものように近習《きんじゅ》を二人だけ連れている。

美濃は土岐頼武と土岐頼芸《よりのり》の兄弟が家督相続を巡って戦い、頼芸に味方する元頼は中洞家にお袋多を見舞うのが遅れに遅れていた。

この頃、京の朝廷も混乱していた。

後奈良天皇は父帝の後柏原《ごかしわばら》天皇が、大永六年（一五二六）四月二十九日に崩《ほう》御《ぎょ》するとすぐ諒闇践祚《りょうあんせんそ》したのだが、即位の改元は二年後の大永八年になり、何んとか改元の費用の都合はついたのだが即位の費用がなく、実際に即位したのは十年後の天文《てんぶん》五年（一五三六）で、北条氏康《ほうじょううじやす》や大内義隆《おおうちよしたか》、今川氏輝《いまがわうじてる》からの献金《けんきん》を受けてからなのだ。

朝廷は改元ができても即位の礼が行えないほどひどく困窮《こんきゅう》していた。応仁の大乱後、将軍家も管領家も、天皇領を大名たちに奪われてしまった朝廷の貧困を助けない。

天皇が高御座《たかみくら》に立つ即位の礼が行えないのだ。

馬を走らせて元頼が中洞村に到着すると、待ちに待っていた源左衛門と家臣団が門前に出ていた。

「源左衛門、待たせたな！」

「お待ちしておりました……」

二人は二言三言話して、元頼が騎乗したまま門を潜った。

源左衛門の案内で大玄関から入って、元頼は太刀を握ったまま奥のお袋多の部屋に向かった。

「源左衛門、お袋多の産後はどうだ？」

「安産《あんざん》でございましたから、産後の熱も出ず……」

「そうか、安産だったか、それは何よりだったな」

この当時、妊婦は出産に失敗したり、産後の産褥《さんじよくねつ》熱で命を落とすことが多かった。お袋多が安産だったのは武儀川の神さまと、白山神社のお陰だと源左衛門は信じている。陣痛が始まって一刻ほどで出産した。ご神水の産湯が何んとか間に合ったのだ。

元頼が部屋に入るとお袋多と赤子が寝ていたが、お袋多が眼を覚まして褥《しとね》に起き上がろうとした。

「そのままでよい、そのままで！」

「殿さま……」

「大儀だったな。子の名を持ってきたぞ」

元頼が太刀《たち》を脇に置くと懐《ふところ》から紙片を出してお袋多に見せた。

「彦太郎《ひこたろう》さま……」

「そうだ。彦太郎だ」

紙片を元頼が傍の源左衛門に渡した。

「彦太郎さまか、良い名にございます」

源左衛門が紙片を開いたまま寝ている赤子の枕元《まくらもと》に置いた。命名された土岐彦太郎は後の明智日向守光秀《あけちひゅうがのかみみつひで》である。

「お袋多、産後の無理はならぬぞ。大切にせい……」

「はい……」

「殿さま、あちらに祝いの膳《ぜん》を支度してございます」

源左衛門が元頼を酒席に誘った。

「お袋多、今日は酒が美味《うま》そうだぞ！」

「まあ……」

ニッと笑ったお袋多の目が涙で潤《うる》んでいた。

その日、元頼は源左衛門と五兵衛を相手に夜遅くまで酒を飲んだ。

美濃は元頼と兄頼継が家督を争ってから、なかなか家督が定まらない混沌《こんとん》とした争いが続いている。

十一年前に頼武と十六歳の弟頼芸が戦い頼芸は敗北、この時から元頼は頼芸に味方している。翌永正《えいしょう》十五年（一五一八）には逆に頼芸が勝利して頼武を越前に追放した。

だが、越前の朝倉孝景《あさくらたかかげ》が黙っていなかった。孝景は妹を頼武に嫁がせ、翌十六年（一五一九）には頼武と朝倉軍が美濃に攻め込んできて頼芸がまた敗北した。

頼芸はあきらめず、六年後の大永五年（一五二五）に元頼や西村勘九郎こと道三を味方にし、挙兵して頼武と戦っている。

そんな美濃の混乱を忘れて元頼は強《したた》かに酒を飲んだ。

「源左衛門、分かっておるな？」

「はい、彦太郎さまのことはお引き受けいたしまする」

「うむ、元服までだぞ……」

「承知してございます」

元頼は庶子《しょし》の彦太郎を城に入れられないと言っている。その彦太郎を源左衛門が預かりお袋多と育てることになる。

「五兵衛、いいな？」

「はッ、お館さまと大切にお育ていたしますれば、なにとぞご安心くださいますよう……」

「うむ、余の跡取《あとと》りだぞ。源左衛門……」

「全て、この源左衛門が呑《の》み込んでおりまする」

「頼む……」

元頼は長男彦太郎の誕生が嬉しかった。だが、庶子である。城に入れるにはそれなりの手続きがある。最も大切なのは家臣団の考えだ。元頼が跡取りと決めても、後で嫡子が生まれたりすると混乱することになる。

応仁の大乱はこのような家督争いが将軍家や管領家に発生して、誰も収拾できなくなって全国に混乱が広がったのだ。

八代将軍足利義政《あしかがよしまさ》に男子が生まれず、義政は弟義視《よしみ》を後継者にした。ところが、正室富子《とみこ》が嫡男義尚《よしひさ》を産んだのだ。これで将軍家が家督を巡って二つに割れ大混乱になり、収拾できない義政が銀閣寺《ぎんかくじ》を建立《こんりゅう》してそこに逃げ込んだ。

このように家督問題はどこの大名家でも大問題で、土岐家は三管領四職に次いで、今川家と共に五職とか六職と言われた家柄だが、その力は最早《もはや》失われつつあった。

家督相続を争い衰退する大名家は多い。混乱の中で家臣が実力をつけ、宗家から実権を奪ってしまうことも少なくない。

「殿、殿さま……」

元頼は盃を持ったまま眠っている。

「お疲れのようだな……」

元頼が初めて中洞家で酔《よ》いつぶれた。城でも滅多《めった》に酔いつぶれることはない。

「彦太郎さまの誕生がよほどうれしいのです」

「うむ、五兵衛、そっちの腕を持て……」

源左衛門と五兵衛の二人で元頼を持ち上げた。

「おう……」

元頼が目を覚ます。

「殿、寝所にまいります」

「うむ。お袋多はいるか……」

泥酔の元頼が引きずられるように寝所に運ばれて行った。元頼がこんな醜態《しゅうたい》を見せたのは初めてだ。二人の近習が源左衛門に呼ばれ元頼の寝所の廊下に座った。寝ずの番だ。

深夜、その寝所にお袋多が入った。

お袋多の部屋では乳を充分に飲んだ彦太郎が、その小さな手を拳《こぶし》にしっかり天下を握るようにして寝ている。

白山神社の神水で、産湯を使ったその子の運命が、どんなものになるか誰も分からない。その白山神社は全ての生き物に命の水を与え、多くの恵みをもたらす、神々の座である霊峰《れいほう》白山をご神体《しんたい》とする。

その白山は、古くは越白嶺《こしのしらね》と言われ、美濃、加賀《かが》、越前、越中《えっちゅう》の四カ国に広がる大きなお山で、養老《ようろう》元年（七一七）修験道《しゅげんどう》の僧泰澄《たいちょう》上人が開山した霊山だ。

その霊山から流れ出た美濃の武儀川の畔《ほとり》の小さな村に、乱世を激震《げきしん》させる麒麟《きりん》が生まれた。

三　蝮《まむし》と呼ばれる男

美濃では十三年前から始まった土岐家の家督争いが続いている。

享禄《きょうろく》三年（一五三〇）西村勘九郎こと道三が長井新九郎規秀《のりひで》と名を変え、頼芸を支援して挙兵《きょへい》すると大桑《おおが》城の頼武が再び戦いに敗れて越前に追放《ついほう》された。二度目の追放だ。

道三は戦上手で頼武は戦ってもとてもかなわない。この時も元頼は頼芸と道三に味方した。

中洞村の彦太郎は三歳になっていた。

源左衛門に可愛《かわい》がられ、家臣たちから「御大将」と呼ばれている。

中洞村の土豪にとって、名門土岐源氏の血を引く彦太郎は御大将であり、大切な御曹司《おんぞうし》なのだ。掌中《しょうちゅう》の珠《たま》である。片田舎《かたいなか》の土豪で終わる子ではない。

彦太郎は賢《かしこ》いと誰もが言うほど、言葉も早く神童《しんどう》の片鱗《へんりん》を見せ始めていた。馬を怖がることもなく乗りたがるのだ。

広い庭に馬を引き出すと彦太郎がヨチヨチと走ってくる。

「御大将、馬に乗りまするか？」

「うん、乗る……」

全く怖がらない。

家臣たちが馬に鞍をつけると、ヒョイと彦太郎を馬上に押し上げ、左右から三、四人で彦太郎をつかんでいる。馬が歩き出すと彦太郎が喜ぶ。それを、屋敷の縁側から源左衛門とお袋多がニコニコと見ていた。

「気をつけろよ！」

五兵衛が家臣たちの傍で注意する。鞍を摑んでチョコンと乗っているだけだが、庭を二回も回れば彦太郎は疲れてしまう。

「爺《じい》……」

「はい……」

馬を止めて五兵衛が馬上から彦太郎を抱きとる。彦太郎は口うるさいお袋多より、ニコニコと何んでも許す源左衛門と五兵衛の方が好きだ。

可愛い盛りの彦太郎を中心に中洞家は動いている。ただ源左衛門が心配なのは彦太郎が高熱を発する時だ。知恵がつくにつれて熱を発する。

「竹庵を呼べッ！」

夜であれ、朝であれ医師の竹庵は叩き起こされる。

グズグズ言うと若い家臣がいきなり太刀を抜いて竹庵を脅《おど》す。偏屈な竹庵もその勢いにはタジタジで、薬籠を持たせて中洞家に駆け込んでくる。

「竹庵ッ、銭《ぜに》に糸目《いとめ》はつけぬッ、必ず治せッ！」

「お館……」

「言い訳は許さぬ。治せッ！」

強引もいいところで、竹庵にしてみれば病は治せないものがほとんどなのだ。ことに、幼い子は体力がないから発熱は危険だ。嫌《いや》がって薬湯《やくとう》を飲まないこともある。だが、どんな苦い薬湯でも薬だと言うと彦太郎はキチンと飲むのだ。

それには竹庵も驚く。

元気になるとなったで何を食わせるかで大騒ぎになる。彦太郎のいるところには笑い声が絶えない。

そんな中洞家に突然、鎧兜《よろいかぶと》で身を包み、槍を抱えた騎馬が五騎入ってきた。

完全武装の土岐元頼と明智光綱に馬廻《まわ》りが三騎だ。

大桑城の土岐頼武を弟の頼芸と、西村勘九郎から長井新九郎と名を変えた道三が攻撃したのに、元頼は兵を二百ばかり出して参戦したのだ。

頼芸軍は大桑城に猛攻を加え、頼武を越前に追放した。十二年前に続いて二度目の追放になる。

その戦いが終わって元頼と光綱が、明智長山城に帰還する途中で、兵を先に帰して中洞村に現れたのだ。

大桑城と中洞村は一里半（約六キロ）ほどしか離れていない。

「長山城の殿さまだッ！」

途端に中洞家が蜂《はち》の巣《す》を突っついたような大騒ぎになった。源左衛門とお袋多が大玄関に走った。

大玄関前では源左衛門の家来たちが出て、元頼と光綱から馬や槍を預かっている。

「源左衛門、湯に入りたい！」

「はいッ、すぐ、支度いたします」

屋敷の女たちも急に忙しくなった。

「お袋多、彦太郎は元気か？」

「はいッ……」

大玄関で元頼と光綱が草鞋《わらじ》を脱いでいると、彦太郎の手を引いて五兵衛が玄関先に立った。鎧武者《むしゃ》を初めて見る彦太郎はジッと観察している。

「彦太郎か……」

「うん……」

怒ったような顔で元頼をにらんでいる。泣かない。

「ここへまいれ！」

「うん……」

ちょこちょこ歩いて元頼の前に立つ。鎧武者を恐れていない。その様子を光綱が見ている。

「父じゃ！」

口を結んで睨んでいた彦太郎がニッと笑った。元頼が彦太郎を軽々と抱き上げ、右手で太刀を握って光綱と大広間に向かった。

「源左衛門殿、彦太郎さまは三歳だな？」

歩きながら光綱が聞いた。

「はい……」

「よく遊ぶか？」

「はい、馬が好きで日に一度は乗りまする……」

「ほう、馬がな……」

三歳の子が、馬が好きとは滅多に聞かないことだ。

「良い武将になろうよ」

「恐れ入りまする」

ぞろぞろと大広間に入って元頼と光綱が重い鎧を脱いだ。元頼とお袋多が湯殿に行くと光綱と源左衛門が話を始めた。

「大桑城は落ちたと聞きましたが？」

「うむ、落ちた。頼武さまは越前に落ちて行かれた」

「では、朝倉さまが？」

「おそらく、近いうちに朝倉軍が出てくるだろうな……」

光綱は土岐家の家督問題はまだまだ続くと考えている。

大桑城は中洞村に近く動員を命じられたこともある。源左衛門は元頼とお袋多のことがあったが、以前は百とか百五十の兵を大桑城に出した。だが、このところ全く動員に応じたことがない。

そこが源左衛門の苦しいところだ。

立場の難しい源左衛門は光綱によく相談していた。もし、また、十数年前のように朝倉軍が出てくると、大きな戦いになり厄介なことになる。

その夜、元頼は中洞家に泊まった。

酒を飲みながら三人の話し合いは、越前に逃げた頼武が妻の兄、朝倉孝景の支援で再び戻って来るだろうということだ。

その三人の予想は的中《てきちゅう》する。

頼武の反撃は早く、朝倉軍を率いて夏前に大桑城に戻ってきた。さすがの頼芸と道三でも朝倉軍では歯がたたない。

八月に入ると頼武が朝廷に願い出て修理太夫《しゅりのだいぶ》に任官、勢い付いて頼武は奈良東《ならとう》大《だい》寺正倉院《じしょうそういん》の蘭奢待《らんじゃたい》の伐《き》り取りを願い出た。

蘭奢待の伐り取りはなかなか許されないが、朝倉家を後《うし》ろ盾《だて》にする名門土岐家からの申し出を朝廷は許した。蘭奢待の伐り取りは、頼武が弟の頼芸と道三に威《い》勢《せい》を見せつける効果があった。

頼武はそれだけでは収まらない。八月十七日から朝倉孝景と六角定頼《ろっかくさだより》の支援を受けて、頼芸と道三に逆襲を開始した。戦いはあっという間に西美濃から中美濃に広がった。

明智長山城も中洞屋敷も一気に緊張した。

元頼も迂闊《うかつ》に出陣すれば朝倉、六角軍に叩き潰される。源左衛門も頼武の動員に安易《あんい》に応じることはできない。

そんな時、窮地《きゅうち》に追い詰められた道三の恐ろしいところが出た。後に美濃の斎藤道三と大和《やまと》の松永久秀《まつながひさひで》、備前《びぜん》の宇喜多直家《うきたなおいえ》は天下の三梟雄《さんきょうゆう》と言われる。京の妙覚寺《みょうかくじ》の法華僧《ほっけそう》から、美濃に来て父親と二人だけで、国盗《くにと》りを仕掛けている道三は蝮《まむし》と言われる恐ろしい男だ。

蝮の道三は頼武を殺せと刺客《しかく》を放った。
土岐家に仕《つか》えても新参者で、一人の譜代《ふだい》家臣も持っていない道三は、京の人脈で伊賀《いが》や甲賀《こうか》の腕利《うでき》きの忍びを数人抱えていた。誰も知らない道三の秘密の刺客たちだ。

勢いに乗っている頼武は全く油断していた。

美濃の各地で戦いが始まっている最中に、頼武は大桑城の寝所《しんじょ》で急死した。死の原因は誰にも分からない。

大桑城には頼武の嫡男頼純《よりずみ》九歳が残され、朝倉軍は越前に六角軍は南近江に引き揚げて、戦いはうやむやになって終わった。

恐るべきは美濃の蝮だ。

この蝮はやがて自分の主人である頼芸に牙《きば》をむき、国外に追放すると美濃を乗っ取ってしまう。その蝮と元頼は手を組んでいた。

享禄五年（一五三二）七月二十九日に朝廷は改元した。戦乱と災異《さいい》による改元で天文元年七月二十九日となった。

応仁の乱以来、足利幕府は統治能力を失い、京も地方も群雄《ぐんゆう》が割拠《かっきょ》する乱世になっている。朝廷も後奈良天皇は践祚《せんそ》したのだが、天皇が宸筆《しんぴつ》を扇面《せんめん》に認《したた》めて売るなど、前代未聞《ぜんだいみもん》の困窮の極《きわ》みで即位の礼すら行えない。

先帝の後柏原天皇は践祚しても二十一年間も即位の礼が行えなかった。

践祚とは、天皇の崩御《ほうぎょ》によって皇位を引き継ぐのが諒闇《りょうあん》践祚といい、天皇が譲位して皇位を引き継ぐのを受禅《じゅぜん》践祚という。

朝廷は譲位の受禅践祚を望んでいたが、譲位するには上皇《じょうこう》の住む仙洞御所《せんとうごしょ》を造営する必要があり、応仁の乱以来、費用の工面ができず譲位は行われていないのだ。

天皇が践祚して皇位に昇ったことを天下万民に知らしめるのが即位の礼だ。

後奈良天皇は即位の礼をしないまま二度の改元を行った。

将軍は足利義晴《あしかがよしはる》だったが病弱で、細川京兆家《けいちょうけ》の高国《たかくに》が前年に亡くなり、実権は力をつけてきた細川晴元《はるもと》に握られている。京兆とは京の右京を治める右京職《うきょうしょく》の右京太夫《だいぶ》の唐名《からめい》で、細川家の世襲《せしゅう》として引き継がれてきた。

一方の左京《さきょう》太夫は一色家など四職の武家官位だったが、左京太夫は諸大名の人気の官位で、朝廷が困窮すると武家に売られるようになった。大内左京太夫、武田左京太夫、北条左京大夫などあちこちに左京太夫がいる。

将軍義晴と高国は不仲だったが晴元とも不仲だった。

幕府は京から追われ朽木谷《くつきだに》に落ち延びたり、近江《おうみ》桑実寺《くわのみでら》に幕府を移したり、幕府は細川高国や三好元長《みよしもとなが》に翻弄《ほんろう》されていた。そこに細川晴元が台頭《たいとう》してきた。

この頃、長井新九郎こと道三は美濃の井ノ口にある稲葉山《いなばやま》城を手に入れようとしていた。それを翌天文二年（一五三三）に手に入れて城主になった。

道三は美濃に現れるまでのことは明確ではない不思議な人物だ。

父親は松波左近将監基宗《まつなみさこんしょうげんもとむね》と言い、家代々北面《ほくめん》の武士だったという。その基宗の子として山城《やましろ》の西岡《にしおか》で生まれた。生年は明応《めいおう》三年（一四九四）とも永正《えいしょう》元年（一五〇四）とも言う。幼名は峰丸《みねまる》と言い、十一歳の時に京の妙覚寺《みょうかくじ》で得度《とくど》して法蓮坊《ほうれんぼう》という法華僧《ほっけそう》になった。

その法蓮坊は同僚の日運坊《にちうんぼう》が美濃《みの》今泉《いまいずみ》の常在寺《じょうざいじ》にいるのを頼って流れてきた。この時、還俗《げんぞく》して松波庄五郎《しょうごろう》と名乗り、油問屋《あぶらどんや》奈良屋又兵衛《ならやまたべえ》の娘と結婚。庄五郎は美男で商才《しょうさい》があり油商人として山崎屋《やまざきや》を名乗った。日運坊は山崎屋庄五郎の才能を見込んで、美濃守護土岐家の小守護代長井家《こしゅごだいながいけ》に紹介すると、庄五郎は西村勘九郎と名を変えて仕官した。

これが出世につながり長井新九郎、斎藤新九郎と出世することになる。やがて、美濃から土岐宗家の頼芸を追放して美濃の国主にまでなる。

京も大混乱だが、美濃も混乱していた。

その頃、中洞村の彦太郎は六歳になり、一人で馬に乗れるまでになっていた。

源左衛門に可愛がられて成長し、その神童《しんどう》ぶりは家臣たちにも可愛がられた。

「爺、遠乗りはまだ駄目《だめ》か？」

彦太郎は中洞家の馬場や庭だけで外に出たことがない。それが不満なのだ。五兵衛と一緒なら武儀川を越えて白山神社まで行ったことがあるが、一人で馬に乗って武儀川を越えてみたいのだ。

「まだ、一人での遠乗りは駄目でございます」

「お爺の許しがないからか？」

「はい、お館さまだけでなく母上さまの許しが出ておりません」

彦太郎は五兵衛を爺と呼び、源左衛門をお爺と呼ぶ。二人の爺がいる。

「お爺に聞いてもいいか？」

「お館さまより母上さまが許しません」

「そうか。母上が許さないのか？」

御大将と呼ばれている彦太郎は思慮深い。母から遠乗りの許しを得る策を考える。その日、夕餉《ゆうげ》が済むとお袋多の部屋に向かった。彦太郎は源左衛門とお袋多の考えで、世話をする年上の近習二人と離れで暮らしていた。

源左衛門はいずれ彦太郎が明智長山城に入る時のことを考えて、近習をつけ別《べつ》棟《むね》で生活するようにしたのだ。

彦太郎がお袋多の部屋に入ると近習二人が部屋の廊下に座った。

「母上、お願いがございます」

「遠乗りのことですか？」

既に、五兵衛から話が届いている。

「はい、武儀川を越えて一人で白山神社まで行ってきたいと思います」

「白山神社まで……」

お袋多は一里ほどの道は遠いと思った。

「武儀川を渡る時に落ちたら溺《おぼ》れますよ……」

「母上、彦太郎は武儀川の神さまに守られております。落ちても死ぬことはありません」

彦太郎はお袋多が武儀川の神さまに祈って生まれたことを知っている。その祈りの石がどこにあるかも知っていた。

「そうですか。武儀川の神さまが守ってくれますか？」

「はい、心配はありません」

大人びた口調で言うとニッと笑う。武儀川の神さまのことを彦太郎に教えたのはお袋多なのだ。

「廊下の二人を呼びなさい」

お袋多が侍女に彦太郎の近習を部屋に呼び入れるよう命じた。二人は驚いた顔で部屋に入るときょろきょろしていたが、彦太郎の後ろに座ってお袋多に平伏《へいふく》する。

「顔を上げなさい」

お袋多の言葉が厳しい。

「三人に誓《ちか》ってもらいます。何があっても馬を走らせないこと。約束できますか？」

「はいッ！」

彦太郎が返事をすると二人もお袋多にうなずいて約束した。

「分かりました。白山神社までの遠乗りを許しましょう。ただし、三人を守る騎馬をお館さまに出していただきます。よろしいか？」

「はい！」

三人がニコニコと嬉しそうだ。

翌早朝、彦太郎と近習二人、源左衛門に命じられた護衛の騎馬が四騎、それに五兵衛が馬に乗って馬場に揃《そろ》った。

彦太郎ら八騎は護衛の騎馬二騎を先頭に、彦太郎、五兵衛、二人の近習、護衛の騎馬二騎が一列に並び、源左衛門、お袋多、侍女《じじょ》、厩衆《うまやしゅう》に見送られて屋敷を出た。

四　静かな旅立ち

天文三年（一五三四）五月十二日、尾張の勝幡城《しょばた》に、彦太郎と運命が交差することになるもう一人の風雲児《ふううんじ》が生まれた。織田信秀《おだのぶひで》の三男で吉法師《きちほうし》こと後の織田信長《のぶなが》である。

土岐彦太郎は七歳になっていた。

その彦太郎に早くも過酷《かこく》な運命がのしかかってきた。夏になって、明智長山城にいる彦太郎の父、土岐元頼が急死したのだ。四十三歳だった。

深夜、明智長山城からの早馬が中洞家に到着、使者が大急ぎで広間に案内された。そこに寝衣《しんい》のまま源左衛門が現れた。

「長山城の殿が今夕刻、突然にお亡くなりにございますッ！」

「何んだとッ！」

腰を抜かさんばかりに驚いた源左衛門が使者の傍に来て座った。

「原因はッ！」

「突然のことにて分かりません……」

「殿は四十三だったな？」

「そうです」

使者がポロポロ泣いている。

「明智さまが彦太郎さまをお連れするようにと仰せでございます」

「彦太郎を？」

「はい……」

「他に、何かお言葉は？」

「殿が明智さまに遺言《ゆいごん》されたと聞いております」

二人が話しているところに続々と家臣が集まってきた。

「お使者、ご苦労でござった。湯漬《ゆづ》けなど食《しょく》して休まれるがよろしかろう」

「有り難く存じますが、このまま城に戻ります。水を馳走《ちそう》になりたいが……」

「おう、気付かぬことであった。誰か水を持ってまいれ！」

源左衛門は慌てて水を飲ませるのを忘れていた。使者は美味《うま》そうに水を飲んでから屋敷を出た。五兵衛が大玄関で見送る。

いつの間にか大広間にはぎっしり家臣が集まっていた。中には着替えずに屋敷に飛び込んできた者がいる。

「お城の殿さまがお亡くなりだ……」

家臣たちは信じられない顔で源左衛門の次の言葉を待った。

「急にお亡くなりで原因はわからぬそうだ。ただ、明智光綱さまが彦太郎を城に連れてくるよう仰《おお》せだそうだ」

「御大将を……」

「そうだ。もう、ここには戻らぬかも知れんな……」

広間はシーンと静まり返った。誰もが、全く知らない土地に行く七歳の彦太郎の運命を思った。

「五兵衛、これから城に向かう。騎馬だけ三十騎、至急、支度を頼む！」

「承知いたしました」

「彦太郎の門出《かどで》だ！」

「おおうッ！」

中洞屋敷が一斉《いっせい》に動き出した。

源左衛門が辛い知らせを伝えるためお袋多の部屋に入った。侍女たちも全員起きて、着替えを済ませて待っていた。

「お袋多、気をしっかり持って聞け、狼狽《うろた》えるでないぞ！」

「お父上……」

「うむ、お城の殿が急にお亡くなりだ……」

「あぁッ……」

お袋多が両手で顔を押さえると傍の侍女に崩《くず》れ落ちた。

「奥方さまッ！」

「騒ぐなッ。お袋多、彦太郎を城に連れてくるようにと、明智光綱さまのご命令だ！」

侍女に崩れたお袋多が急に起き上がった。

「父上ッ……」

「そうだ。彦太郎と別れる時かも知れぬ！」

「あぁッ……」

お袋多は夫元頼と息子《むすこ》の彦太郎を同時に失うことになる。

「父上……」

「駄目だ。これは城からの命令だ。彦太郎の運命だとあきらめろ。元服《げんぷく》すれば彦太郎は訪ねてくる。いいなッ……」

　こんな日が来るとお袋多は覚悟していたはずだ。

　武家の子に過酷な運命はつきものだ。分かっているはずなのに、いざ別れとなると未練《みれん》が残る。してやりたいことがまだ山ほどあるのだ。

「殿さまの死は悲しいが、彦太郎にはめでたい門出になる。母親が泣いてどうする。このことを彦太郎に話してくるから、支度をしておけ、彦太郎に持たせるのは着替えだけでいい！」

　源左衛門が娘を厳しく叱《しか》って部屋を出た。

　離れの彦太郎と二人の近習《きんじゅ》は異変に気付いて起きていた。源左衛門が行くと三人が並んで眠そうだが怒ったような顔だ。

「彦太郎、お城のお父上さまがお亡くなりになった。御大将は人の生き死にぐらいでは泣かぬものだぞ。これから、お父上の城に行く、すぐ支度をするように、急げッ！」

「はいッ！」

彦太郎は口を堅《かた》く結んで泣かない。

「母上は？」

「城に行くのはそなたとわしだけだ……」

「分かりました」

「母に別れの挨拶をしてから出立《しゅったつ》する！」

それを聞いて彦太郎は怒った顔で源左衛門をにらんだ。もう、ここには戻らないということだ。

「そうだ。ここには戻らない！」

近習二人は驚いた顔で源左衛門をにらんでいる。

「二人は御大将を守れ。いいな？」

「はい！」

三人の旅立ちの夜だ。

「彦太郎、元服したら母に会いに来ればいい。それまでは辛抱《しんぼう》だぞ！」

「分かりました！」

泣きたい気持ちを彦太郎は我慢した。大将はこれしきのことでは泣かないのだ。

真夜中の中洞屋敷は煌々《こうこう》と篝火《かがりび》が焚《た》かれて昼のように明るい。

支度と言っても彦太郎が持って行くものは、父の元頼からもらった脇差《わきざし》しかない。近習も同じで三人はぼんやり部屋の中に立っている。

「奥方さまがお呼びにございます……」

廊下から侍女に呼ばれた。

「行こう！」

三人が部屋を出た。二度と戻ることのない離れの部屋だ。彦太郎が母の部屋に入り二人が廊下に座った。彦太郎はすぐお袋多の手で新しい衣装《いしょう》に着替えさせられた。

お袋多は今にも泣きそうだ。

着替えが終わると彦太郎がお袋多を見てニッと笑った。

「母上、これからお父上のお城に行ってまいります。元服しましたら必ず戻ってまいります」

泣きそうな顔でお袋多が小さくうなずいた。遊びに行ってくるというような挨拶なのだ。彦太郎なりに泣きたい気持ちを我慢している。

大将は泣かないのだ。

「この革袋《かわぶくろ》には黄金と銀が少し入っています。いざという時、三人で使いなさい……」

近習二人がお袋多に呼ばれた。

お袋多が小さな革袋を一つ渡した。いざとなると親はこんなことしかできない。

彦太郎とお袋多が大広間に出て行くと源左衛門が待っていた。

「腹が空《す》いたらこれを食え、兵糧《ひょうろう》と水だ！」

三人は兵糧の袋と瓢箪《ひょうたん》の水を渡された。兵が使う腰兵糧だ。

「彦太郎、いよいよ乱世に出陣だぞ。油断するなや！」

「はいッ！」

「よし、行こうッ！」

彦太郎と源左衛門、お袋多、近習が大玄関に出て行くと家臣団が待っている。

門まで三十騎の護衛騎馬隊が並んでいた。中洞源左衛門が自慢の騎馬隊だ。

煌々と篝火が燃えているが静かな旅立ちだ。

「御大将、元気で！」

小さな声で彦太郎を励ます者がいる。もう、誰もが元頼の死を知っているし、彦太郎が呼ばれてお城に行くのだと分かっている。

彦太郎が騎乗すると騎馬隊が一斉に騎乗して、出陣の態勢が出来上がった。大玄関でお袋多が気丈に見送っている。

「出立するぞッ！」

五兵衛の合図で騎馬隊が動き出した。門の外には村人が大勢集まって、彦太郎が出てくるのを待っている。

いつも彦太郎と遊んでいる子どもたちも眠そうに立っていた。

「彦太郎、早く戻って来いよッ！」

「うん！」

子どもは子どもなりに分かっていて仲間を励ますのだ。

騎馬隊は村を出ると武儀川沿いに明智長山城に向かって南下した。

その夜、お袋多は愛する土岐元頼を弔《とむら》うため長い髪を切り落とした。命より大切な彦太郎が戻らないのだからその無事を祈るしかない。出家することを覚悟した。

五　宗桂禅尼《そうけいぜんに》の願い

騎馬隊は武儀川沿いの道を南下、夜が明け始める頃、一行は本流の長良川を渡った。暑くなりそうな夏の空が一気に広がった。

彦太郎は馬上で揺られ眠くなるのを必死で我慢している。

「止まれッ！」

五兵衛の合図で騎馬隊が長良川河畔に止まった。源左衛門と五兵衛が眠そうな彦太郎と近習を心配したのだ。

「一刻の休息を取るぞ。兵糧を使い、少し眠れッ！」

馬から下りた彦太郎は五兵衛の膝《ひざ》を枕にすぐ寝てしまった。その傍に源左衛門がきて座る。

「長旅はまだ辛いようにございます」

「うむ、元服前の試練だな……」

「彦太郎さまはきっと良い武将になります」

「まずは学問だが……」

源左衛門は彦太郎の聡明《そうめい》さを育ててくれる師を探していたのだ。

「彦太郎さまはやはり中洞《なかほら》には戻らないので？」

「そうなるだろうな。明智さまが何かお考えなのだろう」

「土岐家のこともありましょうか？」

「あるだろうな。彦太郎は美濃守護土岐頼芸さまの従兄弟《いとこ》だから……」

「土岐家の騒動に巻き込まれる？」

源左衛門と五兵衛が心配なのはそのことだ。名門土岐源氏《ときげんじ》は甲斐《かい》や常陸《ひたち》の東国から、西国や四国まで根を広げている。

土岐氏は清和《せいわ》源氏頼光《よりみつ》を祖《そ》とする。

家祖の土岐光衡《みつひら》が戦いに桔梗《ききょう》の花を兜《かぶと》に挿《さ》して出陣したことから家紋《かもん》は桔梗紋である。白黒紋の多い中で土岐の桔梗紋は彩色紋《さいしきもん》の水色桔梗紋という。

美濃、尾張、伊勢《いせ》の守護を務めたこともある土岐家は、足利幕府内で力を持っていた。多治見《たじみ》、小里《おり》、明智、妻木《つまき》、土井、金森《かなもり》、蜂屋《はちや》、乾《いぬい》、青木、原、浅野《あさの》、深沢《ふかざわ》、饗庭《あえば》、仙石《せんごく》、荻原《おぎわら》、舟木《ふなき》などは土岐流と言われる。

土佐《とさ》の坂本龍馬《さかもとりょうま》、板垣退助《いたがきたいすけ》、赤穂《あこう》の浅野内匠頭《あさのたくみのかみ》なども土岐一族だ。

長良川の河原《かわら》に散開して騎馬隊は一休みすると、若い騎馬隊員は元気がいい、川に入って魚を獲《と》り河原で焚火《たきび》をして焼いて美味そうに食う。戦場では食えるものは何んでも食う。それが生き延《の》びるための鉄則だ。

彦太郎も美味そうに焼いた魚を食べた。

一行が長良川を出立して昼前に木曽川《きそがわ》を渡った。美濃には揖斐川《いびがわ》、長良川、木曽川と大きな川がある。中でも木曽川は美濃と尾張を分ける国境《くにざかい》になっている。

明智長山城はその木曽川の南、尾張領に近い場所にある。

美濃は木曽川の南の尾張や三河に大きく張り出している。そこは東美濃と言われる。そこに明智長山城があった。

東美濃の拠点である岩村《いわむら》城と、やがて美濃の中心になる稲葉山城の中間にあるのが明智長山城だ。

その明智長山城は応仁の乱の百二十年ほど前、土岐光衡の五代の末《すえ》、民部大輔《みんぶたいふ》頼宗《よりむね》の次男、土岐次郎頼兼《よりかね》が明智次郎頼兼と改名、康永《こうえい》元年（一三四二）三月に可児《かに》の瀬田長山に築城したのが明智長山城である。

以来、長山城は明智家の城となった。そこに土岐頼継と戦って敗れた土岐元頼が城主として入っていたのだ。

明智家は土岐光衡の四代の末、土岐頼貞《よりさだ》の孫である土岐頼重《よりしげ》が家祖だ。

彦太郎一行が明智長山城の大手門に向かった。

明智長山城は尾根や谷を利用して築城された山城だ。本丸、東出丸、西出丸、二の丸、三の丸、水の手曲輪《くるわ》、大手曲輪、乾《いぬい》曲輪、西大手《おおて》曲輪、台所曲輪などを備えている。

東から大手道が本丸に通じ、西大手から搦手《からめて》道が本丸に通じていた。

大手門は固く閉じられている。

騎馬隊は大手門の前で馬を下りた。

「中洞村の源左衛門でござるッ！」

「おうッ、お待ちしておりましたッ。二の丸にお通しするように命じられております。どうぞッ！」

明智家の家臣が大手門に源左衛門を迎えた。

一行は馬を引いて二の丸まで登って行き、二の丸曲輪の裏に広がる馬場に馬を入れた。馬場の馬つなぎに馬を集めて水と飼葉《かいば》をやる。

彦太郎と源左衛門、五兵衛の三人が本丸に案内された。

そこには明智光綱が待っていた。すぐ、彦太郎と源左衛門が元頼の遺体と対面した。一緒に住んでいたわけではなく、彦太郎には父親の死の実感はないが、なぜか悲しく泣きそうになった。

両手を握って彦太郎は涙をこらえる。

香《こう》が焚かれ僧が小声で経を唱えている。席に戻る時、彦太郎が見たことのある僧に小さく頭を下げた。

「源左衛門殿、奥にまいられよ」

光綱に呼ばれて源左衛門が本丸の奥の小部屋に入った。

「殿はお亡くなりになる前、彦太郎を頼むと一言《ひとこと》仰せられた。どうであろう源左衛門殿、彦太郎さまをこの城に入れたいと思うのだが？」

「はい、その覚悟はできております」

「そこで相談だが、それがしの養子にしたいと考えているのだが？」

「明智さまの？」

「うむ、この城を築かれた次郎頼兼さまも土岐から明智次郎さまになられた。この城は土岐家と明智家の城だ。土岐家の混乱を見ると、彦太郎も明智の方が良いのではないか？」

「はい、明智さまにお育ていただければ……」

二人が話しているところに、隠居《いんきょ》して一関斎宗善《いっかんさいそうぜん》と名乗る光綱の父、光継が読《ど》経《きよう》をしていた僧と一緒に入ってきた。

「これは一関斎さまと快川禅師《かいせんぜんじ》さま……」

源左衛門が二人に平伏した。

「源左衛門、彦太郎は大きくなったのう。七歳だそうだな……」

「はい、お陰さまで健《すこ》やかに育ちましてございます」

「光綱から聞いたであろう。彦太郎は利発《りはつ》だというから明智家でもらうぞ……」

「はッ！」

一関斎が強引《ごういん》に言った。

一関斎は亡くなった元頼と彦太郎を明智家の養子にすることで合意していたのだ。光綱は一関斎のように強引ではない。源左衛門に相談するように言ったのだが、一関斎はそんなことは気にしない。

「彦太郎は快川禅師に学問の指南《しなん》をしていただくことになる。いいな！」

「はい……」

源左衛門が快川紹喜《じようき》に頭を下げた。

「源左衛門殿、彦太郎さまは賢い子だ。汾陽寺《ふんようじ》に行った折、遊んでいるのを何度か拝見しました。いつまでも中洞村に置いておくわけにもいくまいと思いますがの……」

「はい、禅師さまにご指南いただければ、これ以上の喜びはございません」

「快川禅師は彦太郎の将来は楽しみだと申されておられる。心配はないぞ！」

一関斎は六十七歳になるが三十三歳の臨済宗妙心寺《りんざいしゅうみょうしんじ》の快川紹喜禅師に帰依《きえ》している。その快川紹喜は一関斎と同じ土岐一族の出身で、やがて大本山妙心寺の四十三世大住持になり、甲斐武田《たけだ》の恵林寺《えりんじ》に入り、正親町天皇《おおぎまちてんのう》から大通智勝《だいつうちしょう》という国師号を賜《たまわ》ることになる美濃の碩学《せきがく》なのだ。

臨済宗妙心寺の関山慧玄《かんざんえげん》、希菴玄密《きあんげんみつ》、沢彦宗恩《たくげんそうおん》と並ぶ美濃の宝だ。

快川紹喜は十二歳で出家し妙心寺での禅修行が終わり美濃の南泉寺《なんせんじ》に入っていた。南泉寺は十七年前の永正《えいしょう》十四年（一五一七）に、大桑城の南に土岐氏が開基、快川紹喜の師匠である仁岫宗寿《じんしゅうそうじゅ》が開山した。山号は瑞応《ずいおう》山という。

快川紹喜は師の仁岫宗寿から南泉寺を引き継いだ。

その快川紹喜と一関斎の説得で源左衛門が了承、彦太郎は明智家の養子になることが決まった。明智光綱は元頼が亡くなり明智長山城の実質的な城主だ。土岐彦太郎は明智彦太郎になり明智家の後継者になった。

快川紹喜も一関斎も光綱も、彦太郎が土岐家の家督相続の混乱に、巻き込まれないようにと考えている。彦太郎は美濃国主、土岐頼芸の父頼継と戦った元頼の子で頼芸の従兄弟になる。その血筋の近さが危険だと誰もが考えていた。

彦太郎を担いで野心を遂《と》げようとする者が現れないとも限らない。

一関斎と光綱はそれを相談して養子と決めた。その危険性を亡くなった元頼が光綱に語ったことがあった。

以来、光綱は聡明な彦太郎を後継者にしたいと思ってきた。

元頼の葬儀は快川紹喜の導師《どうし》でしめやかに行われ、葬儀が済むと源左衛門と騎馬隊は彦太郎を明智長山城に残して帰途《きと》についた。

彦太郎と光綱が城門まで下りて来て一行を見送ったが、源左衛門と騎馬隊は彦太郎を振り返ることなく、明智長山城から逃げるように一気に駆けて中洞村に向かった。

中洞村の屋敷では髪を下ろしたお袋多が待っていた。

彦太郎が戻ってこないことは覚悟していたが、彦太郎が元気よく部屋に飛び込んでくるような気がしてしまう。

だが、部屋に入ってきたのは父の源左衛門だった。

「父上……」

「うむ、彦太郎は明智光綱さまの養子になられた。快川禅師さまと一関斎さまがおられて、そうすることが彦太郎のためだと仰せられてな……」

「快川禅師さまが？」

「そうだ。この先の汾陽寺においでの時に、彦太郎を見ておられたようだ。禅師さまが学問を指南してくださるそうだ」

「学問を？」

「僧になるわけではないぞ。武家としての学問だ。快川禅師さまに教えを乞《こ》うなど滅多《めった》なことでは叶《かな》う話ではない。京の妙心寺の秀才と言われるお方だからな。それに、快川禅師さまは彦太郎と同じ土岐一族でな、力強いことだ……」

お袋多が納得して小さくうなずいた。

「長山城は明智家の城だ。彦太郎がいずれ城主となるということだった」

源左衛門は夫の元頼を失い、息子の彦太郎を手放すことになった娘に気を遣《つか》っている。お袋多にはそんな父親の気持ちが分かる。だが、もう彦太郎が戻ってこないのだから、お袋多は出家しようと考えていた。

まだ二十四歳のお袋多は出家して元頼の菩提《ぼだい》を弔い、彦太郎の無事を祈って暮らしたい。このまま中洞家にいれば、どこから再嫁《さいか》の話が出るか分からない。もう、お袋多に嫁ぐ気持ちはなかった。

「父上、お袋多の出家をお許しください……」

「出家？」

突然のことに源左衛門が戸惑いを見せた。若い娘が出家するとはただ事ではない。

「元頼さまの菩提を弔い、彦太郎の無事を祈って暮らしたいと思います」

「尼僧《にそう》になるということか？」

「はい、そうしたいと思います」

源左衛門は泣きそうな顔になった。娘の顔を見て決意が固いと感じたのだ。その娘の願いを源左衛門は受け入れた。

お袋多は出家を決意して名を松枝《まつえ》と変えた。

翌日、松枝は出家したい考えを書状にして大桑の南泉寺に使いを出した。松枝は汾陽寺に来る快川禅師を良く知っている。その禅師の手で出家したいと願った。

快川禅師が彦太郎の学問の師であれば、彦太郎の消息が分かるはずだと、子を愛する愚《おろ》かな母親はわずかな手掛かりを求めたのだ。

美濃は妙心寺の開祖関山慧玄が修行していた地であり、希菴玄密、沢彦宗恩などの高僧がいて臨済宗の盛んな地で多くの寺がある。

それもほとんどが臨済宗妙心寺派の寺々だ。

南泉寺と汾陽寺は武儀川を越えて二里半ほどしか離れていない。

汾陽寺は中洞村に近い武芸川《むげがわ》にあり、嘉吉《かきつ》元年（一四四一）に美濃守護代《しゅごだい》斉藤利永《としなが》が開基《かいき》、雲谷玄祥《うんこくげんしょう》が開山した。山号は乾徳山《けんとくさん》という。

雲谷玄祥が在住していた頃、大徳寺四十六世で妙心寺の十世でもある特芳禅傑《とくほうぜんけつ》、大徳寺五十二世で妙心寺十一世でもある悟渓宗頓《ごけいそうとん》など、大徳寺や妙心寺に業績を残した大碩学たちが玄祥を慕《した》って汾陽寺に参禅《さんぜん》した。

この年、彦太郎こと明智光秀の忠臣になる斉藤利三《としみつ》が汾陽寺の傍で生まれ、利三の娘で後に徳川家康に認められ、家光の乳母になるお福《ふく》こと春日局《かすがのつぼね》は汾陽寺の傍で育ち、長《ちょう》じてからも度々汾陽寺を訪ねることになる。

松枝の書状を受け取っても、決心が本物か確かめるように快川紹喜は動かない。出家するのに現世《げんせ》に未練を残せば辛いことになる。ましてや二十四歳の若い娘なのだ。一時の悲しい感情で出家しても生涯は長い。

実際に快川紹喜は多くの高僧を育て八十一歳まで生きる。松枝は九十四歳まで生きることになる。

快川紹喜は明智長山城から彦太郎を南泉寺に連れてきていた。僧にするためではなく学問をさせるためだ。その傍に母親がいることは、学問の邪魔になるだけで何の益《えき》にもならない。七歳の子はまだ母が恋しいのだ。

その頃、京では混乱が続いていたが、六角定頼、義賢《よしかた》親子の仲介で細川晴元と将軍義晴が和解、六月には将軍義晴が近衛尚通《このえひさみち》の娘を妻に迎え、九月には逃亡先の近江から京に戻ってきた。

将軍は京を出たり入ったり居場所が定まらない。将軍義晴が京を出ると幕臣はもちろん奉公衆《ほうこうしゅう》や女房衆《にょうぼうしゅう》まで京を出る。力のない将軍は哀《あわ》れだ。

将軍義晴と結婚した近衛家の娘は、義晴と相性がよく応仁の大乱の日野《ひの》富子以来、将軍の御台所《みだいどころ》として七十一年ぶりに男子を産むことになる。

中洞村に快川紹喜が現れたのは十月の末だった。

秋風が吹き武儀川の水が冷たくなる頃、汾陽寺に行く途中で中洞屋敷に立ち寄ったのだ。中洞村で快川紹喜を知らない者はいない。

誰もが京の妙心寺の偉いお坊さんだと思っている。

「源左衛門殿、松枝殿の決心が変わっていないようであれば、寺に連れてきていただけぬだろうか?」

「禅師さま、娘をよろしくお願いいたしまする」

「そうですか、変わっていませんか。では明日、寺でお会いいたしましょう」

快川紹喜と源左衛門は大玄関で立ち話をした。座敷に上がることを遠慮した快川紹喜は、法要の仕事があって急いでいた。

その夜、源左衛門は松枝の気持ちを確認した。

出家を決意して二カ月が過ぎていたが、松枝は読経三昧《どきょうざんまい》の日々を過ごしている。愛する元頼と彦太郎のため松枝は生涯を捨てた。

松枝の決心は変わらない。

その松枝に乳母《うば》のお良《よし》と侍女《じじょ》の尹久《いく》が出家すると願い出た。

「尹久、そなたは嫁に行きなさい」

松枝は若い娘の出家を許さず、乳母のお良と一緒に汾陽寺へ行くことになった。

翌日、源左衛門は多くの米の他に銀を汾陽寺に寄進、松枝とお良が出家して快川紹喜の弟子《でし》になった。

「お良殿には妙心寺で最も大切な方の名を進ぜよう。そのお方は関白一条兼良《かんぱくいちじょうかねよし》さまの姫さまで美濃の斉藤妙純《みようじゆん》さまの奥方になられ、妙純さま亡き後に悟渓宗頓《ごけいそうとん》大住持の弟子になられた利貞尼《りていに》さまだ。このお方は後柏原天皇の綸旨《りんじ》により、仁和寺《にんなじ》さまから寺領を買い求められ妙心寺に寄進なされたお方でな。大本山妙心寺の土地のほとんどが利貞尼さまのご寄進なのだ。まだご健在だがその名をお良殿に拙僧から授けよう」

波乱の人生を生きた摂関家の姫、利貞尼はこの二年後に八十一歳で入寂《にゆうじやく》する。お良はあまりの嬉しさに両手で顔を覆《おお》い、泣きながら快川禅師から法名《ほうみよう》を授かった。松枝は宗桂禅尼《そうけいぜんに》、お良は利貞禅尼《りていぜんに》となった。お良は中洞村の百姓の娘で、一度結婚し子を産んだが夫に先立たれ、実家に戻ったところを源左衛門に呼ばれお袋多の乳母になった。もう、四十七歳になる。

宗桂禅尼は彦太郎のことを聞きたいが、彦太郎のことは全く関係ないというように、快川紹喜は首を振るだけで知らぬ振りだ。もちろん、宗桂禅尼が何を考えているかなど全て見抜《みぬ》いている。それを感じて宗桂禅尼は快川紹喜に何も聞けなくなった。

聞いても禅師は何も答えないだろうと思うのだ。

宗桂禅尼は父の源左衛門に願って、中洞村と大桑城下のほぼ中間にある、白山神社の近くに庵《いおり》を結びたいと願った。本当は大桑城下に行きたいのだがそれはできない。

せめて白山神社の傍にいれば、彦太郎の噂《うわさ》が流れてくるはずだと考えたのだ。尼僧になっても人の親なのだ。切ない親心である。

六　足利義昭《あしかがよしあき》誕生

南泉寺の彦太郎は朝から夕まで学問の日々が続いた。

その聡明さは快川紹喜も眼を見張るものがあった。禅僧になれば妙心寺の宝といわれる碩学になることは見えている。だが、彦太郎には明智一族を背負わなければならない使命ができた。

そのため彦太郎の学問指南を、快川紹喜は一関斎宗善と光綱から託されたのだ。宗善とは快川紹喜が授けた法名だ。名は従五位下明智駿河守《するがのかみ》光継という。

年が明けた三月、南泉寺に珍しい客が現れた。

妙心寺で一緒に修行して快川紹喜が兄弟の約束をした沢彦宗恩だ。妙心寺第一座という秀才で諸国を行脚《あんぎゃ》して戻ってきたのだ。

この数年後、沢彦宗恩は妙心寺の三十九世大住持を務め、美濃井ノ口の大宝寺《だいほうじ》に入り、姪《めい》が尾張那古野城《なごやじょう》の家老平手政秀《ひらてまさひで》の妻だったことから、尾張の風雲児《ふううんじ》吉法師こと織田信長の師になり、後に隠れた軍師《ぐんし》になる大碩学だ。

「兄上、よくご無事でお戻りになられました。諸国はいかがでございましたか？」

「うむ、応仁以来の天下の騒乱《そうらん》は全く収まる気配がない。困ったことだ。どこの大名も我欲《がよく》をむき出しでな……」

沢彦宗恩は旅が好きで、襤褸《ぼろ》の墨衣《すみい》で頭髪が伸び、顔は浅黒く日焼けして、眼《がん》光《こう》鋭く乱世を睨《にら》むような厳しい顔は滅多に笑わない。

「どちらを回ってこられましたか？」

「この度は北に行ってまいった。越前、越後《えちご》、出羽《でわ》、陸奥《むつ》、常陸、武蔵《むさし》、甲斐、駿河《するが》、尾張、伊勢を回ってきたのだが、どこの大名も戦《いくさ》を抱えておって、兵にかり出される百姓衆は大迷惑だわ！」

怒っている沢彦の顔だ。

「どこかに良き武将はおられましたか？」

「いない……」

即答《そくとう》した沢彦は明らかに怒っている。

「みな、おのれの領国のことだけで天下のことなど頭にない。このままではこの後、百年は乱世が続くだろうよ……」

「それは困りますな」

「一人だけ拙僧が教えを乞うた人物がいる」

「ほう、天下一の兄上が教えを乞うなど前代未聞《ぜんだいみもん》、言語道断《ごんごどうだん》、笑止千万《しょうしせんばん》！」

快川紹喜がこれはおもしろいと言わんばかりに大袈裟《おおげさ》に驚いた。

事実、大秀才沢彦宗恩に教えを説くなど考えられない話だ。妙心寺第一座にある者は知らないことがない大秀才なのだ。

「兄上に教えを説いたと言う大馬鹿者《おおばかもの》はどこのどなたです？」

「うむ、常陸鹿島神宮《かしまじんぐう》の神官卜部《うらべ》家の塚原土佐守高幹《つかはらとさのかみたかもと》という剣豪《けんごう》だ。この方は強い！」

鹿島新当流《かしましんとうりゅう》の創設者で年老いてからは、塚原卜伝《ぼくでん》と名乗ることになる。この時、土佐守は四十七歳だった。

「ほう、剣豪とは風流《ふうりゅう》な、おもしろい……」

「剣豪であり兵法《ひょうほう》家でもある。護身のためもあって剣の教えを乞うた」

「何んとも兄上らしい。やはりやってみないと気がすまない？」

「拙僧《せっそう》の悪癖《あくへき》だな」

二人の話は尽きることがない。夕刻になって学問を終えた彦太郎が方丈《ほうじょう》に顔を出した。

「和尚さま、終わりましてございます」

「うむ、夕餉の前に仏さまにお勤《つと》めをしなさい」

「はいッ！」

その彦太郎を沢彦がジッと見ている。

「拙僧の兄上、沢彦宗恩さまです。ご挨拶を……」

「はい、明智彦太郎と申します。よろしくお願いいたします」

「妙心寺の沢彦宗恩じゃ。学問は楽しいかな？」

「はい！」

「何歳になられるか？」

「八歳にございます」

「快川さまの言葉を一言一句聞き漏《も》らさないようにしなさい」

「はい！」

彦太郎は憎にしては怖そうな人だと思った。沢彦に平伏してから方丈を出た。運命を交差《こうさ》させることになる織田信長の師と、後の明智光秀が初めて対面した瞬間だ。

「明智と言うと一関斎殿か？」

「あの子は中洞村で生まれた土岐元頼さまの忘《わす》れ形見《がたみ》で、明智光綱殿の養子になられたのです。明智家から預かっています」

「ほう、土岐元頼さまの忘れ形見ということは例の？」

「そうです。兄の頼継さまと家督を争われたお方です。昨年、元頼さまは亡くなられました」

「まだ若かったはずだが亡くなられましたか。だが、親がなくても子は育つという。賢《かしこ》そうな子だ」

「元服まで預かります。ところで、兄上はこれからどちらへ？」

「本山に顔を出してから考えます」

沢彦は夕餉の粥《かゆ》を馳走になると南泉寺に泊《と》まらず京に向かった。その後ろ姿を彦太郎は本堂から見ていた。運命の出会いだった。

ところがこの年も彦太郎には過酷《かこく》な運命が待っていた。

八月五日に彦太郎の養父明智光綱が突然に亡くなったのだ。三十九歳だった。父を失い、一年後には養父をも失った。

暑い盛りに快川紹喜は一人だけで明智長山城に向かった。南泉寺から明智長山城までは七里半（約三〇キロ）ほどで、暑い盛りの急ぎ旅に八歳の彦太郎はまだ無理だ。その上、厳しい修行中だ。学問と言いながらも寺の小僧と同じで、座禅《ざぜん》もあれば読経もある。むしろ寺の小僧たちより快川紹喜は彦太郎に厳しい。

城に戻って里心《さとごころ》に取り付かれても困る。彦太郎を南泉寺に残した。

快川紹喜は歩くのが早い。僧は歩くのも修行だ。

そんな快川禅師を迎えたのは一関斎宗善と光綱の弟光安《みつやす》だった。光安は兄の光綱に呼ばれ、明智長山城の城主になり明智家を守ると同時に、彦太郎の後見をして育てるよう遺言で命じられた。明智光安は三十六歳だった。

光安も兄の光綱と同じように彦太郎の将来を期待していた。諸行無常《しょぎょうむじょう》の乱世でも人は死に人は生まれる。

光綱は亡くなったがその妹で、光安の妹でもある斎藤道三の正室小見の方が、この年、後に織田信長の正室になる帰蝶《きちよう》姫を稲葉山城で産んだ。道三は四十二歳で小見の方は二十三歳だった。

その頃、宗桂禅尼は白山神社の近くに庵《いおり》を結んで祈りの日々を過ごしていた。だが、期待に反しどこからも彦太郎の消息は聞こえてこない。時々、中洞村から尹久が色々なものを持って訪ねてくるが、彦太郎の消息は全く知らなかった。快川紹喜が汾陽寺に来て、中洞家に立ち寄ることがあっても彦太郎の話はしない。庵に立ち寄っても何も話さなかった。

宗桂禅尼は出家しても母親を捨てきれない。それは人情だ。一里（約四キロ）も歩けば南泉寺に行けるのだ。半刻（約一時間）で会うことができる。こっそり彦太郎の顔だけでも見たいと思う。

出家した時に断ち切ったはずの未練がいつも宗桂禅尼を苦しめた。

そんな宗桂禅尼が分別を忘れ行動を起こした。

秋も寒くなり自らの手で縫《ぬ》った小袖《こそで》を持って利貞禅尼と庵を出た。もう寒くなるのだから暖かい小袖を着て欲しい。だがそれは言いわけで本当は彦太郎の顔を一目見たいのだ。

一里を歩いて大桑城下に入った。

ところが間の悪い時というのは仕方のないもので、小さな城下の辻《つじ》で托鉢《たくはつ》をしながら、城下を回っている快川紹喜とその弟子たちにばったり出会ってしまった。

辻に立って快川禅師がにらんでいる。

二人の尼僧が何用《なによう》あって大桑城下にいるかすぐ分かったのだ。

「先に行きなさい」

快川紹喜は弟子たちを先に行かせ、一人辻に立って宗桂禅尼をにらんでいる。

二人はおずおずとその前に歩いて行った。

「禅師さま……」

「禅尼は元服まで待てませんかな？」

快川紹喜は気持ちを分かっていながら、弟子である二人の尼僧を厳しく叱った。

「申し訳ございません」

「それを預かりましょう」

快川紹喜は冬物の着物だと分かっていた。

「お願いいたします」

「元服まであと四年、ようやく学問に身が入ってきました」

「よろしくお願いいたします」

二人の尼僧は快川紹喜に叱られ、深々と頭を下げて道を引き返した。

「悪いことはできませんね……」

「仏さまは見ておられます」

情けない気持ちで二人はしきりに反省する。

「愚《おろ》かな母です」

「母はみな愚かです。元服までお待ちしましょう……」

二人はブツブツ言いながら庵に戻ってきた。

その夜、彦太郎は方丈に呼ばれ快川紹喜から小袖をもらった。快川紹喜はどこからきた着物ともどうしてかも言わない。

「寒くなったらこれを着なさい」

そう言って小袖を渡した。だが、彦太郎にはその小袖の匂《にお》いが母のものだとすぐ分かった。彦太郎には何も言わない快川禅師の気持ちが分かる。

その夜は小袖を抱いて母と一緒に寝た。

母の愛に包まれて彦太郎はひと冬を無事に過ごした。

年が明けた天文五年（一五三六）二月二十六日、朝廷は北条氏康、大内義隆、今川氏親などから献金があって、ようやく後奈良天皇の即位の礼を行った。後柏原天皇が大永六年四月二十九日に崩御《ほうぎょ》、即日、諒闇践祚してから十年後の即位の礼だ。

だが、それでもまだよかった。後柏原天皇は二十一年もの長い間、即位の礼を行えなかったのだ。

朝廷の困窮は眼を覆《おお》うばかりだ。

朝廷がこの有り様では臣下の公家《くげ》は推して知るべしだ。三十石、五十石しか実入りのない公家はもちろん、名家《めいか》、清華家《せいがけ》、摂関家《せっかんけ》にまで貧乏《びんぼう》は広がって、娘を地方の有力大名に嫁がせることが流行《はや》っていた。

今川義元の母で中御門家《なかみかどけ》の寿桂尼《じゅけいに》、武田信玄の継室《けいしつ》で転法輪三条家《てんぽうりんさんじょうけ》の三条夫人、斉藤妙純の正室で一条家の利貞尼などが公家から武家に嫁いだ姫たちだ。

姫を嫁がせた公家は生活が楽になる。

姫のいない公家は地方に下向《げこう》して和歌、蹴鞠《けまり》、笛《ふえ》などの家業を武家に伝授《でんじゅ》して、束脩《そくしゅう》の礼物《れいもつ》をもらう田舎《いなか》わたらいをして糊口《ここう》をしのいでいた。

乱世は武力を持たない者には生きにくい世の中だった。

天皇領のほとんどを諸大名に奪われてしまい、朝廷の御蔵《おくら》に米が入らない。幕府や管領が何んとかしなければならないのだが、争いや戦いが絶えず、誰も朝廷の困窮に眼を向けようとはしないのだ。

そこに北条、大内、今川などの有力で金持ちの大名たちが献金してきた。

三月十日には将軍義晴の御台所が男子を出産、近衛家の姫の大手柄《おおてがら》だった。

応仁の乱を引き起こした将軍義政の御台所、日野富子が義尚《よしひさ》を産んで以来、七十一年ぶりに御台所が男子を出産した。後の剣豪将軍義輝《よしてる》で菊童丸《きくどうまる》と名付けられた。

すると将軍義晴が体調を崩し、将軍職を菊童丸に譲りたいと言い出した。いくら何んでも生まれて間もない赤子に将軍職は無理だ。そこで、義晴は菊童丸を補佐するという名目で、八人の年寄衆《としよりしゅう》を選んだのだが、結局将軍職を譲る話は沙《さ》汰《た》止《や》みになった。

将軍は病弱だがこの時期は京が比較的穏《おだ》やかだった。

翌年には細川晴元が右京大夫に任官、細川京兆家の当主になった。

暮れの十一月三日には将軍の御台所が二人目の男子を産んだ。この子は僧籍に入るが後に還俗《げんぞく》して足利義昭《よしあき》となる。ここにも彦太郎こと明智光秀と、運命を交差させることになる男が生まれた。

二十六歳の将軍義晴は病がちであまり丈夫ではない。

それでも足利幕府は機能していた。

諸国に群雄割拠《ぐんゆうかっきょ》する大名にはさほどの影響力を持たない。大名たちは武力の信《しん》奉者《ぼうしゃ》で、朝廷や幕府の権威は当てにしていない。

その典型《てんけい》が美濃の蝮《まむし》こと斎藤道三だ。

年が明けると道三は長井新九郎規秀《のりひで》から斉藤新九郎利政《としまさ》と名を変えた。今や美濃井ノ口の稲葉山城主だ。

そんな天文七年（一五三八）三月五日に、彦太郎の祖父になる明智光継こと一関斎宗善が死去した。七十一歳だった。

彦太郎は十一歳になっていた。

快川紹喜が知らせを受けて明智長山城に向かった。七十一歳の一関斎宗善は若い快川禅師を尊敬して帰依してきた。

それは妙心寺で修行した聡明な禅僧だからだが、明智一関斎宗善と快川紹喜は同じ土岐一族だったからでもある。

道三が土岐家の家臣として台頭してくると、幼い小見を人質に出して道三に接近した。その小見は才色兼備で道三に気に入られ正室になった。

一関斎は明智長山城の精神的支柱《しちゅう》だった。

光綱が彦太郎を養子にする時も一関斎が、元頼と話して最終的に決めたのだ。その一関斎が亡くなったことは明智長山城の痛手になる。

一関斎は死に臨んで息子の光安を枕辺《まくらべ》に呼び、明智長山城の将来と明智家のことや彦太郎のことを命じた。この時、明智光安は三十九歳だった。明智長山城の城主として彦太郎の後見人になった。

葬儀が終わると快川紹喜と光安が話し合った。

彦太郎が十三歳になったら元服させること、快川紹喜が彦太郎を一度、京に連れて行くことなどが話し合われた。

この年、彦太郎こと明智光秀の運命を、大きく変えることになる男が、西美濃の土岐一族である一柳家《いちやなぎけ》に誕生した。彦太郎と同じ土岐の血筋で、やがて快川紹喜の弟子になり、臨済宗妙心寺の大住持に歴代で最も若い、三十三歳で就任する天才南化玄興《なんかげんこう》である。

豊臣秀吉《とよとみひでよし》に影響を与え、上杉景勝《うえすぎかげかつ》、直江兼続《なおえかねつぐ》など多くの大名や武将が帰依することになる関山慧玄《かんざんえげん》以来の大善智識《だいぜんちしき》だ。

希菴玄密と快川紹喜は後に臨済宗の二大徳と呼ばれる。その快川紹喜の法脈を南化玄興が継承することになる。

美濃は少し落ち着きを見せていたが、騒動の本質はあまり変わっていない。

天文八年（一五三九）の正月に土岐頼芸と頼武の子で十六歳になった土岐頼純が和睦した。だが、その土岐一族に道三こと斎藤新九郎利政が牙《きば》をむこうとしている。道三は土岐一族を美濃から追放して、国主になる国盗りを仕掛けていた。

その道三は稲葉山城の大改修を行った。

稲葉山城の北にある大桑城は土岐頼純の居城でその南に南泉寺がある。宗桂禅尼はこっそり彦太郎に会おうとして、快川紹喜に叱られてから足を向けていない。

快川紹喜は汾陽寺の行き帰りに、宗桂禅尼と利貞禅尼の白山神社傍の庵に立ち寄るが、彦太郎の話はしないで帰る。彦太郎のことを知りたい二人も我慢している。

その快川紹喜が秋になって汾陽寺に来た帰りに中洞屋敷に立ち寄った。

珍しく広間で源左衛門と話をして粥を馳走になった。

「源左衛門さま、年が明ければ十三歳になります。元服の前に一度、京を見せたいと考えています」

「それは有り難いことにございます」

「明智長山城の光安さまにも了承《りようしよう》をいただいております」

快川紹喜は美濃には収まりそうにない彦太郎に、京を見せておくことは将来のために大切だと考えている。

「二月ではまだ寒い時期で、四月になってから出かけることにします」

「承知いたしました」

快川紹喜は暗に彦太郎の旅支度をして欲しいと源左衛門に依頼しているのだ。

中洞屋敷を辞して武儀川を渡り、白山神社傍の宗桂禅尼の庵に立ち寄ったが、仏法の話だけで彦太郎の話はしない。快川紹喜は夕刻に南泉寺へ向かった。

翌朝、源左衛門は家臣を一人連れて、遠乗りの恰好で宗桂禅尼の庵を訪ねた。宗桂禅尼が不自由しないように賄《まかな》いは源左衛門が寄進《きしん》している。

「禅尼、来年、彦太郎が元服する。その前に快川禅師が京への旅に連れて行かれるということだ。有り難いことだ。四月になるそうだ……」

「それでは旅の支度を……」

「うむ、禅尼の手で支度をしてやれ……」

「父上……」

源左衛門は娘を禅尼と呼ぶ。若くして出家した娘が可愛いのだ。

「小袖の一枚でも縫ってやれ、京までは長旅になるからな……」

「はい、そういたします……」

宗桂禅尼はあと半年もすれば彦太郎に会えると思うと嬉しさがこみ上げてくる。ウキウキしながらも何をしていいのか分からない。背《せ》も伸びただろうと思う。どんなに立派になったことかと思うとドキドキするのだ。

源左衛門は彦太郎の旅支度をするための銀を置いて帰った。

七　明智《あけち》十兵衛《じゆうべえ》光秀《みつひで》

天文九年（一五四〇）正月、大桑《おおが》城下の南泉寺《なんせんじ》に源左衛門の使いで五兵衛が現れた。

彦太郎は座禅《ざぜん》中で五兵衛と会えなかった。五兵衛は宗桂禅尼と利貞禅尼が用意した旅の小袖などを持ってきた。

源左衛門から預かってきた銀が南泉寺に寄進された。

このところ急に背が伸びて、彦太郎は快川紹喜に並びそうなほど成長している。その快川紹喜と彦太郎は四月になると南泉寺から旅だった。

二人はまず井ノ口《いのくち》に出ると、道三が改築した稲葉山城を見て、一旦、妙心寺派の大寺である崇福寺《そうふくじ》に入った。彦太郎は見るものが全て新鮮で感動する。

道三の稲葉山城を中心に井ノ口は発展、東西南北の通行の要衝《ようしょう》で美濃の中心は井ノ口になっている。

その井ノ口の稲葉山城に眼をつけた道三はただ者ではない。稲葉山城は北に長良川《ながらがわ》を背負い、南に木曽川を抱える天然の要害《ようがい》なのだ。

高さ百八十三間の巨大な山塊《さんかい》の上に築かれた城で、大手の七曲《ななまが》り道は半里ほどで山頂までは半刻ほどかかる。搦手《からめて》の水の手道は半里三町ほどで、四つん這《ば》いで登らなければならないほどの険路《けんろ》だ。

他には百曲り道もある。

翌朝、二人は再び長良川を渡って大垣《おおがき》に向かった。湖東に出ると三日をかけ寺々を回ってから京に入った。

この頃、京の実権は細川晴元《はるもと》の手にあった。

晴元は三条公頼《きんより》の娘を妻に迎えている。このことは重大なことなのだ。というのは三条公頼には三人の娘がいて、長女は晴元の正室、次女は武田信玄《たけだしんげん》の継室、三女が本願寺の顕如光佐《けんにょこうさ》の妻になるのだ。

やがて伊勢や越前などで、一向一揆の嵐が吹き荒れると、信長と光秀は一揆軍に苦労することになる。その裏にはこの三姉妹がいた。

この頃、本山妙心寺《みょうしんじ》には三十九世沢彦宗恩《たくげんそうおん》が大住持として入っていた。快川紹喜と彦太郎は妙心寺の玉鳳院《ぎょくほういん》に入った。関山慧玄《かんざんえげん》の開山堂がある妙心寺で最も大切な塔頭《たっちゅう》だ。

大徳寺《だいとくじ》を開山した宗峰妙超《しゅうほうみょうちょう》こと大燈国師《だいとうこくし》が死の床《とこ》に就いた時、花園法皇《はなぞのほうおう》は「師の亡き後、朕《ちん》は誰に法を問えばいいのか……」と悲しみ嘆《なげ》かれた。

その花園法皇に大燈国師は「美濃におります関山慧玄にお聞きくださるように……」と高弟を推挙《すいきょ》した。すぐ花園法皇の院宣《いんぜん》が発せられ、美濃の伊深《いぶか》で修行中だった関山慧玄が京に呼び戻された。

法王が花園別邸を寄進して建立されたのが玉鳳院だ。妙心寺という寺号は大燈国師が亡くなる前に残されたものである。

妙心寺発祥《はっしょう》の寺院が玉鳳院なのだ。

そこに沢彦禅師に大住持を譲った三十八世希菴玄密《きあんげんみつ》がいた。この後、四回も妙心寺の大住持に就任する美濃岩村城下の大圓寺《だいえんじ》の住職だ。後に快川紹喜と共に臨済宗の二大徳《にだいとく》と言われる。

希菴玄密はやがて武田信玄に暗殺される。

「大住持さま、関山さまにご挨拶に上がりました」

「おう、遠路、ご苦労に存じます」

「希菴大住持さまです」

快川紹喜が彦太郎に希菴玄密を紹介した。

「明智彦太郎と申します」

「明智とは美濃の長山城《ながやま》かな？」

希菴玄密は明智長山城からなお東に行った岩村城下《いわむらじょうか》の大圓寺の住職だ。

「明智一関斎《いっかんさい》さまの孫にございます」

快川紹喜が説明した。

「一関斎さまはお亡くなりと聞きましたが？」

「一昨年三月に亡くなられました」

希菴と快川が話をしていると、快川紹喜の来訪を聞いて沢彦宗恩が現れた。相変わらず色黒で痩身《そうしん》の沢彦は眼光鋭く怖い顔だ。彦太郎はそう思った。

「兄上、大住持へのご就任、ご苦労さまに存じます」

「うむ、誠にご苦労さまじゃよ。希菴さまの後では断れぬ！」

「よしなに、よしなに……」

大住持を譲った希菴玄密がニッと笑う。

沢彦宗恩は本山の大住持よりも諸国を回遊して旅を枕にしたいのだが、妙心寺第一座の秀才であればわがままも言えない、大住持に就任して当然なのだ。後奈《ごな》良《ら》天皇や希菴玄密の推挙で逃げられなかった。

「明智殿とは二度目だな？」

沢彦宗恩は南泉寺で会った彦太郎を忘れていなかった。

珍しく美濃の三大碩学《せきがく》が玉鳳院に揃《そろ》った。

天下はこの三人の大秀才たちによって大きく変転することになる。ここにもう一人、駿河の今川義元《よしもと》の軍師になる太原雪斎《たいげんせっさい》がいれば、天下を取ることも可能な妙心寺の大住持四天王といえる。

彦太郎は方丈の隅に下がって三人の話を聞いていた。この頃、希菴玄密は妙心寺の大住持の任期三年を一年にしたいと提案していた。妙心寺は大きな寺で臨済宗諸派の寺院の半分以上が妙心寺派の寺院だった。

ただ、妙心寺は禅林《ぜんりん》ではなく大徳寺と同じ林下《りんか》の寺で権力からの支援はなかった。

その日、快川紹喜と彦太郎は玉鳳院に泊まった。

三人の話し合いは妙心寺の大改革で夜遅くまで話し合われた。

翌朝、暗いうちから座禅をした彦太郎は、快川紹喜に連れられて京の大路《おおじ》に出て行った。

昨日は歩き疲れて何が何んだか分からなかったが、天子のいる王城《おうじょう》の地は大路小路《こうじ》を人が行きかい賑《にぎ》やかだ。

彦太郎には珍しいものばかりで四方をキョロキョロしながら歩いた。

快川紹喜は彦太郎に堺《さかい》を見せようと考えている。美濃には川は多いが海がない。長良川を下って尾張に行けば、熱田《あつた》でも津島《つしま》でも交易《こうえき》の湊《みなと》だが、やはり堺を見せたい。

二人はあちこちを見ながら三日目に堺の南宗寺《なんしゅうじ》に入った。

この頃、南宗寺に北向道陳《きたむきどうちん》の弟子で茶の湯を学んでいる田中与四郎《たなかよしろう》が参禅していた。後に宗易《そうえき》と名乗り利休《りきゅう》と名乗って茶の湯を大成する男だ。

南宗寺は臨済宗大徳寺派の寺院で大徳寺九十世大林宗套《だいりんそうとう》が開山した。この後、千利休を始め武野紹鷗《たけのじょうおう》、津田宗及《つだそうぎゅう》、今井宗久《いまいそうきゅう》など茶の湯の大家を輩出する。

ここで彦太郎は十九歳の大男《おおおとこ》田中与四郎と出会った。

堺湊には明《みん》交易のためのジャンク船が入っている。

異国の匂いのする堺に彦太郎は驚いた。堺は摂津《せっつ》、河内《かわち》、和泉《いずみ》の三国の国境《くにざかい》があることから境が堺になったという。

この三年後の八月には種子島《たねがしま》にポルトガル船が漂着《ひようちやく》して、乱世の戦いを一変させる鉄砲が伝来、その六年後の八月には薩摩《さつま》の坊津《ぼうのつ》にフランシスコ・ザビエルが上陸する。

西欧は文化復興のルネッサンス期に入っていた。

日本も西欧の動きに巻き込まれつつあった。

この後、イエズス会のガスパル・ビレラ司祭は堺を東洋のベニスと世界に紹介する。

堺は環濠《かんごう》都市として乱世の中で自治を形成していた。

彦太郎には見るもの全てが血肉になった。世の中はこのようなところで動いているのだと実感する。それは衝撃だった。

快川紹喜と彦太郎は堺から奈良に向かって法隆寺《ほうりゆうじ》や東大寺《とうだいじ》、興福寺《こうふくじ》など、奈良の寺々を十日間かけて回った。ここには日本の原点がある。古き時代に日本はこの地で発祥したと言っていい。

堺と奈良を回った二人は京に戻ってきた。

京では東福寺《とうふくじ》、南禅寺《なんぜんじ》、建仁寺《けんにんじ》、大徳寺などを訪ねて歩き、五月になると二人は美濃に戻ってきた。大桑の南泉寺には戻らず井ノ口を通り越して明智長山城に向かった。

一カ月もの長旅だったが彦太郎は日焼けして、一段とたくましい面構《つらがま》えになっている。どんな旅でも旅は人間を大きく成長させ、知らない土地での見聞はその人間の生涯を支える骨肉となる。

彦太郎は十三歳にしてそんな旅の経験をした。

明智長山城に入った彦太郎を叔父にあたる明智光安《みつやす》が迎えた。

すぐ本丸で彦太郎の元服の儀式が行われ、烏帽子親《えぼしおや》は光安が務めた。烏帽子親は親子に准《じゅん》じて大切な存在で烏帽子子に命名する。

「禅師さま、彦太郎の名をお考えであれば是非にも……」

元服式に立ち会っている快川紹喜に名前を付ける烏帽子親の権利を譲った。快川紹喜は矢立を取り出すと紙片に十兵衛光秀《じゅうべえみつひで》と書いて光安に渡した。

「十兵衛光秀……」

光安がつぶやいた。光の字は明智家の名に使われる字だ。

「この名で明智家の人間として生きて行くことだな」

快川紹喜は光秀が明智家の人間で生きて欲しいと願っている。それは、今は亡き光秀の養父光綱《みつつな》と祖父一関斎宗善《そうぜん》の願いでもあった。実の父土岐元頼《ときもとより》の意思でもある。土岐一族の混乱に巻き込まれないためだ。

その土岐家は相変わらず相続問題で争いが続いている。

光安が紙片を光秀に渡した。それをジッと見詰め良い名前だと思った。十兵衛光秀とは美しい名前だ。

「お師匠さまには、良い名をいただきお礼申し上げます」

「その明晰《めいせき》な頭でもっと学問を積み、広く世の中を見聞し、この乱世をどう生きるかどう生きればよいか考えなさい」

「はい、お教えを生涯大切にいたします」

ここに乱世を激震させることになる明智十兵衛光秀が誕生した。十三歳にして光秀は一人で立つことになった。元服式が終わると快川紹喜は南泉寺に帰って行った。

もう、師を頼ることはできない。

光秀は城門まで送って出ると合掌《がっしょう》して師と別れた。

新しく生まれ変わった人生の第一歩だ。

翌朝、光秀は光安に呼ばれた。

「十兵衛、明日、今年の一番米が納められる。その中から、三十俵《ぴょう》を南泉寺に寄進する。それを運んでくれ。その足で宗桂禅尼さまと源左衛門殿に会って来るがよい……」

「はい！」

「馬を一頭やろう。厩《うまや》から好きな馬を選べ……」

「はいッ！」

光秀は米を運ぶ仕事を与えられすぐ厩に走った。城の厩には多くの馬が飼われている。その馬を見て回り一頭の栗毛《くりげ》の馬に眼を留めた。馬体が大きく毛艶《けづや》が美しい。

「この馬は何歳だ？」

「五歳です」

厩番《うまやばん》が心配そうな顔で答えた。

「名はあるのか？」

「へい、可児姫《かにひめ》と言います」

「雌《めす》か？」

「一関斎さまの馬にございます」

「ほう、爺《じい》さまの馬か、外に出せ、見てみよう！」

「若殿、可児姫だけはよしなせい、暴れ馬で一関斎さま一人を乗せただけで、この二年、誰も乗せておりませんので……」

「おもしろい、可児姫は人を見るのだな？」

「へい、大将しか乗せたくないようでございます」

光秀は馬が人を見ると聞いたことがある。可児姫もそんな馬だろうと思った。

「兎《と》に角《かく》、鞍《くら》をつけて馬場に出せ、乗れるか乗れないか見てみよう」

「へい、気をつけられて……」

厩番が心配そうだ。

厩番頭《がしら》のところに走って行くと可児姫を馬場に出す許可を取った。誰も可児姫が光秀を乗せるとは思っていない。光安が乗ろうとした時も暴れて駄目だった。

可児姫が馬場に出てくると厩番たちがいかに大切にしているか分かる。ツヤツヤと陽《ひ》に輝いて美しい。尻の肉も張っていて足も速そうだ。馬体も大きい。

一関斎と一里二里は軽く駆けて来た馬だ。いつも左右から二人引きで、村々を駆け抜けてきた。

口の悪い村人は鬼姫の朝駆けだという。

「手綱《たづな》を貸せ！」

「若殿……」

「いいから貸せ！」

光秀は厩番から手綱を受け取ると可児姫と馬場を歩き始めた。

「可児姫、お前は爺さまが亡くなったのを知っているのか。いつまで待っても爺さまはお前に乗ってはくれぬ。この光秀が爺さまに替わってお前に乗ってやろうというのだ。よく考えてみろよ……」

ブツブツ言いながら光秀は可児姫と馬場を一回りした。

「可児姫、お前を大切にする。これから世に出る光秀の馬になれ、嫌《いや》か？」

いつまでもブツブツ言いながら馬に乗る気配がない。二回り三回りとブツブツ話し続けて、様子を見ている厩番の前に戻ってきた。

「厩に戻しておけ！」

手綱を厩番に戻すと光秀は城に戻った。光安は米を運ぶ光秀の仕事に二人の家臣をつけた。その二人と相談して光秀は荷車を十台用意させた。一台に三俵積んで運ぶ。一台に五俵でも大丈夫だが光秀は無理をせずに三俵にした。

昼過ぎにも厩に行き可児姫に鞍をつけて馬場に引き出した。

「可児姫、どうだ。この光秀を乗せてくれるか？」

相変わらず可児姫と話しながら、光秀と可児姫が馬場をグルグル回っている。騎乗する気配は全くない。

「どうしてもお前に乗りたいのだ。お前は賢いそうだからよくよく考えて返事をしろ……」

光秀の話を可児姫は歩きながら聞いている。分かったというように時々首を振った。厩番たちが出て来て不思議そうに人と馬の話し合いを見ている。

朝と同じように光秀は手綱を厩番に渡して城に戻った。夕刻にも厩に来て可児姫と馬場を歩いた。夜には厩の可児姫の前で柱に寄りかかって寝た。それを可児姫は大きな眼でじっと見ている。

馬は賢い生き物で人の気持ちを読む能力を持っているという。

八　可児姫《かにひめ》参上

厩で夜明かしをした光秀が厩番に鞍をつけるよう命じて、可児姫《かにひめ》の手綱を取ると馬場に出て行った。前の日と可児姫の雰囲気が違っているのを厩番が感じた。

光秀は馬場の途中で足を止めた。

「可児姫、この光秀を乗せるか？」

光秀が可児姫の鼻をなでると、その鼻で光秀の胸を押したり、光秀の腕を舐《な》めようとする。昨日は絶対にしなかった仕草だ。

「可児姫、今日は大桑城下まで米を運ぶ。お師匠さまのお寺に寄進する米だ。それが済めば母に会いに行く。光秀の美しい母だ。会ってくれるか？」

可児姫と話しながら光秀は鐙《あぶみ》に足を乗せ、鞍を摑《つか》んで身軽に可児姫に騎乗した。見ている厩衆が今に可児姫が嫌がって大暴れすると手を握って見ている。ところが、暴れる気配はなく光秀を乗せたまま馬場を駆け出した。

「鬼姫が若殿を乗せたぞッ！」

「可児姫が御大将と認めたのだッ！」

一関斎以来、三年ぶりに可児姫が光秀を乗せたという噂《うわさ》が、その日のうちに城内に広がった。

馬場を三回りした光秀と可児姫が米蔵の前に現れた。明智長山城に納められた新米が、大桑城下まで行く荷車に積み替えられている。

急げば明るいうちに南泉寺に到着できる。

それを考慮して荷を軽くするため光秀は荷車十台にしたのだ。

「出立しよう！」

荷駄隊が一斉に山から下りた。

軽い荷車は早い。引手《ひきて》と押手《おして》や護衛の兵など五十人余りの一行が昼前に木曽川を渡って大桑城下に向かった。その途中で長良川を渡って夕刻前に南泉寺に入った。

快川禅師に挨拶し米三十俵を寺に納めると一行五十人の荷駄隊を城に帰し、光秀は一人で母の宗桂禅尼のいる白山神社《はくさんじんじゃ》に可児姫を走らせた。一里の道は長く母に会えると思うと四半刻が長い。そんな光秀の気持ちが分かるのか可児姫が疾駆《しっく》した。

光秀が庵《いおり》に飛び込んだ時、宗桂禅尼は夜のお勤めを終わった時だった。

「彦太郎さまッ！」

利貞禅尼の声に宗桂禅尼が振り返った。そこには立派に成長して土岐元頼の面影を残す光秀が立っていた。

「母上……」

「彦太郎ですか？」

「はいッ、元服しまして明智十兵衛光秀となりましてございます」

「明智十兵衛……」

「光秀さま……」

尼僧が二人、今にも泣きそうだ。あまりの嬉しさで言葉が出ない。光秀が庵の入り口を入って土間に立っている。

「十兵衛さま、どうぞ中へ……」

利貞尼が気付いて光秀を庵の座敷に上げた。

「母上、お師匠さまと京、堺、奈良を回ってまいりました。京で求めました数珠《じゅず》にございます。お使いください」

光秀は袱紗《ふくさ》に包んだ数珠を宗桂禅尼に差し出した。

それを受け取ると宗桂禅尼は顔を両手で覆って泣いた。土岐元頼が突然亡くなると七歳の彦太郎を学問のため手放した。

以来、十三歳で元服した今日まで一度も顔を見ていない。目の前にあらわれた息子は立派に成長している。たくましくなったわが子が宗桂禅尼には眩《まぶ》しかった。太刀を握り堂々とした若き武将になっている。

「母上、これから中洞村《なかほら》にまいります」

「お爺が喜ばれましょう」

「はい、今日はお爺のところに泊まります。明日、城に戻ります」

母子はあまりに久しぶりで互いに緊張している。何を話していいのか分からず帰る話になった。

「十兵衛さま、ゆっくりできませんのか？」

ぎこちない母子を見て利貞尼が心配そうに口を挟んだ。

「急ぐ用向きはないのですが、南泉寺にお米を寄進した帰りに立ち寄りましてございます。近々、改めてご挨拶に上がります」

「そうですか……」

利貞尼が悲しそうな顔でうなずいた。その様子を宗桂禅尼が見ている。よく育ってくれたと会えない数年があっただけに母親は胸がいっぱいなのだ。

「母上、これからはいつでもお訪ねできます。今日はこれにて失礼いたします！」

「はい、母のことは心配なく良き武将になってくだされ……」

そう言ってから宗桂禅尼は余計なことを言ったと思った。

「お体を大切に、またまいります」

十兵衛が辞して外に出るともう夕暮れになっていた。二人の禅尼が戸口に立って見送っている。

「可児姫、十兵衛の母上さまだ。覚えておいてくれ……」

十兵衛は騎乗すると二人に頭を下げて庵から離れた。北に向かい武儀川《むぎがわ》を越えた時には暗くなっていた。懐かしい景色は闇に沈んでいる。だが、道はもう中洞村に入っていた。

中洞屋敷の門はまだ空いていた。

門前で下馬した十兵衛は可児姫を引いて庭に入った。

大玄関の前で源左衛門の家臣に誰何《すいか》された。

「どちらのお方で？」

「明智十兵衛光秀です」

「まさか、彦太郎さま……」

「はい、彦太郎です」

「し、暫《しばら》く……」

一歩後ずさりした男が驚いて大玄関に飛び込んだ。

「彦太郎さまのご帰還だぞッ！」

叫びながら奥に駆けて行った。たちまち中洞屋敷が大騒ぎになった。庭から駆けてくる者、大玄関に飛び出してくる者、屋敷中の者たちが玄関先に集まった。

そこには馬を引いた十兵衛が立っている。

「彦太郎か？」

「はい、明智十兵衛光秀になりました」

「うん、元服したのだな？」

源左衛門が光秀に聞いた。

「はい、十三歳になりましたので……」

「そうか、そうか……」

源左衛門は元服式に呼ばれていたのだが、体調を崩していて明智長山城に行けなかった。さっきまで寝所で横になっていたのだ。それが彦太郎と聞いただけで、病が吹き飛んでしまった。

「ここでは何んだ、上がれあがれ……」

「五兵衛?」

「若殿……」

五兵衛が涙目で十兵衛から手綱を受け取った。

「五兵衛、帰って来たぞ……」

「はい、お帰りをお持ちしておりました……」

「元気だったか?」

「お蔭《かげ》さまで、お母上さまには?」

「うむ、ついさっきお会いしてきた。母上はお元気だった」

「それはようございました……」

光秀は源左衛門と大広間に入った。光秀が帰ってきたことで中洞屋敷はザワザワといつになく元気がいい。屋敷の誰もが喜んでいるのが感じられる。光秀は広間で源左衛門に改めてあいさつした。

「夕餉《ゆうげ》はまだであろう。誰か、支度をしてまいれ……」

源左衛門も孫の成長に戸惑っている。

「十兵衛光秀と言ったな？」

「はい、快川《かいせん》禅師さまから授けていただきました」

「そうか、禅師さまからいただいたか。有り難いことだな……」

快川紹喜《じょうき》は汾陽寺《ふんようじ》に来ると、必ずと言っていいほど中洞屋敷に立ち寄る。源左衛門は快川紹喜に帰依《きえ》していて汾陽寺に毎年米を寄進している。

「そうだ。十兵衛、そなたが元服したら渡そうと思っていたものがあるのだ」

源左衛門が座を立って行くと入れ替わるように五兵衛が部屋に入ってきた。ニコニコと嬉しそうに光秀の傍に座った。

「若殿、あの馬は良い馬にございますな」

「うむ、城の厩で一番良い馬だ。一関斎さまの馬だ」

「やはりそうでしたか……」

「可児姫というのだ」

「大切になさればこれから十年は乗れましょう」

二人が可児姫の話をしていると源左衛門が戻ってきた。光秀の前に袋に入った太刀を置いた。

「これは元頼さまからお預かりした太刀《たち》だ。そなたが元服したら渡すようにと仰《おお》せられたのだ。滅多に手に入らぬ初代国信《しょだいくにのぶ》の名刀二尺三寸二分だ。お父上さまだと思い大切に使え！」

「拝見しても……」

「うむ、手入れはしてある。元頼さまが大切にしておられた美しい太刀だ」

光秀は袋から出して太刀を抜いた。反《そ》りの美しい初代国信だ。部屋の明かりを跳ね返してキラキラと輝いている。光秀は鞘《さや》に納め袋に入れて源左衛門の前に置いた。

「お爺、この太刀は十兵衛の腰には勿体《もったい》ない名刀にございます。もう暫くお爺にお預けします。この太刀に負けぬほど修行をしてからいただきに上がります」

「そうか。そういうことなら預かっておこう……」

そこに三人分の夕餉の膳が運ばれてきた。

その日、光秀は中洞屋敷に泊まった。

翌早朝、まだ暗いうちに宗桂禅尼と利貞禅尼が庵を出た。二人は光秀の後を追って中洞村に向かった。武儀川を渡る頃に夜が明け始めた。

中洞屋敷に着いた時、屋敷はまだ寝静まっている。門番が眠そうに出てきた。

「ひ、姫さま……」

「彦太郎はおりますか？」

「はい、まだお休みにございます」

「そうですか……」

だが、南泉寺で修行していた光秀は朝が早くもう起きていた。夜明けとともに中洞屋敷は厩や台所が動き出していた。勝手知ったる屋敷に入ると二人は広間に向かった。

四半刻（約三〇分）もしないで源左衛門が二人の前に現れ、その後すぐ、五兵衛に連れられて光秀も座敷に現れた。

「母上……」

「よくお休みになれましたか？」

宗桂禅尼はもう戸惑いもなく元服した光秀の成長を喜んでいる。

「朝早くから、わざわざお越しいただきありがとう存じます」

「昨日は驚いてしまい、十兵衛殿には何も申し上げられませんでした。まずは、元服されたこと本当におめでとう。お父上に感謝を忘れないように、明智家の方々にも……」

「はい、お爺にも母上にも五兵衛にも感謝しております」

母と子の心は強くつながっている。

朝餉が終わると五兵衛が孫の小兵衛《こへえ》を連れてきた。

「若殿、是非小兵衛を近習《きんじゅ》に使って下され……」

「近習に？」

「お館と相談して決めましたので……」

小兵衛が立ったまま光秀を見ている。一つ年下で光秀とは一緒に遊んだ幼馴染《おさななじみ》だ。

「小兵衛には傍《そば》を離れるなと命じてある」

源左衛門が小兵衛に座るように合図した。その小兵衛が光秀をにらんでニッと笑った。気が強くて喧嘩《けんか》好きな幼い頃の小兵衛だと光秀は思った。

「小兵衛、若殿に挨拶しろ……」

「ふん……」

嫌だというように五兵衛に鼻で拒否する。

「困った奴《やつ》だ！」

「ふん……」

その小兵衛を見て光秀がニッコリと笑った。幼い頃の強情な小兵衛だ。

「小兵衛、よしなに頼む！」

「うん、いいよ！」

光秀にうなずいて、またニッと笑う。不敵な小兵衛だ。

「小兵衛殿、十兵衛さまをお頼みいたしますよ……」

「うん、いいよ」

宗桂禅尼に生意気な返事をする。小兵衛は喧嘩の腕っぷしが強くこれまで負けたことがない。それが自慢だ。

「小兵衛、そなたにこの太刀をやる。いつも乗っている馬も持って行け、わしとの約束を守れよ……」

「分かった。お館、その脇差もくれよ……」

「これか、いいだろう」

小兵衛は大小をさしていないと武士ではないと思っている。

「爺、槍《やり》もくれ……」

五兵衛に槍を催促《さいそく》して手に入れた。

昼前、光秀と小兵衛が城に戻ることになった。小兵衛は源左衛門からもらった太刀を背負い、脇差を腰に差して槍を抱え、なかなか勇ましい恰好《かっこう》で騎乗した。

九　運命の出会い

中洞村から明智長山城に戻った光秀と小兵衛は光安の部屋へ挨拶に向かった。

光安は光秀を待っていた。

「只今《ただいま》戻りましてございます」

「うむ、ご苦労であった。近習か？」

「はい、中洞の祖父が付けてくださいましてございます」

「そうか、源左衛門殿が選んだ近習か。名は何というか？」

「小兵衛と申します」

緊張している小兵衛が神妙に返事をした。

「小兵衛か、立派な拵《こしら》えの太刀だのう」

「はい、お館さまにいただいてまいりました……」

「うむ、そなた、幾つになる？」

「十二歳です」

光安は元気のいい子だと思った。ハキハキと賢い子だ。

「伝五郎《でんごろう》、入れッ！」

「はッ！」

廊下に控えていた近習の藤田《ふじた》伝五郎が入ってきた。

「十兵衛、この伝五郎もそなたの近習にするよう。伝五郎、十兵衛光秀だ。挨拶せい！」

「はッ、藤田伝五郎行政《ゆきまさ》にございます。なにとぞよろしくお引き回しのほどお願い申し上げまする」

既に元服して十六歳の伝五郎は大人の挨拶をした。

「十兵衛光秀だ。よろしく頼む……」

「山本《やまもと》小兵衛だ……」

小兵衛は自分が先に光秀の家来になったと威張《いば》っている。山本という苗字《みようじ》はどこかで聞いた小兵衛の姓だが本当か嘘《うそ》か知らない。

「伝五郎、小兵衛に城を見せてやれ！」

「はッ、畏《かしこ》まりました！」

伝五郎が小兵衛を連れて部屋を出て行った。

「十兵衛、もっと寄れ……」

「実はな、兄上が亡くなった時、彦太郎が元服したらこの城を譲ると約束したのだ。明日から城主としてやってもらいたい」

光安は兄光綱との約束を光秀に話した。

「叔父上、十兵衛はまだ未熟にてとても城主など無理にございます。これからまだ修行をしたいと考えております」

「修行とは、まさか仏門ではあるまいな？」

「はい、仏門に入る考えはございません」

「では、何んの修行だ？」

「この眼で諸国を見てみたいと考えております」

「旅の修行か？」

「はい、まずは近隣諸国から見聞してみたいと思います。どこにどんな武将がいてどのようなことをしているか、この眼で確かめて来たいと考えております」

「そういうことか……」

城主になればそのような気ままな旅はできない。家臣団をまとめ、領国をまとめて敵から守らなければならない。

「はい……」

光秀は天下とはどんなものか、自分の眼で見てみたいと以前から考えていた。やがて天下に名を挙げたいと野心を育てている。

「諸国を巡って来たいのか……」

「はい、お許しください」

「いいだろう。若い時の旅は学問と同じだ。だが、必ず、小兵衛と伝五郎を連れて行くと約束できるな？」

「はい、必ずそういたします」

「まずはどこを回る？」

「尾張を見てきたいと思います」

「うむ、織田弾正忠信秀殿《おだだんじょうのちゅうのぶひで》が力をつけて尾張の虎と言われておる。尾張は清《きよ》洲《す》織田、岩倉《いわくら》織田、古渡《ふるわたり》織田と三竦《さんすく》みだ。よく見てくるとよいわ……」

光秀は明智長山城を受け継ぎ城主になることを固辞した。それを、光安は光秀の野心が育っているからだと理解して快《こころよ》く受け入れた。

そんな光秀たちが旅に発《た》ったのは夏が過ぎてからだった。光秀、小兵衛、伝五郎の三人に光安は家臣を一人つけた。四人連れの旅だ。

四人は明智長山城を出ると尾張犬山《いぬやま》城に向かった。

織田信秀の弟織田信康《のぶやす》が入っている城で、信秀の父信定《のぶさだ》の隠居城で木ノ下《きのした》城と呼ばれていた。その木ノ下城を信康が改修して惣構《そうがま》えの犬山城にした。木曽川の河岸に築城された城で対岸には美濃の鵜沼《うぬま》城がある。

犬山城から尾張上四郡を支配する岩倉城に向かった。

尾張は上四郡を領地にする岩倉織田伊勢守《いせのかみ》家と下四郡を領地とする清洲織田大和守《やまとのかみ》家《け》が守護代として支配している。尾張守護の斯波義統《しばよしむね》は力を失い、傀儡《かいらい》に過ぎず清洲城の御殿に寄宿していた。

斯波家は幕府の三管領《さんかんれい》として陸奥、越前、遠江、尾張など三百万石近い大大名だった。だが、応仁の乱以来、家督相続で一族が分裂して急激に衰退、今は名目だけの尾張守護で全てを織田一族に奪われている。

その清洲織田の三奉行の一人、織田信定が勝幡《しょばた》城を築いて力をつけ、下四郡から二郡と熱田と津島の二つの湊《みなと》を支配し、今川から那古野《なごや》城を奪った信秀は、今や清洲織田も岩倉織田も凌《しの》ぐ実力を持っている。

岩倉城は織田信安《のぶやす》、清洲城は織田信友《のぶとも》の城だ。

織田信秀は勝幡城から那古野城に移り、今は三河松平《みかわまつだいら》と今川を見張るため古渡に城を築いて移転したばかりだ。

那古野城には七歳の吉法師《きちほうし》が四人の家老に守られ城主として残っている。

光秀一行は清洲城から那古野城を見て、古渡城から熱田神宮に出る予定だ。光秀は熱田から船で伊勢の大湊に渡り伊勢神宮に参詣《さんけい》しようと考えていた。

「若殿、尾張はまだ統一にはほど遠いようですが？」

那古野城下まで来て光安の家臣が光秀につぶやいた。

「うむ、岩倉、清洲以外に東には松平と今川がいる。尾張の虎が果たして統一できるかだな？」

「三年や五年では無理かと？」

「五年では無理だろうな。十年でも難しいかも知れぬ……」

話しながら四人が那古野城を見上げていると、奇妙な恰好の子どもに率いられて、十数人の子どもたちがバラバラと四人の傍を駆け抜けて行った。光秀たちはぶつかれば面倒なことになると思い道端《みちばた》に寄った。

奇妙な子どもは茶筅髷《ちゃせんまげ》を赤い紐《ひも》で巻き上げ、長い木刀を担《かつ》いで走っている。武家の子から百姓の子まで混ざって走って行く。これが光秀と吉法師こと織田信長の運命が交差した最初だった。

この時、光秀は十三歳、吉法師は七歳だった。この四十二年後、二人は悲劇に見舞われることになる。

光秀たちは那古屋城下から古渡城下に向かった。

この頃、織田信秀は伊勢神宮の仮遷宮《かりせんぐう》のための木材七百貫文を寄進している。織田家は裕福で三年後には朝廷の要請に応じ、禁裏《きんり》修理のため四千貫文（約四億円）を寄進する。その後、正親町《おおぎまち》天皇の即位の礼のため毛利元就《もうりもとなり》が二千貫文を寄進する。

織田家は尾張の豊饒《ほうじよう》な領地を持ち、熱田神宮の湊と津島牛頭天王社《ごずてんのうしや》の湊を持ち、伊勢湾交易から大きな利益を得ていた。

その基盤は信秀の父弾正忠信定が築いたものだ。

織田弾正忠家は実高が二十から二十五万石の大名になっていた。

三河が二十七、八万石、駿河《するが》が十五万石、甲斐は二十万石、越後ですら四十万石までなかった。美濃は大きく五十万石を越えている。尾張全体では美濃より大きくほぼ六十万石近かった。その上、尾張は大きな湊を二つ持っている。

その裕福な織田信秀が前年に築いたのが古渡城だった。この後、信秀は末森《すえもり》城を築くことになる。

四人は古渡城下を通って熱田神宮に向かった。

光秀は尾張の豊饒さをひしひしと感じていた。それは熱田神宮とその湊に立った時はっきりと分かった。

熱田神宮は皇位を証明する三種の神器《じんぎ》の一つである草薙　剣《くさなぎのつるぎ》をご神体《しんたい》とする神宮だ。四人は神宮を参拝してから伊勢に渡る湊に向かった。

熱田から伊勢大湊に向かう船は山当《やまあ》て航海《こうかい》で、山など目印を見て自分の船の位置を知る航海だから、山が見えなくなると航海ができない。光秀一行は熱田湊に泊まり翌早朝の伊勢大湊行の船に乗った。

東国から伊勢神宮への奉納品《ほうのうひん》や参拝者は船で大湊に入る。人や物が集まる大湊は堺などと並ぶ大きな湊だ。

「若殿、尾張も伊勢も大きな良い湊を持っていますが、美濃には大きな川はあるのですが海がありません……」

「うむ、このように人や物が動けば当然のごとく銭《ぜに》が動く、船や人が競って集まるようになる。海と川では人も物もその数が違うな……」

「美濃には木曽川、長良川、揖斐川《いびがわ》とありますが、その川は全てこの海に注《そそ》いでおります。美濃の産物は川を流れて海に入るようなものです」

「確かに、だが、川には関所が多い。思うように物も人も流れない……」

「そうです。それがしが以前聞きましたのは、京から摂津まで川の関所が五、六百カ所もあると聞きました。大袈裟《おおげさ》に言ったのでしょうが……」

光安の家臣はなかなかの物知りだった。

応仁の乱の頃、将軍義政の妻日野富子は京の七口を塞《ふさ》ぎ、関所を設《もう》けて多額の関銭《せきせん》を集めて莫大《ばくだい》な蓄財をし、敵味方関係なく高利で銭貸《ぜにか》しをした。

それと同じように川筋の領主たちは銭を集めるため、無分別に関所を設けて関銭を集めた。酷《ひど》いところは四、五町《ちょう》ごとに関銭を徴収《ちょうしゅう》される。こんな領主の勝手な振る舞いで人物銭《ひとものぜに》が動かない。

その点では海は便利だが海には海賊《かいぞく》が出る。伊勢志摩《いせしま》の九鬼《くき》水軍、尾張知多《ちた》の佐治《さじ》水軍などは水軍と言いながら海賊もする。その最大の海賊が西国毛利の村上《むらかみ》水軍だった。

「海は空とくっつくほど広くていいな……」

小兵衛が暢気《のんき》なことを言った。

「あの海の彼方には唐天竺《からてんじく》の向こうに南蛮《なんばん》という国があるそうだぞ……」

伝五郎が小兵衛に教えた。

「南蛮？」

「天竺はお釈迦《しやか》さまの国だからその向こうとは西方浄土《さいほうじようど》だな……」

「西方浄土？」

小兵衛が驚いた顔で伝五郎をにらんだ。西方浄土は死人が行く国だ。その先に南蛮という国があるというのだから小兵衛が眼をむくのも当たり前だ。

そんな話をしているうちに、小兵衛はうつらうつらしていたが気分よく寝てしまった。

大湊に到着すると参拝客と一緒に伊勢神宮に向かった。

その日は宿に入り参詣は明朝ということにした。

光秀一行はその夜、伊勢神宮から奈良に出て堺に行き、摂津から京に出て美濃に帰ることを決めた。小兵衛がどうしても堺と京を見たいと言い張った。光秀は快川紹喜と春に回った道筋だ。

翌朝、四人は五十鈴川《いすずがわ》を渡って伊勢神宮の本宮を参拝して外宮《げくう》にも回った。既にこの頃、伊勢神宮も困窮して二十年に一度の本遷宮《ほんせんぐう》が行われなくなっていた。

その頃、大和《やまと》の信貴山《しぎさん》城の木沢長政《きざわながまさ》が力を持ち増長し始めていた。人は権力を持つと必ずと言っていいほど増上慢になる。木沢長政はまさにその絶頂にいた。

細川晴元や三好長慶《みよしながよし》と対立すると京に進軍、将軍義晴《よしはる》を擁立しようとするが、危険を感じて義晴は近江坂本《さかもと》に逃げた。晴元も洛外《らくがい》の岩倉に逃げた。

孤立して木沢長政は幕府に対する賊軍《ぞくぐん》となってしまう。翌年三月に木沢長政は太平寺《たいへいじ》の戦いで三好長慶と戦い討死。信貴山城や二上山《にじょうさん》城が落城すると、大和には筒井順昭《つついじゅんしょう》や三好長慶の家臣松永久秀《まつながひさひで》が台頭してくる。

四人が奈良に入った時はそんな木沢長政が活発に動いている時だった。光秀一行は大和に七日ばかり滞在して東大寺から興福寺、斑鳩《いかるが》の法隆寺など多くの古寺を見て回った。もう、十一月も過ぎようとしていた。

奈良から堺に入り四人は大急ぎで紀州《きしゅう》高野山《こうやさん》に向かった。その四人が京に現れたのは十二月も半ばになっていた。旅も急がないと近江や美濃に雪が来る季節だ。四人は京に三日間だけ滞在して逃げるように京を出た。急ぎに急いで四人は美濃に入り大垣まで来て雪に降られた。もたもたしていると凍死《とうし》する危険がある。小走りに四人は明智長山城に転がり込んだ。間もなく正月になる年の暮れに戻った。

何んとも危ない旅だ。

小兵衛は伊勢神宮で旅の予定を変えた責任を感じている。

十　鉄砲伝来の島

京は一見落ち着いているかのように見えても、権力をめぐる鍋《なべ》の中はグズグズと煮《に》えていた。その原因はもちろん権力争いだが、最も力を持っている細川一門が一枚岩ではなく、一門の中がバラバラでまとまりがないからだ。

それは美濃も同じだった。

蝮《まむし》こと道三《どうさん》の野望がむき出しになってきたからで、それを誰も止められなくなっている。

年が明けた天文十年（一五四一）、その蝮の牙《きば》が国主土岐頼芸《よりのり》の弟頼満《よりみつ》に襲いかかった。頼満は道三の娘を正室に迎えていた。まさか、蝮が自分を狙っているとは思わず、誘われるままに蝮の宴席《えんせき》に出た。

ところがその席で頼満は蝮の盛った毒を食ったのだ。

土岐頼満は血を吐きはらわたを毒で焼かれ、七転八倒《しちてんばっとう》の苦しみようで宴席がたちまち大混乱になったが、蝮の家臣たちは誰の仕業《しわざ》か分かっていた。既に、土岐一族は美濃をその手に奪いたい道三と激しく対立していたからだ。

頼満はそんな中で明らかに油断した。

この道三の振る舞いに頼芸は激怒《げきど》、道三との対立が明らかになった。土岐一族に牙をむいた蝮は何が何んでも美濃を奪い取ろうと考えている。だが、美濃の土岐家の家臣団は、蝮の力は認めつつ必ずしも蝮に同意していない。

あまりに露骨《ろこつ》な国盗《くにと》りで道三を嫌う者が多いのも事実だ。

土岐頼満を毒殺したことで、土岐家の家臣団の反発が強くなり道三は窮地《きゆうち》に立った。だが、そんなことで蝮の野心は萎《な》えたりしない。そこが蝮と呼ばれる由縁《ゆえん》だ。諦《あきら》めるということを知らず、兎《と》に角《かく》、食いついたら放さない。土岐家は大蝮に食いつかれていた。

稲葉山城に籠《こも》って美濃の形勢を見ている。

この頃、美濃の中心は大桑城で国主の土岐頼芸やその子頼次《よりつぐ》、頼武《よりたけ》の嫡男頼純《よりずみ》たち土岐一族が入っていた。

頼芸は絵を描くのが好きで国主《こくしゆ》の仕事をそっちのけで、毎日、鷹《たか》の絵ばかりを描いて過ごしている。頼芸の鷹の絵は土岐の鷹と呼ばれ、珍重《ちんちよう》されて欲しがるものが多い。そんな男だから蝮の道三に狙われても仕方がない。

翌天文十一年（一五四二）春、中洞村に近い西洞《にしぼら》に、源左衛門が宗桂禅尼のため庵を建立《こんりゅう》した。白山神社の庵から宗桂禅尼と利貞禅尼が西洞に移ってきた。

源左衛門の使いからその知らせを聞いた光秀は太刀を握って厩に走った。

「小兵衛ッ、急げッ！」

光秀は可児姫に飛び乗ると城を飛び出した。それを小兵衛と源左衛門の使いが馬を走らせて追う。木曽川を渡り長良川を越えて武儀川沿いに北上して行く。途中で休みながら可児姫を走らせる。

それを追う二人は容易ではない。

西洞の庵は白山神社の庵より一回り大きく、二人の尼僧には充分な広さだ。何よりも中洞屋敷に近いことと汾陽寺に近いことが好ましい。

宗桂禅尼は三十二歳になっている。

「母上！」

「おう、十兵衛さま……」

光秀が庵に顔を出すと宗桂禅尼はうれしそうに迎え入れた。光秀は十五歳になり、もう立派な青年武者だ。だが、まだ初陣が済んでいない。可児姫を庭の木につないで光秀が庵に入った。

追って来た小兵衛も庭に馬をつなぎ、使いは中洞屋敷に戻って行った。

「十兵衛さま、白湯《さゆ》にございます……」

利貞禅尼は光秀が生まれた時から世話をしてきていて、光秀の顔を見るとうれしさで泣きそうになるのだ。

「母上、良い庵にございます」

「お館さまが近いところが良いと……」

「そうですか」

「お館さまは少しお寂《さび》しいのです。だから姫さまを傍に……」

利貞禅尼が光秀の傍に座って言った。

「小兵衛殿はいつも一緒ですか？」

「はいッ！」

宗桂禅尼に聞かれて緊張している。幼い頃から乱暴者だった小兵衛に、宗桂禅尼と五兵衛だけはいつも優しかった。それを小兵衛は忘れていない。

「この春から五兵衛殿が病なのじゃ……」

「爺が？」

十兵衛が小兵衛を振り向いた。小兵衛が首を振った。知らなかった。

「すぐ行け！」

「はい……」

太刀を握って小兵衛が立ち上がった。小兵衛の大好きな祖父の五兵衛だ。庵を飛び出すと馬に乗って小兵衛は自分の家に駆け込んだ。小さな百姓家に母親と兄と妹がいる。

「何んだお前？」

戸口に立っている小兵衛に兄が咎《とが》めるように言う。

「お爺が……」

「若殿はどうした？」

「禅尼さまの庵にいる……」

「馬鹿者が、若殿を置きっぱなしできたのか？」

「兄さ、小兵衛を叱《しか》るなや。小兵衛、ここに上がれ……」

炉端《ろばた》の母親が小兵衛を傍に呼んだ。

「お爺は？」

「この春に具合が悪くなってな。だが、医者は暖かくなれば心配ないということだよ」

「そうか、見てくる……」

小兵衛は太刀を炉端に置いて薄暗い百姓家の奥に入って行った。五兵衛は暗い部屋でゴホゴホ咳《せき》をしていた。

「お爺、大丈夫か？」

「小兵衛か？」

「うん……」

「十兵衛さまは庵だそうだな？」

「うん……」

「小兵衛よ。お前は何があっても十兵衛さまの傍を離れてはならぬのだ。兄さが怒るのは当たり前だからな……」

「うん……」

「心配ないから、一休みしたら庵に戻れ……」

「分かった……」

小兵衛は馬を引いて庵に戻って行くと、光秀を迎えに来た源左衛門の家臣が庵の入り口に立っている。光秀は一緒に中洞屋敷に行こうと宗桂禅尼を誘《さそ》っていた。

間もなく夕闇が山から下りてくる。

光秀は宗桂禅尼と利貞禅尼を連れて庵を出た。庵と中洞屋敷は五、六町ほどしか離れていない。

その夜、久しぶりに中洞屋敷に泊まった光秀は祖父や母と語り合い、翌早朝には武儀川を渡って大桑城下の南泉寺に快川紹喜を訪ねた。快川禅師は宗桂禅尼の引っ越しなど全て知っていた。

光秀は学僧たちと座禅をし、南泉寺に泊まって久しぶりに快川紹喜の話を聞いた。この時、快川紹喜は宗乙《そういつ》という十三歳の弟子を光秀に紹介した。

この学僧はやがて虎哉《こさい》宗乙となり、出羽《でわ》の伊達《だて》家に招かれ、米沢《よねざわ》の資福寺《しふくじ》に入り梵天丸《ぼんてんまる》こと後の伊達政宗《まさむね》の師となり、生涯において政宗の師を務めることになる。宗乙は京の妙心寺へ修行に行く支度をしていた。

宗乙は甲斐の人で、甲府長慶寺《ちょうけいじ》の岐秀元伯《ぎしゅうげんぱく》の元で得度《とくど》して、その優秀さから岐秀元伯は快川紹喜に宗乙を預けたのだ。虎哉宗乙は妙心寺六十九世大住持になる。

翌朝、光秀と小兵衛は南泉寺から明智長山城に向かった。

この頃、京の将軍義晴は木沢長政の横暴《おうぼう》を恐れ近江坂本に避難《ひなん》していたが、その木沢長政が亡くなると義晴は京に戻ってきた。

だが、権力をめぐって煮えている鍋はなかなかおさまりがつかない。朝廷はもちろんのこと公家などは悲しいほど困窮して、公家の田舎《いなか》わたらいは当然で、姫たちは地方の裕福な大名に嫁ぐことが多かった。

公家の三条公頼《きんより》には運よく三人の姫がいた。

その一の姫が細川晴元の正室として嫁ぎ、二の姫は武田信玄の継室として嫁いだ。三の姫は後に石山本願寺の顕如光佐に嫁ぐ。お陰で三条家は公家の中でも珍しいほど裕福だった。

何といっても甲斐武田には黒川金山《くろかわきんざん》や身延《みのぶ》金山など豊富な黄金がある。三条家には武田家から贈られる甲州金《こうしゆうきん》がいつもあった。

そんな京では将軍義晴、細川晴元、三好長慶、細川国慶《くによし》、細川氏綱《うじつな》などが三つ巴《どもえ》、四つ巴で権力を争っている。

この年、十二月二十六日寅《とら》の刻（午前三時から午前五時）、三河の岡崎《おかざき》城にもう一人の風雲児が生まれた。その名を竹千代《たけちよ》という。後の徳川家康《とくがわいえやす》だ。

年が明けると細川氏綱が細川晴元に挙兵した。

たちまち、京周辺の大名を巻き込んで混乱した。同族の権力争いはきりがない。

美濃でも道三が動いて戦いが始まろうとしていた。

明智長山城は一関斎の時から道三の味方をしてきた。一関斎の娘で光安の妹小《お》見《み》の方が道三の正室なのだ。

「十兵衛、蝮殿が大桑城を攻めることになった。一緒に出陣してくれ……」

「承知いたしました！」

十六歳の初陣《ういじん》だ。元服と同じで初陣も儀式だ。戦場に初めて出たという儀式で戦う必要はない。後方で戦いを見ていればいい。

「伝五郎と小兵衛も連れて行く……」

「分かりました。すぐ、支度をさせまする！」

「二人にはくれぐれも前に出るなと命じておけ。初陣だから見ておればよいのだから……」

「はい、そういたします！」

七月に入って道三に与力する兵が続々と大桑城下に集結、光秀と二人の家臣は明智光安軍三百五十人の中にいた。

勝ち目のないことを察知した頼芸は息子の頼次を連れて、夜の闇に紛《まぎ》れて大桑城を脱出すると稲葉山城の北の鷺山《さぎやま》城に逃げた。

大桑城は高さ二百二十間（約四〇〇メートル）の金鶏山《きんけいざん》山頂に築かれた山城だ。山頂と尾根に築かれた城で城の主郭部《しゆかくぶ》は土塁《どるい》や濠《ほり》、曲輪《くるわ》に囲まれている。北に白山、西に伊吹山《いぶきやま》を望み、東と南には広大な田園を望むことができる。土岐一族が守護所としてきた美濃の中心だ。その大桑城を攻撃するのは、土岐一族の本拠を攻撃することになる。

光秀は父土岐元頼が育った城を攻撃するのは複雑な心境だ。

それが非情な乱世だとも思う。今日の味方は明日には敵になっていることもある。道三も京から流れて来て土岐家の家臣になった。今や名門土岐家はその道三と戦う力がない。そんな厳しい戦いが始まろうとしている。

だが、戦いが始まると間もなく城に残っていた土岐頼純は城を出て越前に逃亡、本格的な戦闘がないままあっけなく大桑城が落城《らくじよう》した。

鷺山城に逃げた土岐頼芸と頼次は道三に見つかって尾張に追放された。

この年、天文十二年（一五四三）の八月二十五日に乱世の戦いを一変させる事件が南の島で起きた。

九州大隅《おおすみ》の種子島《たねがしま》の西村にポルトガル船が漂着《ひようちやく》、その船は島主の種子島時堯《ときたか》のいる赤尾木に曳航《えいこう》された。

すぐ乗船者の人別《にんべつ》が調べられると、船には明《みん》の五峯《ごほう》こと王直《おうちょく》という男がいて、明人だったため筆談《ひつだん》ができた。そのポルトガル船にフランシスコ・ゼイモトとキリシタ・ダ・モッタという南蛮人がいた。その二人が新兵器である鉄砲を持っていることが判明した。

種子島時堯はすぐ試射を命じてその威力を知ると、一丁千両という高値で二丁とも購入、一丁を紀州根来寺《きしゅうねごろじ》の僧兵《そうへい》の大将津田監物算長《つだけんもつかずなが》に渡し、一丁を美濃出身の刀鍛冶《かたなかじ》八板金兵衛《やいたきんべえ》に渡してすぐ複製をするよう命じた。

この鉄砲伝来の話を聞きつけた堺の商人 橘屋又三郎《たちばなやまたさぶろう》が種子島に渡ってきた。商人は利《り》に聡《さと》く儲《もう》かる情報は堺にすぐ伝わる。

橘屋は鉄砲の複製や弾丸、火薬の製法など全てを習得して堺に鉄砲を持ち帰った。

先に根来寺に鉄砲を持ち帰った津田監物は、寺領七十万石以上、僧兵二万人と言われる根来寺の家老で僧兵を率いていた。

その根来寺には芝辻清右衛門《しばつじせいえもん》という腕のいい刀鍛冶がいた。すぐ清右衛門の鍛冶場で鉄砲の複製が始まり、根来寺の僧兵は強力な鉄砲によって武装することになる。

この鉄砲にいち早く興味を持ったのが尾張の織田信長だった。

尾張兵は三河兵や美濃兵のように強くなかった。

そこで信長は長柄《ながえ》の槍や兵農分離《へいのうぶんり》、鉄砲導入などで弱い尾張兵を補強する。熱田と津島を持っている織田家は裕福で、鉄砲伝来から十年後の天文二十二年（一五五三）には早くも五百丁の鉄砲隊を持つまでになる。

殺傷能力の高い火力兵器である鉄砲を、日本は世界で最も多く保有することになる。

その頃、南蛮はルネッサンス期に入り大航海《だいこうかい》時代が幕を開けていた。既に日本はマルコ・ポーロの『東方見聞録《とうほうけんぶんろく》』で黄金の国ジパングとして世界に紹介されている。

乱世も百年に近づき、群雄割拠の大名たちは終焉《しゅうえん》する前の大渦に身を投じることになる。それは強烈な痛みを伴うことでもあった。

光秀もその渦の中に引きずり込まれようとしていた。

十一　四界《しかい》の鬼

尾張に逃げた土岐頼芸《よりのり》は熱田にいた。

頼芸が早期に美濃に戻らなければ、斎藤道三の支配体制が確立してしまう。一日も早く美濃に戻る必要があった。

だが、頼芸には道三と戦う兵力はない。越前に逃げた頼純と協力して、尾張の織田信秀と越前の朝倉孝景《あさくらたかかげ》に支援してもらう以外、頼芸の美濃復帰の目処《めど》は立たない。

尾張に逃げてくるとすぐその復帰工作を始めた。

織田信秀は三河だけではなく美濃にも介入して影響力を広げたい。場合によっては美濃の半分ぐらいは手に入れたいと考えていた。信秀は東美濃の岩村城主遠《とお》山景前《やまかげさき》、景任《かげとう》親子に味方につくよう働きかけていた。

東美濃は道三と信秀、それに力をつけつつある甲斐の武田信玄に脅威を感じていた。

信秀は妹のお直《なお》を景任の妻に嫁がせることも考えている。

そんな信秀は頼芸の美濃復帰要請に快《こころよ》く同意した。問題は越前の朝倉孝景を土岐頼純が説得できるかだが、頼純の母は父頼武が朝倉家に逃げてきた時に迎えた妻で、朝倉貞景《さだかげ》の娘であり孝景の妹だった。

朝倉孝景は甥の頼純を美濃に復帰させるため織田信秀との連携を了承した。越前の大軍と尾張の大軍が南北から美濃の道三を挟撃《きょうげき》する大作戦だ。

これにはさすがの蝮も動きが取れない。

野戦で戦おうにも後ろと前から挟《はさ》み撃《う》ちでは万に一つの勝ち目もないことは歴然だ。道三は稲葉山城に籠って手も足も出ない。

そこに頼芸を擁《よう》する織田軍と頼純を擁する朝倉軍が南北から美濃に侵攻、朝倉軍は頼純を革手《かわて》城に入れるとすぐ越前に引き揚げた。

織田軍は頼芸を揖斐北方《いびきたかた》城に入れると、稲葉山城には見向きもせず大垣《おおがき》城を奪い、織田造酒丞《みきのじょう》を入れて素早く尾張に撤退、道三に追われた頼芸と頼純は一年で美濃に復帰する。

この時、光秀は明智長山城にいた。

「さすがの道三さまでも、朝倉軍と織田軍に挟み撃ちにされては仕方のないことだ……」

「叔父上、頼芸さまと頼純さまが戻ってこられ、美濃はまた戦いになるのでは？」

「おそらくな。今度は追放ではすまぬかも知れぬ……」

「頼芸さまは殺される？」

「それを覚悟で戻ってこられたのだろう」

「主殺《しゅう》しになりますが？」

「十兵衛、蝮と言われる乱世が生んだ異形の武将だ。少しは躊躇《ちゅうちょ》するかも知れないがやる時は無慈悲だ。頼満さまは娘婿《むすめむこ》だった。だが、敵と見て毒殺した。どういうことか分かるな？」

「はい、乱世は諸行無常《しょぎょうむじょう》……」

「そうだ。下剋上《げこくじょう》ともいい、骨肉相食《こつにくあいは》むともいう。それが応仁以来、いや、南《なん》北朝《ぼくちょう》以来かも知れぬ。この国が混乱して収拾できなくなった原因だ」

光安が十七歳になった光秀を諭《さと》すように言った。それは、決して油断するなということだ。やられる前にやれということだ。乱世は何ごとも温《ぬる》くない。勝者だけが正義なのだと光安は光秀に教えている。

「叔父上、越前、若狭《わかさ》、丹後《たんご》、丹波《たんば》、京、堺と回って来たいのですが？」

「旅に出るか？」

「再来年の春には戻ります」

「うむ、ところで十兵衛、そなた千草《ちぐさ》を知っているか？」

「はい、四、五年前に一度、会っておりますが……」

「その千草をそなたの嫁にどうかと考えておる。千草は十五歳になる。考えておけ……」

「はい……」

千草は光安の兄山岸光信《やまぎしみつのぶ》の娘で光秀とは従妹《いとこ》になる。光秀が見たのはまだ十歳の頃で幼く可愛《かわい》らしかった。それしか記憶にない。

光秀は小兵衛と伝五郎を連れて旅だった。

雪が来る前に京に出たい。越前や若狭の冬は雪が降ると動けなくなる。その前に丹波から京に出たい。

三人は明智長山城から大桑の南泉寺に向かった。

秋の美濃路はどこも黄金に輝いている。

その夜、三人は南泉寺に泊まり汾陽寺に行く快川紹喜と一緒に翌朝には寺を出た。

一行は中洞村に入って光秀は母宗桂禅尼の庵に立ち寄り、源左衛門と五兵衛のいる中洞屋敷に向かった。

快川紹喜は庵と中洞屋敷に顔を出したが汾陽寺に急いでいた。

光秀は中洞屋敷に五日間逗留《とうりゅう》して、毎朝暗いうちに屋敷を出ると汾陽寺に行き、快川紹喜の傍で座禅を行い昼前に屋敷に戻った。

久しぶりに師と並んで行う座禅だ。

禅は不立文字《ふりゅうもんじ》である。教外別伝《きょうげべつでん》とも言う。

経典《きょうてん》から離れひたすら座禅する。座禅は瞑想《めいそう》ではない。臨済禅《りんざいぜん》は看話禅《かんな》とも公案《こうあん》禅とも言う。曹洞《そうとう》禅は黙照《もくしょう》禅という。

結跏趺坐《けっかふざ》または半跏《はんか》趺坐にて行い、右手を上向けにその上に左手を上向けに、親指をかすかに合わせる法界定印《ほっかいじょういん》を結ぶ。重心を下げ、肩の力を抜いて背筋を伸ばして眼は半眼に、息はゆっくり吸いゆっくり吐《は》く。

自我《じが》を除去《じょきょ》し随息観《ずいそくかん》にて心を乱さず。無我《むが》の世界に心身を置くことを良《りょう》と知る。

公案とは禅問答《ぜんもんどう》である。

光秀は半刻、一刻、一刻半、二刻、二刻半と座り続け、心身を乱すことがなかった。十七歳にして禅僧の如《ごと》き佇《たたず》まいである。

師と弟子は言わず語らずその心のうちを分かっている。

六日目の朝、光秀と二人の家臣は中洞村の庵から旅だった。武儀川沿いに尾並《おなみ》坂《ざか》峠に向かって北上した。峠まで四里ほど歩いた。尾並坂峠は高さ百九十間ほどの比較的低い峠だ。

峠から一里余りで根尾《ねお》村に入った。

根尾村で一休みすると温見《ぬくみ》峠に向かい、途中の白山神社に一泊した。山また山の険《けわ》しい道だ。越前から美濃に出る重要な道だがまだ整備されていない。

山々は秋の寒さに色づき始めていた。

三人はまだ暗い明け六つ前に白山神社を出立《しゅったつ》した。

前日は七里半ほどを歩いたが、この日は越前大野《おおの》まで二日分の十二里（四八キロ）ほどを歩く予定なのだ。三人は健脚《けんきゃく》だが山道には難儀した。それでも何んとか暮れ六つ（午後六時）過ぎには大野に到着した。

光秀は大野で一日休養を取った。

大野から朝倉孝景の越前一乗谷《いちじょうだに》城下に出て、北国街道を下り木《き》ノ芽《め》峠を越えて敦賀《つるが》に南下して行った。敦賀から若狭に入り若狭武田信豊《のぶとよ》の城である後瀬山《のちせやま》城に向かった。

若狭武田家は甲斐武田家と同族である。

若狭守護武田伊豆守《いずのかみ》信豊の娘お牧《まき》の方が、明智光綱の妻で光秀の養母ということになる。信豊は光秀の祖父ということになる。信豊の子義統《よしむね》は信豊が溺愛《できあい》する次男の信賢《のぶかた》と、やがて家督争いをして若狭武田家も衰退《すいたい》する。

信豊は小浜《おばま》後瀬山城にいる。

光秀が城門前で美濃明智長山城から来たと告げるとすぐ城内に通され、信豊と嫡男義統のいる大広間に通された。

「おう、十兵衛か、もっと傍に寄れ！」

信豊が扇子《せんす》で娘の養子である光秀を傍に呼ぶ。小兵衛と伝五郎が後ろに残り、光秀一人が信豊の前に進んだ。

「美濃は土岐が追い出されて蝮の国となったが、朝倉と織田に挟まれて手も足も出なかったようだな？」

「はい、朝倉軍も織田軍も大軍にございました」

「蝮はまた土岐を追い出すだろうな？」

「そのように思います」

「朝倉を見てきたか？」

「美濃から越前大野、一乗谷城、敦賀と見てまいりました」

「旅はよい。特に若い時の旅はよいわな……」

信豊は光秀のことは詳しく聞いていた。美濃を背負う人材になれるのか見極《みきわ》めようとしている。信豊の正室は南近江六角定頼《さだより》の娘で、信豊の娘が明智長山城に嫁いでいるのだから、美濃や近江のことには詳しい。

信豊は将軍義晴とも近く、やがて嫡男義統の正室に将軍の娘を迎えることになる。

その日は三人が後瀬山城に泊まり、翌早朝に丹後へ向かい、丹後宮津《みやづ》まで行き西には向かわず南の福知山《ふくちやま》に向かった。その途中に大江山《おおえやま》がある。

大江山という単独峰《たんどくほう》はない。

鍋塚《なべつか》、鳩ケ峰《はとがみね》、千丈ケ嶽《せんじようがたけ》、赤石ケ岳《あかいしがたけ》の峰々を大江山と呼ぶ。この大江山には三つの鬼退治伝説があった。

崇神《すじん》天皇の弟彦坐王《ひこいますのみこ》が土蜘蛛《つちぐも》の陸耳御笠《くがみみのみかさ》を退治した丹後国風土記《たんごのくにふどき》の伝説。

聖徳太子《しようとくたいし》の弟当麻皇子《たいまのみこ》が英胡《えいこ》、軽足《かるあし》、土熊《つちぐま》という鬼たちを退治したと多禰《たね》寺縁起《えんぎ》に記された伝説。

源頼光《みなもとのよりみつ》とその四天王、渡辺綱《わたなべのつな》、坂田金時《さかたのきんとき》、碓井貞光《うすいさだみつ》、卜部季武《うらべすえたけ》が退治した酒呑童子《しゅてんどうじ》の御伽草子《おとぎぞうし》物語だが、この源頼光こそ光秀の祖先なのだ。

源頼光と息子の頼国《よりくに》親子は美濃守だった。

その頼光の孫で頼国の子国房《くにふさ》が美濃に土着《どちゃく》した。その子光国《みつくに》、その子光信《みつのぶ》、その子の光長《みつなが》、その子源三郎光衡《さぶろうみつひら》が土岐三郎光衡と名乗って土岐氏の家祖となった。

光秀はその清和源氏《せいわげんじ》の血が自分に流れていると分かっている。

そんな光秀の血を騒がせる不思議な力が大江山にはあった。血の源流を意識させる美しい連山を見ながら光秀一行は福知山に下った。

三十五年後、この福知山に光秀は臥龍城《がりゅう》を築くことになる。

三人は福知山から京に向かった。

京に近づくと大枝山老ノ坂《おおえやまおいのさか》峠がある。福知山の大江山と京の大枝山は混同されるが似て非なるものだ。

京の大枝山老ノ坂峠は四堺《しかい》と言って、神道《しんとう》や陰陽道《おんみようどう》では極めて重要な意味を持つ場所だ。峠は百三十間（約二三四メートル）ほどの高さで京の四堺の一つである。

四堺とは京に穢《けが》れが入る四つの口のことで、四堺祭《しかいさい》などを行い天子のいる京に穢れが入るのを防御する。北西大枝、南西山崎《やまざき》、南東逢坂《おうさか》、北東和邇《わに》の四カ所が四堺だ。

大枝は老ノ坂峠山陰道《さんいんどう》の入口、山崎は摂津と山城の国境で山陽道《さんようどう》の入口、逢坂は大津逢阪関で東海道《とうかいどう》、東山道の入口、和邇は近江大津和邇村で北国街道《ほっこくかいどう》の入口である。

京では盗賊《とうぞく》や非人《ひにん》は四堺の外に追放される決まりだ。

天津罪《あまつつみ》、国津罪《くにつつみ》のうち国津罪の傷害罪《しょうがい》、死体損壊罪《したいそんかい》、死病《しびょう》、近親相姦罪《きんしんそうかん》、獣《じゅう》姦《かん》罪などの罪人も四堺の外に追放された。そこは鬼の棲《す》む場所や山と言われ京人は恐れた。

三人が老ノ坂峠まで来るとバラバラと人相《にんそう》の良くない五、六人の男が道に飛び出して塞《ふさ》いだ。

「こらッ。うぬら盗賊かッ？」

槍を担いだ小兵衛が前に出た。このところ何年も喧嘩をしていない。

「身ぐるみ置いて行けッ！」

「うぬは馬鹿かッ、武家を襲うとはよほど腹が空《す》いていると見えるな……」

「うるさいッ！」

「うぬら死ぬぞッ、いいのか？」

腕に自信のある小兵衛が槍を構《かま》えた。盗賊が太刀を抜けば戦いになる。

「殿、いかがなさいますか？」

「盗賊でも殺すには及ばぬ……」

「承知いたしました」

藤田伝五郎はゆっくり小兵衛が睨《にら》み合っている傍に寄《よ》って行った。

「双方とも引け。怪我《けが》をしてもつまらぬぞ……」

「黙れッ！」

髭面《ひげづら》の男が太刀の柄《つか》を握った。

「そなたでは駄目だ。頭《かしら》は誰だ？」

「わしだ！」

年かさの男が前に出た。

「おぬし、幾《いく》つになる？」

「三十一だ！」

「そうか、こちらにおられるそれがしの殿は、大江山で鬼退治をした源頼光さまの末裔《まつえい》、明智十兵衛光秀さまという。覚えておいてもらいたい。これから世に出られるお方だ。分かるな？」

「明智十兵衛光秀だな？」

「そうだ。先々、どこかで名を聞いたら訪ねて来い。その時は大枝山の鬼だと名乗ればよい……」

「大枝山の鬼か？」

頭の男が気に入ったようでニッと笑った。

「そなたもこのまま手ぶらでは帰れないだろうから酒と肴《さかな》の銭はやる。盗賊などしていればいずれ命を落とすぞ。止《や》めることだな……」

「いくらくれる？」

伝五郎と盗賊の頭の話がまとまりかけた。

「頭ッ、やってしまえッ！」

「イヤーッ！」

大男が叫んだ瞬間、小兵衛の槍が大男の横っ腹に深々と突き刺さった。

「うぬは黙っておれッ！」

「くそッ！」

「成仏《じょうぶつ》しろよッ！」

小兵衛が槍を抜くと素早く男の心臓を突き抜いた。悲鳴もなく男はブクブクと口から血を吐《は》いて倒れた。

「他にやる奴はいるかッ！」

小兵衛が睨みまわす。容赦《ようしゃ》しないという形相《ぎょうそう》だ。光秀は黙って見ている。盗賊たちは腰が引けて二、三歩後《あと》ずさりしている。

「頭、すまぬな。一人殺してしまった。無用な争いはしたくない。酒代と供養《くよう》の銀だ。少ないが取っておけ……」

伝五郎が銀三枚を渡し三人はその場を立ち去った。

十二　愛の千草観音

丹波口から京に入った三人は西洞院大路《にしのとういんおおじ》を北上すると、六条坊門小路《ろくじょうぼうもんこうじ》に安宿《やすやど》を見つけて入った。

天文十四年（一五四五）、光秀は京で新年を迎えることにした。

三人は妙心寺に行き希菴玄密《きあんげんみつ》に上洛《じょうらく》の挨拶をした。希菴禅師は二度目の大住持を務めていた。岩村城下の大圓寺と京を行き来する希菴禅師は一関斎とも親しく、快川紹喜と同じように明智長山城に立ち寄ることが多かった。

今は一関斎が亡くなり光安が親しくしている。

大圓寺は東美濃の岩村城下にあり、希菴玄密は甲斐の恵林寺《えりんじ》にも出入りしていて、若き武田信玄とも懇意《こんい》にしていた。

この年四月、二十五歳になった信玄は有力大名のいない信濃《しなの》に侵攻、伊那谷《いなだに》の高遠《たかとお》城まで攻め込んで高遠頼継《よりつぐ》を滅ぼした。前年には父信虎《のぶとら》と戦っていた北条《ほうじょう》と和睦《わぼく》、不仲《ふなか》の北条と今川の仲裁《ちゅうさい》をするなど活発に動いている。

その信玄は要害山麓《ようがいさんろく》の臨済宗妙心寺派の積翠寺《せきすいじ》で生まれたこともあり、臨済宗には好意的で庇護《ひご》していた。やがて信玄は希菴玄密を塩山《えんざん》の恵林寺に招聘《しょうへい》して厚遇《こうぐう》する。

だが、二人の間に齟齬《そご》ができ、やがて悲劇《ひげき》を招《まね》くことになる。

岩村城下の大圓寺は南信濃に隣接《りんせつ》していると言えるほど近い。

「快川さまはお元気ですかな?」

「はい、南泉寺でお会いしてまいりました」

「それは結構……」

希菴玄密はにこやかな優しい顔だ。後に快川紹喜と臨済宗の二大徳《にだいとく》と呼ばれる高僧だ。

「明智さまはこれから世に出られるお方、ご紹介したいお方が当寺《とうじ》に見えておられる。お会いになりますかな？」

「はい……」

「細川京兆家《けいちょうけ》の分家、長岡刑部家《ながおかぎょうぶけ》のご当主じゃ……」

「勝龍寺城《しょうりゅうじ》の細川さま？」

「さよう、和泉守護《いずみしゅご》の細川播磨守元常《はりまのかみもとつね》さまと嫡男萬吉《まんきち》さまがお見えでな。法堂《はっとう》におられる。参りましょうか……」

禅宗では法堂というが講義を行う講堂《こうどう》のことだ。希菴大住持と光秀一行は仏殿《ぶつでん》から法堂に向かった。仏殿は禅宗の呼び方で一般には金堂《こんどう》のことである。

光秀は法堂で細川播磨守と会った。

「播磨守さま、こちらの若武者は美濃からまいられた明智さまでございます」

「美濃の明智と言えば？」

「はい、五職家の土岐家にございます」

「明智十兵衛光秀にございまする」

光秀が細川播磨守元常に平伏した。その隣《となり》に子の萬吉が座っている。

「うむ、播磨守元常じゃ……」

「旅の途中にてご無礼仕《つかまつ》りまする」

「明智さまは快川紹喜さまのお弟子でございます」

希菴が光秀を紹介した。

「ほう、快川禅師の弟子とは頼もしい。幾つになられる？」

「はッ、十八歳にございます」

「萬吉、明智十兵衛を覚えておけ……」

「はいッ……」

元気のいい萬吉はこの時十二歳で、翌年には十三歳で元服して細川与一郎藤孝《ほそかわよいちろうふじたか》と名乗ることになる。藤孝は元常の弟三淵晴員《みつぶちはるかず》の次男で伯父の元常の養子になったのだ。

「旅の途中と申したな？」

「はッ、越前から若狭に出まして、祖父の武田伊豆守さまとお会いしてまいりました」

「ほう、若狭の武田信豊殿か？」

「はい……」

「武田信豊さまの姫さまが明智長山城に嫁いでおられます」

「なるほど……」

希菴が元常に説明した。元常は和泉守護、信豊は若狭守護で互いによく知っている仲なのだ。元常は二言三言話して光秀の聡明さに気付いている。

「もう京から帰国されるか？」

「いいえ、堺《さかい》にまいりたいと思います」

「ほう、ならば面白い話を聞かせよう……」

元常は光秀を気に入ったのだ。

「堺まで行くなら紀州まで足を延ばして、根来寺《ねごろじ》に家老《かろう》の津田監物《つだけんもつ》という僧兵の大将がいるので会ってくるがよい。おもしろいものを見られるだろう……」

元常は紀州の隣の和泉半国の守護なのだ。何かとこじれることがあり紀州の高野山や根来寺のことには詳しい。

「根来寺の津田監物は九州の種子島から、鉄砲という南蛮の武器を買ってきたようじゃ……」

「鉄砲？」

「うむ、どんな武器か見て来るがよい。監物に書状を書いて進ぜよう……」

紀州と和泉は隣国であれこれと厄介《やっかい》な関係なのだ。ことに根来寺は七十万石以上の寺領を持ち、二万人と言われる僧兵を抱える大寺《だいじ》で、誰も手出しの出来ない巨大勢力なのだ。

光秀は鉄砲を見て来てくれという元常の依頼と感じた。

四半刻余りの会見で細川元常と希菴玄密に礼を述べ光秀は法堂を出た。三人はその足で金閣《きんかく》に向かった。

光秀たち三人は正月までの十日ほどを、あちこちの寺々を見て回った。京は暮れに入ってどこも大忙しだが、光秀たちは見るものが全て新鮮だ。京は千年の王城の地である。

年が明けると堺から紀州に向かった。

根来寺は一乗山大伝法院根来寺《いちじようざんだいでんぽういんねごろじ》という。高野山を開いた空海《くうかい》以来の学僧と言われた秀才覚鑁《かくばん》が、高野山で迫害されたため、山を下り紀ノ川《きのかわ》の対岸に開いたのが根来寺である。

覚鑁は東山《ひがしやま》天皇から興教大師《こうぎようだいし》の名を下賜《かし》された名僧だ。

根来寺は坊舎《ぼうしや》二千七百、寺領《じりよう》七十二万石、僧兵一万から二万人を抱えると言われる巨大寺院なのだ。

「恐れ入りますが、お訪ねしたい……」

光秀は山門で僧侶に声をかけた。

「拙僧かな？」

「はい、こちらに津田監物さまがおられるとお聞きしてお尋《たず》ねいたしましたが？」

「監物さま、そこもとは？」

「美濃からまいりました明智十兵衛と申します」

「美濃の明智？」

「和泉守護、細川播磨守さまの紹介状を持参《じさん》してございます」

「おう、細川さまか、監物さまは杉ノ坊《すぎのぼう》におられる」

僧侶は杉ノ坊を光秀に教え指さした。津田監物は吐前《はんざき》城主でもあり、根来寺の家老で杉ノ坊算長ともいう。

光秀は杉ノ坊で若い学僧に細川播磨守の書状を差し出した。すると少し待たされたが方丈《ほうじょう》に案内された。

すぐ津田監物が現れた。四十七歳の眼光鋭い精悍《せいかん》な僧だ。光秀が平伏した。

「明智殿か？」

「はい、明智十兵衛光秀にございまする」

「顔を上げろ。鉄砲を見たいのだな？」

「是非《ぜひ》にも拝見させていただければ有り難く存じまする」

「そなた幾つだ？」

「正月を迎えまして十九歳にございます」

細川播磨守にも歳を聞かれた。光秀は童顔で年より若く見られる。

「美濃と言えば快川禅師がおられるはずだが？」

「はい、それがしのお師匠《ししょう》さまにございます」

「おう、そうか。一度、京の東寺《とうじ》でお会いしたことがござるでな……」

「旅に出る前、美濃の南泉寺にてお会いしてまいりました」

うなずいた監物の厳しい顔が少し和《やわ》らいだ。

「沢彦禅師をご存じかな？」

「はい、存じ上げております」

「そうか、鉄砲は刀鍛冶芝辻清右衛門《しばつじせいえもん》のところにある。お見せしよう。明朝、芝辻の鍛冶場においでなさい」

監物が沢彦宗恩のことを口にしたのは、沢彦禅師はこの頃、信長に学問を教えていていち早く鉄砲を見に来ていたのだ。この年、沢彦宗恩が吉法師に信長と言う名を与えて元服させる。

鉄砲の噂を聞いて監物のところに見に来る者が多い。監物は複製の鉄砲を大量に生産して、根来衆と言われる僧兵の鉄砲隊を考えていた。監物の手には種子島から持ってきた鉄砲一丁と複製の数丁がある。

芝辻が複製品を作り始めているが、鉄砲は高価《こうか》でいくらの値《ね》がつくか分からない貴重品だった。やがて芝辻は鉄砲鍛冶として堺に出て行くことになる。

光秀は礼を述べて杉ノ坊を辞した。

翌朝、芝辻の鍛冶場に行くと津田監物と芝辻清右衛門が待っていた。そのまま試射場に案内され監物が鉄砲の試射を見せた。

これまで聞いたことのない火薬の破裂する音に驚いて光秀は身を引いた。監物は二十間（約三六メートル）先の的《まと》を撃ち落として見せたのだ。瞬間、光秀は戦場の武器になると判断した。兜《かぶと》は無理でも鎧《よろい》なら撃《う》ち抜けると見た。

やがて光秀は鉄砲の修練をして、飛んでいる鳥を撃ち落とすまで腕を上げる。

津田監物に鉄砲の試射を見せられた光秀は、世の中には知らないことが多いと自分を恥じた。鉄砲という武器を発明した南蛮とはどんなところか興味を持った。

三人は監物に礼を述べて根来寺を辞《じ》した。

「殿、あの轟音《ごうおん》と白煙《はくえん》は何んですか？」

小兵衛はあまりの衝撃に腰を抜かしそうになった。

「あれは種子島という南蛮渡来の新兵器だ」

「種子島？」

「鉄砲とも言う」

「鉄砲？」

「あれは人はもちろん馬も殺しますな……」

伝五郎もびっくり仰天《ぎょうてん》したのだ。三人は鉄砲の話をしながら堺に戻り山城の勝龍寺城に急いだ。勝龍寺城の城主細川元常に会うためだ。

確かに鉄砲は弓にも勝る飛び道具だと思う。轟音がして白煙が射手を包んだ時には、二十間先の的が砕《くだ》け散っていた。

光秀一行は勝龍寺城で細川播磨守に鉄砲の威力《いりょく》の見たままを話した。ことに小兵衛の話を播磨守はおもしろそうに聞いていた。やがて将軍義晴に鉄砲が献上《けんじょう》され、将軍は試し撃ちを見るのだが、病で体調の優《すぐ》れない将軍は鉄砲に興味を示さなかった。

この頃、将軍義晴は近江坂本の日吉《ひよし》神社に亡命していた。力のない将軍は京と近江を出たり入ったりで落ち着かない。

光秀が京から近江、美濃へと戻ってきたのは二月の初めになってからだった。

その光秀を待っていたのは光安だけではなかった。光安が光秀の妻と決めた千草も一行の帰りを待っていた。

「千草か？」

光秀が明智長山城に戻って十日もすると千草が父親の光信と現れた。

光秀は美しく変貌《へんぼう》した千草に驚いた。十七歳になって千草は大輪《たいりん》の花を咲かせようとしていた。

「十兵衛さま、千草でよろしいのでございますか？」

「う、うむ、千草がよいのだ……」

「まあ……」

「千草がよい、千草がよいのだ……」

「不束《ふつつか》でございます。よろしくお願いいたします」

「うむ、拙者の方こそ不束者でござる」

光秀は千草に見つめられて不覚《ふかく》にも戸惑った。

「十兵衛、婚礼《こんれい》は今夜だ。いいな？」

「はッ、よしなに……」

慌《あわ》てている光秀を見て千草が着物の袖《そで》で口を覆《おお》った。笑いそうになったのだ。

こういう時は女の方が慌てず度胸がある。

「十兵衛さま、城を見せていただけますか？」

「城か、承知した……」

「千草……」

光信が千草を制《せい》したが遅《おそ》かった。二人は立ち上がるとサッと部屋から消えた。

「兄上、千草が嬉しそうで良かった……」

光安が兄の光信を見て笑った。

「従妹《いとこ》だからな……」

光秀は二人の兄光綱の養子なのだ。厳密《げんみつ》には血は繋《つな》がっていないから従妹ではない。だが、知らぬ仲ではない。千草は小さい頃から光秀の妻になると言われてきた。

その夜、千草の夢がかなった。

明智長山城は夜遅くまで光秀と千草の結婚の宴《うたげ》で沸き立った。

小兵衛は初めて前後不覚《ぜんごふかく》になるまで酒を飲んで、伝五郎に叱られたが何が何んだか分からず厩《うまや》の馬の前に捨てられた。

光秀が結婚したことで光安は光秀に城主を譲《ゆず》ろうとしたが、再び光秀は城主になることを固辞した。

千草が光秀の正室になったことで誰よりもうれしいのが小兵衛だ。

「奥方さま、ご用はございませんでしょうか？」

いつの間にか小兵衛は千草の忠僕《ちゅうぼく》のように仕《つか》えている。光安がつけてくれた侍女《じじょ》より小兵衛の方が千草のために駆けずり回っている。

そんな千草は光秀に愛され結婚して三カ月後には懐妊《かいにん》した。

「十兵衛さま、ヤヤができましてございます……」

千草にそう告げられ光秀は絶句した。

「お言葉を……」

千草に催促された。

「うむ、よくできた。良かった……」

「それだけですか？」

「うむ、ご苦労だが、丈夫《じょうぶ》な子を産んでくれ……」

「まあ、抱いてくださいませんのか？」

「うむ、抱こう……」

光秀が千草をそっと抱きしめた。

「もっと、強く……」

「いいのか？」

誰も見ていないのを確かめて光秀が恐々《こわごわ》、千草を強く抱きしめた。千草は怖いもの知らずの天真爛漫《てんしんらんまん》なのだ。こうなると千草の方が腹は据わっている。そんな千草を光秀は深く愛した。

二人には夢のような幸せな日々が続いた。

小兵衛と伝五郎は千草の懐妊を知ると大喜びだ。光秀の二人だけの家臣は千草が懐妊したことで忙しくなった。

二人は千草観音と言って侍女を叱って食べるものを全て吟味《ぎんみ》する。

小兵衛は台所奉行《だいどころぶぎょう》だと言い出す始末で、あちこちで顰蹙《ひんしゆく》ものだが、若殿の奥方さまのためでは誰も何も言えない。

小兵衛と伝五郎は精《せい》のつくものと言って川干《かわぼ》しに出かけて魚を捕《つか》まえてくる。毎日が騒々《そうぞう》しい光秀一家だ。

十三　土岐《とき》家の終焉《しゅうえん》

天文十六年（一五四七）の年が明けた二月の末《すえ》、光秀の妻千草が男子を出産した。ところが、産後に高熱を発して起き上がれなくなった。産褥熱《さんじょくねつ》だ。母子ともに命を失ったり、出産はしたが産褥熱で母親が亡くなるということがよく起きた。

武田信玄は十三歳で武蔵川越《むさしかわごえ》城から十三歳の姫をもらい懐妊したが、翌年に信玄は母子ともに失った。後に、信玄の子勝頼《かつより》は信長の養女と結婚するが、信勝《のぶかつ》を出産して産後に産褥熱で亡くしている。

出産は女にとって命がけなのだ。

無邪気《むじゃき》で誰からも愛された千草は熱を発して寝込んでしまった。

こうなると光秀には打つ手がなく千草の傍で手を握っている。明智長山城は大騒ぎになった。千草の父光信と光安は、何人も医師を呼んで千草を見せたが、誰も熱を下げることができない。

千草はぼんやり目を覚ますと光秀の手を握る。

「十兵衛さま……」

「千草！」

「赤子《あかご》は、無事ですか？」

「うむ、元気だ……」

うつろな顔で千草が薄く笑う。

「十兵衛さま……」

千草は光秀の手を握って高熱と戦い続けた。だが、人の命はもろい。光秀は何日も寝ないで愛する千草を看病《かんびょう》したが五日後には意識を失い、その二日後に美しい千草は静かに息を引き取った。

光秀は痛恨《つうこん》の不幸に見舞われた。

神を呪《のろ》い、仏を恨《うら》む気持ちだ。千草は美しいままあっけなく亡くなった。小兵衛と伝五郎が号泣《ごうきゅう》した。

乳《ちち》を欲しがって泣く赤子は千草の父光信に引き取られた。この子は後に山岸光《みつ》重《しげ》と名乗ることになる。

悲しみに沈む光秀には千草のいつも明るく元気だった面影《おもかげ》だけが残った。人はその面影だけでも生きられる。光秀は千草の死を乗り越えて強くなった。人の死は避けることのできない運命だ。

ならば一度きりの人生を自分の望むように生きてみたい。

光秀は小兵衛に誘われて気晴《きば》らしに城下の川に川干しに出かけた。そこで上流から流れてきた小さな仏像を拾った。

「小兵衛、この木片には仏《ほとけ》が彫《ほ》ってあるぞ！」

光秀が小兵衛に木片を渡した。

「おう、これは確かに仏像だな」

「どれどれ……」

伝五郎が小兵衛から木片を受け取った。

「これは大黒天《だいこくてん》だな」

「大黒天、あの大黒さまか？」

「そうだ。この大黒さんが担いでいる袋には、金や銀など七宝《しっぽう》が入っている財福《ざいふく》の仏さまだ。殿、大黒天を拾うと千人の大将になれると聞きます」

「ほう、そうか千人か、そう言うことなら、その大黒天は必要ない。下《しも》に流してやれ、誰か拾うだろうよ」

「そうですか……」

伝五郎は勿体《もったい》ないと思いながら大黒天を流れに押してやった。小兵衛もどうしてだという顔で流れて行く大黒天を見ている。

「小兵衛、わしは千人の大将で終わるつもりはないのだ。何万もの大軍を動かす大志《たいし》がある。よってあの大黒天は必要ない！」

そういうことを言わない光秀が露骨《ろこつ》に野心《やしん》を口にした。

小兵衛と伝五郎が顔を見合わせてニッと笑った。二人は光秀が千草を亡くしてから人が変わったように思う。死を恐れない覚悟のようなものを光秀に感じる。

これまでは、決して野心など口にしなかった。

光秀の心にはいつも美しい千草が生きている。

そんな時、前年に道三と和睦して大桑《おおが》城に入った国主頼純が、道三に奪《うば》われつつある美濃を取り戻そうと挙兵した。頼純は若かった。老獪《ろうかい》な道三がこの時を待っていると気付かない短気な挙兵だ。

「十兵衛ッ、大桑城に出陣だッ！」

光安が明智軍に出陣を命じた。

「八月十五日に頼純さまが大桑城で道三さまに挙兵された。まだ、織田からも朝倉からも援軍はないようだ……」

光秀は光安の話を聞いて土岐家が危ないと直感した。

明智軍三百五十人が素早く支度すると大桑城に急いだ。光秀は馬に乗って光安を支える副将として出陣した。

小兵衛はいつものように槍《やり》を担いで光秀の傍にいる。

大桑城を包囲した道三軍は一万三千の大軍だ。頼純を支援して大桑城に入る武将や兵が少ない。光秀は支援もなく頼純が何を焦《あせ》って挙兵したのかと愕然《がくぜん》となった。戦を知らないとしか言いようがない。

一万三千の大軍は道三の采配《さいはい》で一斉に猛攻《もうこう》を加えた。古城山《こじょうさん》こと金鶏山《きんけいざん》山頂の大桑城二の曲輪《くるわ》に明智軍が向かった。大手道を登って途中から東の道に分岐《ぶんき》して空堀《からぼり》を越えた。

「殿、突っ込みますッ！」

「小兵衛を援護してやれッ！」

光秀が伝五郎に突撃する小兵衛の援護を命じた。小兵衛は二の曲輪の一番乗りを狙って空堀から土塁《どるい》に取り付いている。

大桑城は東の尾根と西の尾根に曲輪が広がっている。

ことに西の尾根には三の曲輪、二の曲輪、本丸と二百二十間（約四〇〇メートル）にわたって城郭《じようかく》が築かれている。名門土岐家の本城として大きく城下も栄えてきた。

小兵衛と伝五郎の後から五人、十人と兵が土塁に取り付いている。光秀も三十人ほどの兵を率いて小兵衛の後を追った。

道三軍一万三千の大軍が三の曲輪、二の曲輪、本丸方面と西の尾根に群《むら》がっている。

小兵衛は二の曲輪に土塁を這《は》い上《のぼ》って一番乗り、三の曲輪から攻め登ってきた味方と合流して本丸に向かった。

城を防衛する頼純軍は千人足らずで、広大な山上の城を守り切れない。遂《つい》に、本丸に追い詰められた。最早、仲裁に入る者もいない。

光秀は光安と二の曲輪で本丸攻撃の様子を見ていた。

その二の曲輪に道三が二十人ばかりの近習を引き連れて姿を現した。五十四歳の老人は美濃一国をこの戦いで握りしめたい。そのためには頼純を越前に逃がさず、後腐れのないように殺してしまおうと考えていた。

一万三千の大軍に包囲されては、さすがに頼純はもう逃げられない。

「明智殿、二の丸の一番乗りだそうだな？」

「はい、これなる明智十兵衛光秀が家臣、山本小兵衛が一番乗りをしておりまする！」

「うむ、後で感状《かんじょう》を書こう。十兵衛、初めてだな？」

「はッ、初めて御意《ぎょい》を得まする！」

「一関斎から話は聞いておる。余《よ》のために働いてくれるな？」

「はッ！」

「この歳《とし》になると戦《いくさ》は難儀じゃ。そなた、余の渾名《あだな》を知っているか？」

「はい、蝮《まむし》かと……」

「嫌な渾名だが、余は気に入っておる。この世に蝮と呼ばれる男は余一人だぞ」

道三が光秀をにらんでニヤリと薄気味悪く笑った。

「明智殿、そろそろ本丸が落ちる頃だな？」

「御意……」

その頃、本丸の頼純は返り血を浴びて血まみれになって戦っていた。もう、本丸に道三軍が踏み込んでいた。

「押せッ、押せッ、押し戻せッ！」

「突っ込めッ！」

「叩《たた》き斬《き》れッ！」

「皆殺しだッ、踏み潰せッ！」

「ウギャアーッ！」

「この野郎《やろう》ッ、突き殺せッ！」

怒号《どごう》や悲鳴《ひめい》が本丸に充満《じゆうまん》して頼純軍は全滅《ぜんめつ》しそうだ。頼純は腹《はら》を斬るつもりはない。二十四歳の頼純は、道三に殺される無念と悔《くや》しさで最後まで戦うことにしたのだ。


若き土岐の御曹司《おんぞうし》は本丸の二階まで追い詰められた。

群がる道三軍は頼純の首を狙っている。その中に小兵衛と伝五郎がいた。だが、狭《せま》い本丸の中で押し合いへし合いして身動きが取れない。

遂に、三階まで追い詰められた頼純は、数本の槍に腹や胸を貫《つらぬ》かれ壮絶《そうぜつ》な討死《うちじに》をした。

道三は攻め手の大将に人質に出した愛娘《まなむすめ》の帰蝶《きちよう》を救出するよう命じていた。その帰蝶は戦いの中から無傷で無事に救い出された。

光秀は本丸に勝鬨《かちどき》があがると五人ばかりの兵を連れて、二の曲輪から三の曲輪に下《お》りて行った。大桑城の戦いが終わった。

土岐頼芸《よりのり》は揖斐北方《いびきたかた》城にいるが、国主の頼純が死んだことは、事実上の土岐家の最期と言える。

その土岐一族である光秀は見ているのが辛《つら》い。自分の無力を痛切に感じた。乱世は強くなければ生き残れない。力だけが正義なのだ。

殺されてはどんなに正義を語っても全く意味がない。

光秀は五職の土岐家が滅びるのを眼の前で一部始終を見た。遂に蝮の道三の国《くに》盗《と》りが成功した瞬間だ。

ところが、この美濃の混乱を尾張の織田信秀が見ていた。

九月に入ると信秀が尾張国内から兵を集め出した。

信秀と朝倉孝景は揖斐北方城の頼芸が危ないと判断して、織田軍一万二千、朝倉軍一万三千の大軍で美濃に侵攻、道三の居城《きよじよう》である井ノ口の稲葉山城を目指した。

勢いに乗る信秀は木曽川を渡河《とか》すると井ノ口に侵入、稲葉山城を見上げるばかりの城下まで攻め込んで、城下はもちろんのこと周辺の村々まで焼き払った。

九月二十二日の夕刻、信秀は城下での野営は危険と考えて、全軍に一旦、城下の外に引くように命じた。申《さる》の刻《こく》(午後三時から五時)頃、織田軍は続々と引きはじめ、半分ほど引いたところに突然、稲葉山城の道三軍が襲《おそ》いかかった。

信秀は迂闊《うかつ》にも無警戒で撤退の殿軍《しんがり》を置いていない。

大慌てで織田軍は守りを固めようとしたが間に合わなかった。油断を突かれて織田軍は道三軍に追撃される。

「敵だぞッ!」

「急げっ、逃げろッ!」

「引けッ、木曽川まで引けッ!」

「木曽川に叩き落せッ、沈めてしまえッ!」

「逃げろッ!」

織田軍は総崩れになり道三軍に追われた。

崩れた大軍を立て直すのは不可能だ。恐怖に駆られてわれ先にと逃げるが、戦木曽川まで逃げたがあいにく前日の雨で増水していた。

その木曽川に織田軍は次々と飛び込んだ。

対岸の織田領まで逃げ切りたい一心だが、増水した川は次々と織田軍を呑み込んでしまう。鎧《よろい》を着た兵は泳げず次々と溺れて流された。

信秀は馬廻り七騎に助けられ何んとか対岸に泳ぎ着いた。

織田軍は崩壊した。

信秀の弟犬山城主の織田信康《のぶやす》が討死、信秀の家老寺沢又八《てらさわまたはち》と毛利敦元《もうりあつもと》と藤九郎《とうくろう》、それに那古野城の信長の家老青山信昌《のぶまさ》が討死、岩越喜三郎《いわこしきさぶろう》など信秀の家老や武将たちが、逃げ切れずに次々と討死した。

討死した者二千人、木曽川まで逃げて溺死《できし》した者三千人、織田軍は五千人の死者を出して壊滅した。この戦いで大打撃を受け尾張の虎が再起不能になった。

朝倉軍は織田軍の敗北を知るといち早く美濃から引き揚げた。

十四　天下鳴動《めいどう》す

戦いに勝てなくなった尾張の虎は、酒と女に溺れ命を縮《ちぢ》めることになった。

一万二千で出陣して七千人しか戻らないのでは次の戦いの兵が集まらない。織田軍が崩壊したと言っていい。

この敗北を受けて信秀と道三が和睦した。

老獪《ろうかい》な道三は勢いに乗って尾張に攻め込んでも、容易に勝てないことを分かっている。美濃には反道三の武将がいて決して一枚岩ではない。揖斐北方城《いびきたかた》にはまだ頼芸《よりのり》がいる。道三が尾張に侵攻すれば、背後から頼芸や越前朝倉《あさくら》が襲いかかる可能性がある。

美濃と尾張の和睦がなると明智長山城が大騒ぎになった。

光安《みつやす》が将軍義晴《よしはる》に拝謁《はいえつ》するため上洛《じょうらく》することになったのだ。その案内役が三度京に出ている光秀に決まった。上洛と言っても将軍は坂本《さかもと》の日吉《ひよし》神社にいる。そこで拝謁してから上洛する。

「小兵衛、支度を急げ。年内に戻れなくなるぞ！」

「承知ッ！」

道三から大《おお》桑《が》城攻撃の感状をもらった小兵衛はこのところ上機嫌だ。褒美《ほうび》の黄金ももらったのだ。

雪が来る前に京から戻りたい。

光安と光秀が相談して騎馬隊だけの急行軍にすることにした。馬廻《うままわ》りと近習《きんじゅ》二十人が選ばれた。

美濃の山々に間もなく雪が来る。

「行くぞッ！」

案内役の光秀が先頭で小兵衛と伝五郎が馬に乗って従う。

「出立《しゅったつ》ッ！」

小兵衛の大声がまだ暗い空に響いた。二十四騎の騎馬隊が一斉に大手道を下って城下に飛び出した。一行は稲葉山《いなばやま》城に伺って道三にお礼を言上《ごんじょう》した。光安の将軍との対面は道三が推挙《すいきょ》したから実現したのだ。

光秀の乗る可児姫《かにひめ》はまだ元気だ。二年前、雌《めす》の子馬を産んでいる。

暗いうちに井ノ口《いのくち》を出た騎馬隊は一気に近江に入り坂本に向かった。大雪に見舞われたら凍死《とうし》する。一行は急ぎに急いだ。

湖東《ことう》に出た騎馬隊は琵琶湖畔《びわこはん》を南下《なんか》して湖西《こせい》に迂回《うかい》して坂本の日吉神社に入った。

光安が将軍に黄金を献上《けんじょう》するとすぐ呼び出しがあった。

「十兵衛、供《とも》をせい……」

「はい、畏《かしこ》まりました！」

光安と光秀が日吉神社に上がると新将軍義藤《よしふじ》こと義輝《よしてる》と、前将軍義晴が奉公《ほうこう》衆《しゅう》と待っていた。

将軍と拝謁すると光安は従五位下兵庫頭《じゅごいげひょうごのかみ》に叙任《じょにん》した。官位官職は本来朝廷の命令で任官するが、武家社会になってから将軍も官途書出《かんどかきだし》などと称して任命していた。ことに戦国期は大名が勝手に官職を名乗ったり乱れていた。

例えば信長が名乗った上総介《かずさのすけ》などは気に入って勝手に名乗った官職だ。信長の織田家の正式な官職は弾正忠《だんじょうのちゅう》が家代々のものだ。

光安の従五位下兵庫頭は父一関斎宗善《いっかんさいそうぜん》の官位官職だった。

十二歳の将軍は後《うし》ろに控えている光秀をじっと見ている。光安より若い光秀に興味を持ったようだ。だが、将軍から言葉はなかった。

それに光安が気づいた。

「控えておりますのは明智長山城の後継者、明智十兵衛光秀にございます」

光安が将軍に光秀を紹介した。すると幼将軍《ようしょうぐん》がニッと笑った。

「十兵衛光秀、これへ！」

義晴が扇子で光安の傍《そば》の畳《たたみ》を示した。そこまで進めという合図だ。

「はッ！」

平伏《へいふく》してから光秀が光安の傍まで進んだ。

「十兵衛、面《おもて》を上《あ》げよ！」

幼い将軍の力強い声だ。

「はッ！」

光秀が顔を上げると幼将軍が微笑《ほほえ》んでいる。

「十兵衛、また訪ねてまいれ。話を聞きたい！」

「はッ！」

凛《りん》とした幼将軍の命令に光秀が平伏した。

「十兵衛、余《よ》は快川禅師《かいせんぜんじ》からそなたの名は聞いておったぞ……」

義晴は快川紹喜《じょうき》から光秀は美濃の逸材《いつざい》だと聞いていた。

「お恐れ多いことにございまする……」

「新将軍がそなたを気に入ったようだ。必ず訪ねてまいれ、遠慮はいらぬぞ」

「ははッ、有り難く承《うけたまわ》りましてございます」

将軍との謁見《えっけん》は四半刻《しはんとき》（約三〇分）ほどで終わった。光安と光秀が日吉神社から下がると一行は坂本から京に向かった。

翌日、朝廷《ちょうてい》に銭二百貫を献上した。

一行は光秀の案内で三日間京見物をして帰途についた。寒くなっていつ雪が来てもよい季節だ。早朝の比叡山《ひえいざん》は真っ白だった。

「急げッ！」

小兵衛が瀬田《せた》の唐橋《からはし》まで先頭をかけた。二十四騎の騎馬隊は湖東を駆け抜けて暮《く》れまでに明智長山城に戻った。

年が明けると稲葉山城下の井ノ口から、平手氏政《ひらてうじまさ》と名乗る男が内々の話ということで明智長山城に現れた。光安は聞いたことのない名だったが、わざわざ井ノ口から訪ねてきたのだから会うことにした。

平手氏政は人払いを願って光安と二人だけになった。

「このお話は少々危ない話にございますので、明智さまお一人の胸に入れていただきたく存じます」

「危ない話？」

「美濃と尾張の命運にかかわることにございます。明智さまは井ノ口の大宝寺《だいほうじ》のご住職沢彦宗恩《たくげんそうおん》さまをご存じでしょうか？」

「この美濃で沢彦さまと快川さまを知らぬようでは……」

「失礼を申し上げました。それがしはその大宝寺の檀方《だんぽう》にて平手氏政と申しますが、尾張那古野《なごや》城の家老平手監物政秀《ひらてけんもつまさひで》さまとは縁戚《えんせき》にございます」

「なるほど、平手監物さまと言えば織田弾正忠さまの老臣《ろうしん》と聞いております」

「その平手監物さまの奥方の叔父上が沢彦宗恩さまなのです」

「ほう、それは知りませんでした」

光安はそこまでの人脈は知らない。だが、平手監物が大うつけの信長の傅役《もりやく》で、沢彦禅師が学問の師だとはどこかで聞いたことがあった。

「明智さまは道三さまと信秀さまが和睦されたことはご存じと思いますが、その和睦をより確かなものにするべく、道三さまの息女帰蝶《きちょう》さまを、那古野城の城主三郎信長さまの正室に、お迎えしたいというのがお伺いした用向きにございます」

氏政が真正面《ましょうめん》から光安に斬り込んできた。

尾張の大うつけに蝮が掌中《しょうちゅう》の珠《たま》とまでいう帰蝶姫を嫁がせるなど、正気《しょうき》の沙汰《さ》とは言えないことだ。稲葉山城でそんなことを口にすればその場で斬られる。

戦いに勝って何んで人質を出さなければならないのだと、血の気の多い西美濃《にしみの》三人衆《さんにんしゅう》の氏家直元《うじいえなおもと》などに睨《にら》まれる。

怒り狂った道三の家臣に間違いなく斬られる。

「難しい話にござるな？」

「確かに。明智さまに小見《おみ》の方さまをご説得いただけませんでしょうか？」

「小見の方を……」

光安は氏政の用向きを理解した。光安の妹で道三の正室である小見の方が狙いなのだ。小見の方は帰蝶姫の実母だ。

「この婚姻をまとめたいというのが織田家の意向にございます」

「弾正忠さまも？」

「はい、沢彦禅師さまも平手監物さまも同意しておられます。美濃と尾張が手を結ばないと今川や武田の侵攻を止められないとお考えのようです」

「武田と今川の侵攻……」

「今川軍や武田軍が美濃か尾張に、上洛戦のため出てくると見ておられるように思います」

今川か武田の上洛戦という大きな話だ。

光安はもし武田軍が信濃から美濃に出てくれば、岩村城や明智長山城が迎え撃つことになると思った。

「稲葉山城では尾張津島《つしま》の堀田《ほった》家から出られた、道空《どうくう》さまがご存じだと聞いております。道三さまのお傍におられるお方ではただお一人……」

「堀田道空殿が同意しておられるか？」

「ご内聞《ないぶん》に願います……」

光安は道空でもこんな話が表に出たら、反対する誰かに斬られる危ない話だと思う。だが、平手氏政の話の筋は通っている。

確かに、駿河の今川義元、甲斐の武田信玄は脅威だ。上洛戦になれば美濃も尾張も単独で戦っては踏《ふ》み潰《つぶ》される危険がある。

それを防ぐための美濃と尾張の政略結婚だ。気の強い帰蝶のことだから、話の筋《すじ》さえ理解できれば尾張に行くというに決まっている。

帰蝶はそんな強い娘なのだ。だが、帰蝶は道三に愛されているだけではない。家臣団も才色兼備《さいしょくけんび》の帰蝶を金華山《きんかざん》さまという美しい名で呼んで愛している。金華山とは稲葉山の別名だ。

光安が考え込んだ。迂闊《うかつ》に答えられない重大な話だ。

「平手殿、近々稲葉山城に正月の挨拶《あいさつ》で伺うことになります。それまで考えさせていただきたいがいかがか？」

「承知いたしました」

平手氏政が帰ると光安はすぐ光秀を呼んだ。二人は小部屋に閉じ籠《こも》って平手氏政が持ってきた信長と帰蝶の結婚を話し合った。

「難しい話だ。稲葉山城では誰一人賛同する者はおるまいな……」

「叔父上、平手さまは戦いに勝った方から歩み寄れと、謎をかけておられるのではありませんか？」

「そうかも知れんが、話の筋がよくない……」

悪い話ではないが織田軍を壊滅させて和睦した美濃衆は、帰蝶を人質同然に尾張に出すなど、誰一人同意しないだろうというのが光安の見方だ。だが、光秀は話の筋は正しいと感じている。

「この話の肝《きも》は今川軍と武田軍の上洛です。その時期が早いと見れば急ぐ話です。織田さまは今川軍が上洛に動くと見ておられるのではありませんか？」

「うむ、織田軍は三河《みかわ》で今川軍と戦っているからな……」

今川は駿河《するが》、遠江《とおとうみ》、三河と領土を拡大して、西進したいため織田軍と三河と尾張の国境《くにざかい》でぶつかっている。

「織田軍は今川軍の動きを分かっているのです」

「うむ、東美濃に武田軍が出てくるかも知れない？」

「信濃には有力大名がいないため武田信玄が呑み込んでいます。高遠《たかとお》城まで奪いましたので東美濃に出てくるのはそう遠くないと思います」

光秀は武田軍の侵攻を危惧《きぐ》している。

武田家は土岐家と同じ清和源氏《せいわげんじ》の名門で信玄は十九代目の当主だ。二十一歳の時、父信虎《のぶとら》を駿河今川家に追放して甲斐武田家を掌握《しょうあく》した。以来、優れた手腕で信濃に侵攻して南信濃半国を既に手に入れた。

その武田軍の勢いは侮《あなど》りがたいものがあると光秀は考えていた。甲斐の武田信玄は多くの金山を持っていて裕福だと聞いている。信玄が育てた騎馬軍団も優秀だと聞いていた。美濃と尾張は信玄と義元に狙《ねら》われていることは明らかだ。

「道三さまの美濃になれば四方を敵に囲まれるな……」

光安は道三が美濃を奪えば尾張織田、三河今川、信濃武田、越前朝倉、南近江六角という有力大名に取り囲まれてしまうことを危惧している。越後の長尾《ながお》、北《きた》近江浅井《おうみあざい》などもどう動くか分からない。

伊勢も信濃と同じで有力大名がいない。

道三の美濃も信秀、信長の尾張も極《きわ》めて危険な状況にある。それが光秀の見方でその美濃と尾張が同盟することはあり得る話だと思った。

「美濃と尾張が手を結べば百万石になります。今のところ美濃の周辺に百万石の大名はおりません」

「そうか、美濃と尾張で百万石になるか……」

光安は百万石の領地は魅力的だと思った。尾張の大うつけが信秀の後継者になれば、帰蝶の父道三が尾張を手に入れることも可能だ。

そのために帰蝶が尾張に行くのなら悪い話ではない。それは家臣団を説得する材料にもなる。いざとなれば道三が尾張の大うつけに毒《どく》を食わせれば決着がつく。易々《やすやす》と百万石が手に入る。

「武田と今川が同盟すれば無敵になります」

光秀は美濃が尾張を奪うことより武田と今川が同盟することの方が恐ろしい。万一にもそういうことになれば美濃も尾張も吹き飛ぶことになる。

その根拠を光秀は耳にしていたのだ。

それは希菴玄密《きあんげんみつ》、沢彦宗恩、快川紹喜などの碩学《せきがく》たちの師とも言える大人物《だいじんぶつ》が今川にいたのだ。駿河庵原《いおはら》家から出て建仁寺《けんにんじ》で学び、妙心寺《みようしんじ》三十五世の大住持になった太原崇孚雪斎《たいげんそうふせつさい》が、今川義元の軍師としているということだ。

太原雪斎は四歳の義元を預かって育ててきた。

織田信秀はこの雪斎と二度戦ったが歯がたたなかった。

光秀はそのことを考えていた。天下があちこちで鳴動《めいどう》していることを感じる。

十五　運命の婚姻

ところがその頃、太原崇孚雪斎は光秀の考え以上の構想を持って動いていた。今川、武田、北条の三国同盟を画策し始めていたのである。だが、利害の全く違う三国をまとめて同盟にまで持っていくことは容易ではない。

しかし、世の中には太原雪斎のような、恐るべき頭脳と創造力と実行力を持った怪物がいるものだ。そのほぼ不可能のような構想を実現するのだから、天下一の軍師といっても間違いではない。

光安と光秀の話し合いは、先々のことを考え、平手氏政の持って来た話を進めることでまとまった。

ただ、こういう話が表沙汰になると、反対する者が出て厄介なことになることが多い。いかに極秘裏《ごくひり》に進めるかが成否の鍵《かぎ》になる。

事と次第《しだい》によっては死人が出ることにもなりかねない。

人は一度言い出すとなかなか引っ込みがつかなくなる。そこを冷静に考えて引くことのできる者は大人物だ。

数日後、光安は道三に正月の挨拶をするため稲葉山城に行った。

光秀は小兵衛と伝五郎を連れて中洞村《なかほら》に向かった。三騎は木曽川、長良川を越えて武儀川《むぎがわ》沿いに北上した。

山から麓まで真っ白な雪の世界だ。

母の宗桂禅尼《そうけい》も祖父の源左衛門《げんざえもん》も久々に戻ってきた光秀を喜んで迎えた。光秀は二十一歳になり堂々たる明智長山城の御大将だ。

三人は三日目の朝、大桑の南泉寺《なんせんじ》に向かった。武儀川を渡って西に駆け抜けた。相変わらず、光秀の可児姫は足が速く強靱《きょうじん》だ。

南泉寺に着くと光秀は師の快川紹喜と会った。傍に宗乙《そういつ》がいた。

「春にはここから井ノ口の崇福寺《そうふく》に移ります」

快川紹喜はいつもにこやかだ。

大桑の南泉寺から井ノ口の長良川北岸にある崇福寺に入ることになったのだ。

崇福寺は光秀の祖父土岐成頼《しげより》と斎藤長弘《ながひろ》が建立《こんりゅう》した寺で、後年、織田家の菩提所《ぼだいしょ》になり有栖川宮《ありすがわのみや》の祈願《きがん》所や、春日局《かすがのつぼね》と縁《えん》の深い寺となり徳川家光《いえみつ》の庇護《ひご》をうけることになる。

崇福寺は常時百人を超える学僧を育てていた。

その頃、稲葉山城に正月の挨拶に上がった光安が袖を引かれ、堀田道空に小部屋へ引きずり込まれ危険な密談をしていた。

「明智さまは平手殿にどのような返事をなさるか？」

道空は光安と氏政が会ったことを知っている。

「悪い話ではないと思いますが……」

「やはりそうですか。美濃と尾張のためになるとお考えですか？」

「そう思います」

光安がはっきり考えを言った。

「今夜、大宝寺においでいただきたいが……」

「承知いたしました」

城内での密談は具合がよくない。二人の密談はすぐ終わった。光安は危険を承知で堀田道空の誘いに応じたのだ。

道空は織田家を支える尾張の津島十五党の出身で道三の数少ない直臣《じきしん》だ。尾張とも深い関係があり後に道三の家老になる。道三は一人で京から来たよそ者でほとんど直臣がいないのだ。

家臣は全てといっていいほど土岐家恩顧《おんこ》の家臣たちなのだ。その中で堀田道空は道三には貴重な直臣だ。

その夜、光安は一人で大宝寺に行った。

方丈に案内されると沢彦宗恩、平手氏政、堀田道空の三人が待っていた。沢彦禅師は幼い信長の学問の師を務めてきた。

「遅くなりました……」

方丈に入ると光安は道空の傍に座った。

「沢彦さまには初めてお眼にかかります」

「夜分、明智さまにはわざわざご足労《そくろう》を願い恐縮に存じます」

沢彦宗恩が相変わらず眼光鋭く合掌《がっしょう》した。

「この度の信長さまと帰蝶さまの婚姻は、美濃と尾張を周辺諸国の侵攻から守るためです」

沢彦宗恩が密談の趣旨をはっきりと言った。

婚姻による美濃と尾張の同盟は、沢彦宗恩と堀田道空の二人が、考え抜いてきた大戦略なのだ。これ以外、美濃と尾張を同時に守り抜く戦略は考えられない。

もし、尾張が潰れれば美濃はすぐ危険に晒《さら》される。

逆に美濃が潰れれば尾張は風前《ふうぜん》の灯火《ともしび》になる。

今川の太原雪斎と信長の師である沢彦宗恩は師弟《してい》のような関係で、太原雪斎の戦略は沢彦宗恩には分かる。今川と織田が戦えばそれは雪斎と沢彦の戦いでもある。

この妙心寺の兄弟弟子の戦いに快川紹喜は猛反対していた。

「兄上は同門で戦うつもりか！」

穏《おだ》やかな快川紹喜が怒って沢彦宗恩に詰め寄ったことがある。

「拙僧が登城できるように取り計《はか》らっていただきたいが？」

沢彦宗恩が堀田道空に言った。

「殿に直《じか》に話すのか？」

「それが一番早いのではないかと思うが……」

「それはそうだが、城内で帰蝶姫を尾張に行かせるなどと言えば、その場で襲いかかる者が出るぞ！」

「覚悟の上です……」

沢彦宗恩の揺るぎない覚悟を光安は見た。この人が大うつけと言う噂《うわさ》の織田信長の師匠になぜなったのかと思った。光安は沢彦の高名《こうめい》は以前から聞いている。

希菴玄密、沢彦宗恩、快川紹喜の三人を知らない人は美濃にはいない。

「正月の挨拶を申し上げるということで面会できるようお願いします」

「承知した……」

堀田道空が沢彦宗恩の稲葉山城への登城を請け合った。

この夜、四人の密談は深更《しんこう》にまで及んだ。

稲葉山城の道三には沢彦宗恩が会うこと、その段取りは堀田道空が行うこと、一方で明智光安が妹の小見の方と会って、帰蝶が尾張に嫁ぐことが、いかに重要なことかを話しておくことになった。

予想通りこの婚姻の話は難航した。

織田軍と何度も戦ってきた美濃衆は竹中重元《たけなかしげもと》以外誰一人同意しない。

登城した沢彦宗恩と西美濃三人衆の一人で血の気の多い氏家直元が喧嘩《けんか》になった。

だが、さすがに道三はこの婚姻の重要性を分かっていた。

道三は京から美濃に来て、土岐一族の衰退を見て国盗りを仕掛けた。何んとかそれが成功して美濃一国をほぼ手中にした。その道三は自分の弱点を十分に分かっている。

それは譜代《ふだい》の家臣が一人もいないということだ。

今川にも武田にも朝倉にも六角にも、家代々の譜代の家臣という者たちがいる。道三の傍にいる家臣は堀田道空のような新参者か、代々土岐家に仕えてきた家臣だけなのだ。

それは織田家も同じだった。

織田家は信秀の父信定が清洲《きよす》織田大和守《やまとのかみ》家から自立した新興勢力なのだ。家代々の家臣という者を持っていない。

今川義元は十一代目当主、武田信玄は十九代目当主、朝倉義景も十一代目当主、六角定頼《ろっかくさだより》は十四代目当主と鎌倉《かまくら》以来の名門《めいもん》だ。

だが、織田信秀は二代目当主、道三は初代当主なのだ。

古い家には家代々の家臣が多く、家中には優秀な家臣が育っていることが多い。道三にはそういう信頼できる家臣が皆無《かいむ》なのだ。

やがて道三は竹中重元や明智光安などごく一部の武将を除いて、土岐家の代々の家臣たちにことごとく裏切られて滅ぶことになる。

道三は沢彦宗恩の言葉の端々《はしばし》にそのことを言っていると感じていた。

周辺の大名の侵攻を阻止《そし》すると同時に、道三と信秀の最大の弱点を同盟によって補い合うべきだと沢彦は言っている。

「趣《おもむき》のこと相分《あいわ》かった。考えて置こう」

道三は沢彦宗恩にそう答えて返答を保留した。家臣団はどうして勝った方が負けた方に人質を出すのだと思ったが、道三の深奥《しんおう》にある不安までは理解できていない。沢彦宗恩とはそういう人の深層心理を攻めてくる恐ろしい坊主なのだ。

この婚姻の話を道三が否定しなかったことで、光安と堀田道空が少し動きやすくなった。快川紹喜の兄といわれる沢彦宗恩は噂以上の人物だと光安は感心した。

正月の挨拶が済んで光安は明智長山城に戻る前に、稲葉山城の奥で妹の小見の方と面会した。

「兄上、帰蝶の縁談の噂は本当にございますか？」

小見の方が光安の顔を見るとすぐ噂のことを聞いた。

「うむ、誠だ……」

「なぜでございますか。戦に勝ちましたのに、帰蝶を人質に出すとは解《げ》せぬことにございます……」

「そのことはいずれ道三さまから話があろう。美濃を武田や朝倉の侵攻から守るための同盟なのだ……」

「武田が攻めてくるのですか？」

「必ず東美濃に侵攻して来る……」

光安の根拠のない確信だが、信玄の戦上手は光安に聞こえている。

「来てからでは遅い。美濃を守るため尾張との同盟は必要なことなのだ！」

光安の強い言葉に小見の方は沈黙した。

「尾張の織田信長は大うつけだとの噂だが、沢彦禅師の力の入れようを見るとにわかには信じ難い。もし、本当に大うつけなら道三さまが尾張まで呑《の》み込んでしまう……」

光安の言葉に小見の方は眼を見開いてにらんだ。土岐頼純《よりずみ》の時と同じように帰蝶を人質に出しておいて殺すというのかと怒っている。

それに光安が気付いた。

「頼純さまとは違う。帰蝶は嫁ぐのだ。人質ではないぞ……」

「兄上、それは詭弁《きべん》です。誰が見ても帰蝶が尾張の人質になるということです」

「母上、人質でよろしいではありませんか？」

帰蝶が厳しい顔で部屋に入ってきた。この時、信長は十六歳、帰蝶は十五歳だった。

「人質は慣れております」

美男の道三と美人の小見に似て帰蝶も美女だ。光安は帰蝶がまた一段と美しくなったと思った。蝮《まむし》の娘らしく気が強い。帰蝶が尾張に行くということは、崩壊したとはいえ敵の織田軍の中に一人で行くようなものだ。

五千人を殺された織田軍の恨《うら》みを帰蝶が一身に背負うことになる。

「母上、織田軍は木曽川に五千人も沈んだのですよ。帰蝶一人の命であがなえるなら喜んで尾張にまいります」

「帰蝶、そなた……」

「よく申した。その心がけなら尾張で殺されることはない！」

光安が帰蝶を褒《ほ》めた。

「伯父上、大うつけという信長さまはどれほどのうつけにございますか？」

「うむ、手の付けられない相当なものらしい。だが、帰蝶、油断するなよ。快川禅師の兄といわれる沢彦禅師の弟子だからな。うかうかと信長の大うつけを信じ込んではなるまいぞ。大嘘《うそ》かもしれぬ、沢彦さまほどの方が育てた大うつけだ。自分の目で確かめることが大切だ……」

「伯父上は大うつけではないと……」

「高名な沢彦禅師が本当の大うつけに学問の指南などすると思うか？」

「裏に何かあると……」

「ある。必ず何かある。大うつけの信長と沢彦禅師には油断できぬぞ！」

沢彦宗恩と会った光安の直感だ。ただならぬ気配を感じ取っていた。

「伯父上、それが誠ならおもしろいことになりますよ」

「帰蝶、そなた、何を考えている……」

小見の方が慌てている。だが帰蝶は平然としていた。美しい顔に強気の自信が漲《みなぎ》っている。

「母上、帰蝶がこの美濃を蝮から頂戴《ちょうだい》いたします」

「まあ、お父上を蝮などと……」

「帰蝶よ、その時はこの伯父がそなたの先鋒《せんぽう》を仕《つかまつ》ろうぞ！」

「兄上まで……」

「伯父上、この話を進めて下され、帰蝶が人質にまいります！」

「よし、承知した！」

蝮の娘はやはり乱世の女だった。

自分の運命を尾張に投じようと覚悟している。乱世の女には乱世の女らしい戦いがある。翻弄《ほんろう》される運命か、自ら困難に投じて行く運命か、強気な帰蝶は後者を選んだ。

この信長と帰蝶の結婚は秋になって本決まりになった。

帰蝶の伯父である明智光安が仲人《なこうど》をするという形式をとった。本当は沢彦宗恩と堀田道空の考え抜いた美濃尾張同盟の大戦略だった。

雪の降る前に織田弾正忠信秀の名代《みょうだい》として、津島の大橋重長《おおはししげなが》が家臣団を連れて稲葉山城へ挨拶に現れた。大橋重長は織田信秀の一の姫こと鞍姫《くらひめ》を妻に迎えている。信長の姉の夫で義兄ということになる。

津島十五党といわれる南朝後醍醐《なんちょうごだいご》帝の臣下の末裔《まつえい》たちだ。大橋、堀田、恒川《つねかわ》など十五家の集団で結束が固い。堀田道空はその十五党の出身なのだ。

翌春二月二十四日に帰蝶が尾張の那古野城に入ることで話がまとまった。

光秀はその話を明智長山城で光安から聞いた。

美濃と尾張の同盟は良いことだと思うが、光秀は揖斐北方城に戻って、織田信秀に支援されている土岐頼芸がどうなるか考えた。

道三にしてみれば頼芸が美濃にいるというだけで穏《おだ》やかではない。だが、その頼芸の支援者である信秀と同盟してしまえば、孤立《こりつ》した頼芸が道三に挙兵することは考えにくい。美濃が少しは落ち着きを取り戻すと光秀は考えた。

だが、そうはならなかった。乱世は何ごとも温《ぬる》くない。土岐頼芸は道三によって美濃から追い出されて放浪《ほうろう》することになる。

十六　小兵衛の幸せ

年が明けると光秀は小兵衛と二人で旅に出た。藤田伝五郎は城に残った。

光秀は明智長山城を出ると尾張に向かった。

犬山、小牧《こまき》、清洲と歩いて津島に出た。光秀には目的のある旅だ。津島から船で伊勢大湊《おおみなと》まで行き伊勢神宮に参拝、その足で伊賀から奈良に出て、紀州根来《ねごろ》寺《じ》に行って津田監物《つだけんもつ》に会うつもりだ。

二人は津島の牛頭天王社《ごずてんのうしゃ》に詣《もう》で津島湊から船に乗った。

東国からの伊勢参りの玄関口である大湊は、宮川《みやがわ》と五十鈴《いすず》川河口の間にできた中州《なかす》である。

二人は大湊から内宮《ないくう》に向かった。

第十代崇神《すじん》天皇の頃、疫病《えきびよう》が大流行して民が絶滅する危機に見舞われた。そこで宮中《きゆうちゆう》にあった天照大御神《あまてらすおおみかみ》の神魂《しんこん》である八咫鏡《やたのかがみ》が、垂仁《すいにん》天皇の四の皇女倭姫命《みこやまとひめのみこと》と宮中を出られた。

近江、美濃と旅をされ神魂である八咫鏡は、皇女倭姫命と伊勢の五十鈴川の畔《ほとり》に鎮座《ちんざ》された。伊勢神宮内宮の起源である。

垂仁天皇の二十六年に内宮が創建された。その後二十一代雄略《ゆうりやく》天皇の二十二年に、豊受大御神《とようけのおおみかみ》をお祭りし豊饒《ほうじよう》を祈る外宮《げくう》が創建された。

だが、戦乱の時代に入り新宮領《しんぐうりよう》が奪われ式年遷宮《しきねんせんぐう》ができず、朝廷と同じように伊勢神宮も困窮していた。神宮をお守りしようと御師《おし》たちの努力が続いていた。

寛正《かんしよう》三年（一四六二）十二月二十七日に第四十回内宮式年遷宮が行われてから、百年近く式年遷宮が中断して行われていない。仮遷宮で乗り切っていた。

光秀と小兵衛は荒れた神宮の神々を参拝した。

伊勢から伊賀を通って奈良に出た。奈良から紀州根来寺に向かう。

光秀は根来寺の鉄砲の試射を見てからその威力を忘れられないでいた。それ以来、その鉄砲の射撃《しやげき》を鍛錬《たんれん》してみたいという思いが強かった。それで旅に出たのだ。

二人が紀州根来寺の杉ノ坊《すぎのぼう》に着いたのは二月に入ってからだった。

「明智殿、よくお出でになられた。まずは上がれ、上がれ……」

根来寺の家老で吐前《はんざき》城の城主は気さくに若い光秀を歓迎した。二万からの僧兵を指揮する大将とは思えない。細川播磨守元常《はりまのかみもとつね》の紹介状を持参して会って以来の再会だ。

「遠路、それがしを訪ねてこられるとは、どのような用向きかな？」

僧とは思えない鋭い眼光だ。

「監物さまに鉄砲のご指南をお願いしたくお訪ねした次第にございまする」

「鉄砲を学びたいというか？」

「はッ、鉄砲は乱世の戦いを変える新兵器かと思います」

光秀は率直に見解を述べた。

「そういうことか……」

光秀の考えは津田監物と同じ考えだ。南蛮の新兵器は間違いなく戦いの主力になる。その可能性を秘めていた。

「なにとぞ、ご指導を賜《たまわ》りたくお願い申し上げまする」

「明智殿、鉄砲の訓練は吐前城で行っておる。明日の朝、城においでなさい……」

監物が光秀の願いを受け入れ、吐前城の客将《かくしょう》として光秀を遇することにした。光秀は丁重《ていちょう》に礼を述べて杉ノ坊を辞した。津田監物は二十二歳の光秀に、いずれ良き武将になる逸材と感じたのだ。

翌早朝、光秀と小兵衛は夜明けと同時に登城《とじょう》した。吐前城は根来寺から南に一里半ほど、紀ノ川を越えた南岸の土井山《どいさん》台地の上に築かれた平城《ひらじろ》だ。

門番に光秀の登城が通達されていて二人は馬場に案内された。既に、津田監物と五十人ほどの家臣と僧兵が揃《そろ》っている。馬場の東側に射場が作られていた。三十人ほどが鉄砲を担いで並んでいる。大量の鉄砲を装備した鉄砲隊だ。

監物が手招きで光秀を傍に呼んだ。

「これからいつもの射撃の訓練をする」

「はい、拝見させていただきます」

光秀と小兵衛は射場の後方の床几《しょうぎ》に座って訓練を見ている。その眼の前で十人が並んで三十間ほど先の的を狙う。

「撃《う》てッ！」

銃口が一斉に火を噴《ふ》いた。轟音《ごうおん》と白煙が射場を包んで風下《かざしも》に流れて行く。驚いて身を引いた小兵衛が床几から転げ落ちそうになった。

三十間先の的に弾丸が弾《はじ》けた。光秀の傍で監物が訓練をにらんでいる。

「次ッ！」

新たに鉄砲を持った十人が射場に並んだ。

「撃てッ！」

再び轟音が響き火薬の臭《にお》いが射場に充満《じゆうまん》する。訓練された射手は一人も狙いを外《はず》さない。見事に的を射止《いと》める。

光秀はこの鉄砲が百丁、二百丁揃えば恐ろしい武器になると直感した。

「明智殿、試して見られるか？」

「はい、お願いいたします」

監物が鉄砲を手に自ら光秀に撃ち方を指南した。鋼鉄《こうてつ》の銃身がズシッと重い。

光秀は監物に教えられた通り、狙いを定めて引き金を引いたが、弾丸を的の下の土塁に撃ち込んだ。立ち撃ちは狙いを定めるのが難しい。

重い銃身を支え切れず銃口がわずかに下がった。

「いかがか？」

「はい、なかなか難しいものにございます」

「誰でも最初は銃口が下がる。一カ月もすれば的は射落とせるようになるだろう」

監物が考え込んでいる光秀を励《はげ》ました。その日、光秀と小兵衛は城内の長屋を与えられ、監物のはからいで二人の世話をする小者が一人つけられた。

翌朝から小兵衛も本格的な訓練に加わった。この時、津田監物は五十丁を超える鉄砲を持っていた。

鉄砲が種子島に伝来して六年になる。鉄砲は根来寺と堺で次々と複製されていて、監物は数百人の鉄砲隊を組織しようと考えていた。ゆくゆくは千人を超える鉄砲隊を持ちたいと計画している。

やがて、この津田監物算長《かずなが》の構想は雑賀衆《さいかしゅう》、根来衆として実現する。多くの鉄砲上手《じょうず》を育て傭兵《ようへい》として各地で織田軍や豊臣《とよとみ》軍と戦うことになる。

鉄砲の訓練はただ的を撃ち抜くだけではない。弾丸の製造、火薬の作り方と扱い方、火縄の製法と扱い方、部品の修理など多岐《たき》にわたる。

光秀と小兵衛は毎朝、雨が降らない限り馬場の射場に入って訓練を続けた。雨が降ると火薬が濡《ぬ》れて鉄砲は役にたたない。そんな雨の日、光秀と小兵衛は笠《かさ》をかぶり、蓑《みの》を着て高野山《こうやさん》に登った。

二月のお山はまだ寒い。

紀州の海から紀ノ川沿いに、春の気配が上《のぼ》ってきてはいるが、山の上にはまだ冬の風が吹いている。

高野山は弘仁《こうにん》七年（八一六）に嵯峨《さが》天皇が空海《くうかい》こと弘法大師《こうぼうだいし》に下賜《かし》したお山で、真言密教《しんごんみっきょう》の道場として空海が開山した聖地《せいち》だ。

高野山という山はなく転軸山《てんじくさん》、楊柳山《ようりゅうさん》、摩尼山《まにさん》を高野三山という。正しくは三山の他に五峰があり、八峰に囲まれ蓮《はす》の花が開いた地形に数百の堂塔《どうとう》伽藍《がらん》が立ち並び、高野街道七口にはその入り口に女人堂《にょにんどう》が立っていて、そこから先の山内《さんない》は女人《にょにん》禁制になっている。

女が七里四方の山内に入ることは固く禁じられた。

そんな時、空海に会いたい高齢の母玉依《たまより》が讃岐《さぬき》から海を渡って尋ねて来た。息子の開いた高野山を一目見たい。だが、女人禁制の山法《さんぽう》は変えられず、玉依は高野山の表《おもて》玄関《げんかん》である雨引山麓《あまびきさんろく》の弥勒堂《みろくどう》に留《と》め置かれた。

すると母に会いたい空海はすぐ高野山から弥勒堂まで七里の道を下りてきた。

空海の傍にいたい母玉依は弥勒《みろく》堂に住み、深く弥勒菩薩《ぼさつ》を信仰《しんこう》した。以来、空海は一カ月に九度、七里の道を歩いて母玉依の安否を訪ねてきた。いつしか人々はその山を九度山《くどやま》と呼ぶようになった。

承和《じょうわ》二年（八三五）二月五日の夜、空海は弥勒菩薩の霊夢《れいむ》を見た。

「母上……」

空海は飛び起きると七里の山道を弥勒堂まで駆け下った。母玉依は微《かす》かに微笑《ほほえ》み空海の手を握って入寂《にゅうじゃく》した。

弥勒菩薩を深く信仰した玉依が弥勒菩薩になったと言われ、玉依の廟堂《びょうどう》が建立され、弥勒菩薩の別名である慈尊《じそん》から、寺は慈尊院と呼ばれて女人結縁《けつえん》、女人救済の寺として玉依の霊を祀《まつ》った。

人々はやがて空海の高野山女人禁制に対して、空海の母玉依の九度山慈尊院を女人のための女人高野《こうや》と呼ぶようになる。

光秀と小兵衛は高野山を参拝すると町石道《ちょういしみち》を九度山の慈尊院まで下りた。玉依の弥勒菩薩を見て光秀は中洞村の母宗桂禅尼を思う。

「母は達者だろうか？」

光秀は母に会いたいと思った。ずいぶん会っていないような気がする。美濃に戻ったら中洞村に行こうと思うのだが、鉄砲の訓練が始まったばかりでいつ終わるか分からない。

九度山を下り紀ノ川に出て光秀と小兵衛は舟に乗って二里半を下り吐前城に戻った。雨の中の高野山詣でだった。

翌日からまた鉄砲の猛訓練が始まった。

そんな中で頑固者《がんこもの》の小兵衛が同じ長屋の足軽大将《あしがるたいしょう》の娘に恋をした。二人を世話している小者の五助《ごすけ》が気付いた。

「殿さま、このところ小兵衛殿の様子がおかしいので……」

五助が光秀にこっそりつぶやいた。

「小兵衛の様子が……」

光秀は一緒に小兵衛と鉄砲の訓練をしていたが全く気付いていなかった。

「どこがおかしいのだ？」

「恋をしておられます……」

「恋だと……」

光秀は驚いて五助をにらんだ。

「誠か？」

「長屋の噂にございます」

「そうか、噂になっているのか……」

光秀は五助に相手の女の名を聞かなかった。聞けば放置できなくなる。

「いずれ、小兵衛から話があろう……」

旅先で恋をした小兵衛がどうするか見守りたいと考えた。長屋の噂になっているということは双方が好きなのだろうと光秀は思う。この時、小兵衛は二十一歳だった。相手の足軽大将の娘お幸《こう》は十五歳だった。

光秀は小兵衛に何も言わなかったが数日後、鉄砲の訓練が終わって長屋に戻ると、泣きそうな顔で長屋の入口に娘が立ち小兵衛を待っていた。

光秀に頭を下げそれに光秀がうなずいて立ち止まった。

「中に入りなさい……」

光秀は事情がありそうだと声をかけ、小兵衛と五助がお幸を部屋に上げた。光秀は娘が親に叱られたのだと直感した。

放っておけば短気な小兵衛が娘の親と悶着《もんちゃく》を起こしそうだ。

それでは鉄砲の訓練を願っている津田監物に申し訳が立たない。光秀はすぐ娘の親に会ったりその上役に会ったり、自ら動いて監物にも願い出て小兵衛の結婚をまとめ上げた。お幸が加わって光秀一家は華やいだ。

女が一人いるだけでむさ苦しい男所帯が一変する。仏頂面《ぶっちょうづら》だった小兵衛はいつもニコニコで腑抜《ふぬ》けのように意味もなくニッと笑う。五助が何かとお幸の世話をやいている。

娘のことを心配した親が老婆《ろうば》を一人つけてよこしたから、一家は五人になりいつも賑《にぎ》やかだ。

城内の同じ長屋で、娘の親に気に入られた小兵衛と、お幸は毎日のように実家に顔を出す。小兵衛は強《したた》かに酔って帰ることもある。男というものは大切にしてくれる嫁の家につくようで、小兵衛も相当に居心地《いごこち》がいいのだろう。

それでも、小兵衛はお幸の家に泊まらず、必ず光秀の長屋に帰ってくる。お幸の親たちは光秀に気を使って泊まらせない。どんなに酔っても必ず二人を返すのだ。小兵衛は機嫌よく歌いながら帰ってくる。

いつの間にか、陽気な小兵衛とお幸は長屋の人気者になった。

そんな小兵衛は鉄砲の訓練に一段と力が入る。

「十兵衛殿、ずいぶんと腕を上げられたようだな……」

「お蔭《かげ》さまにて十中八、九は的を撃ち落とせるようになりましてございます」

「うむ、なかなかの上達だ。お幸と小兵衛は仲がいいようだな。五助も喜んでおったぞ……」

「いつも長屋をお騒がせ致しております」

光秀が監物に頭を下げた。

「よい、若い者は勢いがあってよい。小兵衛も腕を上げたようだから……」

「監物さまのお蔭にございます」

「いやいや、十兵衛殿は実に筋がよい。余の家臣が一年もかかる訓練を半年もかからずやってのける。いずれ、万軍《ばんぐん》の将《しょう》になられる力量と見た。焦《あせ》らずに精進《しょうじん》なされよ……」

「有り難きお言葉、肝に銘《めい》じまする」

津田監物は光秀の武将としての優れた才能を見極めていた。

十七　宣教師《せんきょうし》と鉄砲

この年、七月三日にイエズス会のフランシスコ・ザビエルが薩摩《さつま》坊津《ぼうのつ》に到着した。

既に、六年前にはポルトガル船の漂着で鉄砲は伝来している。その後を追うようにザビエルは日本人で、九州大隅《おおすみ》で人を斬って、マカオに逃げていた池端弥次郎《いけはたやじろう》の案内で日本に向かったのだ。

初めてキリスト教が日本に伝わった。

ただ、古い頃、古代キリスト教のネストリウス派が中国に伝わり、景教《けいきょう》として日本にも伝わったことがある。

ザビエル一行は薩摩坊津から長崎平戸《ながさきひらど》に移り、九州で布教《ふきょう》をしながら九州を横断して京に向かった。日本での宣教《せんきょう》の許可を得るため、ザビエルはインド総督《そうとく》とゴア司教《しきょう》の親書《しんしょ》を持っていた。

船で堺に到着したザビエルは上洛し、後奈良《ごなら》天皇と足利義晴に拝謁を願い出ようとした。ところがザビエルは献上品《けんじょうひん》を持っていなかった。

日本の慣習では上位の者に会いたい場合は、献上品を差し出すのが慣例だ。それを知らないザビエルは荷物を全て平戸に置いてきた。やむを得ず天皇と将軍への拝謁をあきらめるしかなかった。

ザビエルは献上品を取りに九州へ戻った。

だが、ザビエルは再び京に来ることはなかった。平戸から献上品を持って京に向かうが、豊後《ぶんご》で大友宗麟《おおともそうりん》と出会うことになる。

ザビエルは大友宗麟に献上品を差し出して九州での宣教の許可を得た。九州での宣教が二年を過ぎると、ザビエルはインドとの連絡が取れないため一旦戻ることになった。弟子のトーレスやフェルナンデスを九州に残し、四人の日本人を連れて豊後からインドのゴアに戻って行った。

ザビエルは再び日本に現れることはなかった。インドから明《みん》の上川島《じょうせんとう》まで来て病のため亡くなる。ザビエルの志《こころざし》はトーレスによって引き継がれる。

この頃、光秀は紀州吐前《はんざき》城で鉄砲の訓練に明け暮れていた。その腕前は誰もが認めた。まさに飛ぶ鳥を撃ち落とす凄腕《すごうで》になっていた。小兵衛は光秀の眼の良いのに驚いている。

「殿にはとてもかないません」

「小兵衛よ、精進すればこの程度のことは誰にでもできることだ」

「それでは、それがしの精進が足りないと？」

「そうだ。この一発であの的を撃ち落とさないと自分が撃たれると思え、おそらく、十年後にはこの鉄砲の撃ち合いが、戦の勝敗を決めるようになるだろうよ」

「戦の勝敗が決まる？」

「ここでは数十丁の鉄砲だが、もし、百丁の鉄砲、千丁の鉄砲が一斉に火を噴いた時を考えて見れば分かるだろう」

「せ、千丁も……」

小兵衛にも千丁の鉄砲が一斉に火を吹いたらどうなるか想像できる。それは考えたくない光景だ。一度に千人の兵がバタバタと倒れる凄《すさ》まじい光景だ。そんなことが本当に起きるのかと思う。

「千丁が一万丁になることもあるだろう。恐ろしい武器だぞ。鉄砲に対抗できるのは鉄砲しかない！」

「殿、一万丁の鉄砲を揃《そろ》えるには一丁千両と聞きましたから、一千万両になりますがそんな黄金がどこにあります？」

「小兵衛よ、一丁千両は監物さまが種子島で鉄砲を買った時の値だ。大量に作れるようになれば一丁百両もしないだろう、四、五十両で買えるようになるわ！」

「ゲ、五十両で……」

「十両になるかも知れぬぞ」

「商売とはそういうことだ。売れれば刀鍛冶がみな鉄砲鍛冶になるだろうよ」

光秀はやがて諸国の大名が競って鉄砲を欲しがるだろうと考えている。

今はまだ鉄砲の評価は定まっていないが、武器としては弓より扱いやすく、評価は必ず高まるだろうと思えた。

「そ、そんなに……」

「芝辻殿はもっと大きな弾丸を放つ鉄砲を工夫しておられるようだ」

「大きな弾丸を？」

「四匁《もんめ》、五匁の弾丸だけでなく二十匁、五十匁の弾丸を放つのだ」

「五十匁とは大きい。当たれば間違いなく死ぬ……」

四匁、五匁弾なら鎧や兜で防ぐことも可能だが、五十匁弾となると火薬も多く凄まじい迫力だと分かる。

「一貫目弾《いっかんめだん》も放てるだろうとのことだぞ」

「い、一貫目……」

仰天した顔で小兵衛が光秀をにらんだ。一貫目弾ということになると拳《こぶし》より大きい弾丸が飛んでくる。そんなことはあり得ないと小兵衛は思った。確かに一貫目弾を放つとなるとそれは鉄砲ではない。

一貫目弾を放つ大砲《たいほう》は六十五年後、徳川家康が芝辻清右衛門《しばつじせいえもん》の孫芝辻理右衛門《りえもん》に作らせ大坂城攻撃に使う。その大砲は現存する。

年が明けた天文十九年（一五五〇）五月四日、前の将軍足利義晴が死去した。十一歳で将軍になった足利義輝《よしてる》は十五歳になっていた。

この時、光秀はまだ紀州吐前城にいた。

光秀は将軍が十五歳では乱世がまた激しく動くと感じ取っていた。

京の周辺には将軍の権力を狙って蠢《うごめ》いている有力大名が多い。応仁の大乱以来百年近く、それらの大名が次々と台頭《たいとう》して権力闘争を演《えん》じてきた。

それが乱世だ。

京の混乱は地方にまで広がり、諸国の大名家が家督相続で混乱したり、近隣《きんりん》と領地を奪い合ったり、主家の権力を狙って家臣が反乱を起こしたり、大混乱が応仁元年から八十三年もの間続いているのだ。

その混乱は今も収《おさ》まる気配がない。

だが光秀はこの混乱が遠からず終焉《しゅうえん》を迎える時が来ると考えている。

終焉させなければいつまでも戦という殺し合いが続く、それは朝廷や幕府など武力を持たないものが、いつまでも困窮するということだ。だが、どのようにこの乱世が終焉すればいいのか、光秀にはまだ見えていない。後醍醐帝鎌倉幕府や足利幕府のような新しい幕府がいいのか、それとも、後醍醐帝が望が望んだような天皇の親政《しんせい》がいいのか、再び足利幕府の元に武家がまとまればいいのか、光秀は師の快川紹喜とも話したことがある。

だが、結論らしきものは師の快川紹喜にも見えていなかった。おそらく、この乱世の後の世がどうあるべきか、見えている者は一人もいないはずだ。

暮れも近付いた十一月の終わりに光秀は津田監物に美濃への帰国を願い出ると、それを監物は快く受け入れた。

十二月に入って光秀と小兵衛、お幸の三人は紀州吐前城を離れ堺、京から美濃へと向かった。

雪の降りそうな重い空の下を光秀一行は急いで京を通過して湖東を急いだ。湖西の比叡山も湖北《こほく》の伊吹山《いぶきやま》も雪で白くなっている。湖北から吹き付ける強い寒風《かんぷう》が三人を吹き飛ばしそうだ。

この時、お幸は懐妊《かいにん》していた。

三人は雪には降られず明智長山城に戻った。光秀は小兵衛とお幸を城に残し、藤田伝五郎を連れて中洞村に可児姫を走らせた。

尾張の織田信長に美濃の道三の娘帰蝶が嫁いで以来、両国の間が落ち着いていて周辺国も美濃と尾張には手出しができない。迂闊に手を出せば恐ろしい蝮に嚙《か》まれて大怪我《けが》をする。

光秀と伝五郎が中洞村に到着するとチラチラと雪が落ちてきた。周囲の山々は真っ白になっていた。光秀は母宗桂禅尼の庵《いおり》に入った。

「母上、ただいま戻りましてございます。息災《そくさい》に過ごされておられましょうや？」

「おや、十兵衛さま……」

宗桂禅尼と利貞禅尼が満面に笑みをたたえて光秀を迎え入れる。

「紀州の根来寺におられると聞いておりましたが？」

「はい、昨日、城に戻りましてございます」

光秀は二人の禅尼に草履を差し出した。

「京で購《あがな》ってまいりました」

「まあ、そんなに気を遣っていただいて……」

「十兵衛さま、こんなにしていただいてはとても足を乗せられません」

利貞禅尼が両手で顔を覆って泣いた。

「母のお世話を有り難く思っています。これからも元気でいてください。十兵衛のささやかなお礼です」

「姫さまのお世話など何もしておりませんのに……」

光秀が小さくうなずいた。母の乳母《うば》がどんな存在か光秀は知っている。

「母上、お爺に挨拶して城に戻ります」

「そうですか、汾陽寺《ふんようじ》に快川禅師さまがおられますよ……」

「禅師さまが？」

「一昨日の夕方、ここにお出でになられましたので、まだ汾陽寺におられるはずです」

「そうですか。それでは明日にでもお訪ねいたします」

宗桂禅尼と四半刻ほど話をして光秀は中洞屋敷に行った。源左衛門と五兵衛たちが大騒ぎで光秀と伝五郎を屋敷に迎え入れ、夜は久々に光秀を迎えての宴会になった。

「爺、小兵衛が紀州で嫁をもらったぞ」

「小兵衛が……」

「春になったら二人で来るだろう」

「若殿、そのような気遣いは無用に願います」

「爺、いい嫁だぞ。そのうち、子もできようから……」

「有り難いことにございます」

五兵衛は孫の小兵衛に子ができるのが内心では嬉しい。早く見たいとさえ思う。その夜、光秀は久しぶりに酒を飲んだがあまり酒が好きではない。早々に切り上げて屋敷の奥で寝てしまった。

翌朝、光秀と伝五郎が汾陽寺に行った。

大桑城下の南泉寺から稲葉山城下の崇福寺に移った快川紹喜は年に二回ばかり汾陽寺に来て法要などをする。この年は崇福寺で忙しかったため、汾陽寺に来るのが暮れになったのだ。

「紀州の根来寺の家老津田監物さまの吐前城におりました」

光秀が師の快川紹喜に説明した。

「根来寺の津田さまという僧兵の大将のことは聞いております」

「そこで鉄砲の指南をしていただきました」

光秀が鉄砲の話をしたが快川紹喜はほとんど興味を持たなかった。希菴玄密と快川紹喜は美濃と甲斐武田の衝突が起こらないよう力を尽くしている。

武田信玄は北信濃を残して信濃のほとんどを手に入れていた。東美濃と南信濃の国境まで武田の勢力圏になっている。いつ武田軍が東美濃に雪崩《なだ》れ込んできてもおかしくない緊張の中にあった。

希菴玄密は甲斐の塩山《えんざん》にある夢窓疎石《むそうそせき》が開山した妙心寺派の乾徳山恵林寺に出入りしていた。恵林寺は武田家の菩提寺である。

尾張と和睦した美濃が最も警戒すべきは領土拡張に勢いのある武田軍なのだ。

東美濃に侵攻される危険が高い。

風林《ふうりん》火山《かざん》の孫子《そんし》の旗を掲げて無敵と言われる武田の騎馬《きば》軍団が攻め込んでくる。京の混乱を見て信玄に上洛の考えがあれば、間違いなく東美濃に攻め込んでくる。希菴玄密と快川紹喜はそう考えていた。

「武田軍の信濃侵攻は凄まじいものがある。このまま北に攻めていけば越後の長尾景虎《かげとら》殿と衝突することになる」

「いずれ、東美濃にも……」

「希菴さまがそれを心配しておられる」

「岩村城が攻められると？」

「さよう。岩村城下には希菴さまの大圓寺《だいえんじ》がある」

長尾景虎とは後の上杉謙信《うえすぎけんしん》だ。無敗の軍神とか北国の毘沙門天《びしゃもんてん》と称される男だが、この頃、既に謙信は京の大徳寺《だいとくじ》に参禅《さんぜん》して宗心《そうしん》という法名《ほうみょう》を持っていた。

この宗心は信玄と違い領地拡大には関心がなく、幕府の秩序《ちつじょ》を回復しようと戦っている不思議な男で、関東管領になり武田信玄や北条氏康など、武蔵に領土を広げようとする武将と戦っている。

尾張と和睦した美濃は一見穏やかに見えるが、道三とその家臣団は微妙な関係なのだ。道三と深芳野《みよしの》の密通でできた義龍《よしたつ》を巡って、土岐家を慕う者たちは義龍の傍に集まりつつあった。

快川紹喜に挨拶して光秀と伝五郎は明智長山城に戻った。

十八　大うつけ

翌天文二十年（一五五一）、尾張で事件が起きた。

三月三日に美濃と和睦した織田信秀が急死、四十二歳だった。

その信秀の後継者が道三の娘、帰蝶を妻にした大うつけの信長だ。十八歳になったばかりで尾張はもちろん織田弾正忠家さえまとめる力はない。

その信長が幸運だったのは、後ろに蝮の道三が舅《しゅうと》としていたことだ。大うつけの信長に誰も手を出せないのは、背後に美濃の蝮の道三がいるからで、実際に信長の要請で、道三は美濃から援軍を出したりするようになる。

道三との戦いで五千人もの兵を失ってから、信秀は兵が集まらず戦いに勝てなくなり、酒を好み清洲織田大和守信友《のぶとも》の勧《すす》めで、美女を傍に置いて溺愛したり、多酒多淫《たしゅたいん》に溺《おぼ》れブクブクと太って急死した。戦いでは信秀に勝てない信友の謀略《ぼうりゃく》だった。

尾張は清洲織田と岩倉織田に信秀の末森《すえもり》織田に三分して勢力を競っていた。その中で最も力を持っていたのが末森織田弾正忠家だった。ところが信秀が死ぬと、その弾正忠家が信長の那古野城と信長の弟信勝《のぶかつ》の末森城に割れた。

結局、尾張は清洲城、岩倉城、那古野城、末森城と四つの城が睨み合うことになった。それを蝮の道三は見ている。

誰が尾張の主導権を握るのか、清洲の信友か、岩倉の信安《のぶやす》か、那古野の信長か、末森の信勝か、誰が尾張を統一するかを道三は冷静に見ていた。もちろん、隙《すき》あらば当然のごとく大蝮が嚙《か》みつくのだ。

父信秀が死んだことで十八歳の信長が乱世に飛び出すことになった。

光秀は明智長山城にいて大うつけの噂は聞いていた。だが、光秀は光安と同じようにその噂を疑っている。そんな大うつけに快川紹喜の兄と言われる、妙心寺の沢彦禅師がなぜ傍についているのだ。

どう考えてもおかしい。光秀と光安の結論は、尾張の信長は大うつけなどではない。でなければ沢彦禅師が学問の指南などするはずがないということだ。

沢彦宗恩は妙心寺第一座と言われた大秀才なのだ。京の天子や将軍の傍にいるべき人が、何んで大うつけと言われる尾張の弱小大名の子どもの傍にいるのだ。

よくよく考えれば誰でも不思議に思うことだ。

光秀は沢彦禅師が学問の師と言われる尾張の大うつけが、只者《ただもの》ではないはずだと感じ取っていた。一方で、道三と同盟した織田信秀が死んだことで、再び美濃と尾張の間に混乱が起きるかも知れないと感じている。

ところが信秀が死んでも美濃と尾張の同盟は、道三の女婿《じょせい》である信長との間で引き継がれた。

道三は光秀と同じように沢彦禅師が学問の師である信長が、大うつけのはずがないと考え始めていた。だが、そう信じる確たる証拠も自信も道三にはない。

帰蝶を嫁に出す前に道三は堀田道空に秘《ひそ》かに信長を探らせた。その報告は、信長の振る舞いが大うつけと言うしかないものだったが、今になって道三はどうにも腑《ふ》に落ちない匂いがすると思う。

謀略の限りを尽くし、一人で美濃を手に入れた蝮の道三には、怪しい匂いを嗅ぎ分ける独特の勘があって、信長の大うつけと言う噂が、あの沢彦宗恩の策略《さくりゃく》に思えるのだ。

嫁いだ帰蝶がいずれ信長と二人で美濃を頂戴《ちょうだい》に上がりますなどと、訳《わけ》の分からない手紙をよこすに及んで、道三は信長の大うつけを疑ったのだ。

その信長は信秀の葬儀を終わらせると、わずか七百人ばかりの手勢だけで、尾張統一の戦いを始めた。

当然、大うつけの信長には兵が集まらない。

この二年後、信長は村木砦《むらきとりで》の戦いに出る前に道三に支援を求めた。

道三は那古野城から信長が出陣すると、清洲城の織田信友が那古野城を狙うと考え、西美濃三人衆の一人安藤守就《あんどうもりなり》に兵千人を預けて尾張に派遣、清洲城と那古野城の間に美濃軍を入れて信友の動きを封じる。

帰蝶を溺愛する道三は、蝮と呼ばれる恐ろしい男だが、人質同然に尾張に嫁いだ娘が可愛《かわい》い。

信長の後ろに道三がいるということは、清洲の信友も岩倉の信安も、末森の信勝も迂闊に動けないということがいずれ証明される。

この秋、小兵衛の妻お幸が女の子を産んだ。

年が明けた天文二十一年（一五五二）京では将軍義輝と権力者三好長慶《みよしながよし》の間で和睦が成立、華やかな行列を率いて将軍義輝が、亡命先の近江から堂々と上洛した。

だが、管領細川晴元《はるもと》は家臣の三好長慶に権力を奪われ面白くない、将軍義輝と長慶の和睦など断固認めない。晴元は出家すると若狭の武田信豊《のぶとよ》を頼って行った。

将軍が上洛したことで京に平穏《へいおん》が戻ってきたが、若い将軍は実力者三好長慶の傀儡《かいらい》でしかない。いつ二人の間に亀裂《きれつ》が走るか分からない危《あや》うさがあった。

そんな折、美濃にも事件が起きた。

織田信秀に支援され、美濃の揖斐北方《いびきたかた》城にいた土岐頼芸《よりのり》を道三が追放した。頼芸が美濃にいたのでは道三の美濃ということはできない。

頼芸がいつ反乱を起こすか分からず、信秀が死んだことで躊躇《ちゅうちょ》することなく道三は追放を決断した。揖斐北方城から追い出された土岐頼芸は妹の嫁ぎ先の近江六角《ろっかく》家に逃げた。

すべての力を失った土岐の鷹《たか》は放浪することになる。

頼芸は近江から実弟の治頼《はるより》を頼って常陸に行き、上総《かずさ》の土岐為頼《ためより》を頼り、甲斐の武田信玄を頼り、信長の武田征伐の時に盲目《もうもく》になった頼芸が発見される。その頼芸を旧臣の稲葉良通《いなばよしみち》が引き取り、美濃に戻って八十一歳で死去する。

そんな道三の動きを光秀は明智長山城から見ていた。国主の頼純が死に、先の国主の頼芸が追放され、美濃から名門土岐一族が一掃《いっそう》されて、強引だったが蝮の道三の国盗りが完成した。それが応仁以来の乱世、下剋上《げこくじょう》の実相《じっそう》といえる。

暮れになって光安と光秀が道三に呼ばれ稲葉山城に登城した。

「十兵衛、幾つになった？」

道三がいきなり聞いた。

「二十五歳になりましてございます」

「兵庫頭、十兵衛の後添《のちぞ》えはどうなっておるのだ？」

「はッ、妻木勘解由左衛門《つまきかげゆざえもん》の娘を考えておりまする……」

光秀が聞いていない突然の話に驚いて光安を見た。

「そうか、妻木の娘か……」

道三は明智長山城の秀才と言われる光秀に、娘を嫁がせようと考えていた。道三の最大の弱点は譜代《ふだい》の家臣がいないことで、光秀のような若く優秀な武将を傍に欲しいのだ。道三は光秀が正室の千草を失ったことを知っていた。

だが、後添えが決まっていると言われては、いくら道三でもそれを止めて自分の娘にしろとは言いにくい。

「十兵衛、そなた、根来寺の僧兵津田監物の傍で鉄砲の修行をしてきたそうだな？」

「はい、紀州吐前《はんざき》城にて三年ほど鉄砲の訓練をいたしました」

「その鉄砲だが戦に役立つと思うか？」

「使い方次第かと存じます。鉄砲は雨に弱い武器にございます」

「そうか。すると野戦には使いにくいな……」

道三は鉄砲をどう評価するか迷っていたのだ。南蛮から来た新兵器の鉄砲の評価は定まっていない。

「さりながら鉄砲の威力は凄まじく、百丁、二百丁が一斉に火を噴けば敵を壊滅することも可能にございます」

「それで使い方次第というのだな？」

ない。

「余は堺に五丁注文したが、その使い方を指南してもらいたい！」

「承知いたしました」

道三は半信半疑で鉄砲を発注したのだ。鉄砲という新兵器の話は諸国の各大名家で広く語られていた。だが、どう扱うべき武器なのかその使い方も定まってい

「御意……」

どうしても戦いの主力は騎馬隊の槍と、大勢の足軽隊の槍というのが相場なのだ。光秀もそう思うが、紀州根来寺で鉄砲を知ってから、数さえ揃えられれば鉄砲は優れた武器になると考えている。

「兵庫頭、尾張の帰蝶から美濃を頂戴すると言ってきたぞ……」

「姫が美濃を欲しいと？」

「信長の大うつけが帰蝶にうつったのだ。馬鹿な娘よ……」

「うつけがうつりますか？」

「うつる。信長に抱かれて大うつけをうつされたのだ！」

道三が溺愛してきただけに忌々《いまいま》しい。金華山さまと呼ばれ家臣からも大切にされた聡明な帰蝶が、大うつけの信長に毒されたと思うと腹が立つのだ。

「殿、それがしの見た信長殿の大うつけはうそのように思いますが？」

「うむ、道空は無礼な大うつけだと言っておったわ！」

「堀田殿が大うつけと？」

光安と道空は、結婚する帰蝶を那古野城まで送り届けて、ごく間近で信長と会っているのだ。その見方が割れたのだ。

「信長が芝居をしているというのか？」

「無礼な振る舞いは事実ですが、大うつけと言うのは信じがたいことです……」

「そうか、道空とは違うか……」

道三が考え込んだ。光安の妹小見《おみ》の方を妻にしている道三は義兄弟だ。光安は考えを率直に言う。道三も信長の大うつけを疑っていたのだ。

「殿、数年前、まだ吉法師《きちほうし》と呼ばれておりました信長殿を偶然《ぐうぜん》に見かけております」

「ほう、十兵衛は旅の途中でか？」

「はい、茶筅髷《ちゃせんまげ》の風変わりな子どもでしたが、あのような子に大宝寺の沢彦禅師さまが学問を指南していると聞き、不思議に思いましてございます」

「それは余も考えたわ……」

「直《じか》に信長と会って大うつけを確かめられてはいかがでしょうか？」

光安が道三自ら確かめてはどうかと勧めた。

「本物の大うつけかも知れぬぞ！」

「その時は尾張を呑み込んでしまうことも……」

「その逆もあるか？」

道三がおもしろいというようにニッと笑った。逆に信長が大芝居を打つ化け物なら美濃が呑み込まれる。どっちにしてもおもしろい話だ。帰蝶が美濃を欲しいというならやらないでもないと、フッと道三はとんでもないことを思ってニッと苦笑した。

ところがこの話は年が明けると、道三から信長に会いたいという書状が届いて実現した。

天文二十二年四月末に尾張の富田村聖徳寺《とみだむらしょうとくじ》を道三が会見場に指定した。五月に入ると雨の日が多くなり、木曽川が増水して厄介《やっかい》なことになる。それで道三は四月末と決めた。

道三はどうしても信長が噂のような大うつけだとは思えない。美濃に来る前の道三は京の妙覚寺《みょうかくじ》で神童と言われた坊主だったのだ。信長を見れば本当の大うつけか、それとも芝居かぐらいは見分けがつく。

稲葉山城の家臣と兵を八百人引き連れて道三は尾張に向かった。先に聖徳寺に到着した道三は、家臣と兵を聖徳寺に残して村はずれの百姓家に向かった。

対面の前にこっそり信長を見てやろうとの魂胆《こんたん》で、堀田道空と猪子兵助《いのこひょうすけ》の二人だけを連れていた。三人が百姓家の窓越《まどご》しに聖徳寺への道を見ていると、完全武装した短槍《たんそう》の足軽の一団が走ってきた。

信長の通る道を警戒している一団だ。

戦場のような大騒ぎだ。足軽の一団が行き過ぎると、長柄《ながえ》の見事な朱塗《しゅぬ》りの槍隊が、堂々と二列で進んでくる。

「何んだッ、あれは？」

「はッ、長柄の朱槍《しゅやり》にございます」

「違うッ！」

「あの馬上の茶筅髷が那古野城の信長さまにございます！」

「馬鹿者《ばかもの》ッ、そんなことは見れば分かるッ、その後ろだッ！」

湯帷子《ゆかたびら》を片肌脱《かたはだぬ》ぎで、腰に荒縄《あらなわ》を巻いて何か食いながら、信長はキョロキョロと辺りを見ている。荒縄に大小の太刀を差して小瓢箪《ひょうたん》や皮袋が何個も吊《つ》り下がっている。

確かに正気とは思えない小童《こわっぱ》だが、蝮の道三が眼を見張ったのは、その信長の馬の後ろに並んでいる鉄砲隊だ。

「あれは種子島かと？」

「そうだ。鉄砲隊だッ、数を数えろッ！」

そう命じられ道空と兵助が鉄砲隊を数え始めた。道三は窓の前の道を行く、だらしない恰好の信長をにらんでいる。

「小童め、しゃらくさい真似《まね》をしおって……」

長柄の朱槍が気に入らない。道三の兵は短槍で信長の朱槍の半分もない。短い。

道三との会見に完全武装の戦支度で出てきたのも気に入らない。道三の家臣団は客を迎える正装で出てきたのだ。

目の前を二列になって信長の鉄砲隊が行く。道三は拳を握って苛立《いらだ》ちを我慢している。

「先駆けの足軽が三百ほど、槍隊が五百、鉄砲がざっと二、三百か……」

「殿、種子島は四百八十二丁にございます」

「何ッ、一丁千両の鉄砲だぞッ、信長はそんな銭をどこから持ってきたのだッ！」

道三は八つ当たりするように堀田道空をにらんだ。道空はその銭の出処《でどころ》を知っていたのだ。尾張の信長が裕福なのは、熱田《あつた》と津島の湊を持っているからだ。もちろん、尾張は豊饒な土地柄で米も取れる。

堀田道空は信長の鉄砲の代金は、津島湊から出たことを沈黙した。津島には道空の実家があり父母や兄がいる。道空の堀田家は津島十五党の有力な一家なのだ。その十五党の頭領大橋重長は信長の姉、鞍姫と結婚している信長の義兄なのだ。

鉄砲の代金はその大橋や堀田や恒川など十五党の津島湊から出たのだ。道空は口が裂けてもそれは言えない。

「くそッ、信長めがッ、五百丁もの鉄砲とは何を考えているのだ。油断のならぬ小童だッ！」

道三はブツブツ言いながら馬を急がせて聖徳寺に戻った。

ところが聖徳寺に到着すると、茶筅髷を折れ髷に直したばかりか、衣服も正装して美男子の信長が、京の公達《きんだち》かと見紛《みまが》う装《よそお》いになって、静々《しずしず》と回廊《かいろう》を回り本堂に現れたのだ。

道三の席が空席で正装した道三の家臣団が居並んでいる。信長が本堂に入らない。警戒しているのだ。道三の家臣に殺到されると殺される。

「殿ッ！」

「信長めッ、余が出て行くまで本堂に入らぬつもりだな。どこからか鉄砲で余を狙っているのだろうよ。くそッ……」

道三は信長の警戒心を見て大うつけではないと確信した。あの鉄砲の数も信長が尋常《じんじょう》な男ではないと語っている。

「道空、本堂に呼び入れろ！」

「はッ……」

道空が本堂の回廊に出て行った。

「上総介《かずさのすけ》さま、どうぞお席に……」

「うむ！」

返事はするが柱の前に座って本堂に入らない。その様子を本堂の暗がりに家臣団と並んで光秀が見ていた。

光秀は境内に入ってきた朱槍隊と鉄砲隊を見て驚いた。槍は長い方が有利だがその工夫が朱槍隊だ。それに五百丁の鉄砲隊には驚愕《きょうがく》だ。紀州の津田監物でもまだ五百丁は揃えていないだろう。紀州や堺、国友《くにとも》村辺りから、高価な値で集めたに違いないと光秀は考えた。まだ、三十両や五十両で買えるほど安くないはずだ。

何んとも遥かに遠くを見ているとんでもない男がいるものだと、光秀は思った。信長とは、自分の考えの先の先を、実践している凄まじい男だ。

大うつけなどとんでもないことだ。恐ろしい武将だ。

十九　痘痕顔《あばたがお》の妻

道三は信長が回廊の柱から動かないので、屏風《びょうぶ》の裏から出て本堂の席に座った。

それを見て信長が回廊に立ち上がって本堂に入ってきた。

道三はどこからか狙撃者に狙われていると感じ居心地《いごこち》が悪い。相当に腕の立つ者が狙っていて迂闊《うかつ》に動くと狙撃される。

何んとも気に入らない信長の振る舞いだ。道三だけではない。信長の命令一つで美濃から来た八百人が、完全武装の織田軍に皆殺しにされる。既に、火縄に火が入っているのだ。こうなってはさすがの蝮《まむし》も手も足も出ない。苦虫を嚙《か》み潰《つぶ》したような渋《しぶ》い顔で道三が信長をにらむが、若造が素知《そし》らぬとぼけ顔で道三を見ている。小憎《こにく》らしい男だがなかなかの度胸だ。馬鹿かと思える落ち着きで、黙って初めて見る蝮の道三を眺めている。

フッと道三の眼が信長の腰に留まった。

そこには道三が嫁ぐ娘の帰蝶《きちょう》に「大うつけを殺せッ！」と命じて渡した二頭波《にとうなみ》紋の短刀がある。なぜ帰蝶の短刀を持っているのだと思って信長をにらんだ。

すると無表情だった信長がニッと笑った。

それを見て道三は帰蝶と信長の間に何があったのかを悟った。道三の顔が引きつりそうだ。何から何まで気に入らない。眼の前の小童《こわっぱ》に美濃の大蝮が手も足も出ないのだ。負けた。完敗だ。この小僧は大うつけなどではない。正気も正気、尋常でない正気だ。道三は自分の目で確かめ信長に兜《かぶと》を脱いだ。

そう認めると老人の道三は娘の帰蝶のように信長を可愛《かわい》いと思う。何といっても溺愛《できあい》した娘の婿《むこ》が精いっぱいの威勢で出てきたのだ。逆に道三は信長に惚《ほ》れ込んでしまった。梟雄《きょうゆう》と呼ばれる蝮は乱世の英雄でもある。人を見る確かな目を持っていた。

「良いものを見せてもらった……」

「ご無礼仕《つかまつ》った。元の持ち主にお返しいたす！」

腰から鞘《さや》ごと短刀を抜きとって信長が道三に差し出した。

「頂戴しておこう。ところで帰蝶は達者《たっしゃ》か？」

「なかなかに具合《ぐあい》の良い女子《おなご》でござる！」

信長が卑猥《ひわい》なことを口にしてニッと笑った。それで緊張している座が少し和《なご》んだ。

「そうか、そうか、具合がいいか、それは何よりも結構、結構……」

道三が引き込まれてニヤリと笑った。

「酒がいいか、それとも湯漬《ゆづ》けにするか？」

道三は帰蝶からの書状で信長がほとんど酒を飲まないと知っている。

「湯漬けを所望《しょもう》したいが！」

「うむ、湯漬けを持ってまいれ……」

道三が近習《きんじゅ》に命じた。

「信長殿は鉄砲を何丁持っておられるか？」

「今は五百丁でござるが、いずれ一万丁にするつもりでござる！」

「新兵器を一万丁とは豪勢《ごうせい》な……」

道三はこの男ならやりかねないと思う。そんな不思議な魅力を信長は持っている。

「鉄砲鍛冶《かじ》を育てれば安く製造できるかと思っております！」

「ほう、鉄砲鍛冶をな……」

「堺や国友の刀鍛冶が鉄砲鍛冶に鞍替《くらが》えしていると聞くので！」

「なるほど、刀鍛冶がのう……」

道三と信長の共通の関心事が南蛮渡来の新兵器である鉄砲だ。それを信長は既に五百丁も持っている。おそらく、この国で最も多い鉄砲を持っている男だろうと道三は思う。

いずれ、美濃はこの男に呑《の》み込まれる。

道三が蝮らしくない動揺《どうよう》を感じた。だが、その男に帰蝶を嫁がせている。間違いではなかったようだと思うと少し気が晴れた。

そこに湯漬けが運ばれてきた。それを信長が睨《にら》んでいる。

「婿殿、毒は滅多《めった》に使わぬよ……」

道三がズルズルと湯漬けをすすった。以前、道三は土岐頼芸《ときよりのり》の弟頼満《よりみつ》を毒殺したことがある。それも帰蝶を人質に出してからだった。それを知っている信長は油断していない。万一の時には道三以下を皆殺しにする構えで那古野城から出てきたのだ。

湯漬けの後、道三と信長は固《かた》めの盃《さかずき》を交《か》わした。

「兵の必要な時はいつでも、遠慮《えんりょ》なく言うてくだされや、美濃から三千でも五千でも、なんぼでも支援しますでな……」

「有り難く存ずる！」

「孫の知らせが欲しいのう……」

「承知してござる。戻りましたら早速いたしますれば！」

「うむ、それがよい、それがよい……」

道三は信長を只者《ただもの》ではないと認めてからは、帰蝶の婿として大いに気に入っている。信長には人を魅了する不思議な力がある。強烈な個性だ。帰蝶は嫁いで間もなく信長の子を懐妊したのだが、信長が帰蝶を乱暴に可愛がって流産させてしまったのだ。

もちろん、そんなことを道三は知らない。

すっかり信長を気に入った道三は半里近くも信長を見送った。美濃衆は仰天だ。茶筅髷に戻った大うつけの信長と別れがたいように、道三は半里も先まで信長と話しながら見送ったのだから考えられない異例《いれい》だ。

「上総介《かずさのすけ》、達者でな……」

「親父《おやじ》殿も達者でお暮らしあれ！」

この別れが二人の生涯の別れになる。二度と会うことはなかった。

光秀は家臣団の中にいて二人の振る舞いを見ていた。織田信長とは若いが不思議な男だと思った。まだ尾張一国さえ統一していないのに、天下を握っているような堂々とした振る舞いだ。

蝮と呼ばれ泣く子も黙る斎藤道三を易々《やすやす》と味方にしてしまった。これでは、美濃を信長に取られてしまったようなものではないかと光秀は思う。そんな光秀と同じ考えの男がいた。

それは道三本人だ。

道三は自分の息子たちが信長の軍門に下《くだ》る時が来ると感じたのだ。それは凡人には分からない道三や光秀のような天才が感じる信長の妖気《ようき》だ。信長を包んでいる怒れる焔《ほむら》のようなものだ。

不動明王《ふどうみょうおう》の火焔《かえん》のような見えない焔だ。道三も光秀もとんでもない男が隣国にいるものだと思った。

光秀が稲葉山城に戻り長良川を越えて、崇福寺《そうふくじ》で快川紹喜《かいせんじょうき》と会ってから明智長山城に戻った。すると、光安が光秀の縁談を用意して待っていた。

相手は妻木勘解由左衛門範熙《つまきかげゆざえもんのりひろ》こと妻木広忠《ひろただ》の娘で熙子《ひろこ》という。熙子には二歳年下で瓜二つの妹範子《のりこ》がいた。

ところがこの年、大流行した疱瘡《ほうそう》に熙子が罹《かか》った。

平安期には疱瘡、室町期には痘瘡《とうそう》、江戸期には天然痘《てんねんとう》と言われ、この病気の怖いのはその致死率にある。全身に膿疱《のうほう》ができてほぼ半数が死ぬ。治癒《ちゆ》しても瘢痕《はんこん》が残る。痘痕顔《あばたがお》になるのだ。

最初、激しい高熱に襲われる。やがて解熱《げねつ》して頭部、顔面を中心に豆粒状《まめつぶじょう》の丘疹《きゅうしん》ができる。その丘疹が全身に広がり、再び高熱に襲われる。発疹《ほっしん》が化膿《かのう》して膿疱《のうほう》となって高熱を発するのだ。この発疹は体の表面だけでなく内臓《ないぞう》にもできていて、肺が損傷すると呼吸困難に陥る。

呼吸不全になると人は死に至る。

助かるのは膿疱が瘢痕となり治癒した場合だ。一度罹《かか》ると二度は罹らない病《やまい》だ。だが、この病気は感染力が強く、落ちた瘡蓋《かさぶた》でも一年は感染する。

熙子は運よく助かった。

だが、熙子の美しい顔に幾つもの瘢痕を残した。酷い痘痕顔になってしまった。

これには勘解由左衛門夫婦が困った。

「明智さまに事情を申し上げ、お約束を解消していただくしかございませんでしょう……」

妻のお清《きよ》が眼に涙を溜《た》めて勘解由左衛門に訴える。

「そうは言うが、これは武家同士の約束だ。そう簡単に約束を反故《ほご》にできることではないのだよ」

「それでは、このまま熙子を……」

「うむ、そこだが、熙子に替わって範子ではどうかと考えている」

「熙子に替わって範子を……」

お清はあまりに大胆な勘解由左衛門の考えに驚いた。だが、冷静に考えるとあり得ない話ではない。

姉が嫁いで産後に亡くなったりすると、後添《のちぞ》えに妹が嫁ぐ話はあちこちで聞く話だ。

結婚というのは家と家が結びつくという考えだ。

「熙子と範子に気持ちを聞いてみましょう」

お清は驚いたが、妻木家と明智家にとって、婚約解消するよりは悪い話ではないと思う。

「二人に言い含めて、明智家に迷惑をかけないようにな……」

「はい、言い聞かせます」

夫婦は熙子が可哀《かわい》そうだと思いながらも、明智家との結びつきを優先して考えた。

明智家は清和源氏で、美濃源氏土岐流明智と言い、美濃可児《かに》の明智長山城を領している。

その明智流の分家、妻木家は美濃妻木《つまぎ》郷に妻木城を持つが、勘解由を名乗る勘解由小路《こうじ》流とも、加茂流《かもりゅう》勘解由とも言われる。

公家の勘解由小路流であれば、姓は藤原北家である。

加茂流勘解由であれば、その祖は八咫鴉《やたがらす》の化身《けしん》、加茂建角身命《かもたけつぬみのみこと》となり、とんでもない名家ということになる。

妻木家は美濃妻木郷七千石で明治まで生き残り、一万石以下で大名ではないのだが、なぜか江戸幕府から参勤交代《さんきんこうたい》を命じられた。

婚礼の日、妻木勘解由左衛門は熙子ではなく範子を婚礼の場に出した。

姉妹は共に十兵衛光秀を好きで、母親お清の説得に熙子は泣く泣く同意した。範子はそんな姉の気持ちを思い、十兵衛との結婚を承諾したのだ。姉にも妹にも辛《つら》い話だ。

だが、婚礼の場に臨んだ十兵衛は、花嫁が熙子でないことに気付いた。

「勘解由殿、こちらにおられるのは範子殿のようでござるが、それがしが婚約した熙子殿はどうなされた。仔細《しさい》があればお聞きしたいが……」

十兵衛の一言で婚儀の場が凍《こお》り付いた。

婚儀に出席している面々《めんめん》は、熙子の異変を知っていて、やむを得ないことだと暗黙の了解になっていたのだ。

「十兵衛殿には申し訳ないことながら、熙子は病にて結婚は難しく、妹範子を娶《めと》っていただきたく、かような仕儀《しぎ》に相成《あいな》りましてございます」

「ほう、熙子殿は疱瘡と聞いておったが、まだ治っておらぬようであれば、治癒するまでお待ちいたす。範子殿、それがしはそなたを嫌いではないが、婚約したのはそなたの姉熙子殿である。許せ……」

十兵衛が座を立とうとした。

「暫《しばら》くッ！」

勘解由左衛門が慌てて十兵衛を制した。

「暫くッ、十兵衛殿に申し上げる。熙子の病は完治してござる。なれど、なれど……」

「勘解由殿、瘢痕でござろう。痘痕になられたというなら気になさるな。痘瘡に罹れば瘢痕が残るのは当たり前のこと、ご無事こそ熙子殿の冥加《みょうが》でござる。それがしは熙子殿の顔と婚約したのではござらぬ。勘解由殿、勘違い召さるな……」

「十兵衛殿ッ……」

「熙子殿を改《あらた》めてそれがしの妻に迎えたい。ご了承願いたいが……」

「そのように申されるのであれば、当方に異存はございません。承知してございます。それがしの不手際《ふてぎわ》でござれば、恥ずかしながらお許し願いたい……」

勘解由左衛門が十兵衛に頭を下げた。その眼には涙が浮かんでいた。出席者も晴れ晴れとした顔になった。

「範子殿、熙子殿を呼んできて下され。着の身、着のままで来て下されればよろしい！」

「はいッ、早速ッ！」

範子が嬉しそうに花嫁衣裳《いしょう》のまま部屋から飛び出して行った。婚儀が花嫁不在で中断した。その熙子が到着するまで出席者が酒を飲んで、ベロベロになってしまうのが何人も出て苦笑《くしょう》するしかない。

夕刻になって、大慌ての熙子が明智城に到着した。

婚礼の場は宴会になって、酔っ払いが揃《そろ》って収拾がつかない。

「勘解由、熙子はまだかッ！」

長老が酔っ払って怒りだす始末だ。それを十兵衛がニコニコと嬉しそうに見ている。そこに花嫁衣裳を脱ぎ捨てた範子に急《せ》かされて熙子が到着した。

「遅くなりました」

十兵衛の前に熙子がうずくまる。

「よくまいられた。そなたの座はここじゃ……」

「はい……」

顔をあげて十兵衛を見た熙子は泣いていた。

「そなたがそれがしの妻だ。よしなに頼む……」

「はい……」

「それでは改めて婚礼じゃ……」

そう言いながら嬉しそうな光安はもう酔っている。十兵衛光秀は光安の自慢の甥《おい》だ。幼い頃から神童《しんどう》とか秀才と言われてきた光秀なのだ。その光秀がやはり聡明な姫と言われている妻木熙子と結婚した。

婚礼は夜遅くまで行われた。この時、光秀は二十六歳、熙子は十九歳で晩婚だった。

十兵衛と熙子は相性がよく三男四女をもうけることになる。

二十　蝮の譲《ゆず》り状

光秀と熙子が結婚すると光安は安心したように、快川紹喜に願って出家入道《しゅっけにゅうどう》して宗寂《そうじゃく》と名乗った。

それでも光秀は明智長山城の城主になることを拒《こば》んだ。

光秀には乱世に飛び出し、力を試したいという野心がある。

明智長山城の城主になって美濃の一大名で終わりたくない。広い天下に飛び出して思う存分の力を発揮《はっき》したい。やれるという自信もある。

光秀には美濃が小さい。その美濃が再び混乱しそうになっているように見える。

道三が土岐頼芸を近江に追放したが、美濃には土岐《と》一族と言われる明智家のような家が多い。そういう家は少なからず道三の国盗りをおもしろくないと思っている。

明智家は光安の妹小見《おみ》の方を道三の正室に出しているから味方しているが、多くの土岐一族や土岐家恩顧《おんこ》の武将は道三の振る舞いが不愉快だ。そんな不満が道三と深芳野《みよしの》の間に生まれた義龍《よしたつ》二十七歳に集まっている。

義龍の父親は道三ではなく土岐頼芸だと生まれた時からささやかれてきた。母の深芳野は頼芸の愛妾《あいしょう》で、美濃一の美女と言われ六尺（約一八一センチ）を超える大女《おおおんな》だった。その美女と道三が密通《みっつう》して子ができた。

それを知った頼芸が深芳野を道三に下げ渡して生まれたのが義龍だ。

土岐家を慕《した》う者たちの気持ちが、道三より義龍に集まるのは当然で、母親が大きいと子も大きいというが、義龍も六尺を超える大男《おおおとこ》だった。

そんな隠れた確執《かくしつ》があって道三は義龍を愛せない。だが、道三には譜代の家臣が全くいないという致命的《ちめいてき》な弱点がある。一人の譜代家臣もなく道三一人で国盗りをしたのだ。

道三の味方は明智光安や竹中重元《たけなかしげもと》、堀田道空《ほったどうくう》、尾張の織田信長など数人しかいない。その信長は尾張を統一しておらず、当てにできる兵力は数百しか持っていない。まだまだこれからの武将だ。

美濃の有力な武将は深芳野の弟稲葉良通《いなばよしみち》を始め氏家直元《うじいえなおもと》、安藤守就《あんどうもりなり》、不破光治《ふわみつはる》など西美濃衆から中美濃衆まで義龍に心を寄せている。家臣団が思うように動かず、道三の美濃支配が難しくなりつつあった。

翌天文二十三年（一五五四）に道三は不本意ながら、美濃の安泰のため義龍に家督を譲った。皮肉なことで頼芸を追放したことが、義龍の存在を急浮上させたのだ。母の深芳野は既に亡くなっている。

その義龍は大男だが病弱だった。

道三は稲葉良通や氏家直元らに叛《そむ》かれては困る。やむなく義龍に稲葉山城を明け渡して鷺山《さぎやま》城に隠居《いんきょ》した。鷺山城は高さ三十七間ほどの、小高い丘のような一つ峰の山で戦いをする城ではない。

堀田道空などわずかな直臣だけを連れて鷺山城に入った。義龍と土岐一族、土岐家恩顧の武将たちに、道三は稲葉山城から追い出されたようなものだ。

「十兵衛、戦になるかも知れぬな……」

「道三さまは鷺山城で戦うつもりでしょうか？」

「そこが分からぬ。このまま何もないとは思えないのだ」

「義龍さまが父親の道三さまに戦いを仕掛けると？」

「うむ、深芳野さまが生きておられれば良かったが、今、義龍さまの周りに集まっておられる方々は、義龍さまは道三さまの子ではないという方々でのう……」

「道三さまと戦うと？」

「そのようだな……」

光安は義龍が頼芸の子だと信じているようだと聞いている。それを違うと言えるのは義龍を産んだ深芳野しかいない。だが、深芳野は既に亡くなっていて、その真相は誰にも分からなくなっている。

義龍の弟孫四郎《まごしろう》、喜平次《きへいじ》、妹の帰蝶などは小見の方が産んだ子なのだ。

「もし、戦になれば道三さまに味方するぞ……」

「はい、承知しております」

小見の方や孫四郎、喜平次のことを考えれば、光安が道三に味方するのは当然だ。光秀は土岐元頼《もとより》が実父だが明智光綱《みつつな》の養子なのだ。美濃で争いが起きると、土岐一族の光安と光秀はいつも複雑な心境なのだ。

道三を稲葉山城から追い出した義龍は、露骨《ろこつ》に道三を鷺山城からも追い出そうと考え始めた。頼芸を父親と信じる義龍にしてみれば、道三は親を美濃から追放し、土岐家を滅ぼした仇《かたき》なのだが、心の隅に道三が父親かも知れないという思いも残っている。

何んとも悩ましい親子なのだ。

道三は病弱な義龍を老《お》いぼれと呼んで嫌っている。そんな二人の関係が最悪になるのはすぐだった。

天文二十四年（一五五五）になると義龍が道三に鷺山城から退去するよう通告、道三は義龍を廃嫡《はいちゃく》にして溺愛する次男の孫四郎を後継者にしようと動いた。

それを察知《さっち》した義龍の動きは早かった。

朝廷は天文二十四年十月二十三日を戦乱と災異による改元と称して弘治《こうじ》元年（一五五五）とした。

その弘治元年十一月十二日に義龍は病だと仮病《けびょう》をつかって稲葉山城の奥に病臥《びょうが》、二人の弟孫四郎と喜平次を呼び寄せた。まさか義龍の謀略と疑うことなく二人は誘《さそ》いに応じて登城した。

対応に出たのは叔父の長井《ながい》道利《みちとし》だった。

義龍と対面する前に一献《いっこん》いかがかと言葉巧《たく》みに二人に酒を勧め、まさか謀略とは思わずに油断している二人は勧められるまま酒を飲んだ。

飲むほどに二人が酔うと突然板戸《いたど》が開いて、日根野《ひねの》弘就《ひろなり》が槍《やり》を抱えて部屋に飛び込んできた。

「覚悟せいッ！」

いきなり日根野が孫四郎の胸を一突きにした。孫四郎は「ゲッ！」とうめいて槍の千段巻きを摑《つか》んだがそのまま仰《あお》のけに倒れた。

「何をするかッ、おのれッ！」

喜平次が太刀を摑んでヨロリと立ち上がったが、日根野がその喜平次をも槍で一突きにした。

「死ねッ！」

長井道利が脇差を抜くと喜平次の眉間《みけん》から斬り下げた。

「叔父……」

喜平次が太刀を抜く間もなくドサリと倒れた。孫四郎はまだ生きていたが日根野弘就が槍で止《とど》めを刺した。

この二人の暗殺はすぐ鷺山城に聞こえてきた。

「おのれッ、老いぼれめがッ！」

手にした扇子を投げつけ、立ち上がった道三は怒りで卒倒《そっとう》しそうになった。

「殿ッ！」

家老の堀田道空が道三を支える。

「城下を焼き払えッ、大桑《おおが》城に引くぞッ、急げッ！」

「畏《かしこ》まって候ッ！」

義龍軍に包囲されては隠居所の鷺山城では防ぎきれない。

堀田道空が百騎に満たない家臣を引き連れて鷺山城を飛び出すと、一斉に城下のあちこちに放火を始めた。たちまち城下が猛火《もうか》に包まれて燃え上がった。

道三は小姓や近習《きんじゅ》だけを連れて馬に乗ると鷺山城を出た。城下を焼き払った堀田道空たちと合流して北の大桑城に逃げた。

この事件は正月前に明智長山城にも聞こえてきた。

「十兵衛、遂《つい》に始まったぞ！」

「道三さまは大桑城に引かれたとか？」

「そうだ、大桑城に籠城《ろうじょう》すれば易々とは落ちるまい！」

光安は道三が籠城するため大桑城に入ったと考えた。光秀もそう思った。籠城していれば尾張の織田信長が援軍に来る可能性がある。誰もがそう考えた。

だが、道三は違うことを考えていた。

年が明けた弘治二年（一五五六）、家老の堀田道空は、大桑城の軍議で尾張の信長に援軍を求めて、義龍軍を北と南から挟撃するべきだと主張した。

「堀田、信長は余を助けられるほどの兵をまだ持っていないわ。信長を美濃に呼べば共倒れになるだけだぞ！」

「しかし、北と南から挟撃するしか勝つ方法は？」

「信長が村木砦《むらきとりで》を攻撃した時、余は千人の兵を貸したがその時、信長が持っていた兵は鉄砲隊を除《のぞ》いて千人に満《み》たなかったのだぞ」

「それでは、殿は？」

「そうよ、信長をこんな親子喧嘩《げんか》に巻き込むつもりはない。あの老いぼれめはこの手で討ち取ってくれるわッ！」

道三はあちこちに書状を出して正月から兵を集め出した。だが、味方を名乗り出たのは明智光安や竹中重元など数人だけで兵が集まらない。

一方の義龍の稲葉山城には義龍の叔父稲葉良通を始め旧土岐家の家臣たちが続々と集まった。だが、道三は「戦いは兵の数ではない！」と豪語《ごうご》して義龍と野戦で戦う構えだ。

「十兵衛、そなたは残って城を守れ！」

「叔父上ッ、是非、出陣を！」

「駄目だ。この戦は容易ではない。道三さまが負ければ義龍軍はこの城にも押寄せてくる。この城を守ってくれ。いざとなったら城を捨てて落ちのびろ！」

光安は光秀の優れた才能を惜《お》しんだ。こんなつまらない親子喧嘩の戦いに巻込まれて、光秀が命を落とすことだけは回避《かいひ》したい。生きてさえいれば光秀のことだから、どのようにでも生きられるはずだ。

光秀を殺してしまっては兄光綱との約束が守れない。

光安は城に二百人ほどを残して八百人を引き連れて大桑城に向かった。この時、集まった道三軍は二千七百人、義龍軍は一万七千五百人と道三軍を圧倒していた。

道三は全軍を率いて大桑城から出陣。

四月十八日朝、道三は長良川の北岸に着くと陣を敷《じんし》いた。

「殿、信長殿に援軍を？」

「駄目だ。あの男はこれからだ。ここで巻き添えを食わせることはできぬッ！」

「さりながらこのままでは！」

「くどいぞッ、堀田ッ、信長は生かしておかねばならぬ男よ。あの男は天下をにらんでいるのだ。こんなところで死なせるわけにはいかぬわ！」

道三が信長に援軍を要請するべきだと言い続ける堀田道空を叱りつけた。実は、蝮の道三はこの戦いで負けることを覚悟、城を出る時に信長宛に美濃を譲るという譲り状を書いて懐《ふところ》に入れていた。

帰蝶が美濃を欲しいなら譲らぬでもないと思ったことが事実になった。ここで信長に美濃を譲れば美濃と尾張で百万石になる。

あの男ならその百万石を種にして上洛、天下に飛び出して行くに違いない。あの信長の激しい命は燃え尽《つ》きるまで誰も止められないだろう。信長には乱世の荒《あら》ぶる神が乗り移っているのかも知れないのだ。

天才蝮の道三は信長を只者ではないと見抜いていた。

その信長をもう少し見ていたいがこの長良川で終わる命だ。そのための譲り状だった。

道三軍が布陣《ふじん》すると長良川の南岸に義龍軍が現れた。一万七千人を超える大軍と二千七百人の寡兵《かへい》が長良川を挟んで対峙《たいじ》した。

四月二十日の早暁《そうぎょう》、外はまだ暗い。長良川の南岸には大軍を見せつけるように無数の松明《たいまつ》が並んでいる。北岸は寡兵を隠すように一本の松明もなく真っ暗だ。

道三は末息子《すえむすこ》の新五郎利治《としはる》と堀田道空を呼んだ。道三の本陣は戦いの前の静けさに包まれている。

「新五郎、この書状を信長に渡してくれ。堀田、新五郎と二人で尾張に行け！」

「援軍を？」

「信長に渡せば分かる。兵助《ひょうすけ》も連れて行け。舟で川を下れば夜明けには尾張に入れる！」

道三は末っ子の利治と道空、猪子《いのこ》兵助を尾張に逃がそうと考えた。利治に渡した書状には信長に美濃を譲ると書かれている。

「殿、明日には戻ってまいります」

「堀田、そなたは戻ってこなくてもよいぞ。戻ってきたところでどうにもならぬわい！」

「殿ッ！」

「それより新五郎を頼む！」

三人の乗った川舟《かわぶね》が押されて岸を離れ、長良川の闇《やみ》の川面《かわも》を滑《すべ》るように下って行った。その頃、信長は那古野《なごや》城を出陣、大急ぎで木曽川に向かっていた。

「兵庫頭《ひょうごのかみ》、これでいいな？」

「御意、新五郎さまには生き延びていただきます！」

光安が新五郎を逃がしたことに同意した。

「帰蝶のところに行けば老いぼれの手から逃れられるか？」

「尾張に手出しすれば信長殿と戦いになります」

「あの老いぼれめはそう長生きはできまいよ」

道三は大男だが病がちな義龍を老人のようだといい老いぼれと呼んでいる。

「兵庫頭、今日のうちに決着をつける。余が討たれたら長山城に戻れ、つき合うことはないぞ。討死などするな。城に戻って十兵衛を世に出してやれ！」

「殿……」

「竹中重元にもそう言うてある。大御堂城《おおみどうじょう》には元服したばかりだが、半兵衛《はんべえ》という美濃の虎が生まれている。神童といわれるほど賢いそうだ。十兵衛と半兵衛がどうなるか見たいがそうもいかぬようだわい……」

「京に退散されては？」

「一緒に来るか？」

「はッ、お供仕《つかまつ》ります」

道三がうれしそうにニッと笑った。

「京へ行く前に決着をつけねばならぬのよ。あの老いぼれとは……」

道三は義龍に殺された孫四郎と喜平次の仇を取る気なのだ。後事《こうじ》は信長に託《たく》して、義龍を討ち取りたいが敵は一万七千人の大軍だ。

その上、病弱な義龍が戦場に出て来るとも思えない。

二十一　道三死す

夜が明けた辰《たつ》の刻（午前七時〜九時）、長良川の南岸にいる義龍軍が動いた。

その動きを対岸の道三が見ている。

「行くぞッ！」

道三が馬に乗ると槍を抱え長良川の北岸の岸辺まで出て行った。六十三歳の道三は大鎧《おおよろい》と兜《かぶと》を重いと感じた。老いぼれは自分ではないかと苦笑する。

道三が動くと義龍軍の先鋒《せんぽう》竹腰道鎮《たけごしどうちん》が長良川に馬を乗り入れた。竹腰勢が続々と川に入り円陣《えんじん》を組んで流れを突っ切ってくる。道三の本陣を目指していた。竹腰勢が本陣の近くの河原に上がってくると道三は旗本《はたもと》に出撃《しゅつげき》を命じた。

「突撃ッ！」

「川の中に押し戻せッ！」

「沈めてしまえッ！」

道三の旗本と兵は、数は少ないが竹腰軍に凄《すさ》まじい勢いで襲いかかっていった。

「逃げるなッ、押し崩《くず》せッ！」

「この野郎ッ、川まで押し戻せッ！」

たちまち乱戦になった。

「大将を討ち取れッ！」

「卑怯者ッ、道鎮ッ、逃げるかッ！」

敵味方は同じ美濃軍なのだ。顔見知りが多い。

「臆病者がッ、逃げるなッ、道鎮ッ！」

「道鎮ッ、返せッ！」

河原を逃げる竹腰道鎮の馬に道三の旗本が追いつく。

「逃げるとは卑怯《ひきょう》だぞッ、恥《はじ》を知れッ！」

罵《ののし》られて道鎮は馬を止め、道三の旗本と戦ったがあえなく討ち取られた。竹腰軍は道三軍に追われ川に入って逃げた。それを、南岸の本陣から義龍が見ていた。大きな体で時々、コホコホと咳《せき》をする。病をおして義龍が戦場に姿を見せたのだ。

体調は良くないが無理して出てきた。

「おのれッ、蝮めッ！」

義龍が床几《しょうぎ》から立ち上がって傍《そば》の馬に乗った。

「槍だッ、その槍を渡せッ！」

「殿ッ！」

「止めるなッ、余が討ち取ってくれるッ！」

「なりませんッ。親子で槍を交えるなどなりませんぞッ！」

稲葉良通と氏家直元が義龍の馬の轡《くつわ》を握って放さない。

「黙れッ！」

「なりませんッ！」

「殿に代わってそれがしがまいりまするッ！」

氏家直元が槍を抱えて馬を引いてくるよう命じた。稲葉良通が轡を握って義龍の馬を前に出さない。

その時、義龍軍から長屋甚左衛門《ながやじんざえもん》が飛び出した。

「見参《けんざん》ッ、見参ッ、甚左衛門でござるッ！」

馬を川に入れて道三の陣に怒鳴《どな》った。

「入道《にゅうどう》さまに一騎打ちを所望ッ、出会えやッ！」

「洒落臭《しゃらくさ》い奴《やつ》めッ！」

道三の傍にいた柴田角内《しばたかくない》が、道三に頭を下げると馬腹《ばふく》を蹴《け》って馬を川に入れた。南岸から義龍が見ている。北岸から道三が見ている。

その頃、那古野城から出陣した信長は木曽川を渡河《とか》して美濃領に侵攻していた。信長が道三と合流するのを防ぐため義龍は軍を差し向けている。

長良川の浅瀬《あさせ》で水飛沫《みずしぶき》を上げて、長屋甚左衛門と柴田角内の一騎打ちが始まった。

「おう、柴田殿だなッ！」

「入道さまに代わってお相手仕るッ。存分にまいられよッ！」

「承知ッ！」

「いざッ、まいるッ！」

互いに槍を振り上げ手綱を握って相手の隙を窺《うかが》う。

「イヤーッ！」

甚左衛門が角内に槍を叩《たた》きつけた。それを跳《は》ね上げ角内が馬を敵の横に回らせる。

「死ねッ！」

甚左衛門が槍を突いてきた。それを角内がバキッと叩いて甚左衛門の手から槍を叩き落とした。

「御免ッ！」

角内の槍が甚左衛門の腹を鎧の上から貫《つらぬ》いた。背中に槍の先が五寸ほど出た。

「無念だッ！」

太刀を抜く間もなく甚左衛門が川の浅瀬に落馬した。角内は馬から飛び降りて甚左衛門の首を取るとそれを揚げて両軍に見せる。味方から歓声が上がったが南岸は静まり返った。

「全軍ッ、突っ込めッ！」

怒って蒼白《そうはく》の義龍が采配を振った。

「老いぼれめッ！」

道三も采配を振って突撃を命じる。

柴田角内の勢いに乗って緒戦は道三軍が義龍軍を押して行った。だが、二千七百人と一万七千人の兵力差はいかんともしがたい。南岸から次々と新手の敵が長良川に入ってくる。

乱戦になるとたちまち道三軍が押された。

光安と竹中重元が道三軍の総崩《そうくず》れを支えたが、義龍軍が続々と長良川に入って押し寄せてくる。乱戦の中で戦っている道三を見つけた長井忠左衛門《ながいちゅうざえもん》が、生け捕《いど》りにしようと道三に組み付いた。

「忠左衛門かッ？」

「入道さまッ、生け捕りにいたすッ！」

「馬鹿者ッ、討てッ！」

二人が揉《も》み合っていると小牧源太《こまきげんた》が道三の脛《すね》を薙《な》ぎ払い、道三が倒れるとその首を川に沈めて斬り落とした。

「源太ッ、おのれッ、横取りするかッ！」

激怒した忠左衛門が道三の首をつかむと鼻を削《そ》ぎ落した。源太は二人の戦いに手出しをしたのだから、敵将の鼻を取られても仕方ない。

道三が討たれたことで両軍がサッと川から引いた。同じ美濃軍で互いにあまり戦いたい相手ではないのだ。戦いが嘘《うそ》のように長良川が静かになった。

敗れた道三軍はあっという間に河原から姿を消した。美濃軍同士の戦いで義龍は追撃を命じない。

南岸の河原で義龍の首実検《くびじっけん》が始まった。光安は自軍の兵をまとめると、長良川から離れ明智長山城に向かった。

義龍の前に鼻のない道三の首が運ばれてきた。

「わが身の不徳《ふとく》……」

義龍は道三を殺してしまってから本当の父親だったと悟ったのだ。

「余は出家してこれからは范可《はんか》と名乗る……」

范可とは唐《とう》の父親殺しの男の名だ。

道三の遺骸《いがい》は討ち取った小牧源太が手厚《てあつ》く葬《ほうむ》ることになった。そこはやがて道《どう》三塚《さんづか》と呼ばれるようになる。

義龍は首実検が終わると大良《おおら》まで侵出して、動けなくなっている信長に兵を向かわせた。信長軍と義龍軍は大良の河原で激突、両軍が引かない激しい戦いになっていた。

信長の家臣土方彦三郎《ひじかたひこさぶろう》と山口取手介《やまぐちとりでのすけ》が討ち取られ、森三左衛門《もりさんざえもん》が義龍軍の千石又一《せんごくまたいち》に膝《ひざ》を斬られて逃げた。

信長軍は数の上ではあまりにも寡兵で不利だった。

それでも道三を救出したい信長は苦戦しながらも踏みとどまったが、そんな戦いの中に道三討死の報《ほう》が伝わってきた。

「よしッ、これまでだッ、引き上げろッ！」

信長は殿《しんがり》に残って兵をまず後ろに下げた。

「急いで木曽川を渡れッ！」

木曽川まで後退すると信長は鉄砲を担《かつ》いで一人で河原に残った。次々と信長軍が木曽川を舟で渡って行く。信長の舟一艘《いっそう》だけが残った。そこに敵の騎馬が河原に突っ込んできた。

「ダーンッ！」

信長の鉄砲が火を噴くと騎馬兵が馬上から転げ落ちた。

後続の騎馬が驚いて河原に立ち止まる。その隙に信長は舟に飛び乗って対岸の尾張に引き揚げた。

翌朝、まだ暗いうちに光安が明智長山城に戻ってきた。

明智軍はほとんどが傷ついて戦いの激しさを物語っている。迎えに出た光秀は大手門で光安の馬の轡を取った。

「道三さまは亡くなられた！」

「討死ですか？」

「壮絶《そうぜつ》な覚悟の討死だ。道三さまらしいことだ」

「新五郎さまはいかがいたしましたか？」

「堀田道空殿と一緒に尾張へ逃がされた。殿は信長殿を戦いに巻き込まないように早い決着に出たようだ」

「そうですか……」

光安は本丸に入ると光秀に警戒を厳重にするよう命じて寝てしまった。疲れ切って戻ってきたのだ。

「小兵衛、戻ってきた兵を確認しろ……」

「承知！」

「伝五郎、亡くなった兵の家族の手当てを頼むぞ……」

「畏《かしこ》まりました！」

光秀は次々と戦いの後始末を命じ、義龍が明智長山城に攻めて来ることも考えられるため、警戒を厳重にして木曽川と長良川に偵察隊《ていさつたい》を出した。

義龍軍がいつ押し寄せてくるか分からない。おそらく、竹中重元の大御堂城も攻撃されるだろうと考えられた。

その大御堂城は長良川の戦いとほぼ同じ頃、義龍軍に攻撃されていた。光秀のいる明智長山城にはなぜか義龍軍が来なかった。義龍が光秀を警戒して攻撃を控えたのだ。

大御堂城は城主の重元が出陣して不在だった。そこを狙われた。

だが、その大御堂城には十三歳で元服したばかりの半兵衛重治《しげはる》がいた。半兵衛は父のいない大御堂城を守るため策を使った。籠城兵だけでは守り切れないと考えた半兵衛は領民に一揆《いっき》軍を組織させた。十三歳とは思えない戦術で母親と城を守ろうとした。

義龍軍に城を包囲されると半兵衛は夜になってから、一揆軍に大量の松明を持たせ大御堂城に向かわせた。それを見た義龍軍は大軍の支援が、越前から来たのだと勘違いして慌てて逃げ去った。十三歳とは思えない戦術で母親と城を守りきった。

五月に入っても義龍軍は明智長山城に攻めてこない。

義龍は大御堂城の失敗を繰り返さないよう光秀を警戒している。

明智長山城は高さ九十間ほどの瀬田長山《せたながやま》の山頂に、尾根や谷の自然の地形を利用して二百年ほど前に築かれた古い城だ。

土岐頼兼《よりかね》こと明智頼兼が築いた鎌倉期の城で天守《てんしゅ》はなく、濠《ほり》も土塁《どるい》もなく防衛のための構えがない。尾根に築かれた城郭は砦《とりで》のような造りで、本丸、二の丸、三の丸を中心に東西の出丸や多くの曲輪《くるわ》、見張り台や大手曲輪などが山麓まで広がっている。

光秀は守りにくい城だと思う。

明智長山城の城主は光安だが宗寂と名乗って隠居したため、実質的な城主は二十九歳の光秀なのだ。

光安と光秀を中心に城内で軍議が開かれた。

道三を殺した義龍の振る舞いには納得できない。光安、光秀、光安の弟明智光久《みつひさ》、光安の息子明智秀満《ひでみつ》、溝尾庄左衛門《みぞおしょうざえもん》、三宅弐部之助《みやけにぶのすけ》、藤田藤次郎《ふじたとうじろう》、肥田玄《ひだげん》蕃《ば》、池田《いけだ》織部《おりべ》、可児《かに》才右衛門《さいえもん》、森勘解由《もりかげゆ》、妻木広忠、藤田伝五郎、山本小兵衛などが軍議に出た。

光安は中洞《なかほら》源左衛門の出陣を断った。

軍議は土塁など防衛の備えを整えることでまとまり、伝五郎や小兵衛の指揮で夏の暑い盛りに城を護る土塁や柵《さく》をあちこちに築いた。

義龍軍が木曽川を越えて姿を現したのは九月十九日だった。

義龍の叔父長井道利や稲葉良通、氏家直元など三千七百人が明智長山城下に押し寄せてきた。光秀たち籠城したのは八百七十人ほどで厳しい戦いが予想された。

どこからも援軍の見込みはない。

「十兵衛、搦手道《からめてみち》を守れ！」

「承知いたしました……」

光安は東の大手門を守備し、光秀は西の水《みず》の手曲輪《てくるわ》に入って、搦手道を守備することになった。

「小兵衛、兵五十を連れて乾《いぬい》曲輪に行け。光久殿の援軍だ！」

「承知ッ！」

「鉄砲を持って行け、乾曲輪を守り切れない時は、光久殿とこの水の手曲輪に戻れ、無理な攻撃はするな！」

「承知ッ！」

明智長山城には光秀が購入した鉄砲が二丁あった。

「伝五郎は台所《だいどころ》曲輪に入ってこの水の手曲輪を援護しろ！」

「畏まりました！」

敵の布陣と同時に城方も籠城の布陣を決めた。わずか八百七十人で城を守り切らなければならない。義龍軍は落城させられなければ引き上げる。

十九日は夕暮れまで両軍は布陣で忙しかった。

その夜、光秀は乾曲輪の小兵衛と台所曲輪の伝五郎に十人ずつ兵を選ばせ、光秀の馬廻《うままわ》り十騎とで城を飛び出すと城下に火を放った。

「小兵衛ッ、東だッ！」

「おうッ！」

「伝五郎ッ、西だッ！」

「承知ッ！」

光秀は敵の本陣を囲むように三方向から火を放った。たちまち城下は大騒ぎになり義龍軍が大混乱に陥《おちい》った。だが、光秀と同じ快川紹喜の弟子である稲葉良通は落ち着いている。

奇襲攻撃を予測していたように光秀たち三十人の動きを見ている。

「搦手口を塞《ふさ》げッ！」

稲葉良通の命令で稲葉軍が搦手口に殺到して光秀たちは城に戻れなくなった。

あちこちに火を放った小兵衛と伝五郎が光秀の傍に戻ってきた。

「搦手を塞がれたッ！」

「慌てるなッ、まだ大手は塞がれていないはずだ。急げッ！」

その頃、氏家軍が大手口を塞ぐため五百人ほどで向かっていた。大手口を塞がれると光秀たちは行き場を失い万事休《ばんじきゅう》す。だが、光秀たち三十人は星明りの下を大手道まで、駆け抜けて辛うじて氏家軍より先に城に入った。

二十二　明智長山城の最期

翌日から両軍が動きを止めた。

長井道利は稲葉良通の進言で強引な城攻めを控えたのだ。

義龍軍の長井道利は隼人佐《はやとのすけ》といい、中美濃の明智長山城の隣の金山《かねやま》城の城主で光秀をよく知っている。道三の子という噂のある男だ。

稲葉良通は曽根《そね》城主だが幼くして、崇福寺《そうふくじ》に入り僧になり快川紹喜の弟子になった。光秀より四つ年上の兄弟子で、父親と五人の兄たちが次々と戦死したため、還俗《げんぞく》して稲葉家の家督を相続した。稲葉良通も光秀をよく知っている。

光秀には厄介な敵将なのだ。

にらみ合いが続いたが九月二十五日に義龍軍の猛攻が始まった。乾曲輪はよく戦ったが大軍と寡兵ではいかんともしがたい。果敢《かかん》に戦っていたが光久と小兵衛が水の手曲輪まで撤退してきた。

光安の守る大手曲輪と大手門が破られ二の丸と出丸曲輪まで引いた。

大手道と搦手道から攻め込まれ、明智軍は籠城が苦しくなった。

しとしとと秋雨が降っていて、光秀と小兵衛は鉄砲が使えない。曲輪から数発放ったが敵が驚くほどではなかった。

夜になると光秀が二の丸の光安に呼ばれた。その傍に光安の息子秀満二十一歳がいた。

「十兵衛、この城は明日までが精いっぱいだ。これ以上戦えば兵たちまで全滅する!」

それは光秀も同じ考えだ。形勢は見えていた。

「光秀と秀満は今夜のうちに城から脱出しろ、何んとか生き延びて明智家を再興してもらいたい!」

「叔父上……」

「これは命令であり遺言《ゆいごん》だ。違背《いはい》は許さぬ!」

光安は死を覚悟していた。

ここで光秀と秀満が死んでは明智家が滅亡する。

光秀は土岐元頼の子なのだからこの城で死なせたくはない。二人を城外に出して明智家の将来を託したいのが光安の考えだ。

その夜、本丸に光秀、熙子、秀満、小兵衛、伝五郎の五人が集まった。

小兵衛の妻お幸《こう》は一年前、二人目の女の子を産んだがその後に流行《はや》り病《やまい》で亡くなり、二人の娘は中洞村に預けられていた。

「これから城を出て京に向かう。急ぎ身支度をして裏の馬場から城を出るぞ!」

光秀は光安の命令通り城を出る覚悟をした。だが、無事に脱出できるという保証も脱出した後の見通しもない。

半刻後、五人は馬場に集まり、光秀は煕子を背負うと崖《がけ》を下りた。崖の下にも敵兵はいたが油断して寝ている。二人だけ見張りに立ったまま、槍に寄りかかって居眠りの最中だ。

五人は易々と城からの脱出に成功、一目散《いちもくさん》に城から駆け去った。

「犬山《いぬやま》城下に出て清洲《きよす》から伊勢に向かおう……」

光秀は京に出て若狭《わかさ》の武田信豊《たけだのぶとよ》を頼るつもりでいた。

五人は暗闇《くらやみ》の中を犬山城下に急いだ。

明智長山城は九月二十六日に最後の戦いをした。まだ暗いうちから義龍軍の猛攻が始まり、各曲輪が義龍軍に包囲され燃え上がっている曲輪もある。

夜が明けると光安は本丸で妻子を突き殺した。

籠城兵には逃げるように命じると、本丸に戻って来て腹を斬って絶命した。五十七歳だった。

光久も腹を斬った。

遂に明智長山城は落城した。この後、廃城になりこの世から姿を消すことになる。敵将の長井道利と稲葉良通は城が落ちると、光秀と秀満の脱出に気付いたが追っ手をかけなかった。同じ土岐一族でそこまでは考えなかった。

光秀一行は足弱の熙子がいるため先がはかどらない。尾張から伊勢に入り八風《はっぷう》峠に登り八風街道を急いで湖東《ことう》に出た。

　瀬田の唐橋を渡って京に入ると洛北の妙心寺に向かった。そこには快川紹喜と弟子の宗乙《そういつ》二十七歳と玄興《げんこう》二十歳がいた。

　宗乙は後に伊達政宗《だてまさむね》の軍師になる臨済僧《りんざいそう》、玄興は妙心寺開山以来最も若い三十三歳で大住持になる秀才だ。光秀は三人に挨拶して妙心寺で旅の疲れを取ることになった。

「同族で争うとは、乱世は諸行無常じゃ……」

　快川紹喜が合掌した。光秀の話を聞き光安が死んだと思ったのだ。それに弟子の稲葉良通と光秀が戦ったことも悲しいことだ。

「これからどうなさる？」

「若狭の武田信豊さまを頼りたいと思います」

「おう、武田さまは光綱さまの奥方さまのお父上でしたな？」

　明智光綱は亡くなっているが光秀の養父なのだ。

「その後のことはよくよく考えたいと思います」

「うむ、それがよい、落ち着けば良い思案《しあん》も浮かぼうというものだ。諸国を巡って見ることも良いかも知れませんな」

快川紹喜は五十五歳になる。にこやかな笑顔で光秀に諸国回遊を勧めた。その傍で宗乙と玄興が光秀を見ている。

玄興は美濃一柳家の出身で光秀と同じ土岐一族である。後に妙心寺の五十八世大住持となり、後陽成《ごようぜい》天皇の帰依《きえ》が厚く定慧《じょうえ》円明国師《えんみょうこくし》を賜り六十七歳で没する。

虎哉《こさい》宗乙は出羽に下り伊達政宗の師となり、妙心寺の六十九世大住持になって八十二歳で没する。

二人は快川紹喜の弟子の双璧《そうへき》だ。

光秀一行は四日間妙心寺で体を休めると快川紹喜に挨拶して若狭に向かった。十月に入って寒くなり始めている。五人は湖西の道を坂本《さかもと》、堅田《かたた》と北上して行った。

若狭に入り光秀一行は小浜後瀬山《おばまのちせやま》城に入った。若狭小浜は三代将軍義満《よしみつ》に献上するため、南蛮人が巨大な象《ぞう》を連れて上陸した地で、京に近いためか交易で繁栄した湊《みなと》だ。

光秀たちがその小浜に入った時、後瀬山城に武田信豊はいなかった。若狭武田家も家督相続で混乱していた。それは信豊が隠居しようとしたことから始まる。

信豊は溺愛する四男信由《のぶよし》に家督を譲りたかったが、嫡男義統《よしむね》が猛烈に反発して若狭武田家が二分しての戦いに発展した。戦いに敗れた信豊は近江に逃亡して抵抗をつづけ、信由は甲斐の信玄を頼って逃亡する。

後瀬山城には戦いに勝った信豊の嫡男義統と息子の元明《もとあき》がいた。

「おう、十兵衛殿、よくまいられた」

光秀と同じ年恰好《かっこう》の義統が光秀を歓迎した。この時、光秀は熙子が懐妊していることに気付いていた。光秀一行は熙子の懐妊で後瀬山城から動けなくなった。

「十兵衛殿、明智城は落城、光安殿と光久殿が亡くなられたそうだ」

ここで秀満が父光安の死を知った。

「やはり、叔父上が……」

光秀は城から脱出させてくれた光安が自分に託した将来を考えた。自分と秀満が生きている限り明智家は滅んではいない。何んとしても明智家を再興しなければならない。

それが光秀の決心だ。

翌弘治三年（一五五七）夏、熙子が女の子を産んだ。

この頃、乱世は京だけでなく各地で、家督相続や領地拡大で争いが絶えず混乱していた。甲斐の武田晴信《はるのぶ》こと信玄と越後の上杉輝虎《てるとら》こと謙信が、北信濃で激しく対立し戦いを繰り返していた。

この年は三回目のにらみ合いで、四月から秋まで何カ月も対峙《たいじ》している。信玄と謙信の両雄は互いに力量を認めていて、なかなか大軍がぶつかり合う決戦にはならない。

信玄は南信濃を支配し北信濃まで手を伸ばしたが、それを阻止するため村上義清《むらかみよしきよ》の支援を名目に謙信が北信濃に姿を現すのだ。

両雄はいつ衝突してもおかしくない厳しい状況にあった。

尾張の織田信長も道三が死んだことで後ろ盾《うしろだて》を失い、反信長勢力が急激に力を増してきている。中でも、信長の弟信勝《のぶかつ》が露骨に信長を侮《あなど》り、信長の領地を横領しようと動き出して戦いになった。

兄弟の戦いは信長が勝ち、一度は謝罪した弟を信長は許したが、二度目の謀反《むほん》はさすがに許さなかった。

既に清洲織田信友《のぶとも》を滅ぼし那古野城から清洲城に移った信長が、謀反を繰り返す信勝を病と偽って、清洲城に呼び出して十一月二日に暗殺する事件を起こした。信長も領地を奪おうとした弟を殺したのである。

尾張も混乱していた。

美濃の義龍は相変わらず病弱で、近江は北近江の浅井《あざい》家と南近江の六角《ろっかく》家が必ずしもしっくりいっていない。

異常なほど盤石《ばんじやく》なのは越前の朝倉《あさくら》家と北近江の浅井家だ。それは浅井家が京極《きよう》《ごく》家から北近江を奪う時、越前の朝倉家が浅井家を支援したからで強い絆《きずな》で結ばれている。

この頃、京の将軍義輝《よしてる》は三好長慶《ながよし》とその家臣松永久秀《まつながひでひさ》の傀儡《かいらい》を嫌い、我慢できずに湖西の朽木谷《くつきだに》に逃げて、若狭に逃げていた細川晴元と合流していた。

京にも大混乱する不穏な気配が漂《ただよ》っている。

そんな弘治四年が明けると、朝廷は正親町《おおぎまち》天皇の即位のための改元を二月二十八日に行い永禄《えいろく》元年（一五五八）となった。

正親町天皇も朝廷の困窮のため三年間も即位の礼を行えなかった。

五月になると三好、松永の傀儡を嫌って朽木谷に逃げていた将軍義輝が動き出した。

細川晴元と協力し、南近江の六角義賢《よしかた》の支援もあって、朽木谷から湖西の坂本まで出てきて京の様子を窺《うかが》っている。京に復帰するのが狙いだ。

六月になると将軍義輝は京の東山如意ケ嶽《ひがしやまにょいがたけ》に布陣して、それを迎え撃つ三好長逸《ながやす》と戦った。戦いは将軍側の優勢だったが、三好軍を京から追い払える兵力を将軍は持っていない。戦いが長引くと六角義賢が仲裁《ちゅうさい》に入り将軍義輝と三好長慶が和睦した。

五年ぶりに二十三歳の若い将軍が京に戻ってきた。

将軍義輝は三代将軍義満以来の逸材と言われ、剣豪将軍とも呼ばれその優れた能力は期待された。

若い将軍は将軍親政《しんせい》を目指して積極的な意欲を見せる。

武田信玄と上杉謙信の抗争に御内書《ごないしょ》を発給して調停《ちょうてい》するなど、各地の大名間の争いに将軍として積極的に介入した。

そのため、将軍義輝の勢いに押されて、三好長慶の権力に衰退の兆《きざ》しが見え始めた。

その九月、尾張の織田信長の前に不思議な男が現れ小者として仕官した。その名は元吉といい針などを行商する若者で後の木下藤吉郎秀吉《きのしたとうきちろうひでよし》である。

もう一人の運命の男は駿河今川家に人質として囚《とら》われている。その名は松平《まつだいら》元康《もとやす》こと後の徳川家康《とくがわいえやす》である。元康は亡き太原崇孚雪斎《たいげんそうふせつさい》から薫陶《くんとう》を受けて、今川の人質でありながら義元に気に入られていた。

歴史は不思議だ。その複雑な襞《ひだ》の中で、光秀、信長、秀吉、家康という、天下を競うことになる四人の男は出会うことになる。

年が明けて永禄二年（一五五九）、光秀の娘は三歳になった。ことのほか若い秀満をお気に入りで、その背中に背負われるとご機嫌だ。キャッキャッと秀満と遊ぶのが大好きで傍から離れない。名前は清子《きよこ》でお清と呼んでみなが可愛がっているが、お転婆《てんば》で熙子は手を焼いていた。

お清は後に秀満の妻になる。

そんな中で光秀は再び諸国を巡って、優れた武将たちと会いたいと思っていた。それらの武将からは学ぶことが多いはずだ。

美濃から若狭に来て三年になる。

武田家の客将である光秀が義統《よしむね》に諸国見聞の旅に出たいと願い出た。

「十兵衛殿はどなたか会いたい武将がおられるのか？」

「いいえ、おそらく諸国にはそれがしの知らない、優れた武将や碩学《せきがく》が多数おられるはずです。そのような方々とお会いしてみたいと願っております」

「なるほど、それではまず越前の朝倉義景《よしかげ》さまとお会いになって見られてはどうか？」

義統は混乱している若狭を抑えるため義景の支援を受けている。義景は父孝景が亡くなると十六歳で、五十万石近い大国《たいこく》越前の家督を相続した。以来十年にして越前の全てを手に入れた。

名門にはそれなりに難儀なことが多い。長老たちにはそれぞれの思いがあって、なかなか一門の考えがまとまるということがないのだ。

そんな苦労が若く経験のない義景にのしかかっている。

「会うだけ会って見れば、よいこともあろうから紹介状を書こう。京に出るなら将軍さまに会えるよう書状を認《したた》める……」

「有り難く存じまする」

光秀が義統に頭を下げた。義統の妻は前将軍義晴の娘で現在の将軍義輝の妹だ。義統は将軍義輝の義弟《ぎてい》になる。

光秀は越前の一乗谷《いちじょうだに》城で朝倉義景に会ってから京に出ようと考えた。光秀主従は旅の支度を整えて小浜後瀬山城を出ると越前に向かった。光秀、煕子、清子、秀満、小兵衛、伝五郎の六人は木ノ芽峠《きのめとうげ》を越えて北に向かった。

一乗谷城下は九頭竜川《くずりゅうがわ》の支流足羽川《あすわがわ》のその支流一乗谷川《いちじょうだにがわ》沿いに広がってい

る。東西五町ほど南北は一里近い狭隘《きょうあい》な谷で東、西、南は山に囲まれ北には足羽川が流れて、天然《てんねん》の要害《ようがい》になっている。

城下に朝倉館《あさくらやかた》があり背後の山上に一乗谷城が築かれている。

朝倉家は藤原流で但馬《たじま》の豪族だったが、越前に入って管領斯波《しば》家の領地を手に入れた。義景は朝倉十一代目の当主だ。

光秀一行は城下の西光寺《さいこうじ》に入り、朝倉館に武田義統からの書状を差し出した。するとタ刻になって義景の近習が西光寺に現れ、義景が会見すると伝えてきた。

義景は山上の御殿ではなく、城下の朝倉館の中御殿《なかごてん》を会見場に指定した。

近習に案内され光秀は秀満だけを連れて朝倉館の御殿に入った。朝倉義景は二十七歳の若き大将だ。光秀と秀満は控の間で暫く待たされてから会見の広間に案内された。

「明智十兵衛光秀にございます」

「大儀である。明智城は落ちたそうだな?」

「はい……」

光秀は大国越前の守護がどんな男か冷静に見ている。

義景の祖父貞景《さだかげ》の娘が土岐頼芸の兄頼武に嫁いで頼純を産んだ。頼武も頼純も既に亡くなったが、土岐家と朝倉家は縁が深い。その頼武の父と土岐宗家の家督を争ったのが光秀の実父元頼だ。

「武田殿の書状には諸国見聞の旅と書いてあったが、この一乗谷には好きなだけ逗留《とうりゅう》されるがよい。長屋を用意させよう」

そこに酒肴《しゅこう》が運ばれてきた。

光秀はほとんど酒を飲まない。形ばかりの盃《さかずき》を口にして膳《ぜん》に盃を伏せた。

二十三　夢のまた夢

光秀と義景の会見では仕官の話も出ずに終わった。

義景の言葉に従い長屋に入って呼び出しを待ったが、会見後は音沙汰《おとさた》なしで秋が過ぎ冬になった。大国越前では浪人《ろうにん》に過ぎない光秀の存在などすぐ忘れられたようだ。

厳しい越前の冬を一乗谷城下で過ごし、雪解けが来ると光秀は義景に越前から出ることを願い出た。このまま越前にいても埒《らち》があかないと判断して京へ出ることにしたのだ。

永禄三年（一五六〇）、許しが出ると光秀一行はまだ寒い越前を後にした。

北近江に出ると舟で大津に出て京に入った。

光秀は義統の書状を差し出して将軍義輝に謁見《えっけん》を賜《たまわ》った。将軍の傍には光秀と面識のある細川藤孝《ふじたか》がいた。

二十四歳の若き将軍は才気に満《み》ち溢《あふ》れている。光秀が義輝と会うのは二度目だ。それを将軍も分かっている。

「十兵衛、そなた、鉄砲をやるそうだな？」

「はッ、紀州根来寺の津田監物さまにご指南いただきましてございます」

「ほう、僧兵の大将だな。そのうち、余に鉄砲を指南してくれ！」

「畏まってございます」

「諸国を見聞したいそうだがどこに行くのか？」

「はッ、陸奥《むつ》から周防《すおう》まで見聞《けんぶん》して来たいと考えております る」

「なるほど、それは長旅になるのう」

「三年ほどかと思います……」

「おもしろそうだな」

義輝は光秀が羨《うらや》ましい。義輝にも行きたいところがある。将軍義輝は後に卜伝《ぼくでん》と名乗る常陸《ひたち》鹿島新当流《かしましんとうりゅう》の開祖塚原《つかはら》土佐守《とさのかみ》の弟子なのだ。常陸鹿島に行くのが義輝の宿願なのだが、将軍という立場では叶《かな》うことのない不可能な願いだ。

剣豪将軍は諸国を自由に巡れる光秀が羨ましい。

「十兵衛、そなた会いたい武将がいるのであろう。どうだ？」

聡明な将軍義輝が光秀の腹の中を読み切った。光秀が思わず細川藤孝の顔を見た。それに藤孝がお答えするようにというように小さくうなずいた。

「恐れ入りましてございます」

「そなたが会いたいのは誰だ。東国か、それとも西国《さいごく》か？」

「はッ、毛利元就《もうりもとなり》さまにございます」

「ほう、西国の毛利か……」

義輝が考え込むように光秀をにらんだ。毛利元就は尼子晴久《あまごはるひさ》と石見銀山《いわみぎんざん》の支配権をめぐって争っている。毛利家は鎌倉幕府の政所《まんどころ》初代別当《しょだいべっとう》の大江広元《おおえのひろもと》が家祖だが、安芸《あき》の小さな国人領主だった。

周防、長門《ながと》、石見、安芸、豊前《ぶぜん》、筑前《ちくぜん》などを領する名門大内義隆《おおうちよしたか》と、京極家の一門である名門尼子晴久の間にあって弱小大名の毛利元就は力をつけてきた。

将軍義輝は相伴衆《しょうばんしゅう》の尼子を気に入っていることから、その尼子の領地を奪った毛利元就は厄介《やっかい》な存在なのだ。だが、この年の十二月に尼子晴久が死ぬと、将軍に和睦仲介を求めてくることになる。この後、尼子家は急激に衰退し、元就の孫の毛利輝元《てるもと》に滅ぼされる。

光秀が毛利元就に会いたいと思ったのは越前の朝倉宗滴《そうてき》が、元就の政務や人心《じんしん》掌握術《しょうあくじゅつ》を信玄や謙信と同等に高く評価していたからだ。宗滴は朝倉貞景、孝《たか》景《かげ》、義景と三代に仕える名将だ。

その宗滴のことを光秀は義輝に披露しなかった。

「そうか、諸国見聞から戻ったらまた会おう。諸国の話を聞きたい！」

義輝が座から消えると藤孝が光秀の傍に寄ってきた。

「細川さま、将軍さまは気分を害されたのであろうか？」

「いや、そのようなことはないが、毛利さまは今や大内家を呑み込み、尼子家まで飲み込む勢いだ。将軍さまはそれを気にしておられる……」

「そうでしたか……」

「毛利さまのように権謀術数《けんぼうじゅっすう》を使って他家を滅ぼすのを、将軍さまはお立場上そういうことを好きではないのでござるよ」

「なるほど……」

「気分を害されたわけではない。将軍さまは三代さまの再来と言われるほど聡明なお方だ。旅から戻られたらお傍にお仕えされてはどうか？」

「幕臣《ばくしん》に？」

「さよう……」

藤孝が人懐《ひとなつ》っこくニッと笑った。

「お気遣《きづか》いかたじけなく存じます」

「兎に角、無事のお戻りを……」

光秀は藤孝の紹介で東山の寺に熙子、清子、秀満、伝五郎の四人を残し、小兵衛一人を連れて京から旅立った。その前の夜、光秀は熙子から懐妊していることを聞かされたが、決心した旅立ちを引き延《の》ばすことはできない。

子が生まれる前に一度戻れるかもしれないが、光秀は不在の時に生まれる子のことを考え、生まれたらつける男女の名を熙子に伝えた。

この時、妙心寺の快川紹喜と弟子の宗乙と玄興は美濃の崇福寺に戻っていた。

光秀と小兵衛は京を出ると湖東に出て、近江から伊勢に出る八風街道に向かった。

美濃の稲葉山城下に入ることは危険だ。光秀が明智長山城から落ち延びたことは知られていると考えた方がよい。光秀はそう判断し美濃ではなく伊勢に向かった。

二人は八風峠から伊勢に出て尾張に入った。尾張の津島《つしま》から清洲、犬山と通って明智長山城下に出た。城は廃城《はいじょう》になり姿を消していた。

「小兵衛、この書状を中洞村《なかほら》の母上に渡してくれ。娘たちにも会ってくればいい。岩村《いわむら》城下の大圓寺《だいえん》で会おう……」

光秀が中洞村に現れては源左衛門に迷惑をかけることになりかねない。祖父と母に会いたいがここは我慢だと考えた。

「承知いたしました。急いで行ってまいります！」

「急ぐことはない。二人の娘と二、三日遊んでまいれ……」

小兵衛は嬉しそうな顔をしない。怒った顔で光秀をにらんだ。

「どうした？」

「何んでもありません。行ってまいります！」

光秀は東美濃の岩村城下を目指し、小兵衛は北の中洞村に向かった。中洞村の源左衛門も宗桂禅尼も、京から戻った快川紹喜が汾陽《ふんよう》寺に来た時、光秀は無事に城を脱出して、京の妙心寺で会ったと知らせていた。

警戒しながら光秀は岩村城下に入ると真っ直ぐ大圓寺に向かった。稲葉山城下から遠いとは言え岩村城は東美濃の中心の城だ。どこに探索の眼が光っているか分からない。光秀を討ち取って稲葉山城に差し出せば褒美《ほうび》がもらえる。

光秀は明智長山城の落武者《おちむしゃ》なのだ。美濃をうろうろできる人間ではない。

大圓寺には希菴玄密《きあんげんみつ》がいた。

「おおう、珍客《ちんきゃく》の到来じゃな。まずは本堂に上がりなされや……」

希菴禅師は快川紹喜の弟子を歓迎した。警戒して光秀の名は口にしない、誰が聞いているか分からないからだ。

「ご無事とは快川さまから聞いておりました……」

二人は本堂で話し合った。

「これから、どちらにまいられるのか？」

「遠いのですが、平泉《ひらいずみ》まで行って見たいと思います」

「ほう、奥州平泉ですか。お一人で……」

「供が一人おりますが、中洞村に使いに出しました」

「おう、そうであったの。確か母上さまは快川禅師さまのお弟子宗桂禅尼さま？」

「はい、中洞村で暮らしております」

「お供の方とはここで待ち合わせかな？」

「ご迷惑をおかけいたします」

「何んの、何んの、五日でも十日でも逗留してくだされ、このような寺は旅の人をいつでも歓迎じゃよ……」

希菴禅師がニコニコと優しい笑顔だ。

その夕から光秀は学僧に交じって座禅《ざぜん》を行った。臨済宗妙心寺派は開祖関山慧玄《かんざんえげん》が禅修行に厳しくその法系《ほうけい》は今でも厳しい禅だ。光秀は久しぶりに一刻半の座禅を行った。この数年、あまりに忙しく座禅を忘れていたように思う。

その夜、光秀は希菴禅師の方丈で夜遅くまで京の話をした。

一方、中洞村に走った小兵衛は宗桂禅尼に光秀の書状を渡し、実家で娘たちに会ったが二人の娘は怖がって小兵衛に寄り付かない。祖父の五兵衛は病で亡くなっていた。

二人の娘は小兵衛の妹夫婦に育てられている。

小兵衛は一晩だけ実家に泊まってすぐ光秀を追った。二日目の夜に小兵衛が大圓寺に現れた。

「早かったな……」

「はい、母上さまはお元気にございました」

小兵衛が仏頂面《ぶっちょうづら》で宗桂禅尼の書状を光秀に渡した。小兵衛は娘たちに嫌われ不機嫌なのだ。だが、それを口にしない。

光秀は小兵衛のため二日間の休養を取った。

「拙僧は甲斐の恵林《えりん》寺に行きますが、お二人に同行してもよろしいですかな？」

希菴禅師が光秀に聞いた。時々、希菴禅師は臨済宗妙心寺派の恵林寺に出入りしている。恵林寺は夢窓疎石《むそうそせき》が開山した名刹《めいさつ》だ。

「願ってもないことにございます。禅師さまと旅ができるなど有り難い功徳《くどく》にございます」

「厄介になりましょうかのう。お武家さまと一緒であれば心強いわ……」

三人は翌朝まだ暗いうちに大圓寺から旅立った。

岩村城下から平谷《ひらや》に出て、浪合《なみあい》を通って天竜川《てんりゅうがわ》沿いに下諏訪《しもすわ》に向かった。早春の三人旅はのどかだ。急ぐこともなく信濃の山々を見上げ、まだひんやりと冷たい風が旅で火照《ほて》った顔に心地《ここち》よい。

東美濃の岩村城下と甲斐塩山《えんざん》の恵林寺の間は、希菴玄密と快川紹喜が何度も通っている道だ。美濃と甲斐が衝突しないよう二人の禅僧は外交僧として働き、恵林寺にも頻繁《ひんぱん》に出入りしている。

光秀は下諏訪で希菴禅師と分かれた。

希菴禅師は下諏訪から南に歩いて甲斐に入り恵林寺に向かう。光秀と小兵衛は下諏訪から東に歩き佐久《さく》に出て下野《しもつけ》の宇都宮《うつのみや》を目指す。宇都宮からなお北上して奥州道を平泉の中尊寺《ちゆうそんじ》に向かう。

藤原四代の黄金の都と言われる。

衣川《ころもがわ》の判官館《ほうがんだち》は源判官義経《みなもとのほうがんよしつね》の終焉《しゆうえん》の地だ。兄頼朝《よりとも》に追われ弁慶《べんけい》以下十数人で泰衡《やすひら》軍五百人と戦い、力尽きて義経三十一歳が自害した悲劇の衣川だ。

光秀と小兵衛が平泉に到着した時、四月になっていた。だが、北国の春はまだ寒い。奥州百年の栄華《えいが》を支えた山に登り中尊寺に詣《もう》で、浄土《じようど》を模《も》した毛越寺《もうつうじ》にも詣でた。

黄金の栄華を誇《ほこ》った奥州の都も今や夢のまた夢である。

光秀は平泉からなお北上した。そこは不来方《こずかた》という。昔この地に鬼が住んでいた。その鬼を民の願いによって三ツ石《みついし》神社の神が捕まえた。すると鬼は二度とこの地に来ることはないと、岩に証《あかし》の手形《てがた》を押して退散《たいさん》した。

以来、この地は岩手《いわて》といい、鬼が来ないと誓《ちか》った地であることから不来方と呼ばれるようになった。だが、不来方では不吉という者がいて森ケ岡《もりがおか》と改められ、やがて縁起の良い盛岡《もりおか》という名で呼ばれるようになった。

光秀は不来方からなお北に行こうと思ったが、果てしない旅になりそうで引き返すことにして出羽路《でわじ》に回ることにした。二人は平泉まで戻って鳴子《なるこ》に向かった。この奥州の温泉郷《おんせんきょう》は古く八二六年の鳥屋ケ森山《とやがもりやま》の噴火《ふんか》で湧《わ》き出した温泉だ。

後に源義経の子を郷御前《さとごぜん》が産んだ時、この温泉で産湯をつかったという。その泣き声から鳴子と呼ばれるようになったという。兄頼朝に追われ非業《ひごう》の死を遂げた義経、郷御前とその子の哀《あわ》れさから、判官贔屓《ほうがんびいき》がそのように伝えたのであろうか。

光秀は諸行無常を感じ名もなき民の優しさを感じた。

人の通わぬ山刀伐《なたぎり》峠を越えて出羽路に出た。奥州や出羽は足利一族の管領《かんれい》斯波《しば》家の領地だったが、その斯波家が応仁の大乱以来、急速に衰退して領地は一族や家臣に分散した。

奥州も出羽も各地の小大名が争っている。

出羽は斯波家の分家の最上《もがみ》家と藤原《ふじわら》流の伊達《だて》家、西国の毛利家と同じ鎌倉幕府政所別当大江広元流の寒河江家《さがえけ》が大きい。

光秀はその伊達家の米沢《よねざわ》に向かっていた。米沢から板谷《いたや》峠を越えれば奥州道に戻れる。

その頃、駿河の今川義元が二万五千の大軍を擁《よう》して上洛しようと支度していた。

義元の師であり今川軍の軍師でもある太原崇孚雪斎と、今川軍の優将掛川《かけがわ》城主の朝比奈泰能《あさひなやすよし》は亡くなっていたが、今川軍はかつてないほど充実していた。

それは太原雪斎が今川、武田、北条の三国同盟に成功し、にらみ合いや戦いが全くなくなったからだ。

駿河の今川は西の尾張に出て上洛する野心がある。

甲斐の武田は北信濃から上野《こうずけ》、東美濃などに領地拡大する野心がある。相模《さがみ》の北条は関東の大国武蔵《むさし》を呑み込み周辺を制圧したい。

三者の野心を読み切った雪斎が、三者の背後を安全にする三国同盟をまとめた。背後に危険がなければ三者はそれぞれに国も兵も充実して動き出す。後ろに不安のなくなった今川軍は、西の尾張に向かって動き出していた。

既に亡くなっているが太原崇孚雪斎は妙心寺の三十五世大住持で、三十八世希菴玄密、三十九世沢彦宗恩《たくげんそうおん》、四十三世快川紹喜の師であり兄弟子なのだ。天下一の軍師と言われ、武田信玄の軍師山本勘助《やまもとかんすけ》は駿河庵原家《いおはらけ》の出で雪斎と同族だった。

光秀は師の快川紹喜から聞いて、臨済宗妙心寺の人脈は詳細に知っている。

二十四　神宮の神々

今川義元が大軍を率いて駿府城《すんぷじょう》を出陣した永禄三年五月十二日に、光秀と小兵衛は相模《さがみ》の小田原《おだわら》城下にまで来ていた。箱根《はこね》を越えればそこは駿河だ。義元の出陣は北条家の小田原城下にまで聞こえていた。

その大軍を迎え撃つ織田信長の総兵力は五千人足らずで、砦の守備兵を除くと義元軍と戦う兵力は二千人ほどしかいなかった。

そんな両軍の兵力の差を光秀は知らない。信長の後ろ巻きになるはずの、蝮の斎藤道三は既に亡くなっている。信長が頼れる味方は尾張周辺にはいない。信長は一人で今川義元と戦わなければならない。

その織田信長は尾張統一もできていない弱小大名で、今川義元と戦うには圧倒的に不利だと光秀にも分かる。信長が倒されれば、帰蝶の婚姻《こんいん》の時に問題になった、次は美濃だという危険が現実になる。果たして、病弱な義龍に今川義元と戦う気力があるかだ。

信長に勝ち目などほとんどない。怯《おび》えて兵も満足に集まらないはずだ。唯一、籠城《ろうじょう》戦で信長自慢の鉄砲隊がどう戦うかぐらいだろうと光秀は考えた。

「小兵衛、明日、箱根を越えるぞ。信長殿が倒されれば次は美濃か伊勢だ。伊勢には有力大名がいない。京に先回りして上洛する今川軍の様子を見たい！」

「では、今川軍が美濃に向かえば殿は伊勢から、もし、今川軍が伊勢に向かえば殿は美濃から京へ……」

「稲葉山城下に出ないで大垣《おおがき》城下か関《せき》が原《はら》に出る！」

「承知！」

翌日、まだ暗いうちに二人は小田原城下を出立した。駿府城下に入ると今川軍の出陣後で城下は息を潜《ひそ》めるように深閑《しんかん》としている。光秀は一日駿府に留《とど》まった。あまり今川軍に接近しては織田の間者《かんじゃ》と間違われて危険だ。

今川軍を追い越すことなどできそうもない。

今川と織田の戦いはもう引き返せない戦いだ。太原雪斎と朝比奈泰能が生きていれば、おそらく父親の信秀と同じように、信長は歯がたたなかったはずだ。だが、今川軍には支柱とも言うべきその二人がもういない。

もし、信長に勝機があるとすればその今川軍の不運に付け込むということだ。

それにしても、尾張の統一前を狙うなど義元も抜け目がないと光秀は思った。

翌日、二人は掛川《かけがわ》城下まで歩いた。

どこが戦場になるのか光秀には分からない。駿河、遠江、三河は今川の領地だ。信長が野戦で戦うとすれば、義元を尾張に引きずり込んで戦うだろう。兵力に不利な信長が野戦で戦うとすれば地の利しかない。

他には戦わずに籠城するか降伏《こうふく》するかだ。

以前、光秀の見た清洲城は平城で、籠城できるような城ではない。籠城しても今川の大軍に、十重二十重《とえはたえ》に囲まれて手も足も出ないだろう。尾張には稲葉山城や明智長山城のような山城がない。

尾張は米のよく採れる豊饒な土地柄で平坦《へいたん》な土地だ。

光秀は信長が何か策を以《もっ》て義元と戦うだろうと思う。信長には妙心寺第一座の大秀才沢彦宗恩がついているはずだ。いくら大軍を擁する義元でも、迂闊《うかつ》なことをすれば信長と沢彦禅師にやられる。

光秀はフッと、沢彦宗恩が太原雪斎の弟子今川義元と、戦いたいのではないかと思った。義元は四歳から雪斎の弟子で梅岳承芳《せんがくしょうほう》という禅僧だった。兄たちが次々と亡くなり還俗《げんぞく》して義元を名乗って今川家を相続した。

光秀の見た沢彦宗恩は眼光鋭く殺気を放つ怪僧《かいそう》だ。大うつけの信長といい、易々と義元に降伏するとも思えない。むしろ、義元の命を狙っているように思える。

「おそらく、戦場は尾張の中だ。三河の岡崎《おかざき》では尾張に近すぎる。吉田宿《よしだ》あたりで様子を見るとするか？」

吉田城下は浜松《はままつ》城下と岡崎城下の中間にある。戦場に近付くことは危険だが信長がどんな戦いをするか見てみたい。

籠城ではなく乾坤一擲《けんこんいってき》の野戦《やせん》に違いないと光秀は思う。それしか信長には活路《かつろ》がないように思うのだ。頼みの道三は亡くなったのだから籠城しても援軍はない。

「殿、信長は義元と戦いますか？」

「おそらく戦うな。そして勝つかも知れぬ？」

「ええッ、まさか、そんな……」

「なぜだか分からないが、信長殿が勝つような気がしてならぬのだ」

「まさか……」

「小兵衛、この戦いは義元殿と信長殿の戦いではないのだ」

「ええッ、だ、誰の戦いですか？」

小兵衛は驚いた顔で光秀をにらんだ。

「戦うのは義元殿と信長殿だが、本当に戦うのは太原雪斎禅師さまと沢彦宗恩禅師さまの師弟の戦いなのだ。きっと、そうだ……」

「ゲッ、妙心寺の大住持さま同士の戦いなので？」

「臨済宗林下の禅僧は生臭坊主《なまぐさぼうず》とは違う。畳《たたみ》一枚で生きるか死ぬか命がけの禅修行なのだ。武家など足元にも及ぶまい。義元殿も信長殿もその禅僧が育てた武将なのだ。甲斐の信玄さまには希菴玄密さまがついておられる。越後の上杉輝虎さまは自《みずか》ら宗心《そうしん》さまという大徳寺の禅僧だ。各大名家には多くの臨済僧が入って、武家を指南しておられる」

「殿には快川禅師さまがおられる？」

「美濃に生まれたことが幸運だったと思っておる。美濃は臨済宗妙心寺と特に縁の深い国だからな……」

「はい、それがしも汾陽寺《ふんようじ》で何度も快川禅師さまとお会い致しました」

「義元殿は太原雪斎さまを失われたのが致命傷になりかねない。果たしてそれに気づいておられるかだな。油断すれば大軍といえどもやられるぞ！」

「それで信長が勝つと？」

「勝つとは言ったが本当のところ勝算はほとんどない。織田軍は地の利だけで相当に不利であろう。ただ、野戦では何が起きるか分からないから怖いものがある」

光秀はわずかだが信長に勝機があると見ていた。

それは大軍の宿命ともいえる油断だ。大軍ゆえに常には考えられない油断をすることがある。そこを狙われると大軍ゆえに大混乱になって大惨敗する。古今東《ここんとう》西《ざい》そういう例は少なくない。

二人は吉田城下まできて動きを止めた。早馬が街道を東に西に駆け抜けて行く。人々は前後を気にしながら緊張して歩いている。小兵衛が今川軍の噂《うわさ》を聞きつけてきた。それによると今川軍は二万五千の大軍だという。

「殿、二万五千の大軍に対して、織田軍は一万五千もおりましょうか？」

「織田殿はまだ尾張を統一しておられないから一万五千は無理だろうな。信秀殿は尾張の虎と言われ一万五千を集められたことはあるが、信長殿では……」

「大うつけでは兵が集まらない？」

「おそらく……」

「一万も集まらないのでは戦いにならないのでは？」

「うむ、この雨の季節では野戦で鉄砲隊も使えない、となるとやはり相当に難しい戦いになる。鉄砲を使うには籠城だが……」

義元は信長の鉄砲隊の存在を知っていて、それが使えないこの時期に動いたのかと光秀は疑った。

信長と沢彦禅師がどんな策を持っているのか、あれこれ考えてみても光秀には分からなかった。野戦なのか籠城なのかも光秀は考えてみた。

二人は吉田城下で二日、三日と過ごした。

信長と義元の戦いは五月十九日の早暁、まだ暗いうちから織田軍の砦を今川軍が攻撃して始まった。今川軍の猛攻で織田軍の丸根《まるね》や鷲津《わしづ》の砦が次々と陥落《かんらく》。大軍の猛攻に織田軍の砦は果敢に戦ったが、大軍の攻撃に押し潰されるように壊滅した。

この緒戦《しょせん》の大勝利に今川義元ともあろう勇将がとんでもない油断をした。

昼餉《ひるげ》を小高い桶狭間山《おけはざまやま》で取り、酒を飲み浮かれて謡《うたい》を詠《うた》い舞《ま》うなど、雪斎や泰《やす》能《よし》なら戦場では決してしない油断をしたのだ。天佑《てんゆう》は信長にあり。

常にはない豪雨《ごうう》と雷鳴《らいめい》、雹《ひょう》が降り一間先が見えない凄《すさ》まじい大嵐に見舞われた。わずか二千に満たない信長の襲撃軍《しゅうげきぐん》の存在を雷雨《らいう》が包んで消した。

熱田神宮の神々が信長に味方した。

大雨で桶狭間山から田楽ケ窪《でんがくがくぼ》の百姓家に避難《ひなん》していた義元の本陣に、決死の信長と襲撃軍がアッと言う間に肉薄《にくはく》、義元が外に飛び出した時には織田軍が眼の前に来ていた。

奇跡的な奇襲突撃《きしゅうとつげき》に信長は成功した。

今川兵は鎧《よろい》を脱いで雨で体を洗うなど、戦場とは思えない油断もいいとこで全く戦意がない。

弱小大名の信長を見くびった義元の油断が、今川軍本隊六千人に蔓延《まんえん》していたのだ。大将が大将なら家臣も家臣、兵も兵だ。

そこに死《し》に物狂《ものぐる》いの織田の襲撃軍が突進してきた。凄《すさ》まじい勢いの織田軍の突撃を、さすがに精鋭揃《せいえいぞろ》いの今川義元の馬廻《まわ》り五百騎でも止められなかった。

たちまち両軍入り乱れての乱戦に義元の精鋭が次々と討ち取られ、織田軍が義元の本陣に突進した。公家《くげ》のように描《か》き眉《まゆ》と紅《べに》で化粧《けしょう》した義元は太っていて、突然の出来事に慌てふためいて、馬に乗ることができず手間取って逃げ損《そこ》なった。

たちまち織田軍が群《むら》がって義元を倒した。

二万五千の大軍を率いる御大将が討ち取られるという、信じがたい前代未聞《ぜんだいみもん》の大事件が起きた。

義元が討ち取られると今川軍は潮《しお》が引くように、続々と尾張から引き揚げて行った。その大軍が街道《かいどう》に溢《あふ》れ泥《どろ》だらけで、槍や鎧を捨てて一目散《いちもくさん》に東へ逃げて行く。それを光秀と小兵衛は吉田城下で見ていた。

途切れることなく恐怖に怯《おび》え、疲れた顔の敗残兵がまとまりなくバラバラに走ってくる。今川軍の撤退ではなく負けたことは誰が見ても明らかだ。

瞬《また》く間に義元が信長に討ち取られたと噂が広がった。光秀は万一を考えていたが信じられない。二万五千の大軍を率いた大将が、討ち取られるなど聞いたことがない。戦いに敗れて自害することはあっても、敵に首を取られるとは光秀も思いもよらないことだった。

名門今川の御大将ともあろう者が、敵に首を取られるなど不名誉《ふめいよ》も極《きわ》まれりだ。

「殿、織田が勝ちましたよ！」

珍しく小兵衛が興奮《こうふん》している。

「不思議なこともあるものだ。討死するとは、義元殿はどんな油断をされたものか……」

「逃げ損なったのでは？」

「義元殿がそんな下手《へた》な戦いをするか……」

光秀には義元の討死がどうしても信じられない。家臣団や精鋭の義元の馬廻り衆を打ち破って、本陣を踏み潰すなど考えられない。何が起きたのだ。想像もできないが義元の首を、信長が取ったことは間違いないようなのだ。光秀は動けなくなった。戦いの余波が静まるのを吉田城下で待つことにした。戦場が熱田神宮まで二里半ほどしかない桶狭間であること、大嵐に見舞われ義元の本陣が信長軍を見失ったこと、義元が油断して戦場で酒を飲んで、謡い舞ったことなどが聞こえてきた。

どうして義元ともあろう者がそんな油断をしたのか光秀には分からない。

魔がさすということもあろうが、あまりにひどい話で、上洛して天下に号令しようという目的と、あまりにも起きたことがかけ離れていて、光秀にはどうしても何が起きたのか想像できないのだ。

義元が首を取られたとなれば神の仕業《しわざ》としか言いようがない。

「小兵衛、この戦いは義元殿が熱田神宮の神々を怒らせてしまったようだな？」

「神々をですか？」

「あり得ないことが次々と起こったようだ。神宮の神々の仕業としか思えないのだ」

「義元の油断ではありませんか？」

「それも神々の仕業であろう、戦場で酒を飲んで謡い舞うなど、名将の今川義元殿とは思えない振る舞いだ！」

「なるほど、そう考えれば殿の言う通り、熱田神宮の神々の仕業に間違いありません……」

小兵衛が納得する。

「これで信長殿は兵を集めやすくなり、大軍で一気に尾張を統一するだろう」

「信長は美濃に攻め込みますか？」

「そう遠くはないだろうな！」

光秀と小兵衛は六月になる前に吉田城下を発《た》って、尾張から伊勢に入り東海道を草津《くさつ》に出た。京に戻った時六月になっていた。熙子はまだ子どもを産んでいなかった。

信長が今川義元を倒した話は、尾ひれがついてあちこちで語られている。光秀は口をつぐんで何も語らない。何がどうしてこうなったのか光秀にも分からないからだ。不思議な戦いとしか言いようがない。それが光秀の気持ちだ。

半月ほど京にいたが細川藤孝に挨拶《あいさつ》して、光秀は小兵衛と交代に伝五郎を連れて西国に旅立った。

京から摂津に出て播磨《はりま》、備前、備中と西に向かった。奥州への旅は熙子のこともあって急ぎ旅だったように思う。光秀は西国にはゆっくり行こうと考えた。奥州への旅は平泉に行き不来方まで行き北国を自分の眼で見ることができた。

西国行きには毛利元就に会うという目的がある。

百万石を超える大きな国を西国に築きつつある毛利元就とはどんな男か、この乱世で最も興味の湧く男だ。権謀術数《けんぼうじゅつすう》を駆使《くし》して安芸《あき》の弱小国人領主から、十カ国を手に入れようとしている恐るべき人物だ。

山陽道《さんようどう》は古く律令《りつりょう》によって整備された街道だ。京の東寺《とうじ》から九州の太宰府《だざいふ》まで、山城国山崎《やまざき》駅から九州筑前国《ちくぜんのくに》久爾《くに》駅《えき》まで十一ケ国六十五駅が整えられた。

京から安芸海田《かいた》までほぼ九十里の道を光秀と伝五郎は十二日で歩き切った。

二人は瀬野川《せのがわ》河口の小さな漁村から、船で五里の海上を神の島である宮島《みやじま》に向かった。

海に浮かぶ朱《しゅ》の鳥居《とりい》が美しい厳島神社《いつくしまじんじゃ》に光秀は海から入った。祭神《さいじん》は宗像《むなかた》三女神で推古《すいこ》天皇五九三年に創建《そうけん》され、後に桓武平家《かんむへいけ》の氏神《うじがみ》になった。

光秀の祖は平家の敵である清和源氏だ。

神社に参拝した光秀は同じ船で瀬野川に戻って、安芸高田の吉田郡山城《よしだこおりやま》に向かった。安芸の国には丸い山が多く険峻《けんしゅん》な高い山がない。吉田郡山城も百間ほどの高さしかない山上から、八方に伸びる尾根に二百を超える城郭《じょうかく》が築かれている。

それでもまだ郡山の数カ所で拡張普請《かくちょうふしん》が行われている。

吉田郡山城は江の川《ごうのかわ》と多治比川《たじひがわ》に挟《はさ》まれた山塊《さんかい》の上に築かれ、二つの川が天然の外堀《そとぼり》という巨大な要塞《ようさい》だ。

鎌倉幕府の政所《まんどころ》初代別当《しょだいべっとう》大江広元《おおえのひろもと》流《りゅう》毛利一族が安芸吉田荘《よしだしょう》に住み、郡山に砦のような城を築いたのが始まりで、元就が拡張と整備を繰り返して今に至る。

山頂の本丸は元就屋敷で二の丸、三の丸が主郭部だ。

三の丸は四段に築かれ、姫の丸は七段、羽子《はご》の丸《まる》は九段、尾崎丸《おざきまる》は十七段に曲《くる》輪《わ》群が築かれている。

厩《うまや》の壇《だん》は十一段、釣井《つりい》の壇は一段、勢溜《せだまり》の壇は十段、釜屋《かまや》の壇は六段、矢倉《やぐら》の壇は八段、一位《いちい》の壇は十段、馬場の壇は九段、妙寿寺《みょうじゅじ》曲輪の壇は十三段、満願《まんがん》寺《じ》の壇は六段、常栄寺《じょうえいじ》、洞春寺、興禅寺《こうぜんじ》、大通院谷《だいつういんたに》の堀や屋敷群、千浪郭群《せんろうかくぐん》は九段、一族の屋敷群、家臣の屋敷群、蔵屋敷や帯曲輪《おび》、御里屋敷《おさとやしき》、蓮池《はすいけ》、虎口《こぐち》、石垣《いしがき》、土塁、堀、難波神社《なにわじんじゃ》、貴船神社《きふねじんじゃ》、荒神社《こうじんしゃ》、天神社《てんじんしゃ》、清神社《すがじんじゃ》、郡山《こおりやま》城発《はっ》祥《しょう》の砦は旧本城《きゅうほんじょう》として本丸、二の丸、三の丸十六の曲輪など郡山全山が巨大な城郭群になっている。

江の川を下ると石見《いわみ》の国に出る。そこには石見銀山があり毛利家は尼子《あまご》家と銀《ぎん》山《ざん》の領有《りょうゆう》を争っている。

毛利家は八カ国の守護の名門尼子家と戦える力をつけ最盛期を迎えていた。

尼子家は京極《きょうごく》家の一族で京極尼子家とも出雲《いずも》尼子家とも言い、八カ国を領し百二十万石の大大名だったが、毛利元就によって全て奪われようとしている。宇《う》多源氏《だげんじ》の婆娑羅大名《ばさらだいみょう》佐々木道誉《さきどうよ》を祖とするが、尼子家は毛利軍に追い詰められていた。

やがて尼子家は滅亡する。

光秀と伝五郎は城下から呆然《ぼうぜん》と郡山城を見上げた。この吉田郡山城を見て光秀は噂に聞く越後上杉家の春日山《かすがやま》城を見たいと思った。城は武将の表《おもて》の顔だ。

甲斐の武田信玄は人が石垣であり城であるとの思想を持ち、躑躅《つつじ》が崎《さき》の信玄《しんげん》館《やかた》以外城郭を持たない名将である。

光秀は大手門で細川藤孝の紹介状を差し出して半刻ほど待たされた。

「殿、ずいぶん待たせますな……」

「細川さまの書状を吟味《ぎんみ》しておられるのだ。毛利家は幕府の相伴衆《しょうばんしゅう》である尼子家と交戦中だからな」

「殿を幕臣《ばくしん》と見た？」

「そうかも知れん。門前払《もんぜんばら》いかもしれんな」

光秀が暢気《のんき》にニッと笑った。

門前払いならいい方で、敵の密偵と思われたら城内で殺されかねない。元就ならやりかねないと光秀は思う。謀略を駆使して乱世を駆け抜けてきた老獪《ろうかい》な男だ。

「明智十兵衛殿、通られよッ！」

門番に促され城内に入ると、元就の近習二人が大手門まで迎えに来ていた。

二十五　狼《おおかみ》の棲《す》む顔

毛利元就《もとなり》と光秀《みつひで》の面会は満願寺本堂で行われた。

この時、元就は六十四歳、光秀は三十三歳だった。元就の嫡男隆元《たかもと》は三十八歳、孫の輝元《てるもと》は八歳だった。

元就があまりにも偉大だったからか子の隆元は大酒飲みで、この二年後に酒毒《しゅどく》に侵《おか》されて死去する。元就は七十五歳で亡くなり、孫の輝元が家督を相続する。

光秀が本堂に上がるとすぐ元就と隆元が家臣団を引き連れて現れた。光秀と伝五郎が平伏する。

「遠路、大儀である。面《おもて》を上げられよ！」

元就の張《は》りのある声がした。顔を上げると三間ほど先に元就が座っている。色の浅黒《あさぐろ》い野武士《のぶし》のような風貌《ふうぼう》だが、眼光鋭く上質な威厳《いげん》を備えた老人だ。

「明智十兵衛光秀と申しまする」

「右馬頭《うまのかみ》元就じゃ」

「早速、ご対面の栄《えい》を賜り恐悦至極《きょうえつしごく》に存じ上げまする！」

「明智とは美濃の土岐だな？」

「御意にございます！」

「細川殿と入魂《じっこん》か？」

「幕臣に誘っていただいております」

「ほう、将軍義輝さまにお仕えするのかな？」

「そこまではまだ、ただ今は諸国見聞の旅の途次《とじ》にございます」

「そうか……」

元就の鋭い眼が光秀の考えを探っている。この男は幕臣を断る気でいると光秀の心中を読んでいた。

「それで遠路、余に会いに来たわけを聞こうか？」

「ご無礼を承知でお聞きいたしまする」

「何んなりと……」

元就が光秀をにらんでいる。人の心を見透《みす》かす鋭い眼光だ。だが、光秀は臆《おく》することがない。

「恐れながら、右馬頭さまには天下へのお望み如何《いか》に……」

光秀の言葉を聞いて傍《そば》の隆元がサッと太刀《たち》を摑《つか》んだ。無礼千万《ぶれいせんばん》な問いだ。場合によっては光秀を斬り捨てる。光秀の後ろに座っている伝五郎《でんごろう》も太刀を握った。

その殺気を見て元就が扇子《せんす》で二人を制し光秀をにらんだ。元就は大内家が滅んだ三年後、正親町《おおぎまち》天皇の即位のために二千五十九貫を献上した。その献上金で天皇の即位の礼が行われたのだ。

元就は女が財産《ざいさん》を有することを許し、かつ女の相続権《そうぞくけん》を認めている。その大きな度量《どりょう》は間もなく十カ国百二十万石の領地を有する。この乱世でそのような女の権利の改革を行ったのは元就ただ一人だ。

光秀をジッと見つめている。

「毛利家は天下を競望《きょうぼう》せず……」

その言葉に隆元以下の家臣団が驚いて元就を見た。天下を競い望むことはないと断言したのだ。

「ご無礼の段《だん》、平《ひら》にご容赦願いまする！」

光秀が元就に平伏した。その後、元就に聞かれるまま諸国の見聞を答えた。

酒が運ばれ形ばかりの盃が交わされ会見が終わった。

後に元就はこの会見のことを家臣に聞かれた。すると、元就は光秀を才知明《さいちめい》敏《びん》、勇気があり稀《まれ》に見る優れた男だと褒《ほ》めちぎった。

元就がそのように武将を褒めることは滅多にない。

「されば、大殿はなぜ明智殿に仕官を勧められなかったのか？」

誰もが不思議に思うことだ。

それほど優秀な武将であれば仕官を勧めるのが当然だ。逸材《いつざい》はどこの家でも欲しいのだ。すると、元就がこう答えた。

「確かに余も仕官を考えぬでもなかった。されど、あの男の相貌《そうぼう》に狼《おおかみ》が眠っているのを見たのじゃ」

「狼？」

「そうだ。その狼は途方もない野心を持っている。あの男は毛利家にかつてないほどの利益をもたらすに違いない。だが、その利益に倍《ばい》する災《わざわ》いをもたらす男でもあると見た。そのような恐ろしい男を余は使いこなせない」

「災いを……」

「うむ、それが見えたので余は仕官のことを口にしなかったのだ」

元就の言葉を聞いて家臣が沈黙した。安芸の小さな豪族から身を起こした、天下一の優将毛利元就は光秀の心の奥に眠る狼を見たのだ。

その狼に光秀も気付いていない。

吉田郡山城《よしだこおりやま》を辞した光秀は江《ごう》の川《かわ》を下り温泉津《ゆのつ》を目指して石見《いわみ》に入った。温泉津は石見銀山の銀鉱石《ぎんこうせき》の積み出し湊《みなと》といわれる。

石見銀山を見たいが毛利家と尼子《あまご》家がその銀山の領有を争っていては、警戒が厳しくとても近づけないことは想像できる。

この後、石見銀山は世界の銀の三分の一を産出《さんしゅつ》して世界の銀経済を支える。だが、銀の採掘《さいくつ》は厳しく鉛中毒《なまりちゅうどく》で死に、三十歳まで生きると赤飯《せきはん》で祝うという。

その石見丁銀《いわみちょうぎん》は銀一万貫《ぎんいちまんがん》が米百万石と言われて質がよい。

石見銀山は大内家の支配から尼子家の支配に替《か》わり、今は尼子家から毛利家に替わろうとしている。その支配権は信長から秀吉、そして家康の手に替わることになる。

光秀は石見銀山を見るのをあきらめて出雲大社《いずもたいしゃ》に向かった。

古代より杵築大社《きずきおおやしろ》といい出雲大社という呼称《こしょう》は明治《めいじ》からだ。その創建は国譲りの神代という。千木《ちぎ》が天を突く巨大にして荘厳《そうごん》な大社《おおやしろ》として作られた。祭神は大国主大神《おおくにぬしのおおかみ》という。

瑞穂《みずほ》の国の八百万《やおよろず》の神々が集い神議《しんぎ》を行う大社でもある。よって他の国に神々がいなくなる月を神無月《かんなづき》という。

光秀と伝五郎は出雲に半月逗留《とうりゅう》した。

二人が山陰道《さんいんどう》を出雲、伯耆《ほうき》、因幡《いなば》と通って但馬《たじま》の城崎《きのさき》に到着したのは夏が過ぎる頃だった。城崎温泉は七一七年頃に湧出《ゆうしゅつ》し、コウノトリが傷を癒《いや》しているのを見て発見されたという名湯《めいとう》だ。

歩き続けた旅の疲れを十日ばかり湯に浸《つ》かって癒すと、越後春日山《かすがやま》城には来春に行くことにして京へ戻ることにした。

これからの越後の冬は越前より厳しい。

越後に向かえば雪に降り込められて、京に戻れなくなる危険がある。光秀と伝五郎は城崎温泉で疲れを取って山陰道を京に向かった。

京では煕子《ひろこ》が次女を産んでいた。名は宣子《のぶこ》という。

この子は長じて小兵衛の妻になる。

丹波口から京に入った光秀は細川藤孝《ふじたか》と会って、西国《さいごく》の話をしてから夜になって東山に戻り煕子と会った。煕子も清子《きよこ》も宣子も元気だった。久しぶりに賑《にぎ》やかな光秀一家と主従が揃《そろ》った。

この年は雪が早く比叡山《ひえいざん》に雪が来ると京も一面真っ白になった。光秀親子と家臣の住む家は寺の持ち物で大きな百姓家だ。

年が明けると光秀は藤孝と一緒に公家《くげ》の歌会に出た。

光秀は武家とは思えない秀歌《しゅうか》を幾つも詠《うた》った。和歌には一家言《いっかげん》のある公家が多い中で光秀の歌はみなを驚かせた。細川藤孝は友人として光秀を公家や幕臣に披露したのだ。

藤孝は公家の中でも国学、儒学《じゅがく》に屈指《くっし》の碩学《せきがく》と言われた、正三位《さんみ》少納言《しょうなごん》清原宣賢《きよはらのぶかた》の娘慶子《よしこ》から生まれた。

藤孝の実父は幕臣の三淵晴員《みつぶちはるかず》というが実は晴員が正室を亡くした時、将軍義晴が清原宣賢の娘慶子を継室として晴員に下げ渡した。

この時、慶子は義晴の子を懐妊していたという噂《うわさ》があった。

生まれたのが藤孝で七歳の時に藤孝は晴員の兄細川元常《もとつね》の養子となる。晴員は細川家から幕臣三淵家に養子に入っていたのだ。

細川藤孝が前将軍義晴の落胤《らくいん》だと公家や幕臣の間では言われていた。

この細川藤孝と光秀の縁が、藤孝の息子忠興《ただおき》と光秀の娘珠子《たまこ》が結婚して姻戚《いんせき》に発展する。

永禄四年（一五六一）春、光秀の足は越後ではなく紀州に向かった。光秀は以前のように小兵衛《こへえ》と紀州根来寺《ねごろじ》に向かった。津田監物《つだけんもつ》は六十三歳の老将になっていたが、根来衆という鉄砲の上手を育て上げ、五百人を超える鉄砲隊を組織していた。

「十兵衛殿の腕はいかがかな？」

「何年も鉄砲を手にしておりません」

「それはいかんな。どんな名人上手でも鍛錬《たんれん》を怠《おこた》ると折角の腕が台無しになりますぞ……」

「不心得にてお恥ずかしい限りです」

「遠慮なく半年でも一年でも逗留なさるがよい。知らぬ仲でなし……」

「恐れいりまする！」

光秀もそれを願い出るつもりで紀州に来たのだ。監物は光秀のそんな気持を先回りして言ったのだ。

「ところで十兵衛殿、どこかにおもしろい話はござらぬか？」

「おもしろい話……」

「あちでもこちでももめ事ばかりでおもしろくない。乱世もそろそろ終《しま》いにせぬとな……」

津田監物は大量の鉄砲で乱世を吹き飛ばそうとしている。だが、それがどんなに困難なことかも分かっている。

「今、最も勢いがあるのは西国の毛利家ではないでしょうか？」

「ほう、毛利とはまた……」

「昨年、西国を回ってまいりましたが、その折に吉田郡山城に立ち寄りましてございます」

「なるほど、おもしろそうだな。その話は城でゆっくり聞かせていただこうか？」

監物は光秀が訪ねてきたことで上機嫌だ。その夜、光秀と小兵衛は根来寺の杉《すぎ》ノ坊《のぼう》に泊まり、翌日早く監物と紀ノ川の吐前《はんざき》城に向かった。

その頃、京の将軍は三好長慶《ながよし》の屋敷に御成《おな》りになっていた。

長慶は嫡男義興《よしおき》が将軍義輝の気に入りで期待している。三好一族の将来を託せる聡明さだとの評判で、長慶は義興に家督を譲って隠居も考えていた。一人息子の義興は二十歳の若き武将だ。

幕府も朝廷も義興を優遇《ゆうぐう》している。

三代義満以来の逸材と言われる将軍義輝と、若き三好義興が応仁以来の乱世を終わらせるだろうと言われていた。

その義興に長慶は全ての権力を譲るつもりだ。

五月になって不仲だった細川晴元《はるもと》と三好長慶が和睦。晴元も京兆家《けいちょう》の細川右京大夫氏綱《うじつな》も将軍義輝と三好義興の有能を認め、若い二人が乱世を終わらせるのなら、それに越したことはないと思っている。

細川京兆家は三好家の主筋《しゅうすじ》なのだ。

京はかつてない落ち着きを見せている。朝廷が望んで久しい平静な京だ。

そんな時、美濃で事件が起きた。

道三を殺し范可《はんか》と名乗り、悪行《あくぎょう》の末に罹《かか》るという、業病《ごうびょう》に取り憑《つ》かれていた義龍《よしたつ》が急死した。左京大夫を名乗ったばかりだった。三十五歳で義龍は死に、相続した龍興《たつおき》はまだ十四歳だった。

この美濃の混乱を尾張の信長が見逃さない。

織田軍が美濃に侵攻すると美濃軍と森部村《もりべむら》で戦いになった。

道三が亡くなり美濃を去った武将も多いが、土岐家恩顧の武将はまだ多く残っていた。信長は桶狭間《おけはざま》で今川義元を倒したことで、兵を集め易《やす》くなり尾張統一を急いでいた。だが、西美濃三人衆を中心にする美濃軍は強い。

信長は敗北して尾張に逃げた。

龍興は好きな佞臣《ねいしん》だけを傍に置き酒と女に溺《おぼ》れる凡庸《ぼんよう》な男だが、稲葉良通《よしみち》、氏家直元《なおもと》、安藤守就《もりなり》、不破光治《みつはる》などの家臣が優秀だ。

六月にも八月にも信長は執拗《しつよう》に美濃へ侵攻したが、ことごとく美濃軍に追い払われた。西美濃からの攻撃ではうまくいかず、信長は中美濃からの攻撃に作戦を変更、小牧山《こまきやま》に城を築き清洲城から移ることを決めた。

その頃、八月十五日に上杉謙信《けんしん》軍と武田信玄《しんげん》軍が北信濃の川中島《かわなかじま》で激突していた。四度目の対峙《たいじ》で遂に大軍同士が戦うことになった。

信玄は作戦に失敗して、川中島の八幡原《はちまんばら》で上杉軍一万三千を武田軍八千で迎え撃った。信玄は援軍の一万二千が駆け付ける前に、謙信と一騎打ちする壮絶な戦いで、弟の武田典厩信繁《てんきゆうのぶしげ》や軍師の山本勘助《やまもとかんすけ》を失った。

駿河では父義元を信長に討たれた今川氏真《うじざね》が、松平元康《まつだいらもとやす》が岡崎《おかざき》城に入り自立したことに怒り、その腹いせに人質を駿府で串刺《くしざ》しにして殺す事件を起こした。

その翌年に元康は叔父の水野信元《みずののぶもと》の勧めで、信長と清洲同盟を結んで家康《いえやす》と改名する。

光秀はそんな激動を知らずに紀州吐前城にいて鉄砲の鍛錬を続け、年が明け二月になると津田監物に礼を述べて吐前城を辞した。

その足で光秀と小兵衛は旅に出た。

二人は尾張に出て信長の小牧山城の築城を見て東美濃の岩村《いわむら》城下に向かった。大圓寺《だいえんじ》に立ち寄って崇福寺《そうふくじ》の快川紹喜《かいせんじようき》の消息を希菴《きあん》禅師に聞いた。希菴禅師は快川紹喜だけでなく母の宗桂禅尼《そうけいぜんに》のことも知っていた。快川紹喜と母の無事を聞き光秀は信濃に向かった。

光秀は信濃善光寺《ぜんこうじ》に詣でて越後に入る考えだ。

まだ春浅く信濃の山々は真っ白だ。風も冷たいが日に日に南から春が来ている。

「殿、甲斐の信玄と越後の毘沙門天《びしやもんてん》はどっちが勝ちましたので？」

「川中島の八幡原のことか？」

「信玄は肩《かた》に傷を受けたそうですが、大将同士の戦いとは何んとも凄《すさ》まじいことです……」

「信玄殿は策を誤ったようだな」

「軍師の山本勘助が討死したと聞きましたが？」

「希菴さまの話では山本勘助殿は駿河の太原雪斎《たいげんせっさい》さまの一族とのことであった。その勘助殿の策を上杉さまが見破ったようだな……」

「信玄の弟典厩も討死したと？」

「策を誤ればそういうことになる」

「やはり毘沙門天は噂のように強い……」

小兵衛の言う毘沙門天は上杉謙信のことだ。謙信は大徳寺《だいとくじ》の僧宗心《そうしん》であり毘沙門天の化身《けしん》と信じ妻帯《さいたい》していない。無敗の軍神とも言われている。戦いで負けたことがないのだ。

「やはり信玄より毘沙門天の方が強いのでは？」

「うむ、そうとも言えまい。確かに北天の守護神である毘沙門天が率いる越後軍は強いが、甲斐の虎が率いる騎馬軍団も強いそうだぞ」

「では、五分で……」

「そう見ておけば間違いないだろうな」

光秀は戦略では信玄が優勢で、戦術では謙信が群を抜いていると感じていた。信玄は信濃や上野《こうずけ》を呑《の》み込んで領土を広げ、越後を奪い北の海に出る戦略を持っていた。巨大な船まで建造している。信玄の野望は大きい。

一方の謙信は関東管領《かんれい》として混乱している関東を平定、足利幕府の将軍義輝の親政を実現したいと、領土拡大などの私利私欲が全くない。

謙信は上洛《じょうらく》して義輝と会った時にそう約束している。

乱世の両雄は考え方において大きく違っていた。信玄は謙信との八幡原の戦いの後、北の海を目指す作戦を南の駿河、遠江の海に出る作戦に変更する。

その理由は川中島で謙信と直《じか》に戦いその強さを体感したこと、信長が義元を倒し南の駿河、遠江が空白地帯になったからである。

二十六　北に武神あり

光秀は深志《ふかし》城下から北上して川中島を通って善光寺に着いた。

信濃善光寺の一光三尊《いっこうさんぞん》阿弥陀如来《あみだにょらい》は、三国渡来の絶対秘仏《ぜったいひぶつ》で誰も見たことがないという。

この本尊は天竺《てんじく》から百済《くだら》に渡り難波《なにわ》の津《つ》に漂着し拾われたというが、廃仏《はいぶつ》派《は》の物部氏《もののべし》によって捨てられたのを、本田善光《ほんだよしみつ》が拾い上げて信濃にお連れしたといわれる。

まだ仏教の宗派が成立していない時代のことで、善光寺は四門四額《しもんしがく》といい四つの門がある不思議な寺だ。

東門は定額山善光寺《じょうがくさんぜんこうじ》、南門が南命山無量寿寺《なんみょうさんむりょうじゅじ》、北門は北空山雲上寺《ほくくうさんうんじょうじ》、西門を不捨山浄土寺《ふしゃさんじょうどじ》と申し上げる。

山内には天台宗《てんだいしゅう》の大勧進《だいかんじん》数十院がありその貫主《かんしゅ》と、浄土宗大本願《じょうどしゅうだいほんがん》数十坊があり尼僧の善光寺上人《しょうにん》がいて、絶対秘仏の本尊をお守りしている。貫主も善光寺上人も一光三尊阿弥陀如来を見ることができない。

大勧進と大本願には多くの僧や尼僧がいた。

七年に一度の御開帳《ごかいちょう》には前立本尊《まえだちほんぞん》の金銅《こんどう》阿弥陀《あみだ》如来《にょらい》と脇侍《わきじ》が、一光三尊阿弥陀如来の分身として信者の前に現れる。この仏は前立御本尊で秘仏の本尊ではない。

善光寺の創建は皇極天皇《こうぎょくてんのう》三年（六四四）と言われるが定かではない。

女人禁制のお山が多い中で善光寺は女人救済《にょにんきゅうさい》の寺である。

この秘仏は上杉謙信に保護されたが、火災焼失を名目に信玄によって甲斐《かい》善光寺《ぜんこうじ》に移され、武田家滅亡後は信長によって岐阜善光寺《ぜんこうじ》に移り、信長の死後には信《のぶ》雄《かつ》によって尾張甚目寺《じもくじ》に移る。

その後、秘仏は家康の手で遠江鴨江寺《かもえじ》に移され、甲斐善光寺まで戻るが秀吉《ひでよし》によって京の方広寺《ほうこうじ》に移される。その間、秘仏を守るため大本願の善光寺上人たち尼僧が秘仏と旅を続け、大勧進の貫主と僧は寂《さび》れる善光寺を守った。

秀吉が病になると善光寺秘仏の祟《たた》りだという噂が広がり、秀吉の死の前日になって秘仏と尼僧たちは信濃に旅立ったという。後の世である。

光秀と小兵衛は東門から入って善光寺を参拝すると越後に向かった。

飯山街道《いいやまかいどう》を北上して途中から北陸道《ほくりくどう》に出るため、信濃野尻湖《しなののじりこ》から妙高《みょうこう》を越えて越後に入り直江津《なおえつ》へ道をとった。直江津は古く越後の国府《こくふ》で北陸道の北端であった。佐渡《さど》に渡る湊でその南に上杉謙信の春日山城がある。

鉢ケ峰城《はちがみねじょう》とも呼ぶが大和《やまと》の奈良《なら》から春日大社《かすがたいしゃ》を勧請《かんじょう》したことで春日山城という。

難攻不落《なんこうふらく》と言われる山城だ。

光秀と小兵衛が城下に入ると笠《かさ》を被《かぶ》った百姓がぴたりと後ろに着いた。城を見る猶予《ゆうよ》がなくなった。

「小兵衛、後ろに軒猿《のきざる》がついたぞ……」

「軒猿？」

小兵衛が振り向いた。

「見るなッ。軒猿とは聞《き》き者役《ものやく》という越後の間者《かんじや》だ！」

「春日山城の間者？」

「そうだ。間者を狩る凄腕《すごうで》の間者が軒猿だ！」

光秀は越後に入った時から、軒猿を警戒していたのだが遂《つい》に後ろを取られた。

軒猿には加藤段蔵《かとうだんぞう》という諸国の間者が恐れる男がいると光秀は聞いていた。

「殿、後をつけるとは無礼千万、話をつけまする！」

「よせッ！」

光秀が止めたが小兵衛は軒猿に向かって歩き出した。小兵衛は喧嘩《けんか》上手で小さい頃から恐れを知らない男だ。

光秀が仕方なく道端《みちばた》に立ち止まった。

「おい……」

小兵衛が百姓に声をかけた。

「それがしは美濃からまいった小兵衛という。お主《ぬし》は軒猿か？」

いきなり軒猿かと聞かれた百姓が笠を下げて通り過ぎようとした。

「待て、こっちが名乗っているのに黙って通り過ぎるとは無礼であろう。お主は軒猿か？」

「違う……」

小兵衛が立ち塞がったので百姓が立ち止まった。

「違うだけでは分からぬ。名乗れ。あれにおられるのは諸国修行中の美濃明智長《あけちなが》山《やま》城の城主明智十兵衛光秀さまだ。挨拶したらどうだ！」

「明智……」

百姓が笠を揚げて光秀を見た。

「お主、軒猿だろう？」

「違う！」

軒猿、軒猿と道で呼び止められたのは初めてだ。困った顔の百姓はどうするべきか戸惑っている。喧嘩の常道《じようどう》は機先《きせん》を制することだ。度胸《どきよう》満点の小兵衛に軒猿と呼び止められて百姓は先《せん》を取られた。

「来い……」

百姓が小兵衛に押されて光秀の前に渋々《しぶしぶ》歩いてきた。

「殿、おかしな軒猿で……」

「軒猿ではない！」

百姓はしつこい小兵衛に困った顔で光秀を見るが、百姓が越後でもほとんど知られていない、軒猿などと自分から言うのは白状しているようなものだ。

「明智十兵衛と申す。ご無礼の段はお許し願いたい。加藤段蔵さまをご存じか？」

「加藤？」

百姓が仰天した顔で光秀をにらんだ。加藤段蔵は軒猿の頭領《とうりよう》なのだ。

「ご存じのようだな。美濃の快川紹喜禅師の弟子明智十兵衛光秀が、春日山城を拝見にまいったゆえお許しあれとお伝えくだされ。怪《あや》しい者ではござらぬ、足止《あしど》めして失礼仕《つかまつ》った！」

光秀の丁重《ていちょう》な挨拶に百姓は小さくうなずいて小走りに立ち去った。

「あ奴《やつ》め、軒猿に間違いないわ……」

「小兵衛、軒猿を侮《あなど》ってはならぬぞ。寝ている隙《すき》に首を掻《か》かれるぞ」

「殿、今夜は寝ないで警戒いたします」

ニッと笑った小兵衛は軒猿もたいしたことないと明らかに油断している。

光秀は城下の御館川《おたてがわ》の傍から春日山城を見上げた。巨大な山塊《さんかい》に無数の城郭を築いた山城で包囲しても簡単には落ちそうもない。まさに難攻不落の名に相応《ふさわ》しい堅城《けんじょう》だ。

だが、光秀は城を見上げて、人の作った城で落とせない城などあろうかと思う。必ず落とせるはずだ。光秀の頭には毛利の吉田郡山城が想い浮かんでいた。両方とも落とすには厄介《やっかい》な城に間違いない。

春日山城は山頂部に護摩堂《ごまどう》、諏訪堂《すわどう》、毘沙門堂《びしゃもんどう》など、謙信の信仰のためのお堂が幾つか建っている。謙信は若い頃から高野山《こうやさん》に行き出家しようとしたり、京の大徳寺に参禅して宗心という法名を授かったり、なかなか複雑で厄介な男なのだ。

その男は毘沙門天の化身だと信じる無類《むるい》の戦上手だ。生涯《しょうがい》で百回以上の戦いをし無敗という伝説を残す軍神だ。

林泉寺《りんせんじ》の天室光育《てんしつこういく》に育てられ曹洞禅《そうとうぜん》を学んだ謙信はこのころ輝虎《てるとら》と名乗っていた。自らを毘沙門天の化身と信じる男は生涯不犯《しょうがいふぼん》を貫くことになる。よって子はいない。全て養子で後継は姉の子景勝《かげかつ》がなる。

城を見て暫《しばら》く城下を見て歩くと二人の前に、武士の恰好《かっこう》に衣装を変えたさっきの軒猿が立った。

「お主、さっきの軒猿！」

「違う！」

道端で小兵衛にまた軒猿と呼ばれて怒った顔の男が、正体が露顕《ろけん》しているのに軒猿ではないと強情《ごうじよう》に言い張《は》る。謙信は軒猿だけでなく、出羽三山《でわさんざん》や黒姫山《くろひめやま》の山伏《やまぶし》を間者として使っている。

「林泉寺でお頭《かしら》がお待ちでござる！」

それだけ言うと軒猿が走り去った。

「殿……」

「頭とは加藤段蔵だ！」

「寺に引きずり込んで殺すつもりでは？」

「そうかも知れぬな……」

光秀が小兵衛を見てニッと笑った。

「殿、こんな時に笑わないでくだされ……」

「そなたが軒猿に声をかけたりするからだぞ！」

「逃げますか？」

「軒猿から逃げ切れると思うか。もう見張られている。十町も行かないうちに殺されるわ……」

光秀がまたニッと笑った。

段蔵の方から会いたいというのは大きな収穫《しゆうかく》だ。軒猿の頭領に会いたいと言って会えるものではない。城下でも軒猿の頭領の顔など誰も知らない。恐ろしい加藤段蔵という名前だけが独り歩きしているのだ。

「行くしかあるまいな」

「殿、何んとも嫌な気がする……」

「抜くなよ。何があっても絶対に抜くな！」

光秀に脅《おど》かされて短気な小兵衛は益々《ますます》嫌な気分だ。太刀を抜いても軒猿には勝てないだろうと、強気な小兵衛も軒猿の怖さを認めた。

二人が林泉寺の惣門《そうもん》まで行くと、さっきの軒猿と笠をかぶった男が立っている。一人は眼から下を布で覆《おお》っていて、どんな顔なのか分からない。その男が天下に名の知られる加藤段蔵だと光秀は思った。

「明智十兵衛でござる。ご家来にご無礼仕った！」

段蔵が小さくうなずき「どうぞ……」と低くかすれた声で言った。光秀は段蔵の後ろについて行った。山門の前には槍《やり》を持った兵が二百人ばかり、境内には謙信の馬廻《まわ》りと思える武士団が七、八十人いた。

光秀は軒猿が呼びに来た時、寺に謙信がいるのではないかと思った。本堂の前まで行くと段蔵が振り向いた。

「ここで暫し待たれよ……」

そういうと配下二人を残して段蔵が本堂の裏に消えた。すると本堂の扉が軋《きし》みながら開いて二人の近習《きんじゅ》が現れた。

「明智殿か？」

「はい、明智十兵衛にございます」

「関東管領さまがお会いになられます。どうぞ！」

光秀と小兵衛が階《きざはし》を上った。

「お一人で……」

小兵衛は本堂に入るのを止められた。光秀は太刀を鞘《さや》ごと抜いて小兵衛に渡すと、小兵衛が本堂の回廊《かいろう》に座った。その傍に例の怒った顔の軒猿が座る。小兵衛が動けばブスッと刺すつもりだ。二人とも仏頂面で具合が悪そうだ。

本堂の中は薄暗い。

本尊の前に五人の武将が床几《しょうぎ》に座って、入口に立っている光秀をにらんでいる。中央に座っているのが謙信だ。具足《ぐそく》に頭巾《ずきん》という変わったいでたちだ。両側に二人ずつ重臣がいる。その後ろに三、四十人の家臣が座っている。

どこかの戦場から帰還《きかん》したばかりのようだ。

「明智殿、そちらへ！」

重臣の一人が扇子で謙信の前の床几を指した。謙信と三間《けん》ほどしか離れていない。

「失礼仕ります！」

光秀が謙信に頭を下げ床几にまで進んで腰を下ろした。

「美濃からまいりました明智十兵衛光秀と申しまする！」

「大徳寺の宗心じゃ！」

三十三歳の謙信の声が静かな本堂内に凜《りん》と響《ひび》いた。美しい声だ。光秀が見た謙信の顔が女のように綺麗《きれい》だ。この男は只者《ただもの》ではないと直感した。光秀は恐怖を感じた。だが、全く殺気がない。大徳寺の宗心と名乗った。

「関東管領さまには拝謁《はいえつ》の栄を賜り恐縮至極に存じまする！」

「妙心寺の快川大住持の弟子だそうだが？」

「はッ、幼少よりお傍にて育てていただきました」

「そうか、大住持は達者か？」

「美濃明智長山城が落城し、浪々《ろうろう》の身になりましてからは、妙心寺にてお会いして以来数年、師とお会いしておりません……」

光秀は三十五歳になる。

「浪々か。美濃の明智といえば大住持と同じ土岐《とき》だな?」

「御意……」

この毘沙門天の化身と信じる男は、どこに信玄と互角《ごかく》に戦う力を持っているのだ。風林火山《ふうりんかざん》の孫子《そんし》の旗を掲げる信玄に、毘沙門天の毘《び》の旗を掲げて挑み、信玄に肉薄《にくはく》し斬りつけて傷をつけた。

こんな女のような美しい顔のどこに、そんな力があるのだと光秀は不思議でならない。

二十七　光秀の仕官

謙信は戯《たわむ》れに飲む酒を好まず、琵琶《びわ》を弾《ひ》き、月や星を眺《なが》めて独酌《どくしやく》することを好む。肴《さかな》は味噌《みそ》と梅干という質素さだ。

和歌を詠《えい》じ『源氏物語《げんじものがたり》』を愛する。

若い頃、謙信は敵将平井《ひらい》城主千葉采女《ちばうねめ》の娘伊勢姫《いせひめ》を愛した。二人は相思相愛《そうしそうあい》だったが重臣柿崎景家《かきざきかげいえ》が猛然《もうぜん》と反対して二人の仲を裂《さ》いた。

伊勢姫は落胆して出家するが悲しみは癒《い》えることがなく自害して果てた。

この痛恨事《つうこんじ》に飯も喉を通らず病臥《びょうが》した謙信は出家しようとする。だが、越後一国を背負う男にそんなわがままは許されない。傷心の謙信は戦場に戻って悲しみを振り払うように戦い続けた。

謙信は女に母のような高潔な美しさを求めた。

初めて上洛した時には、和歌詠みの公家たちが仰天するような美しい恋歌を披露した。近衛《このえ》家の絶姫《たえひめ》は謙信に恋をして帰国した謙信を追ったが、旅の途中で雪に阻《はば》まれ越後に入ることなく病死する。

そんな悲恋に謙信は戦い抜くことで耐え、自らを武神である毘沙門天の化身と信じるようになる。

「希菴さまとお会いになることはあろうか？」

「こちらに伺う前に東美濃の大圓寺にてお会いしてまいりました」

「美濃には妙心寺の高僧が揃っておられる」

「御意……」

謙信は希菴玄密と快川紹喜が甲斐の恵林寺《えりんじ》に出入りしていること、美濃に武田軍が侵入しないよう二人が信玄と交渉していることを知っていた。段蔵の軒猿たちは近隣諸国を詳細に調べ上げている。

全てを知りつつ謙信は光秀が、快川紹喜の弟子と名乗ったことで会う気になったのだ。この会見は大徳寺の宗心と妙心寺の快川紹喜の弟子の対面なのだ。

「諸国回遊の修行の旅と聞いたが、これから加賀に行かれるなら一向一揆《いっこういっき》に気をつけられるがよい」

謙信はやがて一向一揆に悩まされ、関東の北条や甲斐の信玄と戦う余裕がなくなる。これは信玄の戦略だ。信玄の妻三条の方は、一向一揆の指導者本願寺の顕《けん》如光佐《にょこうさ》の妻如春尼《にょしゅんに》の姉で、信玄と顕如光佐は義兄弟なのだ。

よって加賀や越中では頻繁に一揆がおきるが甲斐で一向一揆は起きない。

思いがけず謙信と会見した光秀は、無事に越後から出て越中、加賀へと向かった。謙信との会見は四半刻ほどだったが不思議な出会いだった。

会見で謙信が光秀に注意したように、加賀では一向一揆が頻繁に起きていた。加賀に建立した浄土真宗《じょうどしんしゅう》の尾山御坊《おやまごぼう》は、寺というより戦いのための城のような要塞《ようさい》で、この頃、本願寺は最盛期を迎えようとしていた。

加賀は特に顕如とその側近たちの影響が強い国だった。

光秀と小兵衛が加賀に入った時、朝倉景行《かげゆき》が一向一揆軍と戦っていた。光秀は一乗谷にいたとき景行と何度か会っている。

「殿、一揆軍の動きがずいぶん活発ですが、今夜あたり、夜討《ようう》ちがあるのではありませんか？」

「うむ、夜襲をかけられては朝倉軍が危ないな……」

二人は大急ぎで朝倉軍の本陣に駆け込んだ。

「誰だッ！」

本陣の前で誰何《すいか》された。十人ほどの朝倉兵に取り囲まれる。

「怪しい者ではござらぬ。美濃の明智十兵衛光秀と申します。是非、朝倉景行さまにお会いしたい！」

「美濃の明智だと？」

光秀をジロジロ見てから「暫く待て！」と言って一人が本陣に消えた。すぐ戻ってくると「失礼しました。どうぞ！」と二人を通した。

「おう、十兵衛殿ッ！」

景行が床几から立って光秀を迎え「どうぞ！」と床几を勧めた。

「その恰好はどちらから？」

「信濃から越後を回ってまいりました」

「ほう、越後から……」

「この先で一揆軍を見ましたがずいぶん活発に動いておりましたので、これは夜襲を仕掛ける支度をしていると見まして、こちらへ駆け込みましてございます」

「夜襲？」

「間違いなく夜襲です。敵はこの辺りのことに詳しいのではありませんか？」

「一揆軍だから土地の者が中心であろうな……」

「罠《わな》を仕掛けられてはいかがであろう？」

「罠？」

「おそらく今夜、一揆軍が押し寄せてきます。この布陣をそのままに大《おお》いに篝火《かがりび》を焚《た》いて偽装、軍は七、八町ほど下がって隠れ、敵が引く時に追撃するという策です」

「もぬけの空《から》にする。偽装？」

「さよう、この策であれば味方の犠牲は避けられます」

「おもしろいッ！」

景行が即座に光秀の策に同意した。

夕刻まで朝倉軍はことさらに布陣の前に出て一揆軍に姿を見せたが、陽《ひ》が落ちて暗闇に包まれると篝火を増やして偽装、兵をまとめると秘《ひそ》かに二手に分かれて後ろに引き下がった。

そんなこととは知らず一揆軍が夜半前に朝倉軍の布陣に突っ込んできた。

「しまったッ！」

「敵がいないぞッ、どこへ行ったッ！」

「謀《はか》られたぞッ。引けッ、引き上げろッ！」

慌てた一揆軍が追撃されることも考えず、殿軍《しんがり》も置かないまま勝手に逃げ出した。

「追えッ！」

「押し潰せッ！」

朝倉軍が一斉に一揆軍を追い始めた。戦いは突撃より引き上げが難しい。どんな大軍でも追撃されると総崩れになり立て直せなくなる。

恐怖に包まれた一揆軍が踏み留《とど》まることなくバラバラに逃げ出した。

追撃されて次々と討ち取られる。それを見て怯《おび》え切った兵は槍を捨てて逃げる。追いつかれたら殺されるのだ。

光秀と小兵衛は鎧兜《よろいかぶと》もつけず、拾った槍を担いで朝倉軍の後ろを走っていた。朝倉軍は一揆軍を十町《じっちょう》以上も追い詰めて討ち取った。見事な朝倉軍の勝利だ。簡単には立ち直れないほど一揆軍を討ち取って越前に引き揚げた。

だが、一揆軍は大地から次々と湧き出してくる。一年もしないで再び一揆軍は反乱を起こす、それをこれまで繰り返してきた。

「十兵衛殿、見事な作戦であった。この勝ち戦は十兵衛殿のお手柄だ。お館《やかた》さまにそう復命《ふくめい》する。朝倉に仕官する気はないか、それがしが推挙《すいきょ》しますぞ……」

景行は大勝利に上機嫌で、一乗谷城《いちじょうだに》に戻ると朝倉義景《よしかげ》に光秀を推挙した。義景も光秀を知らないわけではないので、景行の推挙を聞き入れ光秀の仕官が決まった。光秀も朝倉家であれば不満はない。

「十兵衛、そなた、鉄砲が得意だと以前に聞いた記憶があるが、余に試し撃ちを見せてくれぬか？」

「畏《かしこ》まりましてございます！」

光秀は義景に鉄砲の試射を披露することになった。朝倉家でも百丁ほどの鉄砲を買い揃えていた。

数日後、馬場に陣幕が張られ鉄砲の試射場ができた。

義景と重臣たち三十人ばかりが光秀の試射を見物するため床几に座る。的《まと》は二十五間（約四五メートル）ほど離れて前日から支度された。光秀と小兵衛の他に鉄砲隊が三十人ほどで試射する。

それぞれ手に持った鉄砲の火縄《ひなわ》には火が入っている。鉄砲隊は火縄を手に持ち、光秀と小兵衛は既に鉄砲に装着《そうちゃく》している。

まず小兵衛が的を狙って引き金を引いた。

小兵衛も吐前城で鍛えた腕前で見事に的を撃ち抜いた。

「ズッダーンッ！」

その音に驚いた雉《きじ》が陣幕《じんまく》の外からバタバタと飛び立った。それを光秀は見逃さない。素早く鉄砲を構えると「ズッダーンッ！」と放った。三十間（約五四メートル）は離れているだろうと思えるが見事に雉を撃ち落とした。

床几から立ち上がった重臣もいる。

あまりの早業《はやわざ》に義景が一瞬驚いて光秀をにらんだが「見事ッ！」とつぶやいた。

「落ちた鳥を探して来いッ！」

景行が立ち上がって兵に命じた。

光秀は津田監物も驚く鉄砲の名手で、一尺四方の的なら二十間や三十間先であれば百発百中なのだ。飛ぶ鳥も雉や鴨《かも》ぐらいの大きさであれば滅多に撃ち損じることはない。

その腕前に義景以下の家臣団が仰天《ぎょうてん》している。

鳥を探しに行った兵たちがすぐ戻って来て雉を義景に差し出した。光秀の放った四匁《もんめ》の弾丸が雉を撃ち抜いている。

「十兵衛ッ、見事だッ！」

「恐れ入りまする」

光秀が義景に頭を下げた。撃たれた雉を義景が景行に渡すと、次々と重臣たちが手に取って傷を確認する。

鉄砲隊が一人ずつ試射したが的に命中させたのは三十人中八人しかいない。鉄砲隊が的を外すと義景が不機嫌な顔になる。

だが、光秀が立撃ち、伏せ撃ち、腰だめで的を撃ち抜くとすぐ上機嫌になった。

「十兵衛、鉄砲隊を訓練してくれッ！」

義景があまりに見事な腕前の光秀に鉄砲隊の訓練を命じた。三十発中八発しか命中しないのではあまりにも不甲斐《ふがい》ない。義景だけでなく重臣たちも怒っている。

「畏まってございまする！」

光秀が義景の命令を了承《りようしよう》したが、試射が終わってから光秀は義景に鉄砲隊の再編成を願い出た。

「眼の良い者、遠目《とおめ》の利《き》く者を選んで再編いたします」

「そうか、鉄砲は眼か？」

「はい、二十五間先の的がはっきり見える者を選抜いたします」

「いいだろう。三十発中八発しか命中しないようでは話にならぬわ……」

義景は光秀の見事な射撃を見て、あまりにひどい鉄砲隊の不様《ぶざま》さを怒っている。鉄砲は高額な買い物なのだ。兵の玩具《がんぐ》ではない。

その夜、光秀は小兵衛に京へ行って熙子と子どもたち、秀満《ひでみつ》と伝五郎たちを連れてくるよう命じた。細川藤孝に宛てた書状も持たせた。ようやく光秀一家は越前朝倉家に落ち着くことになった。

光秀には景行屋敷の中の大きな長屋があてがわれた。光秀一家は熙子や子どもたちなど大所帯だ。その上、小兵衛が旅立つと光秀は煕子を手伝う小者夫婦と、子どもたちの世話をする小女を雇い入れた。

小者の弥平《やへい》は城下の男で三十前の気の利いた男だった。

光秀は景行を説得して鉄砲隊を百五十人編成にすることにした。先々を考えると百五十人でも足りないが取り敢《あ》えずの人数だ。一旦、鉄砲隊を解散して、新たな鉄砲隊を希望する足軽を集め、眼の良し悪《あ》しを調べることにした。

三十間先の一尺四方の的に書いた○、×、△の、三種類の絵を見分けるのだがこれが難しい。次々と失格して百五十人の鉄砲隊を選ぶのは大仕事になった。弥平が馬場を走り回り、立ち合いの景行ははかどらない人選に苛立《いらだ》ってしまう。

だが、十兵衛は妥協《だきょう》しない。

この人選を間違うと撃っても当たらない鉄砲隊になる。光秀は十日ほどかけて昼だけでなく、夜目の利く百五十人の鉄砲隊を再編した。夜襲のことも考えた。厳しい選抜だが何んとか編成できた。

小兵衛が京から煕子たちを連れてくると、景行屋敷の長屋が急に賑《にぎ》やかになり、小兵衛が鉄砲隊の訓練に取りかかった。小兵衛を補佐するのが前の鉄砲隊から選ばれた腕の良い六人だ。

光秀は毎朝、馬場に出て鉄砲隊の訓練を見ている。

「こらッ、もっと腰を落とせッ。そんなへっぴり腰で鉄砲が撃てるかッ！」

「馬鹿野郎ッ。どこを狙っているかッ。地面を撃つ馬鹿がいるかッ！」

「このッ、同じことを何度も言わせるなッ。引き金はゆっくり引けと言っただろうがッ！」

一日中、小兵衛の怒鳴《どな》り声が馬場に響く。厳しい訓練で一日も早く的を撃ち抜けるよう小兵衛は必死だ。時々、義景が鉄砲の訓練場に顔を出す。城内で最も活気の充満《じゆうまん》しているのが鉄砲隊だ。

一カ月、二カ月と鉄砲隊の猛訓練が続いた。

雪が降って手がかじかむ中でも、小兵衛の訓練は容赦しない。冬だからといって戦いがないわけではない。だが、鉄砲は雨と雪にはめっぽう弱い。火薬や火縄は湿ってしまうと使いものにならないからだ。

鉄砲を扱うのはそこが難しい。

年が明けると熙子が三人目の子を懐妊した。光秀と熙子は相性がよくすぐ懐妊する。

光秀は今度こそは男と思ったが三人目も女の子だった。この子に光秀は珠子と名付ける。長《ちょう》じて細川忠興の妻になる聖女ガラシャだ。

その頃、落ち着きを取り戻したかに見えた京が再び混乱の兆《きざ》しを見せた。

永禄六年（一五六三）三月一日に細川晴元が死去。晴元は三好長慶と和睦したが、摂津の普門《ふもん》寺城に幽閉《ゆうへい》されていた。五十歳で亡くなった。

その家督は子の昭元《あきもと》が相続したが、細川京兆家は応仁の乱を引き起こした勝元の時のような、威勢を取り戻すことができず没落することになる。

四月には尾張の信長が五千七百の兵を率いて美濃に侵入したが、竹中半兵衛《はんべえ》の伏兵《ふくへい》の策に落ちて敗れ尾張に逃げ帰る。

乱世は群雄割拠の大名たちが好き勝手に戦っている。その乱世の終焉《しゅうえん》が将軍義輝と三好義興によって、訪れるかと期待されたが乱世は不運だった。

八月二十五日にその期待の逸材《いつざい》である三好義興が二十二歳の若さで急死した。病死だった。将軍義輝は片腕《かたうで》をもぎ取られ落胆したが、最も衝撃を受けたのは父親の三好長慶だ。

衝撃に脳天《のうてん》を直撃され一気に年を取った。

呆《ほう》けたようになり一人息子を失った長慶は見るも無残な有り様になった。乱世は再び鳴動を始め三好長慶の家臣松永久秀《まつながひさひで》や三好三人衆が急激に台頭《たいとう》してくる。

越前では珠子ことガラシャが生まれ、尾張では信長が西美濃からの攻撃をあきらめ、小牧山に城を築いて中美濃からの攻撃に作戦変更していた。

十二月二十日には細川右京大夫氏綱が死去した。

京の混乱を予感させる出来事が続いた。

二十八　乱世のうめき

年が明けて永禄七年（一五六四）。美濃でも事件が起きた。

稲葉山城の龍興はいよいよ酒と女に溺《おぼ》れ、斎藤飛騨守《さいとうひだのかみ》のような一緒に遊ぶ佞臣《ねいしん》が龍興の傍から離れない。

その有り様に怒った竹中半兵衛が正月の挨拶に登城して龍興に諫言《かんげん》した。

「なにとぞ、佞臣を遠ざけ美濃の民《たみ》のため、身を処していただきたく願い上げまする」

天才半兵衛の言葉は厳しく容赦しない。

「おのれ半兵衛ッ。佞臣とは誰のことだッ！」

斎藤飛驒守が怒り狂って太刀を握った。

「胸に手を当てて考えていただければ分かることでござろう」

「なにッ！」

飛騨守が立ち上がった。

「飛騨ッ、待てッ。余の前で喧嘩は許さぬッ！」

酔った龍興が赤い眼で飛騨守をにらんだ。

「半兵衛、そちは帰れ！」

半兵衛が帰れと命じられて龍興をにらんだ。

「いいから、帰れッ！」

「畏まりました。では……」

半兵衛は龍興に平伏して座を立った。

屋敷に戻るため半兵衛は七曲り道を大手に向かった。すると雨が降ってきた。

半兵衛が見上げるとそれは雨ではなく小便《しょうべん》だった。

「アッハハハッ。半兵衛ッ、これでも喰《く》らえッ、うぬの諫言など聞く耳持たぬわッ！」

石垣の上から半兵衛めがけて斎藤飛騨守が小便をしている。怒りを抑えて半兵衛は七曲り口から城外に出た。この時、半兵衛は飛騨守を殺害する決心をした。

このことを半兵衛は妻の父安藤守就に相談した。守就は西美濃三人衆といわれる美濃の実力者だ。飛騨守の振る舞いに怒って半兵衛の話に協力を約束する。

二月六日になって半兵衛の弟久作こと重矩《しげのり》が、病ということで城内に病臥《びょうが》しているのが分かった。安藤守就が病気見舞いと称して家臣に葛籠《つづら》を持たせて登城。守就が下城しても家臣と葛籠が城内に残り、夕刻になって半兵衛が家臣数人と弟の見舞いと言って登城した。

重矩は龍興の近習で半兵衛が部屋に入ると、既に葛籠を開け武具を出して戦支度をしていた。仮病《けびょう》だったのだ。

「兄者、飛騨守は奥におります！」

「殿と酒か？」

「いいえ、宿直《とのい》ですから飲んではいないと思います！」

「よし！」

半兵衛を含めて十六人が武装すると部屋を飛び出して奥に駆け込んだ。

「な、何事だッ！」

突然の出来事に飛騨守が慌てて太刀を握って立ち上がろうとした。だが、一瞬遅れた。

「飛騨ッ、覚悟せいッ！」

半兵衛の槍が飛騨守の心臓を一突きにした。

「ゲッ……」

悲鳴を上げることもなく飛騨守が床に転がった。

「ギャーッ！」

龍興と女たちが逃げ出す。半兵衛は龍興を捕まえる気はない。龍興を取り巻く近習など佞臣六人を殺害した。龍興は恐怖に怯え城を抜け出すと、危険な百曲《ひやくま》がり口へ家臣に守られて逃げた。

わずか十六人で半兵衛が稲葉山城を占拠、天才半兵衛の見事な作戦が成功して、龍興は慌てて近くの城に逃げ込んだ。

この美濃の変事はすぐ小牧山の信長に伝えられた。信長は自分が稲葉山城を道三から譲り受けたのだから、明け渡せと半兵衛に使者を出した。だが、半兵衛は信長の明け渡し要求を拒否した。

龍興に対する謀反《むほん》とも言える強硬《きようこう》手段で、半兵衛は半年間も稲葉山城を占拠したが、重臣たちは龍興の放蕩《ほうとう》に愚痴《ぐち》をこぼしながらも、いざとなると義龍のただ一人の後継者には甘い。

半兵衛に賛同しないばかりか「殿はまだ若いのだから、多少の放蕩《ほうとう》は仕方あるまいよ……」と半兵衛の振る舞いを批判する口ぶりなのだ。

これにはさすがの半兵衛も愕然《がくぜん》となった。

こんな有り様では美濃は救われないと、絶望した半兵衛は稲葉山城を龍興に返還すると、妻子を連れて美濃を離れ北近江の浅井《あざい》家に身を寄せた。

浅井家は三千貫（三億円）という高禄で半兵衛を遇《ぐう》した。半年ぶりに稲葉山城に戻ってきても、懲《こ》りない龍興の行状《ぎょうじょう》は改まらない。半兵衛は一年後には美濃に帰国して世を捨て山中に隠棲《いんせい》してしまう。

結局、龍興の放蕩は治らず三年後、重臣たちにも見限られることになる。

七月四日に嫡男義興の後を追うように、廃人《はいじん》のようになった三好長慶が、居城の飯盛山《いいもりやま》城で死去した。落胆が大きくあっという間の出来事で、まだ四十三歳の病死だった。

三好本家の後継は長慶の弟十河一存《そごうかずまさ》の嫡男義継《よしつぐ》が家督を相続した。だが、十六歳と若いため台頭してきた長慶の家臣松永久秀と三好三人衆が三好義継の後見人になった。ここに乱世の混乱が再燃する危険な芽が突然萌芽《ほうが》した。

この年は甲斐でも問題が起きた。

それは信玄にとって重大な事件となる予兆《よちょう》だった。

武田信玄の母大井《おおい》の方《かた》の十三回忌法要に希菴玄密は招かれた。法要が終わって酒宴で信玄の盃をもらった希菴玄密は、信玄が死病を抱えていることに気付いてしまった。

信玄と医師しか知らない秘密の中の秘密だ。武田家最高の機密で誰にも知られてはならないことだ。

希菴玄密は自分が見抜いたことを信玄が気付いたと感じた。

この時は何ごともなくそのまま大圓寺に帰ったが、希菴玄密は四度も妙心寺の大住持を務めた高僧で、忙しいこともあったが甲斐に行くと、二度と甲斐から出られなくなる危険を考えた。

秘密を知られた信玄が希菴玄密を恵林寺から出さず、幽閉されると思った。

この後、希菴玄密は信玄の要請を断り、二度と甲斐の土を踏まなくなる。それで、怒った信玄が希菴玄密を暗殺することになる。歴史の闇に隠された重大事件だ。

京では三好長慶が死んだことで、将軍義輝を抑え込んでいた頸木《くびき》が取れた。

聡明な義輝が将軍《しょうぐん》親政に邁進《まいしん》できる環境が整った。

ところが、こういう時が危険だと剣豪将軍は気付いていなかった。将軍が聡明では困る者たちがいる。権力を狙う愚か者は担《かつ》ぐ神輿《みこし》は軽い方がいいと思うのだ。そういう者に限って悪人が多い。

後に、松永久秀は極悪人《ごくあくにん》と言われる。

将軍義輝に親政だなどと張り切られては困るのだ。権力は死んだ長慶に替わって自分たちが握りたい。

永禄八年（一五六五）五月十九日朝、京を震撼《しんかん》させる大事件が勃発《ぼっぱつ》した。松永久秀の嫡男久通《ひさみち》軍と三好三人衆の軍一万人が将軍の二条御所に殺到《さっとう》した。

義輝は警戒して堀を深くしたり防御を固めていた。前日の十八日に危険を感じて一旦御所から脱出したのだが、将軍の権威が地に墜《お》ちると幕臣に説得され戻ってきたのだ。

そこを狙われた。

清水寺参詣《きよみずでらさんけい》の名目で集まった一万人が押し寄せてきた。二条御所には幕臣や奉《ほう》公衆《こうしゅう》など五百人もいなかった。

義輝は将軍として死ぬより、戦って塚原卜伝翁《つかはらぼくでんおう》の弟子として死ぬ覚悟をした。

剣豪将軍は家臣と別れの盃を交わし、三十人ほどで討死覚悟の戦いに討って出た。

松永、三好軍の猛攻に幕府軍は勇猛果敢《ゆうもうかかん》に応戦した。乱世を終わらせる期待を担《にな》い、義満以来の逸材と言われた義輝は悲運だった。

幕臣の進士美作守《しんじみまさかのかみ》、荒川治部少輔《あらかわじぶしょうゆう》、彦部雅楽頭《ひこべうたのかみ》、一色淡路守《いっしきあわじのかみ》、上野兵部少輔《ひょうぶ》、高師伊予守《たかしいよのかみ》、細川宮内少輔《くない》、沼田上野介《こうずけのすけ》、荒川刑部少輔《ぎょうぶ》、杉原兵庫助《ひょうごのすけ》など、将軍側近の武将たちが次々と討死した。

それでも剣豪将軍は強かった。

太刀や槍を次々と取り換えて押し寄せる敵兵を斬り捨て突き殺した。その数は百人近かった。それでも義輝一人を倒せない。何がなんでも将軍を殺さなければならない反乱軍だ。

遂に寄せ手の大将は非常手段に出た。

「畳《たたみ》を持って押し包めッ！」

「早くしろッ！」

「モタモタするなッ！」

兵に畳を持たせると四方八方から将軍義輝を押し包んだ。

「早くッ、動きを止めろッ！」

義輝は畳に包囲され、太刀を握ったまま動けなくなった。囲んだ畳の後ろから槍が突き出され、義輝が四方八方から串刺《くしざ》しにされた。

「母上ッ。さらばでござるッ！」

隣室の仏間《ぶつま》に将軍義晴の正室慶寿院《けいじゆいん》がいた。義輝の生母《せいぼ》だ。

「おのれッ……」

義輝は数本の槍に刺され立ったまま絶命した。壮絶な剣豪将軍の最期だ。仏間では慶寿院が自害、将軍義輝の正室は実家の近衛家に帰されたが、懐妊していた側室の小侍従《こじじゆう》は殺害された。

義輝の死後、松永久秀らは義輝の弟鹿苑院周暠《ろくおんいんしゆうこう》を殺害、もう一人の弟奈良興福寺《こうふくじ》一乗院門跡覚慶《もんぜきかくけい》を幽閉した。

覚慶は興福寺の別当《べつとう》になる身分で、殺害すると興福寺を敵に回すことになる。興福寺は大和一国を支配するほどの実力を持っていた。そのため、さすがの久秀も覚慶を殺せず幽閉にとどめたのだ。

だが、放置しておけばいずれ覚慶も殺される可能性が高い。松永久秀は何をするか分からない恐ろしい老人だ。細川晴元、三好義興、毛利隆元、細川氏綱、三好長慶などは松永久秀に毒殺されたのだと噂されている。

京の変事から二カ月後、七月二十八日に将軍義輝の近臣たちが秘かに興福寺に集結した。覚慶を興福寺から脱出させようとの手配だ。

一色藤長《いっしきふじなが》、細川藤孝、和田惟政《わだこれまさ》、三淵藤英《みつぶちふじひで》、仁木義政《にきよしまさ》、米田求政《こめだもとまさ》、畠山尚誠《はたけやまなおまさ》それに大覚寺門跡義俊《ぎしゅん》の支援を受けて、覚慶の救出作戦が始まった。

「覚慶さまをお連れするのは北だな……」

「西は三好がいる。今、京には入れない！」

「六角《ろっかく》さまを頼ろう」

「よし、今夜、お連れしよう……」

興福寺一乗院から細川藤孝たちが秘かに覚慶を連れ出した。足弱《あしよわ》な覚慶はすぐ歩けなくなった。

「木津川《きづがわ》に行こう！」

「覚慶さま、それがしの背中に……」

和田惟政が覚慶を背負うことにした。木津川まで交代で背負うしかない。覚慶は少し怯えている。松永久秀の恐ろしさを聞き知っていた。

覚慶一行は木津川を遡《さかのぼ》り伊賀《いが》に入った。

追われる前にできるだけ遠くに逃げなければならない。和田惟政は近江守護の六角義賢《よしかた》に、覚慶を連れて甲賀《こうか》に入る許可を取って和田《わだ》城に向かった。甲賀は六角の支配下にある。

この時、六角義賢は兄と弟を殺された覚慶に同情的だった。

やがて和田惟政は再び六角義賢の許可を取って、和田城から湖東の野洲《やす》矢島《やじま》村に覚慶を移して矢島御所《ごしょ》を構える。覚慶が京から遠く離れては、上洛できないと嫌ったため湖東の野洲になったのだ。

だが、野洲は京から近すぎて危険だ。

世間知らずの覚慶はそんなことも分からない。矢島御所を二重の堀で囲んだが、そんなことで三好や松永軍を防げない。

翌永禄九年（一五六六）二月十七日に足利将軍家の正統な後継者であるとして還俗《げんぞく》、足利義秋《よしあき》と名乗って幕府の再興《さいこう》を目指すことにした。これは、京の松永久秀、久通親子や三好三人衆に挑戦状を叩きつけたようなもので極めて危険だ。

四月二十一日には義秋が従五位下左馬頭《さまのかみ》に任官した。これは次期将軍になる人が就任する官位官職だ。この頃、松永、三好は将軍不在では具合が悪いため、阿《あ》波《わ》にいた義晴の兄弟義冬《よしふゆ》を将軍にしようとしたが、義冬は中風《ちゅうぶう》のため無理で息子の義栄《よしひで》を将軍に担ぐ。

だが、朝廷の要求する献金が用意できずに将軍宣下《せんげ》が中断、交渉の結果永禄十一年（一五六八）二月八日になってようやく将軍宣下があり、三好、松永の傀儡《かいらい》将軍として足利義栄が十四代将軍に擁立《ようりつ》される。

この将軍は腫物《はれもの》が悪化して将軍宣下から九カ月で死去する。二十九歳だった。僧から還俗して将軍になりたい義秋は、自分がどんなに危険な立場なのか理解していないのだ。松永、三好を挑発すると将軍殺しをしてまで、手にした権力をどう使うか知れたものではない。

それでも湖東の野洲矢島御所には幕臣や奉公衆が集まり始めていた。

義秋はすっかり将軍気取りで、美濃の斎藤龍興と信長に和睦を命じたり、越後上杉や甲斐武田、相模北条にも和睦を命じ、その力を利用して上洛したいと焦《あせ》っている。

従兄弟の義栄から将軍職を奪還しなければ兄の死が無駄になると考えていた。何んとしても上洛して将軍になりたい。そこで、尾張の信長と美濃の龍興に支援を要請した。

それを信用して信長は上洛軍を動かしたのだが、美濃の龍興は納得しておらず信長を攻撃して上洛は頓挫《とんざ》する。

そんな義秋の動きが松永久秀や三好三人衆はおもしろくない。

三好三人衆の三好長逸《ながやす》軍三千騎が義秋を殺すべく矢島御所を襲撃した。

義秋を守って幕臣と奉公衆がよく奮戦、矢島御所の堀が二重だったことも幸いして、何んとか三千の三好軍を撃退したことは幸運だった。

京の近くにいることがいかに危険であるか、身をもって知った義秋は怯えた。

そこに、義秋を受け入れているはずの六角義賢、義治《よしはる》親子が秘かに三好三人衆と内通しているとの噂が飛び込んできた。

「ここを捨てるしかない。ここにいては殺される！」

義秋は六角が敵に回ったことで震《ふる》え上がった。

「すぐ、若狭に行こう！」

若狭の武田義統《よしむね》には義秋の妹が嫁いでいる。先のことはともかく、若狭に逃げれば取り敢えず一安心だ。

「急げッ、大急ぎで若狭に行くぞ！」

義秋は一人でも飛び出しそうなほど怯えている。

斎藤龍興や六角親子が義秋を裏切ったのは松永、三好から強烈な誘いがあったからだ。義秋に興福寺から逃げられたことで松永、三好は焦っている。

誰が見ても義秋が兄義輝の後継者であることは間違いない。正義《せいぎ》は兄と弟を殺された義秋にあることは誰にでも分かる。

取るものも取り敢《あ》えず、義秋一行は大慌てで若狭に逃げた。

だが、若狭の武田義統は後継者問題で家が二つに割れていて、とても、義秋の上洛に手を貸せるような余裕はない。家中が揉《も》めていて義統の立場が危ういのだ。義秋は数日だけ若狭にいたが九月に入ると越前の朝倉義景を頼ることにした。

ところが、越前朝倉家には足利一族の先客《せんきゃく》がいた。

鞍谷御所《くらたにごしょ》と呼ばれる足利嗣知《あしかがつぐとも》である。嗣知の娘小宰相《こさいしょう》は義景の側室だった。

その上、足利嗣知と朝倉義景は僧から還俗した義秋を気に入らない。将軍になることに疑問を持っていた。将軍は武家の棟梁《とうりょう》である。つい先日まで僧だった義秋に何ができると言いたいのだ。経文《きょうもん》のことは多少分かるが、武家のことは全くといっていいほど分からない。世間知らずの義秋の泣き所だ。

それでも、将軍候補を頼って義秋の元に奉公衆が集まってくる。

いずれ将軍になるだろう人の傍にいれば食うには心配がないからだ。義秋に将軍義輝の幕府を再興してもらいたいのだ。

二十九　左馬頭《さまのかみ》の使者

義秋は非協力的な朝倉義景より越後の上杉謙信の方が頼りになると考えた。

何んとか上洛したい。

そのためには力を貸す者は誰でもいいと義秋は焦っている。だが、越後の上杉謙信も武田信玄との戦いや越中や加賀の混乱、一向一揆の反乱に足を取られて義秋の上洛に兵を出せる余裕はない。

義秋は行き詰った。

もうこれ以上北に行くことはできない。京に帰還できなくなって放浪する危険がある。

永禄十年（一五六七）、進退窮《きわ》まった義秋は長期滞在になっても義景を頼るしかないと覚悟。義景の母親を従二位に昇進させるよう朝廷に働きかけるなど、義景の機嫌を取り義秋の立場は苦しいものになった。

その様子を光秀は見ていた。

光秀も苦しい立場なのだ。鞍谷御所こと足利嗣知はわがままな男で、光秀の聡明さを嫌いおもしろくないと思っている。嗣知はありもしないことを義景に讒言《ざんげん》するとんでもない嘘つき男だった。

光秀は義景に叱られても黙って承《うけたまわ》るしかない。義景の側室の父親である嗣知はわがままのし放題で朝倉家では力を持っていた。家臣団には嫌われているが、側室小宰相がいる限り鞍谷御所には誰も何も言えない。

怒った小兵衛が「嗣知めを斬るッ!」といきり立つが、光秀と伝五郎が小兵衛を抑えていた。

そんなことから苦しい立場同士の義秋と光秀が接近した。当然の成り行きだった。

光秀は四十歳になっていた。

そんな時、越前に細川藤孝が訪ねてきた。藤孝は光秀が越前にいることを知っている。小兵衛が煕子たちを迎えに行ったとき光秀の書状を藤孝に差し出していた。

義秋の近習が呼びに来て光秀は義秋の前で藤孝と対面した。

「十兵衛、そなた、藤孝と親しいそうだな?」

「はい、幼い頃より京のことをご指南いただいておりまする」

「それを早く言わねば、のう藤孝……」

「左馬頭さまにご遠慮申し上げたものと拝察いたしまする」

義秋に叱られた光秀を藤孝が庇《かば》った。

「そうか。明智十兵衛、これからは余のために働いてくれ。朝倉殿から譲り受けて幕臣とするが、いいな？」

「勿体《もったい》ないお言葉にございます。左馬頭さまのため働きまする！」

光秀が義秋に平伏して主従《しゅじゅう》が決まった。

「藤孝、酒にするぞ？」

「はッ、うれしい酒にございまする」

「明智は土岐だ。土岐は足利の五職だからな？」

「御意……」

「藤孝、そちは管領でいいか？」

「左馬頭さま、京兆家には昭元殿がおられまする」

「おう、そうだのう……」

義秋は興福寺から脱出させてくれた藤孝と、幕臣になった光秀を前にして上機嫌だ。だが、幕臣といっても義秋には光秀に与える俸禄《ほうろく》や知行《ちぎょう》はない。

この年の秋十月、美濃に重大事が起きた。それは、義秋や藤孝、光秀の運命を一変させる出来事だ。

竹中半兵衛に諫言《かんげん》されても龍興の行状は改まらず、相変わらず酒と女に溺《おぼ》れて、ただれた日々を過ごしていた。そんな龍興に稲葉良通、氏家直元、安藤守就、不破光治の西美濃四人衆が堪忍袋《かんにんぶくろ》の緒を切った。

「これ以上、龍興さまを放置できない。とても美濃を治める器量ではない！」

「残念無念だ。のう稲葉殿？」

稲葉良通は龍興の大叔父なのだ。

「それがしが甘やかしてしまったのだ……」

「いやいや、稲葉殿だけではない。それがしも相当に悪いのでござるよ……」

そういう氏家直元は泣いていた。龍興を見限ろうという相談なのだ。

「氏家殿、それがしも同罪じゃ……」

「いや、安藤殿と半兵衛が城を占拠した時に気付くべきであったのよ」

「半兵衛を失ったのは美濃の損失、安藤殿、復帰は無理かのう？」

安藤守就の娘が半兵衛の正室なのだ。

「説得はしてみるが、とても無理だな……」

守就はこれまで何度も半兵衛を説得したのだ。

「やはりな。半兵衛は戻らぬか、ところで、信長殿が道三入道の譲り状を持っているというのはまことであろうか？」

「それは事実だ。末子《まっし》の利治《としはる》さまに渡し信長殿に届けるよう命じた。堀田道空《ほったどうくう》殿がつき従って長良川を下ったと聞いた」

「すると、やはり、信長殿に……」

「うむ、それが最善であろうよ。信長殿の嫡男奇妙丸《きみょうまる》さまは帰蝶さまが産んだとの噂がある。そうであれば美濃の子だ……」

「まさか、そんな噂を信じていいのか……」

「いや、あり得ることだ。それがしは姫さまが流産したと聞いたぞ」

「帰蝶さまはあの美形だ。信長殿もフラフラと帰蝶さまを……」

急に下品な話になった。

「それはあり得るな。帰蝶さまは才色兼備、賢いお方だからな、大うつけを抑え込んだかも知れぬ？」

「ならば、美濃は信長殿に差し上げるが、よろしいか？」

「美濃と尾張で百万石になる。信長殿ならこの百万石をどう使うか、楽しみではないか？」

「奇妙丸さまにやると思えば惜しくはない！」

「よしッ、決まりだ！」

「ところで、明智城の十兵衛光秀が越前にいると聞いたが、消息を知っているか？」

「あの者を失ったのも美濃の損失だな……」

稲葉良通が同じ快川紹喜の弟子の光秀を残念がった。稲葉良通は時々崇福寺を訪ねて師の快川紹喜と会っている。

「越前と言えば将軍義輝さまの弟さまが逃げていると聞いたぞ？」

「それは事実のようだ。近江の野洲から越前に行かれたと、それがしも聞いた……」

西美濃四人衆の話し合いは龍興を見限り、美濃一国を道三入道が決めたように信長に差し出すことで決まった。

四人の連署《れんしょ》の書状を持った使いが小牧山城に走ると、十月になって信長が全軍を率いて稲葉山城下に駆けつけ城下を焼き払った。

龍興は必死の抵抗をしたが西美濃四人衆が動かない。それでも堅城《けんじょう》は落ちない。

ところが、あろうことか城方が見ている前で、西美濃四人衆が信長の本陣に入った。それを見て、龍興は棄《す》てられたことを悟ったが時すでに遅しだ。美濃は西美濃四人衆がいての美濃だ。

稲葉山城の籠城《ろうじょう》兵も同じだ。

四人が信長の本陣に入ったのを見て城方は一気に戦意喪失、討死する覚悟のない龍興は夜陰《やいん》に紛《まぎ》れ、稲葉山城を捨てると長良川を下って伊勢長島《ながしま》に逃亡した。兵たちも山から逃げてあっという間に稲葉山城が落城した。

遂に信長が尾張と美濃の百十万石を手に入れることになった。同盟者の家康の領地三河を入れると、信長は一気に百五十万石近くを手にしたことになる。ということは信長が四万人から七万人の兵力を動かせるということだ。

近隣でこれだけの大軍を動かしたことのある者は関東管領の上杉謙信だけだ。謙信は関東軍十万を率いて北条の小田原城を包囲したことがある。

永禄十年の十二月二十一日に根来寺の家老で吐前城の城主津田監物算長《かずなが》が亡くなった。六十九歳だった。それを光秀は知らない。

そして年が明けた。

乱世を薙《な》ぎ払う風雲児《ふううんじ》たちが天下に登場する永禄十一年を光秀は越前一乗谷城で、信長と秀吉は美濃岐阜《ぎふ》城で、家康は三河岡崎城で迎えた。

稲葉山城の城下井ノ口は信長によって焼き払われ再生した。その新しい城下に新しい名を信長の師沢彦宗恩《たくげんそうおん》は選ばせた。岐陽、岐山、岐阜の中から信長は岐阜を選んだ。

その時、沢彦禅師は信長に天下布武《てんかふぶ》の印を授け、その意味である武の七徳を教えた。

応仁以来の乱世は百年を迎えようとしている。

天下布武の実現は乱世の終焉《しゅうえん》でもあり、猛烈《もうれつ》な苦しみと痛みを伴う苛烈《かれつ》な戦いの時でもあった。乱世の荒ぶる神々は出揃《でそろ》った。

永禄十一年四月十五日に先の関白二条晴良《にじょうはるよし》が足利義秋に招かれて越前に下向した。

三十二歳にして義秋は武家の元服の儀式を行った。

義秋は秋の字が不吉であると考え、二条晴良に昭の字を選んでもらい、義秋から義昭と改名して加冠役を朝倉義景が務めた。

義昭は朝倉義景には相変わらず上洛の意思がないと判断、越後の上杉謙信は兄義輝との盟友で上洛の意思はあるが動きが取れない。

そこで義昭が白羽《しらは》の矢を立てたのが尾張と美濃を手に入れ、今や百万石の大大名にのし上がった織田信長だった。

以前、義昭が龍興と信長に和睦を命じて、上洛のお手伝いをするべしと命じた。その時、信長一人が応じたのを義昭は知っている。だがその時は龍興や六角、三好らに邪魔されて実現しなかった。

今回は失敗できない。

信長が美濃を手に入れたことは上洛する千載一遇《せんざいいちぐう》の機会だ。義昭は信長なら支援してくれると信じている。

そこで義昭は光秀を傍に呼んだ。

「十兵衛、そなたと信長の妻は従妹であったな？」

「はい、叔母が山城守道三入道の正室小見の方さまにございまする」

「余と信長の間を仲介せい！」

「はい、上洛を？」

「そうだ。余は上洛して将軍に就任する。その手伝いをするよう説得をしてまいれ……」

「承知いたしました」

「藤孝が来たらすぐ美濃に向かわせる」

義昭は何んとしても征夷大将軍《せいいたいしょうぐん》になりたい。

それを支援できるのは松永、三好軍を京から追い払える大軍を持つ者しかいない。その大軍を持つのは限られた大名だ。尾張と美濃を領する織田信長であれば、二万や三万の兵を集めるのは可能だ。

「それでは、すぐ、美濃に行ってまいります」

光秀の美濃入りは久しぶりだ。

将軍候補の足利義昭の使者として、光秀は堂々と美濃に帰国できる。

六月になって小兵衛と伝五郎を連れて美濃に向かった。信長は稲葉山の麓に巨大な御殿を築いていた。岐阜と名を変えた城下は以前とは見違える城下に変貌《へんぼう》している。

光秀が足利左馬頭義昭の使いと名乗って御殿に案内された。

その御殿の大広間には信長と尾張の家臣団と美濃の家臣団が揃っている。光秀を知っている者が何人もいた。

明智長山城を落城させた美濃の家臣団は幕臣明智光秀と聞いて驚いている。

光秀は信長の前に進んで平伏した。

「十兵衛ッ、大儀ッ！」

信長の大きな声だ。

「左馬頭さまの使いにて参上いたしましてございます」

「うむッ、越前におられるそうだな！」

「はいッ、一乗谷城におられます」

「上洛のことか！」

「はい、一日も早い上洛をと仰せにございまする。左馬頭さまの書状を持参してございます」

「よし！」

光秀が丹羽長秀《にわながひで》に差し出すとそれを信長に取り次いだ。信長はそれを一読しただけで書状を傍に置いた。

「上洛の手伝いとあるが朝倉殿はどうするのだ？」

「朝倉さまは左馬頭さまの上洛に消極的と聞いております」

「ほう、それはどういうことか！」

信長が光秀をにらんだ。

義昭を匿《かくま》っている朝倉義景がまず手伝うべきだと言っている眼だ。光秀はその眼光に押された。以前、光秀が見た大うつけの信長ではない。上質な威厳《いげん》を供えた百万石の大大名が眼の前にいる。

正直に話すしかない。

「越前朝倉家には足利一門にて鞍谷御所と呼ばれる足利嗣知さまがおられます。この方が還俗された左馬頭さまの上洛に、反対されておられると聞いております」

「坊主から武家に直ったのが気に入らないのだな！」

「御意！」

「ふん、乱世では僧も武家もさほど違うまいよ！」

光秀は信長の言っている言葉の真意《しんい》を考えた。信長は鞍谷御所が何者なのか、朝倉義景とはどんな男か知っているのではないかと思った。

その光秀の勘《かん》は当たっていたのだ。

三十　義昭と信長

信長は光秀の言った鞍谷御所こと足利嗣知という人物が何者なのか、越前守護の朝倉義景がどんな男か家臣の村井貞勝《むらいさだかつ》から聞いて全て知っていた。

村井貞勝は信長の家臣の中で丹羽長秀や柴田勝家《かついえ》、美濃から尾張に出てきた森《もり》三左衛門《さんざえもん》や伊勢浪人だった滝川一益《たきがわかずます》のように名前は知られてはいないが、この時既に信長に能力を認められていた。

信長の目と耳でことのほか大切にしている織田の間者集団を貞勝がまとめていた。信長が上洛すると貞勝が京の天下所司代に抜擢《ばってき》され、幕臣の光秀と一緒に京で仕事をすることになる切れ者だ。

武功はないが信長の家臣では唯一の文治《ぶんち》に明るい老人だった。

光秀はこの老人と京の仕事をしながら、文武の両方で力を発揮、信長の家臣になり短期間で織田四天王と呼ばれるようになる。

信長の言葉で光秀は思い当たることがあった。

聡明な光秀を鞍谷御所は嫌っていた。それは分かっている。

光秀は義昭から幕臣に誘われた時、断らなかったのはそんな鞍谷御所の考えに、唯々諾々《いいだくだく》としたがっている義景の優柔不断《ゆうじゆうふだん》さを嫌ったからだ。光秀は義景の傍にいても仕方ないと判断して義昭の言葉を受け入れたのだ。

その鞍谷御所こと足利嗣知とは、越前鞍谷荘《くらたにしよう》に住んでいる足利一門で名門だが傍流である。

三代将軍足利義満の四男で、義満が溺愛《できあい》して皇位《こうい》につけようとしたと疑われ、皇位簒奪《こういさんだつ》の罪で義満が毒を賜ることになったとされる原因の義嗣《よしつぐ》が鞍谷御所の家祖だ。

義満の死後、義嗣は兄の四代将軍義持《よしもち》に迫害《はくがい》され、その子孫が京を捨て越前鞍谷荘に住んだのだ。足利義持の宗家筋である義昭をおもしろくないのは、そんな迫害の歴史があって嗣知は根に持っていたからだ。

信長はその鞍谷御所の娘が義景の側室であることも知っていた。光秀は信長が全てを知っていると感じたが仕官を許してくれた義景は、光秀の主人でもあったわけで悪く言うことはできない。

そんな光秀の気持ちを見透かしたように信長が睨《にら》んでいる。

「仰せの通りにございまする……」

光秀は信長の考えを認めるのが精いっぱいだ。

「十兵衛、そなたの明智城はもうないが、美濃はそなたの生まれた国だ。好きに過ごすがよい。返答はよくよく考えて数日後にはするであろう！」

信長が光秀に配慮を見せた。

光秀は中洞村《なかほら》の母宗桂禅尼や崇福寺の快川紹喜にすぐ会いたいが、義昭の上洛によっては天下が大乱になるかも知れない重要な使者なのだ。勝手な振る舞いはできない。

「ご配慮、誠に有り難く存じまする……」

信長に平伏して光秀が礼を述べた。

「宿所《しゅくしょ》は崇福寺にしたいと存じまする……」

「うむ、いいだろう。稲葉ッ、十兵衛を寺に案内せい！」

信長は光秀と稲葉良通が快川紹喜の兄弟弟子だと分かっていた。

信長が何んでも知っているのではないかと恐怖さえ感じる。光秀が信長を見るのは尾張の那古野《なごや》城下と富田村《とみだむら》聖徳寺《しょうとくじ》以来三度目になる。

相変わらず茶筅髷《ちゃせんまげ》だが大うつけの片鱗《へんりん》などどこにもない。目の前にいるのは百万石の領地を手に入れた天下一の大大名織田上総介《かずさのすけ》信長だ。この時、毛利元就も武田信玄も上杉謙信も北条氏康もまだ百万石を手にしていない。その戦いの途中だった。

信長の百万石はまだまだ大きくなる余地のある百万石だ。

隣国の伊勢や越前を奪えば百万石が二百万石になる。近江を奪えば二百七十万石になる。同盟者の家康の領土を入れれば三百万石の巨大大名になる。

光秀はそのことに気付いた。

そんな可能性を秘めた大大名が京に近い美濃に出現したのだ。

おそらく、天下はこの信長のものになる。

光秀の鋭い嗅覚《きゆうかく》は信長の可能性を感じ取っていた。近江の隣が京で近い。京に近いということは甲斐や越後より上洛に絶対有利なのだ。

その夕刻、光秀は稲葉良通の案内で崇福寺に入り快川紹喜と会い、小兵衛に書状を持たせて中洞村へ使いに出した。光秀は母宗桂禅尼をいつも気にかけている。

その夜、快川紹喜、稲葉良通、光秀の三人は方丈《ほうじよう》で夜遅くまで話し合った。

この時、稲葉良通は斎藤利三《としみつ》を連れていた。利三は汾陽寺《ふんようじ》の傍で生まれ光秀のことをよく知っている。

利三も幼い頃に汾陽寺で快川紹喜に教えを受けた一人だ。

快川紹喜は六十七歳、稲葉良通は五十四歳、光秀は四十一歳、虎哉宗乙《こさいそういつ》は三十九歳、斎藤利三は三十五歳、南化玄興《なんかげんこう》は三十二歳、信長は三十五歳、秀吉は三十二歳、家康は二十七歳だった。天下の激動が眼の前に来ていた。

家康は二年前の永禄九年十二月に朝廷に願い出て、松平から徳川に改姓して光秀と同じ清和源氏に名を連ねた。

乱世は終焉に向かって激動の時を迎えている。それは誰も回避できない痛烈な痛みを伴う時代のうねりだ。

その渦の中心に織田信長と明智光秀、足利義昭、徳川家康、そして快川紹喜が登場してきた。

二日遅れて細川藤孝と和田惟政《これまさ》が岐阜に現れた。

上洛を焦っている義昭が藤孝と惟政に光秀の後を追わせた。何がなんでも信長に首を縦《たて》に振ってもらいたい。何をするか分からない危険な松永、三好軍を京から追い払えるのは、百万石の大大名織田信長しかいないのだ。

義昭はそう信じている。

信長は西美濃四人衆で近江浅井家と近い不破光治を仲介に、お市《いち》姫を浅井家当主の若き長政《ながまさ》に嫁がせている。三好三人衆と手を結んだ南近江の六角義賢、義治親子と、浅井長政が対立していたからだ。

近江は京に出る道筋で湖東の道を六角に塞《ふさ》がれると困る。

岐阜に現れた細川藤孝は管領家の一族で家格は信長よりはるかに上だ。京兆家は管領を務めてきた家で将軍家の次の家格と言える。その細川藤孝が岐阜に現れたことは光秀とは重みが違う。

光秀がすぐ信長の御殿に呼ばれ再び信長と対面した。

「左馬頭さまの上洛のためお供仕る！」

信長が藤孝と光秀に正式に返答した。

「まず、左馬頭さまを美濃にお迎えする。その使いとして村井貞勝、島田秀満《しまだひでみつ》、不破光治を派遣する！」

信長の決断で事態が急激に動き出した。

藤孝と光秀と惟政は義昭を岐阜に連れてくる使者と越前に向かった。美濃を手に入れたばかりの信長が、すぐ動くとは考えていなかった朝倉義景は大慌てだが、将軍になりたい義昭がすぐ動き出した。

その動きは早かった。

六月二十六日に義昭は一乗谷城を出ると光秀や惟政、奉公衆の上野《うえの》清信《きよのぶ》らを引き連れて北近江の小谷《おだに》城浅井家に向かった。

藤孝は京に戻った。

百万石の織田信長が動いたのだから、義昭はもう将軍の気分だ。浅井長政に上洛のお手伝いをするよう命ずると、翌日には岐阜城から南西に一里、西庄《にしのしょう》の立《りゅう》政寺《しょうじ》の正法軒《しょうぼうけん》に入った。

そこに信長が家臣団を引き連れて現れた。

茶筅髷に左右色違いの小袖を着た信長は、義昭がこれまで会った武将とは全く違う。眼光鋭く抜き身の刀身のような殺気が五体を包んでいる。

義昭は思わず身を引いた。

「織田上総介信長にございまする。左馬頭さまに置かれましては、ご無事の到着お喜び申し上げまする！」

上総介という官職は信長が気に入って勝手に名乗っている。

「だ、弾正忠《だんじょうのちゅう》ッ、大儀ッ！」

「謹《つつし》んでご上洛のお手伝いを仕りまする！」

「うむ、頼む……」

「つきましては武具と馬を献上いたします！」

「武具？」

「馬引けッ！」

信長の大声が寺に響いた。

誰もが驚くほど信長はかん高い大声なのだ。戦場で信長の声を聞いた敵兵が逃げ出したという。

鎧櫃《よろいびつ》が運ばれ美しい大鎧と兜《かぶと》が披露され、信長自慢の連銭葦毛《れんぜんあしげ》が引かれて来た。馬体の大きな大将が乗る白い馬だ。

義昭が背伸びして庭の馬を見る。

「余にくれるのか？」

「御大将の乗る馬にございます！」

「うむ、かたじけない……」

義昭は信長の配慮に上機嫌で笑顔になった。

「上洛軍は何人か？」

義昭の最大の関心事だ。

「五万人を支度しております！」

「ご、五万？」

「足りなければ他にも！」

「い、いや、充分だ。充分……」

「徳川殿と浅井殿もお供仕りましょう！」

「三河守か？」

義昭はあまりの大軍に驚いているが、実際は六万の大軍に膨《ふく》れ上がる。義昭は三万人ぐらいかと考えていた。それが五万人と聞いて仰天した。

「よしなに頼む……」

光秀も五万の織田軍と聞いて驚いた。京には大きな寺が多いから兵の収容はできるが、その兵が使う兵糧《ひょうろう》は莫大《ばくだい》な量になる。

兵たちは絶対に生米《なまごめ》を食わない。

生米を食うと下痢《げり》をして戦えなくなる。兵糧は干《ほ》し飯《いい》が基本だ。米を炊《た》いた飯を天日干《てんぴぼ》しにしたものを二日分、三日分を腰に吊《つ》るして戦場に出る。腹が空くとその干し飯を口に放り込んで水を飲む。

岐阜城では昼夜を分かたず五万人分の干し飯作りが始まっていた。

信長の織田軍は軍律《ぐんりつ》が厳しく略奪《りゃくだつ》を絶対に許さない。

戦いに勝てば略奪は当たり前で褒賞《ほうしょう》の一部と考えられている。その被害は物だけではなく、力のない女が戦いの血に興奮した兵の餌食《えじき》になった。

信長はそれを許さない厳しい軍律で兵を統率している。軍律を破ると理由のいかんを問わずその場で斬り捨てた。

上洛した兵が市女笠《いちめがさ》の女をからかい、それを見た信長は激怒しその場で兵を斬り捨てる。

その織田軍が支度を整え動き出した。

実は前年（永禄十年）の十一月、信長に正親町《おおぎまち》天皇から綸旨《りんじ》が届いていた。綸旨の内容は美濃と尾張の天皇領を回復せよとの命令だった。それを受けて信長は上洛と天下布武の実現に動こうとしていたのだ。

信長はまず精鋭の馬廻り二百五十騎を引き連れて八月五日に岐阜城を出立した。上洛軍の先鋒《せんぽう》として自ら岐阜城を出ると八月七日に佐和山《さわやま》城に着陣。南近江の観音寺《かんのんじ》城には六角義治がいて道を塞いでいる。

信長は義昭の近臣和田惟政に家臣三人をつけて観音寺城に派遣した。義昭の上洛を助けるべきだと説得する使者だ。

だが、六角義賢と義治親子は、信長の申し出を拒否して三好三人衆と連携、上洛軍を阻止《そし》することを決定した。

それに対して信長は珍しいことに再度の説得の使者を派遣した。信長は楽市楽《らくいちらく》座《ざ》など南近江を統治する先進的な六角義賢を高く評価していたのだ。

その信長の使者を義治は病だと仮病を言い立てて追い返した。信長の武力より三好三人衆の武力を当てにした。

戦いになれば京から援軍が来ると信用したのだ。

「もはやこれまでだな。六角を押し潰して通るしかない！」

信長は六角軍と戦うことを覚悟した。もし三好軍が出てくれば六角軍と一緒に叩《たた》きつぶして上洛するしかない。

「一旦、岐阜に戻るぞ！」

七日間佐和山城で交渉に当たったが成功しなかった。信長は二百五十騎の馬廻りと岐阜城に帰還した。

信長が動員令を発動するとさすがに百万石の威力は凄まじい。続々と尾張から美濃から兵が集まりたちまち五万人を超えた。その上、三河の家康が徳川軍千人を率いてお手伝いに駆けつけた。

信長は義昭を美濃に残して九月七日に大軍と岐阜城を出陣した。北近江の浅井長政が三千人の浅井軍と一緒に合流、大軍は六万人を超えた。

上洛軍を迎え撃つ六角軍の構えは観音寺城に本陣を置き、総大将六角義治、父の義賢と弟義定《よしさだ》が馬廻り千騎と籠城。和田山《わだやま》城には田中治部大輔《たなかじぶだゆう》を大将に六千人が籠城、箕作《みつくり》城に吉田出雲守《よしだいずものかみ》を大将に三千人で籠城した。

観音寺城の支城十八にそれぞれ兵を入れて態勢を整えている。

義治と義賢は織田軍が和田山城を攻撃すると読んで布陣、観音寺城と箕作城から飛び出して織田軍を挟撃する作戦だった。

その六角の作戦を信長は見抜いていた。

九月八日に高宮、九月十一日には愛知川《えちがわ》の北岸まで織田軍は進出、翌十二日に六万の大軍が渡河《とか》すると三隊に分かれた。

稲葉良通の率いる美濃軍が第一部隊で和田山城に向かい、柴田勝家と森三左衛門の率いる第二部隊が観音寺城に向かった。

第三部隊は信長、丹羽長秀、滝川一益、木下《きのした》秀吉らの本隊で箕作城に向かった。六角軍が考えていた以上に織田軍は大軍で三城を同時に攻撃する作戦だ。

裏をかかれた六角軍が慌てたがもう遅い。

箕作城の秀吉軍二千三百人が北の攻め口に襲いかかり、丹羽長秀軍三千人が東の攻め口から攻撃を開始した。ところが箕作城は山城の堅城で夕刻になって織田軍は吉田出雲守に反撃された。

三十一　天下静謐《てんかせいひつ》なり

箕作城攻撃で追い払われた秀吉軍が軍議を開いた。

その席に竹中半兵衛《はんべえ》がいた。

岐阜城に入った信長は「半兵衛を探せ！」と秀吉に命じた。半兵衛は病弱でもう戦場に出る気はなく隠棲《いんせい》していたのだ。だが、信長の命令は絶対で秀吉は半兵衛の家に日参して口説き落とした。

半兵衛は稲葉山《いなばやま》城を占拠した時に信長の明け渡し要求を拒否したことがある。そんなこともあり信長の直臣《じきしん》扱いなのだが、秀吉を与力《よりき》することを望んで、いつも秀吉軍の中にいて軍師のような役割を担っている。

「ここは一気に夜襲《やしゅう》を仕掛けるべきでしょう。敵は昼の勝利で油断しているはずです。ここで手を緩めてはなりません……」

半兵衛が秀吉に進言する。

「よしッ、それでやろう！」

秀吉は緒戦の敗北に怒っていた。一番先に仕掛けただけに追い払われて悔《くや》しいのだ。

「すぐ松明《たいまつ》を支度しろッ、夜襲を仕掛けるぞッ！」

火のついた松明を山の中腹まで五十カ所に配置して、一斉に火を放つと「攻め込めッ！」と攻撃を開始した。箕作城の吉田出雲守《よしだいずものかみ》も城兵も、夜襲を仕掛けてくるとは思っていなかった。

闇夜《やみよ》の松明を頼りに、六角軍は必死に防戦したが戦いは二刻半（約五時間）に及び、三千人の城兵は次々と討死して、遂に箕作城は夜明け前に落城した。

箕作城が一日で落城した衝撃が和田山《わだやま》城に伝搬《でんぱん》すると、恐怖に怯《おび》えた城兵が戦わずに次々と逃亡してしまう。

三好軍の援軍を待つ六角義治《よしはる》は長期戦を想定していたが、わずか一日で箕作城と和田山城が落城しては戦意喪失、総大将も精鋭の馬廻《まわ》りも戦う気力をなくした。もう援軍を待てないことを悟ると翌日の夜に全軍が夜陰に紛れて甲賀《こうか》方面に逃亡した。

十八の支城も次々と降伏して戦いが終わった。

ただ一人、六角の家臣蒲生賢秀《がもうかたひで》だけは支城の日野城《ひの》に籠城して戦う構えだ。これに慌てたのが賢秀の妹を妻にしている織田軍の神戸具盛《かんべとももり》だ。

「しばらく、攻撃の猶予を。説得してまいりまするッ！」

信長の許しを得ると単身で日野城に乗り込んだ。

「兄者ッ、この戦いは左馬頭さまの上洛《じょうらく》の戦いだッ。六角殿に正義はないぞッ。ここは人質を差し出して降伏してくだされッ。さもなくばそれがしはここで腹を斬るッ！」

脅《おど》しのような強引な義弟の説得に賢秀が折れて、人質を信長に差し出して忠誠を誓った。この人質は岐阜城で育てられ快川紹喜の教えを受ける。聡明な男で名を蒲生氏郷《うじさと》という。

この氏郷を信長は気に入り次女冬姫《ふゆひめ》を正室に与える。

後に秀吉は蒲生氏郷の大きな器量を恐れ、京からはるかに遠い会津若松《あいづわかまつ》百二十万石に移封《いほう》する。

この信長の上洛戦で名門六角は領地を失い、それでも信長に抵抗し続けるが徐々に衰退し没落するしかなかった。

判断を誤った六角義治が、当てにしていた三好軍は観音寺城の落城を聞くと、たちまち浮き足立って京から逃亡を開始した。

信長はまだ美濃にいる義昭に、すぐ使者を派遣して勝ち戦の戦況を知らせ、立政寺を出立してよいことを伝えた。

義昭の傍には光秀がいた。

九月二十七日に義昭と信長が三井寺《みいでら》に入った。

義昭は六万の大軍の凄《すさ》まじい威力を見せつけられた。それは光秀も同じだ。

翌二十八日に義昭と信長が上洛、信長は大軍と洛外の東福寺《とうふくじ》に入った。興奮した兵が京に入って乱暴することを恐れたためだ。

京は厄介《やっかい》な土地柄で出来事は噂《うわさ》となって、風より早く京から地方に伝搬する。その京の評判が長く織田軍につきまとうのだ。突発的な事件を恐れ、信長は京に入らず大軍を東福寺に収容した。

義昭だけは京に入り東山の清水寺《きよみずでら》に入った。京が混乱しないよう細川藤孝軍が出て来て禁裏《きんり》の警護の任に当たった。

信長は軍を動かして京の周辺で松永、三好軍に味方した城を次々と攻撃、山城《やましろ》勝龍寺城《しょうりゅうじじょう》の三好三人衆岩成友通《いわなりともみち》が降伏、摂津芥川山城《せっつあくたがわやま》の細川昭元と三好長逸《ながやす》が逃亡、摂津越水城《こしみず》の篠原長房《しのはらながふさ》は阿波《あわ》に逃亡、信長は石山本願寺《いしやまほんがんじ》に矢銭《やせん》五千貫を要求した。

織田軍の勢いを見て松永久秀と三好義継《よしつぐ》は信長に臣従、摂津の池田勝正《いけだかつまさ》も戦わずに降伏した。

だが、多くの大名たちはまだ信長の実力を認めていない。左馬頭義昭の上洛に供奉《ぐぶ》した大将ぐらいにしか見ていない。公家《くげ》たちも信長を尾張の田舎大名《いなかだいみよう》と思っている。

信長の織田弾正忠家は何代も続く名門ではないからだ。

だが、義昭や光秀や藤孝は信長の大軍を見てその実力を分かっていた。

十月十八日に朝廷は義昭に将軍宣下を行った。十四代将軍義栄《よしひで》が病気で亡くなっていたからだ。宣下を受けて十五代征夷大将軍足利義昭となった。

義昭は六条本圀寺《ろくじようほんこくじ》を仮御所《かりごしよ》にしたが将軍の御所としては防御が心もとない。

将軍になってうれしい絶頂の義昭は、御所の警戒などは織田軍の仕事だというように無頓着だ。

将軍になった義昭は信長に褒賞《ほうしよう》として、織田家の主家斯波《しば》家の家督相続、管領代、副将軍などになるよう勧めたが、信長は全て辞退すると、足利家の桐紋《きりもん》の使用と斯波家並の待遇《たいぐう》だけを受けて二十日ほど京にいただけで岐阜に帰還した。

信長はまだ京に腰を据《す》える考えはない。長く京にいても得るものがないことは分かっている。六万の大軍を京に滞在させれば莫大《ばくだい》な費用や兵糧が必要になるだけだ。

光秀は将軍護衛のわずかな織田軍と六条本圀寺に残った。将軍の傍には幕臣や奉公衆はいるが幕府軍というものがいない。信長の織田軍に頼るしかないのだ。

だが、将軍護衛のため京に残った織田軍の数は少なかった。

秋も深まって冬になる前に、光秀は伝五郎を越前に走らせ熙子《ひろこ》、清子《きよこ》、宣子《のぶこ》、珠子《たまこ》、秀満、小兵衛たちを京に呼び寄せた。

幕臣になった光秀一家は小者や台所衆、子どもたちと遊ぶ小女などを入れて大《おお》所帯《じょたい》になった。熙子を手伝う侍女も雇い入れた。

翌永禄十二年（一五六九）一月五日、まだ酒に酔っている正月、京は正月行事で賑《にぎ》わっていたが大事件が勃発した。

新将軍になって三カ月もしない義昭の六条本圀寺が襲われた。襲ったのは三好三人衆と信長に岐阜城から追い出された斎藤龍興《たつおき》だった。

「敵の襲撃だッ！」

「三好が戻ってきやがったぞッ！」

義昭の仮御所が上を下への大騒ぎになった。信長も油断した。警固の織田軍があまりにも少なかった。

「十兵衛ッ、十兵衛はどこだッ！」

大慌ての義昭はただウロウロするだけだ、

「上さま、光秀は御前におりまするッ、敵を追い払いますれば奥へッ！」

「三好軍だそうだなッ！」

「ご心配なくッ。必ず追い払いますればご安心くださいますようッ。急ぎ、上さまを奥へお連れしろッ！」

近習に命じて将軍義昭を寺の奥に隠し、光秀は大急ぎで具足を身につけた。

「殿ッ！」

「どうしたッ！」

「敵が御所を包囲しましたッ！」

「よしッ、秀満と伝五郎は裏門に行けッ、敵を追い払えばいい。夜明けまで持ちこたえれば援軍が来る。無理な戦いはするなッ！」

「承知ッ！」

秀満と伝五郎が裏門に走った。

「小兵衛、表門には織田軍がいるその支援だッ！」

「承知してござるッ！」

三好軍は将軍義昭の命を狙って襲ってきたのだ。

松永軍と三好軍が十三代将軍義輝を殺し、傀儡《かいらい》にしていた十四代将軍足利義栄は病弱で、義昭と信長が上洛するとすぐ十月初めに阿波で亡くなっていた。信長の大軍が京から去った隙を狙って動き出したのだ。

新将軍の義昭を生かしておけば、義昭の兄義輝を殺した三好に明日《あした》はない。義昭を殺して傀儡政権を作らないことには生きていけないと追い詰められていた。

信長の六万の大軍の威力だ。

光秀は仮御所が襲撃されると、すぐ岐阜の信長に支援を要請する早馬を出した。信長が上洛するまで細川藤孝など必ず支援が来ると確信した。

夜明けまで持ちこたえる戦いだ。夜明けさえ迎えられれば勝てる。光秀は暗殺など暗闇《くらやみ》でコソコソやるものだと思う。夜が明ければ京は大騒ぎになる。

「押し返せッ！」

「御所に入れるなッ、追い払えッ！」

山門に押し寄せる三好軍を必死で追い返すが、次々と新手の兵が突っ込んでくる。

「押し潰《つぶ》せッ！」

「くそッ、押し戻せッ！」

悲鳴と怒号《どごう》が飛び交う大乱戦だ。

三好軍は数が多く織田軍と幕府軍は数が少ない。朝まで守り切れるか、御所に侵入したい三好軍と、それを阻止《そし》する幕府軍のぎりぎりの攻防だ。松明が大路小路を走り回って、京は突然の戦いに大騒ぎになっている。

光秀は自ら前線に出て襲撃軍と戦った。

小兵衛も得意の槍《やり》を振り回して獅子奮迅《ししふんじん》の働きだ。裏門の秀満と伝五郎も押し寄せる襲撃軍の前に立ち塞がって猛攻を防いでいる。

義昭は六条本圀寺の奥に入って、最後に将軍を護って戦う近習《きんじゅ》に取り巻かれ、太刀《たち》を抱《かか》えて震《ふる》えている。寺の奥まで敵に踏み込まれたら一溜《ひとた》まりもない状況だ。

光秀は疲れると一旦引いて鉄砲を手にした。小兵衛が越前から持ってきた一丁だ。織田軍は二十丁ほど持っていた。

眼の良い光秀は松明の灯りで充分に敵を狙える。

「ダッダーンッ！」

寄せ手の大将格を狙って引き金を引いた。暗闇に銃声が響いて確実に敵を倒す。だが、鉄砲の弱点で連射《れんしゃ》ができない。それでも、光秀は鉄砲の扱いになれている。慌てず次の射撃の支度をする。

「ダッダーンッ！」

銃声に敵が怯えて攻撃がひるむ。その銃声に気付いたように織田軍の鉄砲も次々と火を噴いた。

数は少ないが味方の銃撃で勢い付いた織田軍が、押し込んでくる三好軍の猛攻を押し戻して行く。

「ダッダーンッ！」

「ダッダーンッ！」

散発的だがあちこちから銃声が闇の中で響くと、その銃声に幕府軍は奮い立って三好軍に突撃する。

数の多い襲撃軍より数の少ない幕府軍の方が必死だ。表門も裏門も必死の防衛戦が続き、徐々に幕府軍の数が減ってきた。だが、東山の稜線《りょうせん》が白くなり、夜が明け始めると細川藤孝軍、三好義継軍、伊丹親興《いたみちかおき》軍が続々本圀寺に到着した。

池田勝正軍、荒木村重《あらきむらしげ》軍も到着すると、たちまち攻守が逆転して襲撃軍が逃げ始めた。それを幕府軍と支援軍が追撃して桂川《かつらがわ》河畔で追いつくと戦いになった。

「押し潰せッ！」

「川に叩《たた》き落せッ！」

「このッ、卑怯《ひきょう》者がッ！」

「叩き殺せッ、敵を沈めてしまえッ！」

追撃軍の猛攻に襲撃軍は逃げ場を失って討死、川で溺れるなど散々に追いまくられ散りぢりに逃げ去った。

夜が明けると京の事件を伝える早馬が岐阜城に到着した。

信長が大広間で使者から話を聞くと、すぐ支度を命じ半刻後には御殿を飛び出した。

兵を率いて行くには、京に到着するのに四、五日はかかってしまう。信長は単騎で城を飛び出した。その後を信長の馬廻り衆が追う。続いて兵や人足が具足《ぐそく》と兵糧を持って大慌てで信長を追い駆ける。

ところが美濃から湖東にかけて大雪が降って北からの風も強い。信長を守りながらの行軍で馬廻りも一人遅れ二人遅れして数が減った。だが、信長は雪の中を急いで三日の行軍《こうぐん》を二日で京に到着した。

乱暴といえばこの上なく乱暴な行軍だが、そんなことは言っていられない緊急時なのだ。

八日に京に入った時、数十人で信長を追ったはずの馬廻りは、雪に阻《はば》まれ十人足らずに激減していた。

大慌てで軽装のまま飛び出した兵や人足などが凍死する事態になった。

信長が本圀寺に到着すると義昭が飛び出してきた。

「信長殿ッ、三好どもに殺されるところであった。兄上と同じようにな……」

泣き出しそうな顔で信長に恐怖を訴《うった》える。

「油断であった。すぐ、将軍さまの二条城を築きますれば！」

「頼むッ。あのものたちは兄上を殺しても飽《あ》き足《た》らず、余の命まで狙ってきた。許せぬッ。討伐してくだされッ、皆殺《みなごろ》しにして下されッ……」

「承知いたしました。まずは築城を先にいたします！」

信長は堀を巡らした二条城の縄張りをすると、本圀寺を二条城に移築するなど将軍の住まいを急いだ。

その二条城にキリスト教の宣教師《せんきょうし》ルイス・フロイスが盲目《もうもく》のロレンソ了斎《りょうさい》と

現れた。現実を重視する宣教師たちは誰が実力者か分かっている。権威や名声《めいせい》が圧倒的武力の前にいかに無意味か知っている。

フロイスは築城の仕事場で信長にコンヘイトウを差し出し、布教の許可を願い出た。酒をほとんど飲まない信長は、このコンヘイトウをポリポリと噛《か》んで大いに気に入った。

この時から信長と宣教師たちの交流が始まった。

信長は三好三人衆に加担した高槻《たかつき》城を攻撃、降伏した入江春景《いりえはるかげ》を許さず処刑して和田惟政を入れ、堺に二万貫の矢銭を要求した。堺は三好を頼ったが信長に怯えて逃亡、二月になって堺に派遣された佐久間信盛《さくまのぶもり》に二万貫を支払った。

四月になると信長は丹羽長秀、木下秀吉、中川重政《なかがわしげまさ》、明智光秀に京とその周辺の政務に当たるよう命じた。信長の家臣は尾張の田舎者《いなかもの》ばかりで誰も京のことを知らない。

その点、幕臣の藤孝や光秀は京のことや人々の考え方、何よりも朝廷や公家《くげ》の扱い方を知っている。

光秀は幕臣として京奉行《きょうぶぎょう》のような立場になった。

京には朝廷がありそれを守る公家集団がいる。この公家たちの扱いを間違えると厄介なことになる。その辺りの兼ね合いは藤孝と光秀が心得ていた。

京は応仁以来、混乱の中心地でなかなか人を信じない、この上なく厄介な土地《とち》柄《がら》で京奉行が苦労しそうなことは眼に見えている。

そんな時、快川紹喜の弟子で妙心寺の若き天才と言われる南化玄興《なんかげんこう》が、三十三歳の若さで臨済宗大本山妙心寺《みょうしんじ》の五十八世大住持に就任したと光秀に聞こえてきた。かつて、このような若さで大住持に就任した例はない。

これからもないだろうと噂される臨済宗の大天才なのだ。

光秀とは土岐という同族なのだ。美濃崇福寺《そうふくじ》で何度も会っている。快川紹喜の優秀な弟子でもある。光秀はその南化玄興に会いに行った。

「おう、これは十兵衛さま、わざわざ……」

「この度は大住持さまにご就任、誠におめでとう存じまする」

光秀が合掌して玄興に頭を下げた。

「いやいや、十兵衛さまにそう言われるとお恥ずかしい……」

玄興の顔はにこやかだがもう幼い頃の面影《おもかげ》はない。

畳一枚で厳しく修行してきたその五体からは緊張感が伝わってくる。命を的にする武家と同じように禅修行に命がけなのが関山慧玄《かんざんえげん》の教えなのだ。

「十兵衛さまこそ京の奉行とのこと、誠にご苦労さまでございます」

京には寺が多くその寺との交渉も京奉行の光秀の仕事なのだ。

「師のご坊にはご無沙汰《ぶさた》いたしておりますがお元気でございましょうか？」

「はい、崇福寺にお元気でおられます。京に出てくる前にお訪ねいたしました。

十兵衛さまは難儀な仕事を引き受けられたと仰せにございました」

光秀は無言で合掌した。

心配してくれる快川紹喜の言葉を有り難いと思う。何かと難しい京をよく知る快川紹喜の優しい言葉だ。光秀は目頭《めがしら》が熱くなるのを感じた。

「中洞村の宗桂禅尼《そうけいぜんに》さまもお元気とのことにございます。源左衛門《げんざえもん》さまは病にてお亡くなりとのことでした」

玄興が合掌した。

光秀も合掌して育ててくれた祖父の源左衛門に感謝した。懐《ふところ》から黄金三枚を出し、懐紙《かいし》に包んで玄興に差し出した。

「恥ずかしながら、今、それがしができる供養にございます……」

「有り難いことにございます。お預かりいたしましょう」

玄興が合掌して受け取った。

幕臣としての光秀の俸禄《ほうろく》がどんなものか玄興は分かっている。光秀は一刻ほど南化玄興と話して妙心寺を辞した。

妙心寺五十八世大住持は崇福寺の玄興とは思えない僧に成長していた。

この南化玄興は妙心寺の大住持を異例の五度も務め、後陽成《ごようぜい》天皇や秀吉や上杉《うえすぎ》景勝《かげかつ》、直江兼続《なおえかねつぐ》が帰依《きえ》し、秀吉の側近で臨済僧の西笑承兌《さいしょうじょうたい》や、家康の参謀三要《さんよう》元佶《げんきつ》や黒衣《こくい》の宰相《さいしょう》金地院崇伝《こんちいんすうでん》、毛利輝元の参謀安国寺恵瓊《あんこくじえけい》、伊達政宗《だてまさむね》の参謀虎哉宗乙《こさいそういつ》など、多くの臨済僧に大きな影響を及ぼすことになる。

この年の秋に熙子が男子を出産した。

四人目にしてようやく光秀の嫡男が生まれた。光秀は大喜びだが信長に見込まれて、京の政務の一部を預かる光秀は猛烈に忙しい。

あれこれと訴えてくる訴訟《そしょう》から事故や事件まで扱うのだ。京とその周辺の寺や困窮《こんきゅう》した公家の訴えも多い。

幕府といっても朝廷と同じで権威はあるが実力はない。政務には実力で従わせる力も必要だが、光秀はそのあたりを心得《こころえ》ている。

将軍の権威と信長の実力を光秀は理解していた。

それをうまく使いこなせるのは光秀しかいない。秀吉も丹羽長秀も不慣《ふな》れで公家や朝廷を相手にできないのだ。

人たらしの秀吉も一筋縄《ひとすじなわ》ではいかない公家を扱うのに往生《おうじよう》している。みゃあみゃあ言うだけの田舎者の秀吉など公家は誰も信用しないのだ。

そこで光秀の力が発揮された。

ところが、十月になると早くも将軍義昭と信長の間に考えの齟齬《そご》が起きた。

信長が義昭に断らず、名門北畠家《きたばたけ》の養子に次男の信雄《のぶかつ》を押し付けたことに、義昭が不満を持ったのだ。それを知った信長は突如岐阜に帰ってしまった。

年が明けると信長は石山本願寺に明け渡しを命じた。これに顕如光佐《けんにょこうさ》が猛反発、信徒に武器を持って本願寺に集まるよう檄《げき》を飛ばした。

一方で信長は殿中御掟《でんちゅうおんおきて》九ケ条を義昭に示した。それが正月十四日に光秀と朝《あさ》山日乗《やまにちじよう》に届いた。光秀は将軍義昭と信長の亀裂《きれつ》を心配して、信長の殿中御掟は幕府の掟《おきて》を吟味《ぎんみ》したもので、将軍を傷つけるものではないと義昭を説得した。

義昭はこの九ケ条を了承する。

同日、将軍義昭は「天下静謐《てんかせいひつ》なり、禁裏と将軍の御用で信長が上洛する。諸大名も上洛するように……」と京の周辺の大名に触《ふ》れを出した。

信長は大名たちの動きを見ている。ことに越前の朝倉義景《よしかげ》の動きを注視していた。

三十二　金ケ崎《かねがさき》の殿軍《しんがり》

永禄十三年（一五七〇）三月一日に信長は将軍とは離れた立場で正式に禁裏に昇殿《しょうでん》した。

この時、朝廷は信長に天下静謐執行権《てんかせいひつしっこうけん》を与え、正親町天皇は正式に副将軍への就任を勧めた。

朝廷は全て前例主義で信長と言う男が勤皇《きんのう》なのか見極めようとしている。

それを知ってか知らずにか信長はこれを辞退した。

巨大な軍事力を持ち正式の官位官職は弾正忠でしかなく、勝手に上総介《かずさのすけ》と名乗って朝廷の秩序《ちつじょ》に入ろうとしない信長に朝廷は戸惑っている。

信長は現実主義、合理主義、武力の信奉者《しんぽうしゃ》で、朝廷や幕府のような権威主義とは相容れない。乱世の大名たちはみな武力の信奉者である。

その武力を行使すれば幕府を潰すことも、朝廷を潰《つぶ》すこともできる男の出現だ。

信長の上洛で六万人という巨大な軍事力を見せられて、朝廷はかつてない深刻な事態なのだ。それも朝倉や武田や上杉や今川のような、何代も続く古くからの名門ではなく、尾張の織田という得体《えたい》の知れない弱小大名が急に巨大化して現れたのだ。

何んとしても信長を朝廷の秩序の中に入れないと危険だ。そんな時、朝廷には古くから使ってきた秘策がある。それは位打《くらいう》ちだ。次々と官位官職を昇進させて朝廷に反抗する力を削《そ》ぐのだ。

狙った者に位打ちをして朝廷の秩序の中に取り込み、朝廷に対する反抗心を抜いてしまうという秘策だ。

朝廷の権威の源泉はただ一つこの叙位叙勲《じょいじょくん》なのだ。

これがなければ朝廷は全く無力になる。どんな時代でも朝廷は叙位叙勲だけは手放さないできた。古く聖徳太子《しょうとくたいし》は冠位十二階《かんいじゅうにかい》を制定、それが時代によっては冠位三十階になったり、冠位八階になったり朝廷や時の権力者や時代の情勢によって伸縮自在《しんしゅくじざい》である。

朝廷存続の都合のよい仕組みだ。

この叙位叙勲を辞退するのは古今東西《ここんとうざい》、へそ曲がりの大うつけ織田信長だけだ。朝廷からの叙位叙勲を辞退する者などいつの時代もいない。何を考えて辞退するのか朝廷は信長が恐怖なのだ。

　信長はそんな朝廷の権威主義の仕組みを知っていて辞退している。

　そんな信長の恐ろしさを光秀は分かっていた。正親町天皇も信長の目指しているものに薄々気付いていた。

　それがやがて明らかになる。

　この年、永禄十三年四月二十三日に、戦乱と災異による改元を行い、朝廷は元《げん》亀《き》元年（一五七〇）四月とした。

　信長と家康の連合軍三万が京から越前に向かって出陣したのは三日前の四月二十日だった。この連合軍には池田勝正や松永久秀《ひさひで》、幕臣明智光秀、公家の飛鳥井《あすかい》雅敦《まさあつ》と日野輝資《てるすけ》などが従軍していた。

　変わり身の早い松永久秀は先の将軍を暗殺した張本人だが、素知らぬ顔で新将軍と信長の呼びかけにいち早く駆け付けた。後に蝮《まむし》の道三《どうさん》、宇喜多直家《うきたなおいえ》と並んで天下の三梟雄《さんきょうゆう》と呼ばれるに相応《ふさわ》しい不思議な老人だ。

　朝廷と将軍の御用のため上洛せよという義昭の命令を、越前の朝倉義景が無視したことが出陣の原因だ。

この義昭の命令には理由があった。

それは若狭の混乱で、武田義統《たけだよしむね》が生きている頃から相続問題でもめていた。その義統が亡くなると、若狭に隣国の越前朝倉義景が攻め込んできて、義統の嫡男元明《もとあき》を人質として連れ去ったのだ。

その元明の母親が将軍義昭の妹だった。

義昭は越前で鞍谷御所《くらたにごしょ》と義景に冷たくあしらわれたこともあったが、事を荒立てずに京に義景を呼び出して、若狭と元明を取り戻したかったが、それを無視されては将軍の権威を示すためにも若狭と元明を戦いで取り戻すしかない。

それは信長の考えとも一致した。

京を出た連合軍は湖西《こせい》の坂本《さかもと》、堅田《かたた》、今津《いまづ》と北上してから、西に進んで熊川《くまがわ》に出て若狭に入った。信長は越前の朝倉家と親密な浅井長政《あざいながまさ》に配慮して、朝倉征伐だとは言わずに「若狭攻めだ！」と言って偽装した。

だが、四月二十五日に連合軍は越前朝倉領に侵攻、手筒山《てづつやま》城など朝倉の城に攻撃を開始した。翌日（二十六日）には金ケ崎城の朝倉景恒《かげつね》を下して城を占拠、朝倉家も一枚岩ではなく一門の中に朝倉景恒、朝倉景鏡《かげあきら》、朝倉景健《かげたけ》の序列争いが起きていた。

一門の重臣が不仲では困ったものだ。金ケ崎城への援軍を故意に遅らせるなど困ったことになった。

義景は金ケ崎城を見捨て、軍を防衛しやすい木ノ芽峠周辺に集中させて布陣させた。

そんな朝倉軍を相手に織田、徳川、池田、松永、幕府などの連合軍が優勢に戦いを進めている。ところが、連合軍の朝倉攻撃は当然北近江の小谷《おだに》城に聞こえていた。

激怒したのは浅井長政の父で隠居している久政《ひさまさ》だった。

長政はお市姫のこともあり、信長との同盟は継続したい。それが長い目で見れば浅井家のためだと分かっていた。ところが、朝倉に恩を感じている久政と老臣たちが、朝倉家あっての浅井家だと頑強《がんきょう》に考えを主張する。

浅井家が京極《きょうごく》家から北近江を奪った時、苦戦する浅井家を支援してくれたのが朝倉家だったのだ。久政と老臣たちは朝倉家の助けがなかったら今の浅井家は無い。その恩を忘れてはならないという。

この父久政たちの主張に長政が引きずられた。

軍議で浅井軍は連合軍の後方から挟撃することに決まった。朝倉の大軍を支援するため浅井の大軍が連合軍の後ろから襲いかかる作戦だ。それが実現すれば信長と家康は、朝倉軍と浅井軍に挟まれて絶体絶命の危機に見舞われる。

信長は浅井長政の裏切りを全く考えていなかった。

この緊急事態を知らせてきたのは、お市姫の輿入《こしい》れに信長が秘《ひそ》かにつけてやった間者だった。お市の書状を持って信長の本陣に飛び込んできた。

書状を一読した信長の顔が見る間に赤鬼に変わった。信長が怒るとその顔が真っ赤になるので赤鬼という渾名《あだな》がある。

「おのれッ、長政ッ！」

本陣にいる家康《いえやす》、松永久秀、池田勝正、明智光秀が緊張して信長をにらんだ。

二人の公家は信長の怒りにたちまち恐怖の顔になった。

「浅井軍が動く？」

さすが老将松永久秀だ。信長の怒りの凄まじさにそれしかないと見抜いたのだ。

「老人ッ、挟まれたわ！」

「やはり浅井軍が出陣してくる……」

久秀がニヤリと不敵《ふてき》に笑った。東大寺大仏殿を焼き払った怪物だ。乱世で裏切りなど当たり前だと考えている恐怖の老人だ。

家康がサッと床几《しょうぎ》から立ち上がった。

「一刻の猶予《ゆうよ》もござらぬ。織田さまには京へ脱出願いまする！」

今ならまだ逃げることができるという家康の判断だ。摂津守護池田勝正と幕臣明智光秀も立ち上がった。

「この勝正が殿《しんがり》を仕《つかまつ》るッ！」

「それがしも殿をいたしまする！」

勝正と光秀が絶体絶命の殿軍に残って、追撃してくるだろう朝倉軍と戦うことを申し出た。

「五郎左《ごろうざ》ッ、猿を呼んで来いッ！」

「承知ッ！」

丹羽長秀が本陣から飛び出した。こういう時は機転の利く秀吉を殿に残すという信長の考えだ。

「湖西の道を塞がれると厄介、それがしが京まで案内仕ろう……」

松永久秀がゆっくりと床几から立ち上がった。

「老人、逃げ道はあるか！」

「織田殿、心配あるな。逃げるとなれば道などなんぼでもあるわ。まず、朽木谷《くつき》を通る道があります。朽木元綱《くつきもとつな》殿はそれがしが説得しましょう……」

この期《ご》に及んでも大胆不敵な久秀だ。朽木元綱の領地は浅井家からもらった領地だ。元綱は長政の家臣のようなものだ。それを説得するというのだから信長もにわかには信じられない。

「説得を聞かねば、踏み潰して押し通るまでよ……」

何んともとぼけた強気な老人だ。

「よしッ、それでいい！」

信長は朽木谷に手が回っていれば戦うしかないと覚悟した。三万の大軍を捨てて京まで逃げる。挟撃されてからでは逃げ場がなくなる。

そこに秀吉が駆け込んできた。

「猿ッ、余はこれから京に戻る。うぬは殿をせいッ！」

「はッ、有り難き仰せッ、畏《かしこ》まって候ッ！」

「では、三河《みかわ》殿！」

「はッ、すぐ後を追いまする！」

「又左《またざ》ッ、馬引けッ！」

大男の乱暴者前田利家《まえだとしいえ》が信長の馬を引いてきた。

「老人ッ、行くぞッ！」

「承知！」

緊急事態なのにこの得体の知れない老人は、何んとも生き生きして機嫌がいい。

「又左ッ、遅れるなッ！」

「畏まって候ッ！」

信長を護衛する馬廻りが集まって五十騎余りが道端に並んだ。

「遅れるなッ、続けやッ！」

信長が馬腹《ばふく》を蹴って駆け出した。同時に松永久秀と前田又左衛門が追う。それを馬廻りが一斉に追い駆けた。

織田軍が続々と撤退を開始した。撤退というよりは敵前逃亡だ。

戦場に残ったのは池田勝正の三千を主力に光秀の幕府軍と秀吉の織田軍、それに家康と徳川軍の鉄砲隊だけだ。

下手《へた》な戦いをすると殿軍は朝倉の大軍に呑《の》み込まれて全滅する。殿《しんがり》の戦いは戦いの中でも最も難しい戦いといわれる。引きながら戦うのだから、突撃の逆で慌てた戦いをすると間違いなく負ける。

危険な戦いだ。

「小兵衛、鉄砲は何丁ある？」

「二十二丁にございます……」

「充分だ。鉄砲隊に素早く弾籠《たまご》めをするよう命じておけ！」

「連射を？」

「そうだ。銃身が焼け付くまで撃って撃って撃ちまくる。後は逃げるまでよ！」

「承知ッ！」

「秀満、決して敵を深追いするな。殿の役目は敵を討ち取ることではないぞ。まず味方を逃がすことだ。深追いすると包囲されて討ち取られるぞ！」

「畏まりました！」

「伝五郎は秀満を援護しろ！」

「承知しました！」

光秀一家の初めての危険な戦いだ。

それも殿という生きて帰れないかも知れない厳しい戦いだ。光秀と小兵衛は得意の鉄砲で戦い秀満と伝五郎は槍で戦う。

突進してくる朝倉軍を止めて押し戻し、その隙に半町でも一町でも後ろに後退する。その繰り返しで味方の大軍が充分に逃げ切るまで敵を抑え込むのが殿軍《しんがり》だ。

野戦《やせん》の戦いは突撃より撤退が難しい。どんな大軍でも引き上げを追撃されると総崩れになって大敗北する。それを防ぐのが殿軍の使命だ。全滅しても味方を逃がすのが仕事なのだ。

連合軍の撤退を見て朝倉軍が追撃を開始した。

その敵に池田勝正軍が突進していった。たちまち乱戦になったが池田軍が朝倉軍の追撃を止めた。そこに秀吉軍と秀満軍が支援に駆けつける。

頃合いを見て「引けッ！」と勝正が叫んだ。味方が土煙《つちけむり》を揚げて逃げてくる。

家康の鉄砲隊が追って来る朝倉軍を狙っている。

光秀と小兵衛も狙いを定めている。土煙の中に敵の騎馬が現れた。

「ズッダーンッ！」

光秀の鉄砲が火を噴《ふ》いた。

騎馬兵が仰《あお》のけに弾《はじ》き飛ばされて馬から転げ落ちた。そのまま動かない。敵が次々と現れる。小兵衛の鉄砲も火を噴いた。光秀は弾の籠められた鉄砲と交換すると素早く引き金を引いた。

光秀は次々と現れる騎馬を狙い撃ちにした。

槍を持って敵兵が二十人三十人と駆けてくると「放てッ！」家康の声がして徳川軍の鉄砲隊が一斉射撃をする。

バタバタと敵が倒れると一瞬の静寂が広がる。

「引けッ！」

鉄砲隊が撤退する。光秀と小兵衛も鉄砲を担いで二町（約二一八メートル）ばかり走った。その後から朝倉軍が「ワーッ！」と追って来る。だが、大軍だからといって何千人も前に出られるわけではない。道幅いっぱいにしか押し出せない。

そこにまた池田軍、秀吉軍、秀満軍が立ちはだかる。

「押せ、押せッ、押し潰せッ！」

「ズッダーンッ！」

光秀と小兵衛の鉄砲が火を噴く。徳川軍の鉄砲隊が再び一斉射撃をする。敵の突進《とっしん》が止まると池田軍が突っかかって行く。兵の数は少ないが見事な連携《れんけい》で「引けッ！」とまた二、三町も撤退する。

それを三度、四度と繰り返しているうちに敵の追撃の足が鈍《にぶ》る。

「引けッ、引けッ!」

殿軍の必死の撤退が始まった。光秀と小兵衛は時々立ち止まって「ズッダーンッ!」と威嚇《いかく》射撃を繰り返す。素早く鉄砲を担いで逃げる。家康が馬に乗って駆け出した。その後を殿軍が追う。光秀が馬に飛び乗ったのは一里ほど走ってからだ。朝倉軍はしつこく追い駆けてきた。

この撤退戦で殿軍の戦死者は二百人ほどにのぼった。

その頃、信長は敦賀《つるが》から最短で朽木谷に出るべく若狭を一気に南下していた。その後ろに槍を抱えた前田又左衛門の馬がぴったりついている。松永久秀は馬廻り衆の中に紛れ込んでいた。

その後方を武将たちに率いられて三万の大軍が駆け抜けて行く。

思わぬ浅井長政の裏切りで信長は大敗北した。光秀たち殿軍は池田勝正を大将に、はるか後方を死に物狂いで逃げている。

朽木元綱は当初は信長を討ち取ろうと待ち構えていたが、久秀に説得された。

「お主、ここで戦っても三万の大軍には勝てぬぞ。踏み潰されるだけだ。浅井軍を待っていてもすぐには出てこれぬわ。それよりもここは何事もなく通して、信長殿に恩を売っておいた方が得策だと思わぬか。この状況では寝返りでも裏切りでもないぞ。京に戻れば信長殿は間違いなく浅井、朝倉に反撃する。生き延びるのが得策だ。義理など考えるなッ、黙って通せ！」

悪人らしく久秀の説得は損得勘定《かんじょう》だ。

「浅井殿はどうなるか？」

「長政か、あれは愚かだな。浅井はこんなことではいずれ滅ぶ。信長は長政の裏切りを許すまいよ。おぬしも浅井を見限《みかぎ》れ、乱世だ。恥ずかしいことではないわな！」

久秀は裏切りの名人で時節を見極《みきわ》める天才だ。

松永弾正忠久秀の恐ろしさは五畿内《ごきない》に知れ渡っている。元綱は京で、長慶の家臣だった久秀とは何度も会っている。

「おぬし、何を迷うことがある。信長殿に水一杯を柄杓《ひしゃく》で差し出せばいい、その水は喉の渇いた信長殿には三万石の値打ちがあるわな。それが恩だぞ！」

久秀でなければできない損得勘定の説得だ。それに朽木元綱が納得した。

「うむ、承知ッ、弾正殿、よしなにお取次ぎ願う……」

「心配ない。水だ、水……」

「すぐ街道に水甕《みずがめ》を並べまする」

「よし！」

朽木元綱が久秀の言う通り信長に柄杓いっぱいの冷水を差し出して、朽木越えに支障の無いことを伝えた。

「朽木殿ッ、大儀ッ、忘れぬぞ！」

信長は馬上から柄杓を受け取って水を飲んだ。ヒリヒリと喉が焼け付くように渇いている。敦賀から休む間のない逃亡だ。

「無事のご帰還をッ！」

「うむ、また会おうぞ！」

又左衛門が水桶《みずおけ》で信長の馬に水を飲ませる。

「老人ッ、京までゆっくりまいれ！」

信長がニッと笑って馬腹を蹴った。一息入れて逃げ切れると確信したのだ。

四月三十日夕刻、信長は馬廻り十騎足らずに守られて京に帰還した。歩けないほど尻が痛い。散々な逃亡だったが無事に逃げ切った。

池田勝正率いる殿軍《しんがり》も最後に京へたどり着いた。兵たちはその場に倒れ込むほど疲れ切っている。路傍《ろぼう》に死体のように転がっている。敦賀から京まで走って逃げてきたのだ。

三十三　千草峠《ちぐさとうげ》の弾丸

元亀元年五月一日、信長はそんな大敗北などなかったように、改修中の天皇の御所を村井貞勝《むらいさだかつ》の案内で検分した。その顔は敗北などなかったように平然としている。

光秀と丹羽長秀が信長に呼ばれ若狭に派遣された。

若狭武田家の四家老の一人武藤友益《むとうともます》から人質を取るための派遣だ。信長の越前朝倉攻めはこの武藤友益を討伐《とうばつ》する口実で始めたのだ。武藤友益は若狭石山《いしやま》城三千石、加斗《かど》城二千石を領していた。

光秀は若狭武田家にいた頃から武藤友益を知っている。

その友益から人質を取ると五月六日に京に戻ってきた。後に若狭は信長によって丹羽長秀に与えられる。

この頃、光秀は義昭に呼ばれその武功と将軍に対する忠誠を認められ、京に近い山城国久世《やましろのくにくぜ》に所領を与えられた。義昭の上洛に光秀の貢献は大きかった。いつも義昭の傍にいて越前にいた頃から、光秀は義昭の安全を考えてきた。その振る舞いを義昭は見てきた。

本圀寺を襲撃された時の光秀の働きにも義昭は感謝している。反乱軍に危なく命を取られるところだった。

だが、将軍家には家臣に与えられるような大きな領地はない。

その上、殿中御掟で恩賞を与える場合は信長の了承が必要になっている。場合によっては信長の領地から与えるという約束だ。将軍といえども勝手に領地配分はできない。だが、光秀の目覚《めざ》ましい働きに信長も文句はなかった。

本圀寺の襲撃を防いだ力量、金ケ崎の撤退で殿を務めた力量など、信長はよく見ていて幕臣でなければ万石《まんごく》で家臣にしたいくらいなのだ。

信長は文武両道の光秀を高く評価している。

織田家にはいない得難《えがた》い武将だ。難しい交渉事ができそうな武将は佐久間信盛と秀吉ぐらいだ。その秀吉もどちらかといえば、戦好きで勝って信長に褒《ほ》めてもらいたがった。

敦賀の金ケ崎城から逃げ帰った信長は一刻も早く岐阜に戻り、態勢を立て直して浅井、朝倉軍に反撃する必要がある。

逃げ帰ったままでは戦わずに敗北を認めることになってしまう。それは信長には耐えがたい屈辱《くつじよく》だ。

五月九日に兵をまとめると岐阜に帰還するため京を出立した。

光秀は信長がいないと心細い将軍義昭とともに山科《やましな》まで信長を見送った。その頃、湖東の東山道は、南近江まで進出した浅井、朝倉軍に塞がれて通れなくなっている。

信長は柴田勝家や佐久間信盛、丹羽長秀を先鋒として向かわせ、八風《はっぷう》街道に出る道を確保させた。東山道を使えない以上、八風峠を越えて伊勢に出て尾張に入り岐阜に帰還する迂回《うかい》路を使うしかない。

ところが、八風峠に出る八風街道には、六角義賢の残党が一揆《いっき》軍をかりだして道を塞いでいた。信長はより南の鈴鹿《すずか》山中に入り千草峠《ちぐさとうげ》に迂回するしかなくなった。そこへ岐阜に人質でいる蒲生氏郷《うじさと》の父日野城の蒲生賢秀《かたひで》が道案内に出てきた。

ところが、その千草峠には六角義賢が信長暗殺の罠《わな》を仕掛けて待っていた。

義賢は甲賀五十三家の杉谷家《すぎたにけ》から鉄砲の名手善住坊《ぜんじゆぼう》を呼び出し、千草峠で信長を狙撃《そげき》する暗殺計画を打ち明けた。義賢は善住坊の娘を愛妾《あいしよう》にしている。

「やれるか？」

大酒飲みで山を駆け回って猟をするなど変わり者の善住坊は、日焼けで色が黒くいつも酒で目が赤い。

「信長を討ち殺せばいいのか？」

「そうだ。褒美《ほうび》は思いのままだぞ……」

「ふん、酒でいいわい……」

「よし、信長を撃ち殺したら一生飲み暮らせるほどの酒をやろう」

「殿さま……」

義賢に抱かれている善住坊の娘が咎《とが》めるように義賢をにらんだ。

「そうか。酒は駄目か？」

「ふん……」

善住坊が余計なことを言うなという顔で娘をにらむ。

「お父上、酒は駄目でございます！」

「ふん……」

「分かった。善住坊、黄金十枚で承知しろ！」

娘に叱《しか》られた善住坊がニヤリと笑って信長の狙撃を引き受けた。信長の命が黄金十枚、百両とはあまりに安い話だ。

織田軍は蒲生賢秀の案内で八風峠に向かわず、より南の千草峠に向かった。

鈴鹿山中には八風峠、千草峠、鈴鹿峠など近江《おうみ》商人が伊勢に出る峠がある。どの峠道も整備されていないため狭く、大軍が通るには厄介な道だった。千草峠は兵が一列でしか通れない谷川沿いの悪路《あくろ》だ。

その峠道の岩陰に杉谷善住坊は潜《ひそ》んでいた。

何を迷ったのか鉄砲の名人が弾を二つ銃身に詰め込んだ。名手杉谷善住坊が二つ弾を使うことなどこれまでなかった。
二十四、五間ほど先に信長が現れると善住坊は狙いを定めて引き金を引いた。
「ズッダーンッ！」

五月十九日の昼前、銃声が山々に木霊《こだま》すると信長の肩から血が飛び散った。馬が驚いて信長が落馬しそうになる。

「殿ッ！」

近習と馬廻りが馬から飛び降りて信長の傍に殺到《さっとう》する。

「曲者《くせもの》だッ！」

「そこの大岩の後ろだッ！」

「逃げるぞッ、捕まえろッ！」

善住坊の後ろ姿を兵たちが一斉に追った。

「殿ッ！」

「騒ぐなッ。掠《かす》り傷だ。彦右衛門《ひこえもん》を呼べッ！」

信長が滝川一益《たきがわかずます》を呼ぶように命じた。銃声がして行列が止まったので一益は前方に走っていた。

「どけ、どけッ、通せッ！」

一益は銃声を聞いて信長が狙撃されたと分かったのだ。駆け出した醜男《ぶおとこ》の顔が泣き出しそうだ。悪路で思うように進めない。谷川に落ちそうになりながら、呼びに来た近習と入れ違いに一益が信長の傍に駆け寄った。

近習が傷の手当てをしている。

「殿ッ！」

「彦右衛門、坊主頭の鉄砲撃ちだ！」

信長は逃げて行く狙撃者を見ていた。

「その男はおそらく善住坊にございます！」

「どこの何者だ！」

「甲賀の忍《しの》びにて杉谷善住坊と申します。この辺りでは並ぶ者のいない鉄砲の名人といわれる男にございます」

「そうか、その男に間違いない！」

「善住坊ですとこの辺りの山で猟をしますので、最早《もはや》、半里も先を逃げておりましょう」

「山狩りは無理か！」

「北に行ったか南に逃げたか見当がつきません……」

「くそッ、その善住坊を生きたまま捕らえろッ！」

信長の怒りは凄まじく、追われた善住坊はやがて生きたまま捕らえられ、道端の土中に立ったまま首まで埋められると、通行人に竹ののこぎりでその首を挽《ひ》かれ、じわりじわりと残忍《ざんにん》な方法で処刑される。

それにしても名人善住坊がなぜ二つ弾にしたのか、谷川の風に煽《あお》られるような名人らしからぬ狙撃をしたのか、まさに天佑《てんゆう》というしかない幸運だった。

山狩りはすぐ中止され織田軍は山道を駆け下って伊勢に出た。

その頃、光秀は伝五郎と久世の領地を見回っていた。京に近く良い土地だった。

「この領地から兵を集めねばならぬな……」

「はい、すぐ、陣屋を用意いたします」

「三、四十人も集まればよいが。次男、三男がどれほどいるかだ？」

「この辺りの村々には若い者が百人や二百人はおりましょう」

「だといいがな……」

光秀は無理に集めず屈強《くっきょう》な若者が三十人もいれば充分だと思っている。兵は千石で二、三十人というのが相場《そうば》だ。緊急の場合は四十人とか五十人を集める。

信長は岐阜へ帰還するにあたり村井貞勝を京に残して、禁裏の修築や寺社との折衝《せっしょう》などを命じた。貞勝を助けるよう法華僧《ほっけそう》の朝山日乗《にちじょう》に命じた。幕府からは光秀が支援することになった。

千草峠で狙撃されたが掠り傷だけで、信長は五月二十一日に岐阜城へ帰還。すぐ浅井、朝倉軍に対する反撃の支度に取りかかった。

信長暗殺に失敗した六角軍は六月四日朝、湖東の野洲河原《やすがわら》に出て柴田勝家、佐久間信盛軍と戦ったが敗れて再び甲賀方面に逃亡した。六角軍はなぜか浅井、朝倉軍と連携できなかったのだ。

朝倉軍は六月十五日に一旦《いったん》越前に戻った。

信長は兵糧などの支度が整うと六月十九日に岐阜城から出陣した。二カ月も経《た》たない素早い反撃だ。

二日後の二十一日には北近江の小谷城の正面にある虎御前山《とらごぜやま》に布陣、すぐ、柴田勝家、佐久間信盛、丹羽長秀、森三左衛門《もりさんざえもん》、坂井政尚《さかいまさひさ》、斎藤利治《としはる》、木下秀吉、蜂屋頼隆《はちやよりたか》の諸将に小谷城の城下を全て焼き払うよう命じた。

翌二十二日に信長は五百丁の鉄砲隊と佐々成政《さっさなりまさ》らを殿に置いて一旦後退し、二十四日に姉川《あねがわ》の南の横山《よこやま》城を包囲した。この城は小谷城の支城の中でも、北国《ほっこく》街道を見張る重要な役割の城だ。

信長は横山城の支援に浅井、朝倉軍が出てくると確信している。横山城を失うことは浅井軍の湖東支配に重大な影響が出る。信長の大軍が小谷城の戦術上、最も重要な横山城を包囲して敵が現れるのを待った。

そこに三河から駆け付けた徳川家康が、八千の軍を率いて合流してきた。織田、徳川連合軍は三万に膨《ふく》れ上がった。

一方、越前から朝倉軍八千が南下して小谷城の東の大依山《おおよりやま》に着陣、そこに浅井軍五千が合流した。

すぐ、開戦かと思われたが二十七日に浅井、朝倉軍が陣払《じんばら》いをして大依山から姿を消した。だが、信長は慌てない。横山城を包囲していれば敵は近くに必ず現れる。

その信長の読みは正しかった。

翌二十八日未明、浅井軍五千が野村《のむら》方面に現れ、朝倉軍八千がその西の三田村《みたむら》方面に姿を現した。両軍は姉川を前に布陣。敵の動きを見て信長は横山城の兵が動けないよう、丹羽長秀と西美濃三人衆に包囲を続けるよう命じた。

前に浅井、朝倉軍、後ろから横山城の兵に挟撃されては金ケ崎の二の舞になる。

横山城を包囲したまま織田軍は野村の浅井軍に向かい、徳川軍が三田村の朝倉軍に向かって行った。

戦いは夜が明けると徳川軍が姉川を渡河して朝倉軍に突撃して始まった。

三河兵は強い。家康を人質に取られても一致結束、家康が三河に帰還することを信じて今川軍の先鋒となり、織田軍と戦ってきた不屈《ふくつ》の軍団だ。

信長は浅井軍の前に十三段の構えで敵の突撃を迎え討つことにした。そこに姉川を越えて突進してきたのが浅井軍の猛将磯野員昌《いそのかずまさ》だった。

「突撃だッ、突っ込めッ！」

「突き崩せッ！」

槍を振り上げ磯野員昌が坂井政尚軍に突っ込んできた。磯野員昌が右に左に織田軍を蹴散《けち》らして突進してくる。

磯野軍は強い。たちまち一段目、二段目が突き崩されて織田兵が逃げる。その様子を信長は後方の本陣から見ていた。

二番手には池田恒興《つねおき》軍がいる。

恒興の母親が信長の乳母《うば》で信長の父信秀の側室だった。恒興は信長と乳兄弟であり義兄弟なのだ。

「勝三郎《かつさぶろう》が磯野を止める！」

信長はそう信じた。

ところが、期待した勝三郎も猛将磯野員昌を止められない。散々に追いまくられ三段目、四段目が崩壊した。三番手には戦上手の木下秀吉軍だ。

磯野がそろそろ疲れるころだと信長は見ている。ところが、磯野員昌は疲れ知らずで次々と立ち塞《ふさ》がる兵を蹴散らして突破してくる。大将の秀吉まであっけなく逃げ出す始末だ。

「意気地《いくじ》のない猿めがッ、何をもたついているかッ！」

五段目、六段目と突き崩《くず》されて信長が慌てた。

「彦右衛門ッ、馬引けッ！」

「殿ッ、権六《ごんろく》殿が止めまするッ！」

信長は自ら磯野員昌に戦いを挑む覚悟だ。滝川一益はまだ柴田勝家や佐久間信盛、森三左衛門が残っていると思う。

いくら猛将磯野でもこの三人を突破してくるとは思えない。

ところが、信長が睨《にら》んでいる目の前で柴田勝家軍が蹴散《けち》らされた。七段目と八段目が崩されて磯野軍の突進を許した。

「彦右衛門ッ、馬だッ！」

「はッ、すぐにッ！」

最早、信長の本陣が危ない。

槍を立て信長が突進してくる磯野員昌をにらんでいる。

佐久間信盛軍がようやく疲れの見えてきた磯野員昌軍に襲いかかったが、凄まじい勢いに跳ね飛ばされる。信盛は必死の防戦だがずるずると押された。後ろにはもう森三左衛門可成《よしなり》しかいない。

九段目、十段目が突破されて遂に信長の本陣が危険になった。

十文字鎌槍《じゅうもんじかまやり》の森三左衛門は織田軍一の猛将だ。馬に乗った三左衛門が鎌槍を抱えて平然と員昌の突進を見ている。

三左衛門が突破されると信長の首が危ない。これまで猛将三左衛門が信長の傍で守ってきた。鎌槍の三左衛門が磯野に負けるとは思えない。

信長が引かれてきた馬に乗った。その轡《くつわ》を滝川一益が押さえている。信長は不甲斐《ふがい》ない味方に怒り心頭《しんとう》で今にも飛び出して行きそうだ。

「彦右衛門ッ、放せッ！」

「なりませんッ、まだ三左衛門殿がおりますッ！」

「その三左衛門を助けるのだッ、放せッ！」

「なりませんッ！」

滝川一益が信長の轡を放さない。馬が暴れて信長が落ちそうになる。

「一益ッ！」

「なりませんッ！」

滝川一益は織田家臣団の中で信長が自ら家臣にした直臣《じきしん》だ。家臣一の頑固者《がんこもの》で信長は信頼している。信長を前に出せば危ない。

遂に十一段目が崩れた。すると十文字鎌槍の三左衛門が馬腹《ばふく》を蹴った。

「磯野員昌殿ッ、森三左衛門でござるッ！」

「おうッ、鎌槍の三左衛門殿ッ！」

「いざッ、勝負だッ！」

「承知してござるッ、まいれッ！」

猛将同士の戦いだ。森三左衛門の十文字鎌槍は恐ろしい。突いたり薙ぎ払ったりするだけでなく、腕であれ、足であれどこでも引っ掛けて搔《か》っ切るのだ。

これまで何百人もの兵の首や足を搔っ切ってきた。

その上、三左衛門の鎌槍は名人しか扱えないしなる槍なのだ。しなる槍はどこから出てくるか予測できない。敵には厄介な鎌槍なのだ。

二人の一騎打ちが始まろうとした時「ワーッ！」と歓声が上がって横山城を包囲していた西美濃三人衆が磯野員昌軍の横っ腹に突っ込んできた。

稲葉良通《よしみち》軍、氏家直元《なおもと》軍、安藤守就《もりなり》軍が次々と突進してくる。たちまち乱戦になって一騎打ちどころではない。

横っ腹を突かれてさすがの磯野軍も一気に崩れた。

三十四　四面楚歌《しめんそか》の戦い

信長の目の前で形勢がたちまち逆転した。横山城は籠城兵が出撃できないよう、丹羽長秀軍が必死で抑え込んでいる。

「引けッ、引けッ！」

素早く撤退しないと磯野軍は深入りし過ぎて全滅する。磯野員昌は織田軍を避けて迂回するように姉川に向かって撤退した。見事な逃げ足だ。

「一益ッ、追えッ！」

「承知ッ、追撃だッ、追撃しろッ！」

信長と三左衛門が駆け出すと、戦いに負けていた織田軍が、一気に息を吹き返し生き返った。滝川一益が先頭で逃げる浅井軍を全軍で追い始める。

徳川軍も姉川を血に染めて戦い、逃げる朝倉軍を追っていた。

信長は小谷城下まで敵を追ってきたが、浅井軍が続々と城に逃げ込んでしまった。逃げ込んだ兵が多く、一気に小谷城を攻めても落とせないと信長は判断した。

それは負け戦の浅井、朝倉軍から逃亡兵がほとんど出なかったからだ。小谷城に逃げ込んだ朝倉軍もいる。無理に城攻めをすれば反撃される。

「山裾《やますそ》まで焼き払えッ！」

山麓の家々をことごとく焼き払った。

織田軍が横山城に引き揚げてくると戦意喪失の城兵が降伏した。信長は小谷城と北国街道を見張る重要な横山城に、城番《じょうばん》として秀吉を入れると軍を率いて湖東を南下した。

浅井、朝倉軍は甚大《じんだい》な被害を出したが、まだ充分に余力が残っていると信長は分かっていた。

信長は北の浅井、朝倉軍だけでなく、南に三好三人衆という厄介な敵も抱えている。この北と南から挟み撃ちにされることを信長は最も警戒していた。

その頃、懸念していた三好三人衆が摂津で動き始めた。織田軍が京から消えたことで三好三人衆の三好長逸、三好政康《まさやす》、岩成友通が息を吹き返したのだ。

摂津守護の池田勝正に一族の池田知正《いけだともまさ》や家臣の荒木村重を裏切らせて、勝正を池田城から追放したり、石山本願寺の顕如光佐と連絡、信長と姉川で戦った浅井、朝倉とも連絡を取っていた。

七月に入ると摂津中嶋《なかじま》に野田《のだ》城や福島《ふくしま》城の築城を始めた。

摂津の中嶋や石山本願寺、四天王寺《してんのうじ》の周辺は四方八方《しほうはっぽう》が川や海に囲まれていて、天然の要害《ようがい》になっており、攻撃には厄介この上ない土地柄なのだ。大軍を動かすのも布陣するのも難しい地形になっている。

そこに京兆家の細川昭元や雑賀《さいか》の鈴木孫一《すずきまごいち》らが支援に入り、一万三千人を超える大軍に膨れ上がっていた。

雑賀の孫一は鉄砲の名人で、金で雇われると駆け付ける鉄砲の傭兵《ようへい》軍団なのだ。

その三人衆の動きに素早く対応したのが、大和信貴山《やまとしぎさん》城の松永久秀と息子の久《ひさ》通《みち》だった。急いで出陣の支度を整えると七月二十七日に信貴山城から出陣した。

つい数年前には松永と三人衆は協力して、十三代将軍義輝《よしてる》を襲撃して殺した間柄だが、昨日の味方は今日の敵なのが乱世だ。

義理も恩もないのが乱世で、生き残るためには裏切りでも寝返りでも何でもやる。ことに松永久秀は見事な変わり身で、今や将軍義昭と信長に味方している。

八月二日になって将軍義昭が畠山昭高《はたけやまあきたか》に御内書《ごないしょ》を発して、紀伊《きい》や和泉《いずみ》の兵を集結させ、織田軍と合流して三好軍を追い払うよう命じた。光秀は京にいて北の織田軍の動きや南の三好三人衆の動きを見ていた。

将軍の側近として光秀は義昭の相談にあずかることも多い。

北と南の緊張が京にも広がってきた。

遂に八月十七日、三好三人衆が三好義継の古橋《ふるはし》城に攻撃を仕掛けた。古橋城は三人衆を迎え討つ前線の城で、三好義継軍や畠山昭高軍など三百人ほどが守備していた。

三好三人衆は大軍を率いて古橋城に猛攻を加えた。

三百人のうち二百二十人が討死する激戦で、三好義継と畠山昭高は命からがら城を脱出すると逃亡した。

姉川での戦い後、信長は岐阜城に帰還していたが事態の重大さに、急遽《きゅうきょ》、馬廻り三千騎だけを率いて京に向かった。八月二十日に岐阜城を発つと翌日には横山城、二十二日には長光寺《ちょうこうじ》、二十三日に京の本能寺に到着した。

すると続々と兵が集まり、あっという間に四万の大軍に膨れ上がった。姉川の戦いで浅井、朝倉軍に勝ったことが兵集めに有利に働いた。

一日休息しただけで二十五日に信長は京を出立、二十六日に野田城、福島城まで一里余りの天王寺《てんのうじ》に着陣した。

この信長の動きに三好三人衆の側も阿波や讃岐から三好康長《やすなが》、安宅信康《あたぎのぶやす》、十河《そごう》存保《まさやす》、斎藤龍興らが八千ほどの援軍を率いて現れた。

信長は天王寺に本陣を置き、主力を天満《てんま》が森《もり》に布陣、摂津の地形に詳しい三好義継、松永久秀、和田惟政らを置いた。その周辺数カ所に大軍を配置した。

だが、中嶋の野田城、福島城は海と川に守られた堅城で、どんな兵力でも攻めるのは非常に困難だ。そこで信長は中嶋周辺の敵将に調略を開始した。

九月に入った三日に将軍義昭が幕府の奉行衆と二千人を引き連れて、細川藤賢《ふじかた》の入っている中嶋城に着陣した。

この幕府軍の中に光秀が秀満や小兵衛、伝五郎らと兵を率いて参陣していた。

その頃、石山本願寺の顕如光佐が出陣の支度を進めながら、本願寺門徒に決起を促す檄文《げきぶん》を認《したた》めていた。信長が本願寺に対して矢銭を要求したり、立ち退きを要求するなど顕如光佐は腹に据《す》えかねていたのだ。

顕如は近江の門徒衆や、北近江の浅井長政と父親の久政に書状を送り、信長を北と南から挟撃する作戦を取った。

信長は中嶋の野田城、福島城に対峙するため楼岸《ろうのきし》の砦《とりで》と川口《かわぐち》の砦を築いて兵を入れ、中嶋の対岸にある浦江《うらえ》城を三好義継と松永久秀に攻撃させた。この時、攻撃軍は鉄砲より口径が大きく威力のある大筒《おおづつ》という大鉄砲を使用した。

浦江城が落城すると織田軍が入り、川を挟んで野田城、福島城と対峙した。

東の砦と西の浦江城とで野田城、福島城を挟む形にして、九月十一日から攻城戦を開始した。だが、川と海に阻《はば》まれ城に近づくことが困難だ。

翌十二日から鉄砲での攻撃を命じた。そこに、鉄砲三千丁を有する雑賀衆と根来衆二万人が信長の援軍に現れた。

織田軍は六万に膨《ふく》れ上がり、天地がひっくり返るような銃撃戦が始まった。この国で最初の大銃撃戦だ。大量の鉄砲が出現して乱世の戦いの様相が変わってきた。

「撃てッ、撃てッ!」

「撃てッ、撃てッ、討てッ!」

「しっかり狙ってから、放てッ!」

織田軍の大量の鉄砲が次々と火を噴く。それに対抗するのが三人衆の傭兵、鈴《か》木孫一の雑賀の鉄砲衆だ。雑賀同士の撃ち合いだ。弾丸が雨あられの如《ごと》く飛び交う凄まじい銃撃戦だ。浦江城に続いて畠中《はたけなか》城も落城して、優勢だった三好三人衆が劣勢に追い込まれた。

鉄砲は何んといっても数が勝負だ。

さすがの三人衆もこのままでは危険だと悟って、信長に和睦を申し込んだ。だが、有利な戦いになった信長が応じるはずがない。

ところが、この頃、石山本願寺で出撃の支度が整いつつあった。

そのことに信長も将軍義昭も気付いていない。まさか石山本願寺が参戦してくるとは思っていなかった。

「カーン、カンカンカン、カーン、カンカンカン……」

九月十二日夜半、石山本願寺の山内《さんない》に早鐘《はやがね》が鳴り響いた。それを合図に鎧《よろい》兜《かぶと》で武装した顕如光佐が自ら槍を抱えて寺から飛び出し、その後に坊官《ぼうかん》や門徒衆が従って織田軍に襲いかかった。

「殿ッ、本願寺の兵にございますッ！」

「何ッ！」

信長が本陣にいて疲れた体を横にしていた。飛び起きると近習が信長に鎧を着せる。

「本願寺の一揆軍にございますッ！」

「おのれッ、腐《くさ》れ坊主がッ！」

信長は本願寺が敵に回ったことで形勢が逆転すると思った。この時、信長が懸《け》念《ねん》したのは浅井、朝倉軍が本願寺と連携して南下してくるのではということだ。

その信長の勘は当たっていた。

「坊主が弓矢《ゆみや》を持つとは許さぬッ！」

この時から信長と本願寺の十年に及ぶ石山合戦が始まる。

本願寺と野田城、福島城は一里（約四キロ）ほどしか離れていない。本願寺が参戦したことで三人衆が勢いを取り戻し、兵の士気《しき》も一気に高まった。

「本願寺が助けてくれるぞッ！」

「信長を殺せッ！」

「海に沈めてしまえッ！」

十三日朝、本願寺軍と息を吹き返した三好軍が、織田軍の築いた堤防を崩しにかかった。あっという間に堤防《みずびた》が破られ、海がちょうど高潮《たかしお》の時期で川の水が逆流、織田軍の砦や陣地を水浸しにしてしまった。

厄介なことになった。その海水がいつまでも引かない。

鉄砲は水に弱く戦えない日が続いた。

そんな中で、信長が懸念していたことが起きた。

九月十六日になって織田軍苦戦の知らせに、浅井、朝倉軍が信長を背後から攻撃するため南下を開始した。織田軍六万が三好軍二万と、浅井、朝倉軍三万に挟撃される危機に陥った。

この浅井、朝倉軍南下の知らせは将軍義昭にも届いた。

「十兵衛、織田軍は苦戦だな？」

「御意、本願寺が参戦しましたので、三好軍にも勢いが戻りました……」

「北から浅井、朝倉が南下してくるそうだぞ！」

「織田軍を南北から挟撃する作戦かと思います！」

光秀はこの危機をどう乗り越えるかで、織田軍の真価《しんか》が分かると考えていた。そう易々《やすやす》と信長が見え見えの作戦の餌食《えじき》になるとも思っていない。

「浅井、朝倉に京を奪われるぞ！」

「上さま、湖西の宇佐山《うさやま》城には森三左衛門殿がおられまする。浅井、朝倉軍はそう易々と京には出られません」

光秀は将軍義昭の心配を考えた。将軍がバタバタと慌《あわ》てて動けば織田軍の足を引っ張りかねない。それだけはしてはならないことだ。だが、それをやりかねないのが小心《しょうしん》の義昭だと光秀は見ている。

「余は京に戻ろうと思うがどうか?」

「上さまが織田軍から離れて京に戻れば、浅井、朝倉軍が上洛した場合、人質にされることも考えておかなければなりません……」

「余を捕まえて三好に渡すというのか?」

「はい、十三代さまのようになりかねません……」

義昭が最も恐れていることを光秀が口にした。義昭には最も効き目のある言葉だ。義昭の兄十三代将軍義輝のように殺されるという意味だ。

臆病な義昭を織田軍から離れないようにする光秀のおまじないだ。

「そうか分かった……」

今、将軍が織田軍から離れたら大打撃になる。将軍義昭がいれば織田軍は官軍で三好征伐、浅井、朝倉征伐と言えるのだ。

信長は浅井、朝倉軍の南下に備えて、湖東の横山城に秀吉を入れ、湖西の宇佐山城に森三左衛門を入れていた。

九月十六日に湖西を南下してきた浅井、朝倉軍の進軍を止めるため、宇佐山城主の森三左衛門がわずか五百人の兵と出陣して、先に坂本を占拠《せんきょ》し湖西の道を塞いだ。

そこに信長の弟で尾張野府《のぶ》城主の織田信治《のぶはる》が駆け付けて、南下してきた浅井、朝倉軍と戦いになった。

十文字鎌槍の名人森三左衛門は織田家一の猛将と言われ強い。しなる鎌槍を振り上げ単騎《たんき》で敵軍に突進していく。敵兵の首を掻っ切り、肩や腕、胴や太股《ふともも》、どこでも引っ掛けて掻っ切る。たちまち二十人三十人の敵兵を掻っ切って倒す。その後から森軍、織田軍が突撃する。

「突っ込めッ、押し潰せッ！」

「くそッ、この野郎ッ、逃げるなッ！」

「押せッ、押し返せッ！」

「鎌槍の三左ッ、引っ掛けられるぞッ、逃げろッ！」

両軍入り乱れての乱戦になった。三左衛門の鎌槍が敵兵の首を跳ね飛ばすと、その首を捨てたまま次から次と敵を倒していく。キラッと鎌槍が光ったのを見た時にはもう遅《おそ》く首を掻っ切られている。遂《つい》に、三左衛門の鎌槍を恐れて浅井、朝倉軍が逃げ出した。

十文字鎌槍が大軍を撃退《げきたい》する。

浅井、朝倉軍が湖西で動けなくなった。戦況を知らせる早馬《はやうま》が南へ北へとひっきりなしに駆け抜けて行く。その頃、本願寺の使者が延暦寺《えんりやくじ》に飛び込んでいた。本願寺と延暦寺は教義の違いや上納金のことで古くから不仲だった。

それが、信長を包囲することで合意した。

比叡山延暦寺の僧兵が長刀《なぎなた》を担いでドッと山を下り、森軍、織田軍の後方から襲いかかった。

「おのれッ、くそ坊主どもがッ！」

数千の僧兵が戦いに加わると形勢が一気に逆転した。

二十日まで三左衛門は浅井、朝倉軍を湖西に押しとどめていたが、浅井軍が勢いづいて前面から側面から猛攻を加えてきた。

織田信治が敵中に突進して戻れなくなると三左衛門が支援に入り、傷ついた信治を担いで戦うなど獅子奮迅《ししふんじん》、死に物狂いの戦いをしたが、寡兵《かへい》が前と後ろから大軍に挟まれてはいかんともしがたい。

そこに浅井長政が本隊の馬廻り衆と現れた。

戦いは最早ここまで、信治が絶命、青地茂綱《あおちしげつな》が討死、遂に森軍、織田軍は崩れて次々と討死、鎌槍の猛将森三左衛門可成が倒れた。

この時、後に信長の近習になる三左衛門の三男、乱丸《らんまる》は宇佐山城にいた。

浅井、朝倉軍三万が一斉にその宇佐山城に押し寄せた。城には逃げ帰った兵など千人の城兵しか残っていない。だが、勇将に弱卒《じゃくそつ》なしは古今東西のならい、三左衛門の家臣団は大軍の猛攻に耐えに耐えて果敢《かかん》に戦った。

一刻半もあれば落城させられると甘く考えて、三万の大軍が宇佐山城に猛攻を加えたが落とせない。

既に浅井、朝倉軍の進軍が三左衛門の十文字鎌槍に止められて大幅に遅れている。

ここでなお遅れることはできない。

急遽《きゅうきょ》、宇佐山城攻撃を中止して浅井、朝倉軍は京に向かって大津まで進軍、二十一日になって逢坂《おうさか》を越えて京の山科方面まで軍を進めた。

三好三人衆と浅井、朝倉軍に石山本願寺と比叡山《ひえいざん》延暦寺が支援に回ったことで、信長の大軍六万が四面楚歌《しめんそか》になった。どこからも援軍がない。

三十五　湖西の城

織田軍の苦しい戦いが益々《ますます》苦しくなった。

信長の本陣に京からの早馬が到着して、浅井、朝倉軍が京の郊外にまで進出してきたことを信長に伝えた。既に、弟信治と三左衛門の討死は知らされている。

「叡山の僧兵どもは皆殺しにしてくれるッ！」

怒ると赤鬼になる信長の顔が蒼白《そうはく》だ。信治と三左衛門を殺した比叡山に対して、怒りを通り越して恨みを抱いた形相だ。こうなると信長ほど恐ろしい男はいない。何でも焼き払い皆殺しにする。

武家の戦いは仕方ないが、本願寺と延暦寺の参戦に信長は体が震えるほど怒っている。滅多に青鬼になることはないのだが、こういう時の信長は執念深《しゅうねんぶか》くいつまでも恨《うら》みを腹に抱えてしまう。

そこに柴田勝家が飛び込んできた。

「殿ッ、ここは一旦京へお戻りくださるよう願い上げまするッ！」

勝家も織田軍が南北から挟撃されることを恐れていた。慌てている顔だ。それに四国から第二陣の大軍が援軍として来るとの噂がある。織田軍が壊滅するかも知れない危機だと勝家は信長に進言したのだ。

勝家が信長に考えを言うことなどほとんどない。

「権六、迂闊に撤退すると追撃されるぞ！」

青鬼の信長は冷静だ。京に引き揚げる時期を考えているのだ。

「殿《しんがり》はそれがしが仕りまする……」

勝家は姉川で磯野員昌に不様《ぶざま》に負けたことを挽回《ばんかい》したいと思っている。何んとも不甲斐ない負け方で織田家の家老とは恥ずかしくて言えない。

「よし、素早く引き揚げだッ、殿をせいッ！」

「畏まって候ッ！」

信長は決断すると動きが早い。

すぐ将軍義昭にも撤退が知らされ、支度が整った二十三日早朝、まだ暗いうちに信長は全軍に京へ引き揚げる命令を出した。

殿に柴田勝家と和田惟政を置いた撤退だ。三人衆は織田軍の撤退を予想してはいたが優柔不断《ゆうじゆうふだん》、追撃が間に合わなかった。

将軍義昭と信長が揃《そろ》って摂津から帰京、信長は本能寺《ほんのうじ》に入った。

二人揃って戻れば堂々たる帰還で誰も逃げたとは思わない。将軍の傍には光秀がいる。

「将軍と信長が戻って来たぞッ！」

山科にいた浅井、朝倉軍に信長の帰京が伝わった。

「それで三好軍は追ってこないのかッ?」

「その知らせはありませんッ!」

「くそッ!」

織田軍が京に現れたことで朝倉義景と浅井長政が大慌てだ。義景はこの事態を恐れ、入京しないで山科に軍団を止《とど》めていたのだ。

「すぐ撤退だッ。比叡山まで後退して三好軍が来るのを待つッ!」

三万の大軍がたちまち浮き足立って山科周辺から姿を消した。

その大軍を翌二十四日早暁《そうぎょう》から織田軍が追った。形勢が目まぐるしく動いた。逢坂を越えて織田軍が湖西の坂本に急ぎ、浅井、朝倉軍が逃げ込んだ比叡山を包囲した。

信長は延暦寺に使いを出し「延暦寺が織田軍に味方すれば織田領にある延暦寺の寺領《じりょう》を回復してもいいが、味方ができないなら中立《ちゅうりつ》でいてもらいたい。もし、浅井、朝倉に味方するなら全山焼き討ちにする」と通告した。

弟信治と三左衛門を殺された信長の最後通牒《つうちょう》だ。

この信長の通告を延暦寺は黙殺した。返答がない。

そこで信長は浅井、朝倉軍を比叡山から降ろして、戦いで決着をつけようとした。信長は義景に決戦に誘《さそ》う書状を送った。だが、返答はなく、信長に怯えている浅井、朝倉軍は延暦寺に匿《かくま》われ籠城することになった。長期戦になる。

信長は佐久間信盛と幕府軍として参戦している光秀を本陣に呼んだ。光秀は四百人の幕府軍を率いていた。

信長は金ケ崎の撤退戦での光秀の活躍を知っている。

「十兵衛、信盛と二人で叡山を厳重に包囲しておけ！」

「はッ、畏まってございます」

信長は文武《ぶんぶ》に秀《ひい》でた光秀を高く評価していて、京奉行として幕府軍の武将として積極的に使っている。

信盛と一緒に美濃衆と近江衆をつけて比叡山の包囲を任せた。

摂津では三好三人衆が動き出していた。九月二十七日になって篠原長房《しのはらながふさ》と十河存保らが阿波、讃岐から第二陣の援軍二万を率いて兵庫《ひょうご》に上陸した。

翌二十八日には織田軍の守る瓦 林《かわらばやし》城、越水《こしみず》城を次々と落とし、十月一日に二万の大軍が野田城、福島城に入った。

この知らせにさすがの信長も三好三人衆、石山本願寺、比叡山延暦寺、浅井長政、朝倉義景、六角義賢らと和睦を考えなければならなくなった。

将軍義昭は兄を殺した三好三人衆には強い憎《にく》しみを抱《いだ》いていたが、本願寺の顕如光佐に恨みはなく和睦を考えていた。

そこで信長は和睦するため義昭に朝廷工作を願った。

一方で信長は比叡山の包囲が一カ月近くなった十月二十日に菅屋長頼《すがやながより》を延暦寺に派遣。日にちを限って義景と雌雄《しゆう》を決する決戦をしたいと正式に申し込んだ。

だが、再度、朝倉義景は沈黙して信長の申し出を無視した。

この頃、信長が動けないのを見透かして、南近江の六角義賢が一向一揆と挙兵《きよへい》、伊勢長島の願証寺《がんしょうじ》も一向一揆を起こして尾張に侵入していた。十月二十一日に尾張小木江《こきえ》城の信長の弟信興《のぶおき》が討死。信長周辺の事態は悪化するばかりだ。

四方から追い詰められた信長は和睦するしかない。

すると義昭の工作が功《こう》を奏《そう》して、正親町天皇が「和睦を希望する」とお言葉を発せられた。それでも事態はなかなか動かなかったが十一月末になって急転した。

十一月三十日に浅井、朝倉軍は軍議を開いた。籠城も二カ月になる。

朝倉軍は重大な問題を抱えていた。

それは周囲の山々に来ていた。比叡の山も伊吹《いぶき》の山も白くなっている。

これ以上、帰国が遅れると、朝倉軍は雪のため越前に戻れなくなる。冬の装備をしていない朝倉軍は木ノ芽峠《きのめとうげ》を越えられなくなる。来年の春まで延暦寺に籠城ということはできない。三万もの大軍が半年も食いつなぐには莫大《ばくだい》な兵糧が必要になる。

そんな兵糧は比叡山にはない。山に兵糧を運ぼうにも比叡山は織田軍に包囲されている。

これ以上遅くなって帰国の途中に大雪《おおゆき》にでもなれば、冬装備《ふゆそうび》をしていない朝倉軍は、バタバタと木ノ芽峠の雪の中に倒れることになる。吹雪《ふぶき》の怖さを一番よく知っているのが朝倉軍だ。軍議は和睦で一決した。

「ここは講和しかない……」

「天子さまの仲裁《ちゅうさい》だ。恥ずかしいことではない！」

「一日遅れればそれだけ危険になる。一乗谷にはもう雪が来ている頃だな……」

重臣たちの考えは早く越前に戻りたいということだ。長い遠征《えんせい》で誰もが国を恋しくなっている。

「これ以上、ここに籠城しても得るものは何もない。延暦寺さまにご迷惑をおかけするばかりだ。三好軍を待てないのは無念《むねん》だが越前に戻ろう！」

義景が決断して朝廷と将軍の仲裁を受け入れることが決まった。

十二月十三日に義景は信長との和睦に合意した。

翌十四日朝、光秀は佐久間信盛と包囲軍を率いて瀬田《せた》の唐橋《からはし》まで引いた。

籠城していた浅井、朝倉軍が三カ月ぶりに比叡山を下りると、逃げるように続々と湖西の道を越前に向かった。

この信長と三好三人衆、浅井、朝倉の動きを見て、光秀は将軍義昭が信長の影響下から離れたい。自立した幕府を考えているのではないかと疑った。それはわずかな武力しか持たない義昭には危険なことだ。

信長がそんなことを許すはずがない。

反信長勢力を糾合《きゆうごう》して、寄せ集めの大軍で信長と戦っても勝てない。それが光秀の結論だった。義昭が安易に動くと信長と激突する。光秀は義昭の言動からそんな危険な臭いを感じ取っていた。

義昭と信長が微妙な関係になりつつあるのを、光秀にはどうすることもできない。

傍にいる光秀には二人が同床異夢《どうしょういむ》だと分かる。義昭は将軍として政権は幕府のものだと思っているが、信長は強いものが政権を持つべきだと思っている。朝廷から信長は天下静謐権《てんかせいひつけん》を特別に与えられている。

そんな信長は義昭を利用して天下統一をしたいというのが見える。天下静謐権とは天下統一権とも言える。朝廷のため一日も早く天下統一を成し遂げ、静謐な世の中にしてもらいたいという大権だ。

光秀はそんな二人から手腕を認められ信頼されているのだが、いつまでも、二股《ふたまた》のような家臣ではいられない。

身分は幕臣だが実質は信長の家臣のようなものだ。

年が明けた元亀二年（一五七一）二月二十四日、横山城の秀吉に見張られて、小谷城から孤立《こりつ》していた佐和山城の磯野員昌が信長に降伏した。

信長は磯野員昌に替《か》わって宇佐山城の丹羽長秀を佐和山城にいれ、京に近い宇佐山城には手腕を評価している明智光秀を入れた。森三左衛門や丹羽長秀に代わって湖西を見張る、重要な役目を信長に与えられた。

これでは将軍義昭が光秀を信長に取られたようで面白くない。光秀も断ることができず二人の板挟みになった。

磯野員昌には佐和山城の代わりに近江の湖西にある高島《たかしま》を与えた。

これは降将《こうしょう》には破格《はかく》の待遇《たいぐう》で横山の秀吉、佐和山の丹羽長秀、安土の中川重政、長光寺の柴田勝家、永原《ながはら》の佐久間信盛、宇佐山の明智光秀と同格の待遇だ。

秀吉も勝家も姉川で磯野員昌に不様《ぶざま》に負けたのだから当然と言えば当然だ。信長はその辺りを厳格に見て評価している。

佐和山城が信長のものになったことで、岐阜から湖東を通って京に出る道が完全に回復した。そこで信長が放置できないのが尾張に近い伊勢長島の一向一揆だ。その一揆軍に小木江城の弟信興を殺され黙っていられない。

放置しておけば一揆軍が川を越えて尾張に侵入してくる。

信長はその一揆軍を討つため岐阜から出陣した。伊勢長島は木曽川《きそがわ》、揖斐川《いびがわ》、長良川《ながらがわ》の河口地帯の輪中《わじゅう》という巨大な中州《なかす》にある。輪中とは水害から守るため堤防《ていぼう》で囲まれた地帯を言う。

五月十二日に織田軍五万が三手に分かれた。

信長の本隊は尾張の津島に着陣。伊勢長島を東から攻める。佐久間信盛軍は中筋口から浅井政貞《あざいまささだ》、長谷川与次《はせがわよじ》、和田定利《わださだとし》などの尾張軍。柴田勝家軍は西の河岸の太田口から稲葉良通、氏家直元、不破光治《ふわみつはる》、丸毛長照《まるもながてる》など美濃軍で包囲した。

信長は伊勢長島を潰すには陸からだけの攻撃では落とせないと判断した。だが、信長は水軍を持っていないため制海権《せいかいけん》を一揆軍に握られている。敵は兵員も兵糧も鉄砲などの武器弾薬《ぶきだんやく》も全て、桑名《くわな》や伊勢方面からいくらでも補給できるのだ。

無理をせずここは一旦引いて、志摩《しま》や知多《ちた》、伊勢大湊《いせおおみなと》の水軍などを使う攻略方法を考えることにした。

「周辺の村々を全て焼き払えッ！」

村々は一揆軍が人と物を補給する源泉だ。何んでもいくらでも村々から湧いて出るのが一揆軍だ。

織田軍はあちこちの村を焼き払うと引き上げにかかった。ところが地の利を知り尽くした長島の一揆軍にその撤退を狙われた。

柴田勝家を殿《しんがり》に置いて佐久間軍は撤退したが、敵に追いつかれ勝家が敵の猛攻を受けて怪我《けが》をした。

「柴田殿ッ、引いて下されッ。それがしが殿を仕るッ！」

氏家直元が勝家を引かせて殿に残った。その氏家直元と数人の家臣が戦っているうちに敵に包囲され逃げられなくなった。

直元は西美濃三人衆と言われる猛将だ。果敢《かかん》に一揆軍と戦って討死した。

水軍を持たない信長の完敗だ。一揆軍は本願寺門徒の百姓が中心だが、伊勢長島には十万の大軍がいる。その中には浪人や盗賊、命知らずの罪人まで多数紛《まぎ》れ込んでいた。

信長と織田軍五万は岐阜に逃げ帰った。

その頃、光秀は宇佐山城にいて比叡山延暦寺と湖西の道を見張っていた。

ことに延暦寺の堕落《だらく》は酷《ひど》く、高僧たちはほとんど山から下りて坂本に邸宅を構え、愛妾を抱き、子を生《な》し、酒池肉林の乱脈ぶりだった。

天台宗の宗祖最澄《さいちょう》以来の山門の消えずの法灯《ほうとう》は、青坊主《あおぼうず》の学僧が守っている有り様で、王城鎮護《おうじょうちんご》の北嶺《ほくれい》など笑止《しょうし》だと光秀は見ていた。

信長は横山城の秀吉と宇佐山城の光秀に、湖東の道と湖西の道を厳重に見張らせている。それは北の浅井、朝倉が南の六角や本願寺や三好三人衆と、連絡できないよう遮断《しゃだん》する目的で「不審《ふしん》な者は厳しく尋問《じんもん》し殺してもよい！」と命じていた。

尋問が厳し過ぎて北に行く者も南に行く者も引き返す者が続出した。

湖東の横山城と湖西の宇佐山城は通行を監視する重要な城だ。その一つを幕臣の光秀に任せたということは重大な意味がある。

光秀に将軍義昭を見張れと指示しているようでもあり、織田家の家臣に鞍替《くらが》えしろと言っているようにも取れる。いずれにしても、義昭が光秀に不審を持ちそうな危ない話だ。

幕臣だが光秀は信長の天下布武に魅力を感じていた。

この天下布武の考えは信長の師であり隠れた軍師でもある、快川紹喜の兄沢彦宗恩が信長に与えた印判からきていた。

信長は重要な書状には必ず天下布武の印判を押している。

光秀は将軍義昭では乱世を終わらせることはできないと思い始めていた。このような切迫《せっぱく》した状況下では将軍義昭のような名門でも無能なのは罪だ。乱世が長く続けば武家だけでなく民百姓の犠牲も大きい。

光秀は義昭と信長の間にいて苦悩していた。

三十六　王城《おうじよう》の鬼門封《きもんふう》じ

そんな中で戦いは続いている。

伊勢長島《いせながしま》の一向一揆《いっこういっき》に信長は敗北したが、同じ頃、浅井長政が近江の一向一揆と組んで再度姉川《あねがわ》まで出てきたが、秀吉と堀秀村《ほりひでむら》に蹴散らされて逃げた。

八月になると信長が伊勢長島の敗北から再起《さいき》、近江に侵入すると浅井長政の小《お》谷《だに》城を攻め、長光寺《ちょうこうじ》の柴田勝家と永原の佐久間信盛には志村《しむら》城、小川《おがわ》城を攻撃させた。

九月十一日になって信長は湖西の坂本、三井寺《みいでら》方面に進出してくると三井寺の山内に本陣を置いた。信長の真の狙いは比叡山延暦寺《ひえいざんえんりやくじ》だった。

宗祖最澄《さいちょう》は千年の王城《おうじょう》の地である京の鬼門《きもん》に寺を建立、王城鎮護《ちんご》の北嶺《ほくれい》として比叡山延暦寺に使命を持たせ、各宗派の開祖である親鸞《しんらん》、法然《ほうねん》、栄西《えいさい》、道元《どうげん》、日蓮《にちれん》、良忍《りょうにん》などが修行した山である。

空海《くうかい》の高野山《こうやさん》と最澄の比叡山は二大密教と言われた。

比叡山延暦寺は京に近く、いつしか権威を振りかざして天皇の言うことも聞かない厄介な寺になっていた。気に入らないことがあると僧兵が、山王社《さんのうしゃ》の神輿《しんよ》を担ぎ出して京に強訴《ごうそ》してくる。

平安の御世《みよ》、七十二代白河《しらかわ》天皇は院政を敷いて絶大な権力を握っていた。その白河院が意のままにならぬものとして「賀茂川《かもがわ》の水、双六《すごろく》の賽《さい》の目、山法師《やまほうし》」と言って嘆《なげ》いた。天下の三不如意《さんふにょい》という。

山法師とは神輿を担いで強訴に来る延暦寺の僧兵のことだ。神輿の神意だといって天皇をも恐れない振る舞いなのだ。

まさに傍若無人《ぼうじゃくぶじん》、言語道断《ごんごどうだん》、笑止千万《しょうしせんばん》である。後の世に若き平清盛《たいらのきよもり》は腹に据えかねて暴れ神輿に弓矢を放って命中、大騒動になった。

応仁の乱の原因を作った狂気の将軍足利義教《よしのり》は、怒ると何をするか分からない男で比叡山延暦寺を焼き討《う》ちにした。

半将軍といわれ山伏を好み妻帯せず、応仁の乱後に権力を握った管領細川政元《まさもと》も、延暦寺の振る舞いに激怒して焼き討ちにした。

王城鎮護の北嶺と言われながら、その時々の権力者と問題を起こしてきたのが比叡山延暦寺なのだ。

光秀は信長が三井寺に着陣すると宇佐山城から馬を飛ばして本陣に向かった。信長に挨拶するためだ。宇佐山城と三井寺は半里（約二キロ）ほどしか離れていない。延暦寺と日吉大社《ひよしたいしゃ》の門前町の坂本でも一里（約四キロ）しか離れていない。

まさに光秀の足元で戦いが起きようとしていた。

信長が比叡山延暦寺の焼き討ちを決断するには容易ではなかった。織田軍の中にも王城鎮護の北嶺を焼き払うことに反対する者がいた。

「殿、八百年の間、王城の鬼門を鎮守《ちんじゅ》してきた叡山を焼き払うことは、何卒《なにとぞ》、思いとどまって下さるよう願い上げまする！」

織田軍一の知識人で後にフロイスがその品位《ひんい》を褒《ほ》める佐久間信盛が信長を諫《いさ》めた。蝮《まむし》の道三の右筆《ゆうひつ》から信長の右筆になった武井夕庵《たけいせきあん》も「叡山を焼き払えば、怨《えん》嗟《さ》の声が湧きおこりましょう。決して得策とは思えません！」と強く反対した。

秀吉も口には出さないが「なぜ、焼き討ちなのだ……」と納得していない。

寺の処分や寺域や寺領の処置は信仰が絡《から》んでいて厄介なのだ。

信長がよくても信仰している者にとっては、死んでも嫌だということになる。

それは一向一揆も同じなのだ。三河で一向一揆が起きた時、家康の家臣本多正信《ほんだまさのぶ》は父俊正《としまさ》の信仰のため家康を裏切って一揆軍に味方する。

正信は二十六歳。桶狭間《おけはざま》の戦いで負傷《ふしょう》して足を引きずっていた。戦場で家康と鉢合《はちあ》わせすると家康に刃《やいば》は向けられず、正信は泣き泣き逃げた。結局、一揆軍は負けて俊正と正信は三河から逃亡、大和に現れ松永久秀の家来になった。

だが家康のことを思い切れず、松永家を辞して諸国を放浪する。やがて信長の死後、徳川家に復帰して家康の重臣になり、血も涙もない男として天海僧正《てんかいそうじょう》とともに江戸幕府を盤石《ばんじゃく》なものにする。

ことほどさように信仰の問題は誠に厄介だ。

信長は信仰の問題は脇に置いて、織田軍のために延暦寺がいかに必要ないか、放置すればいつも敵に回って織田軍に損害をもたらすこと、延暦寺の堕落の目に余る様子を家臣に説明した。

「王城鎮護の霊山《れいざん》というなら高僧たちがみな坂本に下りて邸宅を構え、愛妾《あいしょう》を抱いて子まで生《な》しているのはどうしたことか。消えずの法灯をかえりみる者すらいないと聞いた。王城鎮護など最澄の昔の話、今や笑止千万であるッ！」

信長の激しい言葉に家臣たちは返す言葉がない。

「王城鎮護は余のする仕事だ。叡山など頼らぬ。無用の長物だ！」

信長が本気で全山を焼き払うつもりだと家臣たちは思った。

「叡山は東国路と北陸路の交差する湖南の要衝《ようしょう》だ。昨年の浅井、朝倉のように京を狙う者には持って来いの場所だ。王城鎮護の逆、王城災いの地が叡山だ。その上、朝廷から天下静謐《せいひつ》の大権《たいけん》を与えられた余の命令に背き敵を匿《かくま》った。あの山は無用である。焼き払い誰も使えない山にする！」

天下布武を目指す信長の断固たる決断だった。

「十兵衛、いよいよだぞ！」

「はッ、止《や》むを得ないかと存じまする」

信長は三井寺山内の山岡景猶《やまおかかげなお》の屋敷に本陣を置いていた。光秀の言う止むを得ないとは焼き討ちも仕方ないという意味だ。

信長は比叡山延暦寺の堕落や僧兵の身勝手の原因は、膨大《ぼうだい》な寺領にあると見てその多くを取り上げた。それを延暦寺は反省することなく贅沢三昧《ぜいたくざんまい》を続け信長を恨《うら》んだ。

「十兵衛、勝三郎《かつさぶろう》が夜襲では夜陰に紛れて逃げる者がでるから、夜明けを待って早朝から攻撃すれば討ち漏《も》らすことがないと進言してきた。どう思う！」

「はい、なかなかに良い作戦かと存じまする」

「そうか。ならば明日の夜明けから攻撃する。坂本や堅田《かたた》の邸宅に潜《ひそ》む僧や僧兵、一族、眷属《けんぞく》をことごとく山に追い上げろ。容赦《ようしゃ》するなッ！」

信長の命令が各軍に伝達され織田軍の配置が決まった。

光秀は比叡山の東麓《とうろく》から攻め登ることになり、夜になって織田軍三万が叡山東麓を包囲するように配置についた。

織田軍の動きが攻撃の準備だと察知した延暦寺の僧たちが、大慌てで黄金三百枚を持って三井寺の本陣に現れた。堅田からも黄金二百枚が届いた。まさか信長が本気で比叡山を攻撃するとは思っていなかったのだ。

自分の堕落を棚に上げ王城鎮護の特権があると思い上がっている。

「夜中に何ごとだッ！」

信長は眠りを中断されて不機嫌だ。

「恐れながら……」

信長の前に三人の僧が並んで平伏した。

「恐れながら、比叡山延暦寺は王城の鬼門封《きもんふう》じの寺にて八百年の昔から京をお守りしてまいりました……」

「黙れッ。今さら王城の鬼門封じの寺とは笑止だッ。うぬらの自堕落な姿を心ある天下の人々が、淫乱《いんらん》な破戒坊主《はかいぼうず》と嘲笑《ちょうしょう》しているのを知らぬかッ！」

信長の怒りが凄《すさ》まじい。

「さりながら……」

「黙れッ。三左衛門と余の弟をよくも殺してくれたなッ。仏僧の振る舞いにあらずッ、さっさと山に戻って戦の支度をして待てッ。間もなく、全山を焼き払うッ！」

「ゲッ、焼き、焼き討ち……」

「うぬらは黄金を抱いて死ねッ。帰れッ、お山の仏が泣いていると知れッ、こ奴《やつ》らを叩《たた》き出せッ！」

信長は黄金を突き返すと三人と護衛の僧兵を山に追い返した。

闇夜の松明《たいまつ》に照らされた僧たちは恐怖の顔で逃げて行く。三万の大軍に包囲された比叡山からはもう逃げ出せない。

山の稜線《りようせん》が白《しら》み始めると三井寺の山に銃声《じゆうせい》が鳴り響き比叡山への一斉攻撃が始まった。

山から下りて邸宅を構えている僧は、愛妾も子どもたちも山に追い上げられた。光秀たち織田軍は東麓から火を放ちながら山に攻め登って行く。たちまち全山に白い煙が這《は》い上って行った。

山上には数百の堂塔《どうとう》伽藍《がらん》が建ち並んでいる。僧俗《そうぞく》六千とも七千ともいわれる人々が山に追い上げられた。

煙が全山に回り、火が登ってくると山上は火炎地獄《かえんじごく》となった。

子を抱いて逃げる僧を追う狂気のような女、大火傷《おおやけど》した女を背負う僧兵、経典《きようてん》を背負って逃げ惑《まど》う学僧、子の手を引いて逃げようとする若い女、弟子たちを率いてうろうろ逃げ惑う高僧など山内は大混乱だ。

この時、正親町天皇の弟で、延暦寺の天台座主《てんだいざす》覚恕法親王《かくじよほうしんのう》は、京に出ていて山には不在だった。

光秀は兵と一緒に僧兵たちと戦いながら山上を目指した。

一方、秀吉は逃げてくる延暦寺の僧や僧兵を捕まえる関所を作っていたが、この男はとんでもない男で「気を付けて行けよ……」「後ろを振り返るな……」「早く行け……」「捕まると殺されるぞ……」と何を考えているのかせっせと僧も女も学僧も逃がすのだ。

「こんなところを殿に見つかったら首が飛ぶぞッ！」

蜂須賀小六《はちすかころく》や前野長康《まえのながやす》が心配するが秀吉と半兵衛《はんべえ》は素知《そし》らぬ顔だ。

「走って行けよ……」

「暫《しば》く山に近寄るな……」

さすがに僧兵だけは逃がさない。

「山に追い返せッ！」

「歯向かう僧兵は容赦《ようしや》するなッ、殺せッ！」

だが、逃げてくる子どもには食い物や銭を与えるのだ。

「いいか。二度とここには来るな。どこかの寺にでも入れ。分かったな……」

「こんなことをして信長さまに見つかると首が飛ぶぞッ！」

「分かった。分かっているのだ……」

小六に叱られてもニッと笑って「だが、殿は坂本におられる……」と言う。

「いい加減にしろッ！」

木曽川の川並衆で秀吉の親分だった小六はいつも秀吉に厳しい。それを竹中半兵衛が微笑《ほほえ》んで見ている。本当は笑い事ではないのだ。だが、秀吉の関所からはずいぶんの人数が逃亡できた。

この比叡山延暦寺の焼き討ちで死んだ山門の関係者は三千人とも四千人とも言われた。比叡山が白煙に包まれたのは京からも見えていた。

覚恕法親王や高僧や貴僧は武田信玄を頼って甲斐に逃げて行った。その中に三十六歳の若き随風《ずいふう》も含まれていた。この僧は百八歳の長寿を生き、怪僧天海と言われ徳川幕府を盤石に育て上げる。

朝廷はまさか信長が天子の弟君が座主を務める、比叡山延暦寺を焼き討ちにするとは思ってもいなかった。

朝廷の秘史であるお湯殿上《ゆどののうえ》の日記に「近ごろ、言《こと》の葉《は》もなきことにて、天下のため笑止なること、筆にもつくしがたきことなり」と書いて批判した。

甲斐の武田信玄も王城鎮護の比叡山延暦寺を、焼き討ちにするとは魔王の仕業なりと非難した。

だが、多くの人々は「天下の嘲笑をも恥じず、天道《てんどう》の恐れをも顧《かえり》みず、淫乱、魚《う》鳥を食《しょく》し、金銀の賂《まいない》にふけり、酒色《しゅしょく》におぼれるは笑止である」と叡山の堕落を批判した。

「山門を亡ぼす者は山門なり」

「このこと残忍《ざんにん》といえども、永く叡僧《えいそう》の兇悪《きょうあく》を除《のぞ》けり、これ天下の功《こう》の一つなり」

「北嶺に君臨し、天子をもしのぐ権力を振りかざし、仏法を説くを忘れ、うつつを抜かす、その傍若無人《ぼうじゃくぶじん》の振る舞いに、信長が天に代わって、大鉄槌《だいてっつい》を下したものなり」

等々、一山相果《いちざんあいは》てるもやむを得ぬ仕儀《しぎ》なりと言う声が大きかった。人々は比叡山延暦寺の自堕落にあきれ果てていたのだ。

僧は貴人と等しく身分が高いゆえに自ら学び、身を正さないとどんな高僧でもやがて堕落する。声を出さない民は秘《ひそ》かに嘲弄しているのだが、慢心するとそれにすら気付かない愚か者に堕《お》ちる。

信長の比叡山焼き討ちは称賛の声の方が大きかった。

比叡山延暦寺の再建は秀吉が許可するまで、十三年間も許されず荒廃《こうはい》することになった。

信長は焼き討ちの後始末を光秀に任せて、馬廻《まわ》りだけを率いて将軍義昭《よしあき》に報告のため上洛した。この時、信長は将軍義昭が自分の包囲網《ほういもう》を画策していることにようやく気付いた。

この男は間もなく敵に回ると感じたのだ。

信長は延暦寺と日吉大社が消滅したことでその領地を没収、それを丹羽長秀《ながひで》、明智光秀、柴田勝家、中川重政《しげまさ》、佐久間信盛らに配分して与えた。秀吉には与えられなかった。

あの日の関所での秀吉の振る舞いを信長は知っていたのだ。

光秀には近江志賀《しが》五万石が与えられた。

幕臣の光秀に信長は破格《はかく》の待遇を与えた。いきなり五万石の大名になったのだから、織田軍の武将たちが仰天した。だが、それは良く働く者を厚く遇するという信長の考えでもある。信長は宇佐山城を廃城《はいじょう》にして坂本に築城するよう命じた。

光秀はすぐ琵琶湖畔《びわこはん》に築城する縄張《なわば》りを始めた。秀満《ひでみつ》、小兵衛《こへえ》、伝五郎《でんごろう》ら近臣は猛烈に忙しくなった。築城だけでなく五万石に相応《ふさわ》しい家臣団と兵を集めなければならない。いつ信長から出陣の命令が出るか分からない。

その支度を急がなければならない。織田軍は毎日が戦いなのだ。

この築城の光秀の構想は琵琶湖上に浮かぶ水上の美しく頑丈《がんじょう》な城だった。光秀は諸国を巡《めぐ》って色々な城を見てきた。山上の岐阜《ぎふ》城、春日山《かすがやま》城、吉田郡山《こおりやま》城など山城には名城が多い。

一方、平城も多いが水上の城はない。

それを光秀は天下一の琵琶湖に浮かべようと言うのだから大問題だ。いかにも光秀らしい発想とも言える。

光秀の考えは三の丸と二の丸は、陸地に外濠《ぼり》と内濠を掘って築くが、本丸は全て湖上に出して水上の城にしたい。

この光秀の構想には美しい堅城というだけでなく、延暦寺の焼け残った堂宇《どうう》を慕《した》って集まる天台僧の監視、湖西の道を見張るなどの他に、坂本城は琵琶湖の最南端にあり京に近いため湖上《こじょう》輸送の物資を監視できる。

最も重要なのが琵琶湖の制海権《せいかいけん》を握ることだ。

それによって湖北の小谷城攻撃の時には湖上から駆け付けて戦いに貢献できる。湖上から小谷城の支城を攻撃することもできる。光秀らしく一石三鳥も四鳥にもなる美しい城を築きたいと考えた。

本丸には三、四層の天守も考えている。

この城は翌年に完成する。

湖上に浮かぶ美しい天守を見に来る物好きな公家もいた。

光秀は信長から五万石と言う破格の待遇を受けたことで、将軍義昭から離れるしかないと決断をした。

他にも五万石を支える家臣団と兵が必要だ。五万石であれば千五百人から三千人の兵が必要になる。光秀と近臣にはやるべきことが山積みになった。そんな時、光秀の前に稲葉良通《よしみち》の家臣斎藤利三《としみつ》が現れた。

利三は美濃の汾陽寺《ふんようじ》の傍で育ち快川紹喜《かいせんじようき》の教えを受けた一人だ。正室が道三の娘で光秀とは縁戚になる。その正室が亡くなると継室に稲葉良通の娘お安《やす》をもらった。良通に信頼されていたのだが、利三が稲葉良通と喧嘩《けんか》をして稲葉家を出てきてしまったのだ。

厄介なことになりそうだが稲葉良通とは快川紹喜の兄弟弟子でもあり、利三は稲葉家には戻らないと言うし、稲葉家から奉公構《ほうこうかまい》が出ていないことから、いずれ稲葉良通と話せばいいと光秀は軽く考えた。

ところがこの二人の喧嘩は深刻で光秀も巻き込まれることになる。

三十七　天台座主沙門《てんだいざすしやもん》信玄

十二月になって光秀は将軍義昭に暇《いとま》を願い出た。

だが、義昭はこの光秀の暇願いを認めない。光秀が得難《えがた》い人材であるということは義昭も分かっている。

信長が光秀に五万石を与えたということは破格の待遇なのだ。そうであれば益々《ますます》手放すことなど考えられない。だが、幕府に光秀を五万石で遇する力はない。

将軍とはいえ義昭が光秀の願いを拒否することは筋違いだ。信長に五万石も与えられては困るというべきだ。

五万石ももらってしまえば光秀が暇を願い出ることは当然で、暇を願い出た以上、仕方のない話なのだが、それを認められないのが義昭だ。話がこじれそうだ。

こうなると光秀も強引にということはできない。越前の朝倉家にいた時、朝倉家に仕官したとはいえ、浪人同然の光秀の能力を義昭は高く評価したのだ。

その恩義《おんぎ》がある。幕臣として遇してくれた義昭に恩義がある。だが、信長は五万石を与えて強引だ。光秀は困り果てた。

翌元亀三年（一五七二）四月に河内《かわち》に出陣することになった時は幕臣として兵を率いた。

その時も信長に反抗する大名の後ろには、信長を嫌うようになった義昭がいると光秀は強く感じた。こうなると益々光秀の立場が苦しいものになる。

この頃、将軍義昭は武田信玄と本願寺《ほんがんじ》を中心とする信長包囲網を作り始めていた。それを光秀が感じたのだ。信長が義昭の変化に気付かないはずがないとも思った。

危険な状況だ。

もちろん、将軍義昭から光秀に相談はない。

光秀は四十五歳になり物事がよく見えている。人物評価も信長がどんな人間で義昭がどんな人間かも分かっていた。これまでの二人は同床異夢だったが、今の義昭と信長は水と油のように光秀は思う。

もう交わることはなく、むしろ何か切欠《きつかけ》があれば一触即発《いっしょくそくはつ》で、義昭と信長が激突する可能性があるとさえ思える。

河内からの帰りに明智軍を秀満と伝五郎に任せて坂本に帰し、光秀は小兵衛と利三を連れて妙心寺《みょうしんじ》に向かった。三年前に五十八世大住持になった南化玄興《なんかげんこう》が二度目の大住持として妙心寺に入っていた。

南化玄興のことは利三もよく知っている。

美濃汾陽寺に快川紹喜の供をしてくる玄興と何度も会っていた。

光秀と二人の家臣は山門を入って本堂まで歩き驚いて立ち止まった。本堂の傍を快川紹喜を真ん中に虎哉宗乙《こさいそういつ》と南化玄興が歩いてくるのに出会った。

「お師匠さまッ！」

三人が立ったまま合掌した。

「おう、十兵衛さま……」

七十一歳の快川紹喜は眼を細めて光秀を見る。

「お久しゅうございます」

「うむ、そうじゃのう。こなたは小兵衛さまと利三さまじゃな……」

「お師匠さま、内蔵助《くらのすけ》にございます」

利三は老師匠の手を取って泣いている。

「うむ、内蔵助殿は苦労したのう。一鉄《いってつ》殿と喧嘩をしたそうだな。叱っておいたがあれも若い頃から頑固《がんこ》でな……」

「ご心配をおかけいたします」

「一鉄とは拙僧がつけた戒名《かいみょう》じゃが、頑固一徹《がんこいってつ》で困ったものよ。だがのう内蔵助殿、十兵衛さまを頼ったことは良いことだ。お安さまは元気かのう……」

「はい、達者にしております」

快川紹喜には多くの弟子がいるが、稲葉良通は五十八歳になる古い弟子だ。利三も三十九歳で二人は分別盛《ふんべつざか》りなのだが、そんな二人の弟子の喧嘩だけに快川紹喜は頭が痛い。

「これからどちらまで……」

光秀は出直すべきかと思い快川紹喜に聞いた。

「うむ、すぐそこの玉鳳院《ぎょくほういん》までじゃ、一緒にまいられよ。おもしろい方がおられるのじゃよ……」

「おもしろい方……」

光秀に心当たりはないが快川紹喜と一緒に歩き出した。

快川紹喜は永禄七年（一五六四）、今から八年前、希菴玄密《きあんげんみつ》が甲斐の武田信玄の母大井《おおい》の方《かた》の十三回忌法要を行った後、甲斐塩山《えんざん》の恵林寺《えりんじ》の住職に快川紹喜を推挙《すいきょ》した。その頃、快川紹喜は美濃の国主斎藤義龍とうまくいっていなかった。

そこで快川紹喜は美濃を出る決心をして希菴玄密の推挙を受け入れた。

恵林寺は夢窓疎石《むそうそせき》が開山した古刹《こさつ》で臨済宗《りんざいしゅう》妙心寺派の寺だ。弟子の虎哉宗乙と南化玄興を連れて美濃崇福寺《そうふくじ》から甲斐恵林寺に移った。

やがて兄弟子の虎哉宗乙より先に南化玄興が妙心寺の大住持になり、二度目の大住持に就任した。一方、虎哉宗乙は出羽米沢《でわよねざわ》の伊達輝宗《だててるむね》から、嫡男梵天丸《ちゃくなんぼんてんまる》こと後の伊達政宗《まさむね》の学問の師として招聘《しょうへい》され赴《おもむ》くことになった。

そこで快川紹喜は虎哉宗乙を連れて久しぶりに京に出てきたのだ。七十一歳の老禅師は若い頃から旅をしていて足腰には自信がある。甲斐の恵林寺から京の妙心寺まで歩いてきたのだ。

快川紹喜と光秀たちが玉鳳院に入って行くとそこには沢彦宗恩《たくげんそうおん》がいた。

「兄上、珍しい客人の到来じゃ……」

「どなたかな?」

沢彦が振り向いた。

「十兵衛さまじゃよ」

「おう、明智さま……」

「大住持さま、お久しぶりにございます」

光秀と二人の家臣が沢彦宗恩の前に座って合掌しながら頭を下げた。眼光鋭く人の心の奥を見透《みす》かすような沢彦宗恩を光秀は苦手《にがて》だ。

「坂本城はどうですかな?」

「はい、湖上の本丸に苦労しております」

「うむ、ところで、明智さまはどのようになさるおつもりなのかな?」

「将軍さまに暇願《いとまねが》いをしております」

沢彦宗恩は将軍と信長の板挟みになっている光秀の立場を分かっていた。

「明智さまは益々苦しい立場になりましょうな」

「気をつけまする」

「兄上は戦好きで困ったものだ。十兵衛さま、気になさるなや……」

快川紹喜がニコニコと沢彦宗恩を叱った。沢彦宗恩は織田信長の参謀《さんぼう》、軍師《ぐんし》といわれる臨済僧だが、沢彦宗恩と快川紹喜は若い頃に兄弟の約束をした碩学《せきがく》だ。

沢彦宗恩は三十九世大住持、快川紹喜は四十三世大住持を務め、今は南化玄興が五十八世でやがて虎哉宗乙が六十九世大住持になる。そんな妙心寺の高僧が玉鳳院に集まっているのは稀有《けう》なことだ。

後に希菴玄密と快川紹喜は臨済宗の二大徳と言われるようになる。

光秀は夕刻まで玉鳳院で沢彦宗恩や快川紹喜、虎哉宗乙や南化玄興と話し合って暗くなる前に辞し、三人は馬を飛ばして坂本城に向かった。

この年の一月、信長の嫡男奇妙丸《きみようまる》が元服して勘九郎信忠《かんくろうのぶただ》となった。

七月になって、その信忠を信長は小谷城攻めに連れて出た。信忠は初陣《ういじん》で織田軍は十九歳の若き大将を迎え生き生きしている。信長と信忠親子が岐阜城を出陣して間もなく、甲斐の武田信玄から書状が届いた。

すぐ、岐阜城から信長に書状を届ける早馬が飛び出した。

信長は小谷城をにらむ虎御前山《とらごぜやま》に布陣していた。

信長が信玄からの書状を読んで見る見る顔色を変えた。怒りの顔だ。それは比叡山延暦寺を焼き払った信長を痛烈《つうれつ》に批判、仏法を庇護《ひご》するため上洛すると言う信長に対する挑戦状だった。

「足長《あしなが》坊主めがッ！」

信長が吐き捨てた。

天下一の騎馬軍団を擁《よう》する武田軍は乱世最強と言われている。越後の上杉謙信と何度も戦って鍛え上げられた信玄自慢《じまん》の精鋭軍団だ。その武田軍が上洛するということは美濃か尾張を通るということだ。

織田軍と武田軍の戦いを意味している。

その信玄の書状には天台座主沙門《てんだいざすしゃもん》信玄との署名があった。その署名をしばらくにらんでいたが右筆《ゆうひつ》の武井夕庵を呼んだ。

「夕庵、信玄が上洛すると知らせてきおった！」

「上洛とは穏やかでない……」

夕庵老人が信長から信玄の書状を渡され一読して傍に置いた。

「どのような返事にいたしましょう……」

「仏法の庇護とは笑止千万だ。上洛の理由にはならぬわ！」

「では、そのように認《したた》めまする……」

「夕庵、その書状から何か臭《にお》わぬか！」

「臭うといいますと、本願寺の顕如《けんにょ》……」

「他には！」

「さて、信玄の上洛から臭うものとは？」

武井夕庵が信玄の書状をもう一度手に取って読んだ。

「鼻が利《き》かなくなったか！」

「恐れ入りまする。もしや、将軍が……」

「臭ったか、この書状の信玄の後ろに隠れている者が！」

信長が薄気味悪《うすきみわる》くニッと笑った。

「やはり……」

「あの卑劣《ひれつ》な男が隠れているのよ！」

信長は将軍義昭が信玄や顕如、浅井、朝倉と連絡を取っていることを知っている。信長が足長坊主と言ったのは信長がつけた信玄の渾名《あだな》だ。それは信玄が間者や歩《ある》き巫女《みこ》を使って諸国の情報を集めているからだ。

信長もそれに対抗して多くの間者を抱えている。その間者が将軍や信玄のことを調べ上げているのだ。

「ということは将軍が動き出すと……」

「おそらくそうなるだろうな！」

「松永弾正《だんじょう》と三好義継《よしつぐ》が殿から離れたのも？」

「あの男が後ろにいる。間違いない！」

信長は松永久秀が裏切ったのは大和の支配をめぐって、筒井順慶《つついじゅんけい》を優遇した信長への不満だと分かっている。

「では早速、返書《へんしょ》を用意いたしまする」

夕庵がその日のうちに信玄への返書を書いた。

三十八　大善智識《だいぜんちしき》の暗殺

信長は夕庵の書いた返書を読み、数か所を書き直させた。それを夕庵が整えた文章で浄書《じょうしょ》して信長に差しだした。

「それでは御署名《ごしょめい》を……」

「うむ！」

信長は眼を瞑《つぶ》って考えていたが筆を執《と》ると署名した。それを見て武井夕庵が仰《ぎょう》天《てん》した。かつて見たことのない署名だ。

「第六天《だいろくてん》の魔王《まおう》……」

「そうだ。信玄が沙門などといって仏法の庇護をいうなら、余は仏法を破壊する魔王ということだ！」

「さようで……」

信長は第六天魔王信長と署名したのだ。

第六天魔王波旬《はじゅん》のことで仏道修行を妨《さまた》げる天魔のことだが、大般涅槃経《だいはつねはんぎょう》では釈尊《しゃくそん》が涅槃せんとするとき魔王波旬も馳《は》せ参《さん》じたと説かれる。

信玄が沙門と言うならこっちは魔王だというのは、喧嘩の売り言葉に買い言葉で、それがやがて信長の渾名になり魔王信長と定着する。

その返書はすぐ信玄に送られ信玄と信長の対決が決定した。

信玄はまず義弟の石山本願寺門主顕如光佐《こうさ》を動かして、八月になると越中で大規模な一向一揆を起こさせた。上洛戦に出て甲斐や信濃を空《あ》けるには後方の守《まも》りが大切だ。

越後の毘沙門天《びしゃもんてん》に後ろを狙われたら、信玄と武田軍のいない甲斐など一溜《ひとた》まりもなく、上洛しても戻る国がなくなる。

顕如は本願寺坊官を送り込んで越中の一向一揆を指導した。

この戦いは顕如光佐と上杉謙信との戦いでもあり、謙信は地面から湧《わ》いて出る一揆軍を鎮圧《ちんあつ》するため、越中にかかりきりで信濃や甲斐に侵攻する余裕がなくなった。迂闊《うかつ》に武田領に侵攻したりすれば越中から一揆軍が越後に雪崩《なだ》れ込んでくる。

義兄弟の信玄と顕如光佐の連携だ。

他にも信玄は浅井長政や朝倉義景にも協力を求めた。相模の北条《ほうじょう》と甲相同盟《こうそうどうめい》を結んでいて後ろに心配はない。

この頃、武田信玄は甲斐や信濃、駿河や上野や武蔵の一部など、百万石近い領地の他に黒川金山《くろかわきんざん》や身延金山《みのぶきんざん》など、大量の金を産出する山を持っていた。武田軍は兵も馬もかつてないほど充実している。

上洛するなら今しかない。そう思う信玄は既に五十二歳になっていた。上洛するには遅いぐらいの年齢になっている。どう考えても今しか上洛の機会はない。

信玄は九月も半ばを過ぎると秋山伯耆守虎繁《あきやまほうきのかみとらしげ》四十六歳を自室に呼んだ。武田の猛牛《もうぎゅう》と渾名される猛将だ。人払いされて部屋には信玄一人だ。

「伯耆、もっと寄れ……」

信玄は虎繁を傍に呼んだ。

「余は間もなく上洛戦に出るが、尾張には信長が待ち受けている。そこで、そなたには美濃に攻め入ってもらう！」

「東美濃に？」

「そうだ。岩村《いわむら》城を落せ！」

「承知いたしました……」

東美濃の岩村城はこの五月に城主の遠山景任《とおやまかげとう》が病死した。後継がいないため景任の妻おつやの方が信長に四男坊丸《ぼうまる》三歳を養子にと願った。おつやの方はお直《なお》といい信長と年の近い叔母だった。

「あの城は女城主だそうだ。信長も身内には甘いからのう……」

「そのように聞いております」

「もう一つある。城を落としたら城下の大圓寺《だいえんじ》を焼き払い希菴玄密を殺せ！」

「大住持さまを？」

「うむ、余が再三甲斐に来るよう言っても応じぬ！」

「畏《かしこ》まりました……」

虎繁は殺害の理由を聞かない。

武田軍では信玄の命令は絶対なのだ。まだ出陣式はしていないが、武田軍の出陣式には御旗楯無《みはたたてなし》という日章旗《にっしょうき》と大鎧《おおよろい》が菅田天神社《かんだてんじんしゃ》から出てくる。

新羅三郎義光《しんらさぶろうよしみつ》以来源氏の嫡流に伝わると言う御旗楯無は、後冷泉天皇《ごれいぜいてんのう》から下賜《かし》されたと伝わる甲斐源氏武田家の宝物だ。御旗楯無が主座に就くと当主の信玄が下座に平伏して「御旗楯無も御照覧《ごしょうらん》あれ！」と戦勝を誓う。

それに家臣も「御旗楯無も御照覧あれ！」と唱和する。

こう誓った後は戦場に出てお館さまの命令に違背《いはい》することは許されない。死ぬことが分かっていても命令に従う。それがこの誓いだ。「なぜ？」と聞くことは許されない。

秋山虎繁は城を落とすことと希菴玄密を殺害することを承《うけたまわ》った。

「兵は三千でいいな？」

「はッ、充分にございます」

「支度を整えて二十九日に出陣せい……」

「承知いたしました！」

いよいよ武田軍が上洛に動く時が来た。

信玄は甲斐から青崩峠《あおくずれとうげ》を越えて遠江に侵攻する。秋山虎繁は甲斐から信濃を通って東美濃に侵攻する。陽動作戦の意味もある。もう一人、山県昌景《やまがたまさかげ》に兵五千人を与えて甲斐から三河に侵攻させる考えだ。

武田軍には厳しい決まりがある。

それは信玄自慢の六千騎を超える騎馬軍団の配置だ。侍大将《さむらいだいしょう》には所有できる騎馬数が決められている。勝手に騎馬隊を持つことはできない。

猛将山県昌景は三百騎の騎馬隊を持つ大将だ。原昌胤《はらまさたね》は百二十騎の大将、高坂昌信《まさのぶ》は百騎の大将などだ。真田《さなだ》家が武田信玄に仕えた時、真田幸綱《ゆきつな》は十騎の大将だった。

それが武功を揚げる度に加増され二百騎の大将にまでなった。その二百騎は嫡男信綱《のぶつな》に引き継がれ信綱は二百騎の大将、その弟昌輝《まさてる》には新たに五十騎が加増された。武田軍の中で何騎の大将かは大切なことだ。

九月二十九日に山県昌景軍五千と秋山虎繁軍三千が甲斐を出発、信玄の本隊二万二千は十月三日に甲斐を発《た》った。

十月十日に武田軍の本隊が北条氏政《うじまさ》の援軍と合流して続々と青崩峠を越えて、徳川家康の領地である遠江に侵攻した。既に、山県昌景軍は三河に侵入していた。そのため、山県軍を迎え討つため家康は三河軍を遠江に動かせない。

そこに信玄率いる本隊二万を超える大軍が遠江に侵攻してきて、三河軍を呼べない家康は浜松《はままつ》城の遠江軍八千だけで信玄と対決せざるを得なくなった。

危険を通り越して絶望的だ。すぐ、信長に援軍要請の早馬が浜松城から飛び出した。

武田軍の半分もいない兵力だが家康は出陣するしかない。動かなければ家康が信玄に怯《おび》えていると見られ、遠江の家康に味方している豪族や国人衆《こくじん》が信玄に寝返る。家康は強引《ごういん》に危険を覚悟で出陣した。

ところが、三箇野川《みかのがわ》を越えた偵察隊《ていさつたい》の本多忠勝《ほんだただかつ》、内藤信成《ないとうのぶなり》軍が、武田軍の先鋒《せんぽう》馬場信春《ばばのぶはる》軍五千とばったり遭遇《そうぐう》してたちまち戦いになった。

さすがの猛将本多平八郎《へいはちろう》でも多勢の武田軍に、寡兵《かへい》の本多、内藤軍ではとても勝負にならない。天下に名高い名槍蜻蛉切《めいそうとんぼきり》の大槍を振るって勇猛果敢《ゆうもうかかん》に戦ったが、グイグイと押してくる武田軍の圧力は凄《すさ》まじく平八郎でも支えきれない。

その頃、家康はまだ天竜川《てんりゆうがわ》を渡河《とか》したばかりだった。

「下がれッ、内藤殿ッ、河原まで下がれッ！」

撤退とも言えず本多平八郎は殿《しんがり》に残って味方を後方の三箇野川に逃がした。

ところが、武田軍の動きも早かった。

本多平八郎が殿で戦い、撤退が遅れたのを見て、その退路《たいろ》を塞《ふさ》ぐように小杉左《こすぎさ》近《こん》の一隊が鉄砲を持って一言坂《ひとことざか》の下に現れた。

平八郎は三段に構えて、殿で戦い追撃を防いでいたが、一段、二段と破られた上に後方を敵に塞がれ逃げ場がなくなった。

「よしッ、大滝流《おおたきなが》れで敵に突っ込むぞッ、南無八幡《なむはちまん》ッ！」

全滅覚悟で鉄砲玉が飛んでくる坂の下に大流れで突進した。カーンと鉄砲玉が兜《かぶと》に当たる。

「続けッ！」

「ウオーッ！」

逃げ場のなくなった死兵《しへい》は恐ろしい。生きるためには何でもする。敵に組み付いたり噛《か》みついたり人とは思えない暴れ方をする。それを嫌い、敵を包囲しても一か所に逃げ道を残しておくものだが、坂の上と坂の下を塞がれ逃げ道がない。

平八郎が蜻蛉切を振り上げ坂の下に突進した。

すると小杉隊が道端に下がって逃げ道を開いたのだ。平八郎は手綱を引いて小杉左近の前で馬を止めた。

「それがしは徳川三河守家康が家臣本多平八郎忠勝でござるッ。御大将のお名前をお聞かせ願いたいッ！」

「おうッ、蜻蛉切の平八郎殿、それがしは武田徳栄軒《とくえいけん》信玄が家臣乱心者《らんしんもの》でござる！」

敵をわざわざ逃がすような乱心者だと名乗った。

「恐れ入りまするッ、戦場にてお礼のしようもござらぬッ。天下の名槍蜻蛉切をご覧くだされ！」

平八郎は大槍の蜻蛉切を小杉左近に見せた。人に蜻蛉切の槍身《そうしん》は見せたことがない。

戦場で槍を立てていたら蜻蛉が飛んできて、勝手にぶつかって二つに切れたという伝説を持つ天下一の名槍だ。

「これはッ？」

「仏の名でござる！」

笹穂《ささほ》の槍身に梵字《ぼんじ》で仏の名が彫《ほ》られている。青銅器《せいどうき》の両刃《もろは》の剣《つるぎ》のような大きさだ。

「参州田原《さんしゅうたはら》の住人藤原正真《ふじわらまさざね》の作にて大笹穂の槍身一尺四寸五分、幅一寸五分、重ね三分半、柄は青貝螺鈿細工《あおがいらでんざいく》十尺でござる！」

「これは良いものを見せていただいた。生涯の眼福《がんぷく》でござる！」

「では、御免ッ！」

蜻蛉切を抱えた平八郎は逃げて行く兵を追って小杉左近の前から消えた。

本多、内藤軍が崩れたため家康の本隊も天竜川を渡って浜松城に撤退した。武田軍は遠江の堅城である二俣《ふたまた》城を包囲、そこに三河に侵攻していた山県軍が本隊に合流してきた。

信玄は小杉左近を呼んで一言坂の話を聞いた。

左近の話がおもしろかったのか信玄は大笑いをして「左近、いい判断だ。戦っていればその蜻蛉切で二百人は殺されておったわ。逃げ場のない死兵は恐ろしいからな！」と大袈裟《おおげさ》に言って小杉左近の機転を褒めた。

この後、話が広がって平八郎の武功を称賛する狂歌が落書された。

「家康に過ぎたるものが二つあり、唐の頭に本多平八……」

この狂歌を書いたのは一言坂で蜻蛉切を見た小杉左近だ。

唐の頭とは家康愛用の兜で、南蛮人から手に入れたヤクの白毛《はくもう》で作られた美しい兜だ。本多平八とはもちろん本多平八郎忠勝のことだ。

武田軍が十月十六日に二俣城を包囲したとの知らせが近江に届いた。すぐ信長は織田軍から佐久間信盛、平手汎秀《ひらてひろひで》、水野信元《みずののぶもと》軍を抜いて浜松城に派遣した。

二俣城の中根正照《なかねまさてる》は圧倒的な兵力の武田軍を相手によく戦ったが、二俣城は水の手を絶たれて雨水だけではいかんともしがたく、包囲されてから二カ月後の十二月十九日に、城兵の助命を条件に中根正照は降伏開城して浜松城に落ちて行った。

二俣城が落ちたことで信玄は遠江の半分以上を領地にし、遠江の国人衆や地侍《じざむらい》、豪族などを味方につけた。

そこに信長の援軍三千人が浜松城に到着した。

三千人では少ないが信長も浅井、朝倉軍や三好三人衆、石山本願寺などが反旗《はんき》を翻《ひるがえ》していて家康に大軍は派遣できない。信長は十月に将軍義昭に対し、詰問《きつもん》状《じょう》を送って二人の関係は最悪だった。

信長包囲網を構築しようと画策していると、信長は義昭を詰問したのだ。

前門《ぜんもん》の虎《とら》信玄と後門《こうもん》の狼《おおかみ》義昭に信長は挟み撃ちになっている。そこに浅井、朝倉軍が敵対している。ところが、何を考えているのか信玄が遠江まで出てきたのに、朝倉義景は北近江から兵を率いて越前に撤退してしまった。

それを聞いた信玄は激怒したが信長は大助かりである。

信長は織田軍を岐阜に引き揚げて、信玄の西進に備えることができた。朝倉義景は信玄の依頼にもかかわらず、雪が降ると越前に戻れなくなると言って、サッサと一乗谷城に戻ってしまったのだ。

この男の優柔不断は信玄でも手に負えない。

だが、信長も油断した。

東美濃の岩村城は包囲されると女城主おつやの方が、戦いの趨勢《すうせい》も考えずに秋山虎繁に結婚を迫《せま》られ了承したのだ。その仲介をしたのが織田一門の織田掃部忠《おだかもんただ》寛《ひろ》だというからあきれる。

これには信長も赤鬼になって激怒「おのれッ、直《なお》めッ、殺すッ！」と見る間に蒼白になった。坊丸を養子に出して一年もたたない裏切りだ。信長の握った手がブルブル震える。こういう時は信長に誰も近づけない。

十一月十四日に岩村城が落ちたことで、信玄が遠江、三河、尾張と西進するのか、遠江、三河、東美濃と転戦《てんせん》するのか分からなくなった。京は三河、美濃、近江の方が近い。三河、尾張、美濃、近江と進むより東美濃には信玄に寝返る武将が多いはずだ。

その秋山軍が岩村城に入ると十一月二十二日に城下の大圓寺に襲いかかった。

岩村城の大圓寺檀方《だんぽう》が秘《ひそ》かに襲撃を希菴玄密に知らせた。

「大住持さま、城の兵が間もなく寺を焼き討ちにしますッ！」

「信玄さまのご命令だそうです。早くお逃げ下さいッ！」

「何んですと？」

「信玄さまが……」

希菴玄密には心当たりがある。

二度三度と信玄から呼び出しがあったが、四度も妙心寺の大住持を務めたこともあり呼び出しに応じなかった。甲斐に行かない理由は、信玄の不治の病を希菴玄密が見抜いてしまったからだ。

甲斐に入れば二度と出られなくなる。信玄は不治の病を知られたと分かっているはずだ。だとすれば絶対甲斐から出すことはない。軟禁《なんきん》されるかことによっては殺されると希菴玄密は思った。

大圓寺は大きな寺で百人を超える学僧がいる。

希菴玄密はまず学僧を寺から逃がし、側近の弟子十人ばかりと寺を出た。危機一髪で兵たちの捕縛《ほばく》から逃れた。兵たちは寺中を探索したが希菴の姿がない。

「焼き払えッ！」

秋山虎繁の命令で大圓寺はあちこちから一斉に火の手が上がり燃えだした。

「和尚が逃げたぞッ。そう遠くには逃げていないはずだ。探して殺せッ！」

刺客《しかく》が放たれた。馬を飛ばして僧たちが逃げただろう道に騎馬が散った。その頃、希菴玄密は弟子たちに守られ飯羽間村《いいばまむら》に逃げていた。そこに馬に乗り槍を抱えた松沢源五郎《まつざわげんごろう》、小田切与介《おだぎりよすけ》、林勘介《はやしかんすけ》の三騎が追いついた。

「大圓寺の和尚だなッ！」

叫ぶなり立ちはだかった希菴玄密の弟子を馬上から槍で突き刺した。

「な、何をするかッ！」

「問答無用だッ！」

馬から飛び降りた三人が槍を振り回し、太刀を抜き次々と希菴の弟子を殺した。

「待てッ、拙僧が希菴玄密だッ。弟子は殺すなッ！」

希菴禅師が数珠を握って弟子たちの前に立った。

「うるさいッ！」

槍が希菴玄密の腹を一突きにした。

「南無《なむ》ッ、南無釈迦牟尼仏《しゃかむにぶつ》ッ……」

槍を摑《つか》んでカッと刺客をにらんだ希菴玄密を「イヤーッ！」ともう一人が袈裟《けさ》に斬り下げた。それでも倒れない希菴玄密の胸をもう一人が槍で突き抜いた。背中に五寸ほど槍先が飛び出した。

「南無釈迦牟尼仏ッ!」

ゲホッと血を吐くと数珠を握った手で槍を摑み、希菴玄密はヨロッと地面に膝をついた。

「お師匠さまッ!」

「大住持さまッ……」

弟子たちが泣きながら希菴玄密を抱いた。

「また、会おうぞ……」

それが三十八世大住持希菴玄密の最期《さいご》の言葉だった。ニッと微笑んで入寂《にゅうじゃく》した。すると三人の刺客は狂ったように次々と希菴の弟子を皆殺しにした。飯羽間《いいばま》川《がわ》の橋の上は血の海になった。

七十歳を超えた美濃の大碩学、大善智識《だいぜんちしき》が無惨《むざん》にも橋の上で殺された。刺客が馬に乗って駆け去ると村人が続々と集まってきた。

「何んと惨《むご》いことをするものか、お坊さまに殺される罪などないだろうに……」

「大圓寺の和尚さまだ。美濃で一番偉いお坊さまだからな……」

「有り難い血だ。川に流そう……」

村人が希菴玄密の殺された橋の傍に希菴塚を作った。夕刻にはチラチラと雪が落ちてきた。大圓寺から逃げた僧たちが希菴の死を聞き、続々と集まって来て読経が始まった。

雪の中で百人を超える僧の読経が続いた。

「この寒さだ。お坊さんたちがみんな死ぬぞ……」

村人は周辺のあちこちに焚火《たきび》を焚《た》いて雪まみれの僧たちを温《あたた》め始める。

この時、信玄は二俣城に、信長は岐阜城に、快川紹喜は恵林寺に、沢彦宗恩は妙心寺に、明智光秀は完成したばかりの坂本城にいた。

希菴玄密を暗殺した三人の刺客は半月を待たずに気が狂って死んだり、急に狂った馬から落ちて死んだり、三人とも異常な死に方をした。

暗殺を命じた信玄は半年を待たずに死ぬことになり、秋山虎繁も長良川河畔で逆さ磔《はりつけ》にされ処刑されることになる。

こんな事件があって、いつしか村人の口から臨済僧を殺すと祟《たた》るという噂《うわさ》が広がった。古くから僧を殺すと七代祟るとは言い伝えられていることだ。

三十九　悲しき孫子《そんし》の旗《はた》

信玄は元亀三年十二月十九日に二俣城を落とすと数日その城に留《とど》まった。

その頃、浜松城では野戦に出て戦うか籠城して戦うか議論されていた。浜松城は東西二百三十間、南北百四十間の大きな城だ。

援軍の織田軍三千に徳川軍八千の一万千人で籠城すれば、さすがの信玄でも簡単には落とせない城だ。

半年も籠城して戦えば武田軍にも二、三千の死傷者は出る。そこに織田軍が殺到すれば信玄でも苦しい戦いになることは眼に見えている。いざとなれば海から兵糧や武器弾薬の補給が可能だ。

浜松城の家康は迷うことなく堅城を頼りに籠城することを決めた。

一方の信玄は信長と直接対決するまでは、無傷のままで武田軍に無理はさせたくない。家康が籠城するだろうことは分かるため、二カ月、三カ月と長引く籠城戦はしたくないというのが本音《ほんね》だ。

信長と戦う前に後ろを安全にするため、何んとか家康を叩き潰しておく必要があるとも考えている。それには家康を浜松城から引きずり出して野戦で叩く策しかない。

そこは百戦錬磨の武田信玄だ。

どこをどうすれば敵がどう動くか、どう動けば敵がどこに動くか知り尽くしている。戦場で生きてきた男の優れた嗅覚《きゆうかく》は、若い家康の心理までも嗅《か》ぎ分ける。家康が必ず浜松城から出なければならない秘策を思いついていた。

信玄にしてみれば若い家康など赤子同然《あかごどうぜん》なのだ。

十二月二十二日に信玄は武田軍を率いて浜松城の北一里ほどの追分道《おいわけみち》に姿を現した。

長蛇《ちようだ》の武田軍が家康を誘っているように、眼中にないと無視するようにゆっくり西に進む。浜松城からその武田軍が見える。こうなると家康がいらついた。家康の傍にいる織田軍の武将三人は、信長の目付《めつけ》のようなもので家康の言動を注視《ちゆうし》している。

家康が織田軍のためになる動きをするか、それとも、徳川軍さえよければいいという動きをするか、家康は監視されているようだ。

このまま武田軍の通過を許したのでは信長に援軍を頼んだ意味がない。

ただ、武田軍の行軍《こうぐん》を見ていたと言うだけでは、その不甲斐《ふがい》なさで二度と信長の前に出られなくなる。ここはどんなに不利でも、城を出て信玄と戦わないことには、盟友として信長に合わせる顔がない。

信玄が浜松城を無視して堂々と眼の前を通過しようとしている。家康は信玄に相手にされていないのかと激怒した。

それが信玄の誘いの罠《わな》だとも分かっている。だが、分かっていながら信玄と戦うことになる信長のことを考えると、徳川軍は勝敗とは関係なく、ここで戦うしかないと追い詰められた。

やはり家康は若かった。

遂に家康は軍議で決めた籠城を放棄して野戦を決断した。もう、武田軍が見えなくなった。目の前を通過して三方ケ原《みかたがはら》に入って行った。

「くそッ、信玄を追撃するぞッ！」

突然、家康が狂った。

「殿ッ、無謀ですッ！」

「黙れッ。信玄めは余をあざ笑っているのだッ！」

「殿ーッ！」

「何も言うなッ、祝田《いわいだ》の坂《さか》から信玄を叩き落としてくれるわッ！」

バシッと鞭《むち》を鳴らして興奮した家康が大広間を飛び出した。いつもの冷静沈《れいせいちん》着《ちゃく》な家康ではない。狂っている。死にに行くつもりだ。大騒ぎで家康の家臣団と、織田軍の武将三人がサッと席を立って慌てて家康を追う。

「馬引けッ、馬引けッ！」

兵糧も持たずに家康は槍を抱え馬に飛び乗った。短期決戦だ。

「続けッ、続けやッ！」

前後の見境なく狂っている。

家康が飛び出すと馬廻りが後を追った。家康の頭には戦わないことには、信長に申し訳が立たないということしかない。何んのための同盟者だ。

「祝田の坂だッ！」

家康は臆病な自分に怒り狂っているのだ。

一万千人の織田、徳川連合軍が見えなくなった武田軍に追いつこうと、怒濤《どとう》の突撃だが突然の出撃で各隊にまとまりがない。中には鎧の紐《ひも》を引きずりながら走っている兵がいる。

馬の腹帯《はらおび》が緩くて転げ落ちる武将もいた。

大慌ての出撃でほとんどの兵が兵糧を持っていない。水の入った小瓢箪《ひょうたん》を下げていればいい方だ。

信玄はそんな家康の動きを読み切っていたのだ。

「あの小童《こわっぱ》は必ず出てくる！」

信玄の確信だ。三方ケ原の外れ、祝田の坂の上まで来ると、信玄は行軍を止めて軍団の向きを変えた。馬から下りて風林火山の旗の下に床几《しょうぎ》を据えて座る。

「魚鱗《ぎょりん》の陣だ……」

「畏まって候ッ！」

信玄の命令が軍団の動きを変える。サーッと兵たちが動いて長蛇の軍団が、あっという間に魚鱗の陣形に変化した。

信玄が風林火山の旗を見上げる。ハタハタと夕風にはためく信玄自慢の旗だ。遠くからでも見える。

「旗を目立たぬように隠せ。戦いが始まったら余の後ろに立てろ……」

「承知いたしました。孫子《そんし》の旗を藪《やぶ》の後ろに移せッ！」

信玄が風林火山を遠ざけるのは珍しい。大軍が身を潜める時だけだ。その大軍が静まり返った。獲物を狙って潜んでいる虎の静けさだ。

「三河の小童が間もなく来るぞ……」

信玄は強くなった夕風に耳を澄ましている。陽《ひ》がだいぶ西に傾いている。一刻半もすれば夕闇《ゆうやみ》が三方ケ原を覆うだろう。

「水はあるか？」

「はッ！」

近習《きんじゅ》が瓢箪を差し出した。

「腹がへったわ……」

信玄が暢気《のんき》なことを言ったので近習がニッと笑った。

「そろそろ来るぞ。兜だッ！」

近習が信玄の頭に鬼面前立《きめんまえだて》諏訪《すわ》法性《ほっしょう》の白毛の兜を乗せて顎《あご》紐を縛る。そこに伝令が転がり込んできた。

「敵が突っ込んでまいりますッ！」

「よしッ！」

信玄の軍配が膝《ひざ》に立った。

そこに家康と馬廻りが突進してきたが、武田軍の魚鱗の陣を見て呆然《ぼうぜん》と立ち止まった。家康はどこまでも狂っている。

「鶴翼《かくよく》に開けッ！」

三万の大軍が魚鱗の陣で構えているのに、連合軍一万で鶴翼とは頭がおかしいとしか言いようがない。それでも家康は翼を開いて魚鱗に突っ掛けた。

「鶴翼とは小童が洒落《しやれ》た真似《まね》をしおるわい……」

信玄の軍配がゆっくり揚がって左右に振られると武田軍が動き出した。

たちまち織田、徳川連合軍が魚鱗の陣に呑《の》み込まれて行く。逆に鶴翼が魚鱗を包み込むはずだが魚鱗の中に連合軍が消えていく。誰が見ても家康に勝ち目はない。だが家康は引かない。まるで死にに来た戦いのようだ。

あっちでもこっちでもたちまち大激戦だが、ことごとく織田、徳川連合軍が負けている。四半刻（約三十分）で戦いの勝敗は見えてきた。家康もあっという間に魚鱗の陣の中で囲まれて出られなくなった。

連合軍の各隊が次々と潰滅《かいめつ》した。

信長の家臣平手汎秀が討死すると中根正照、鳥居忠広《とりいただひろ》、石川正俊、成瀬藤蔵《なるせとうぞう》、本多忠真《ただざね》などが次々と討死。

その後も厳しい戦いの中で小笠原安次《おがさわらやすじ》、安広親子、田中義綱《たなかよしつな》、青木貞治《あおきさだはる》、大久保忠寄《おおくぼただより》らが討死した。既に二千人を超える死傷者が出ていた。もう戦える気力のある兵は少ない。

織田、徳川連合軍は信玄の軍配の前に崩壊だ。

状況は悪化するだけだ。家康は敵中にいて出られない。近臣数人に守られて逃げ道を探していた。四方を武田軍に囲まれている。

「殿ッ、それがしが身代わりになりまするッ。敵を引き付けますので、その隙に引き揚げを願いますッ！」

「黙れッ、味方を捨てて逃げられるかッ、みなで突撃だッ！」

「殿ッ、御免《ごめん》ッ！」

鈴木久三郎《きゆうざぶろう》が家康の手に飛び付くと采配《さいはい》を奪い取った。夏目吉信《なつめよしのぶ》が強引に家康の馬の向きを東に変える。

「成瀬殿ッ、日下部《くさかべ》殿ッ、殿を頼むぞッ！」

近臣の夏目吉信が家康の馬の尻を太刀の峰《みね》で叩いた。驚いた馬が浜松城のある東に駆け出す。それを成瀬正一《まさかず》、日下部定好《さだよし》、小栗忠蔵《おぐりちゆうぞう》、島田重次《しまだしげつぐ》が追い駆けた。最早、運を天に任せて逃げるしかない。

「よしッ、行くぞッ！」

夏目吉信が家康の馬廻り二十五騎を率いて、家康の身代わりになり、鈴木久三郎と敵軍に突進していった。

「突撃だッ！」

叫びながら敵に突っ込んで行く夏目吉信は浜松城の留守居《るすい》だった。見えないのに三方ケ原を城から遠望して、味方が苦戦しているだろうと判断、勝手に城を飛び出した時から、家康が危険になるかも知れないと思っていたのだ。

身代わりになることは覚悟の上で出てきたのだ。

「三河守家康だッ。われと思わんものは出会えッ、出会えやッ！」

叫びながら信玄の旗を目指して突進する。だが、武田軍の魚鱗の陣の厚い壁にぶつかって、武田軍に押し潰されるように夏目吉信が討死した。五十五歳だった。文豪夏目漱石《ぶんごうなつめそうせき》の先祖である。

鈴木久三郎は三騎の馬廻りと戦いながら奇跡的に生還した。

家康たち五騎は山県昌景の騎馬隊三百騎に見つかって追われた。

「追えッ、家康だぞッ、捕まえろッ！」

「くそッ、昌景めッ！」

成瀬正一は数年前まで武田家に仕《つか》えていた。戦場で立ち止まるわけにいかない。一町ほど後ろを山県昌景と黒い騎馬隊三百騎が追って来る。

「南無《なむ》八幡《はちまん》、南無八幡、助けそうらえッ……」

家康は馬の首に呪文《じゅもん》をとなえている。馬がけつまずいたら万事休《ばんじきゅう》すだ。家康は追い詰められ命が惜しくなった。ここで死ぬわけにはいかない。五騎は逃げに逃げた。馬上で踏ん張った途端に家康がビリッと脱糞《だっぷん》した。

浜松城の城門が見えてきた時には、騎馬隊に半町ほどにまで追いつかれていた。

遅れた小栗忠蔵は捕まりそうになっている。だが、城門に近づくと山県軍の追撃が緩《ゆる》んで五騎は辛《かろ》うじて城に飛び込んだ。

「城門を開きっぱなしにしろッ、篝火《かがりび》を焚《た》いて昼のようにしろッ、戻ってくる者たちを迎え入れろッ！」

家康の命令だ。

その様子を追ってきた山県昌景が見ている。篝火を煌々《こうこう》と焚いてほとんど人の気配がしなくなった。そこに敗残兵が次々と戻ってきて吸い込まれて行く。門までたどり着いて倒れる者もいる。

「んッ、誰だッ、臭いぞッ、糞《くそ》をしたのは誰だッ！」

戻ってきた本多平八郎が大声で怒鳴った。

「やッ、糞をしたのは殿ではないかッ?」

「馬鹿者ッ、これは味噌《みそ》だッ!」

「ハハッ、殿ッ、敵に追われて切《せっ》な糞《ぐそ》をしましたなッ?」

「何を言うかッ、これは味噌だッ、味噌……」

そういいながら家康は泣き出しそうだ。相当に臭い味噌だ。傍にいた者たちがゲラゲラ下品に大笑いをする。家康も仕方なく苦笑した。

ところがこの夜、武田軍の本陣で大事件が勃発《ぼっぱつ》した。

戦後の論功《ろんこう》を決める首実検の席で信玄が血を吐《は》いたのだ。それを信玄の弟逍遥軒信廉《しょうようけんのぶかど》と馬場信春が咄嗟《とっさ》に隠して信玄を奥に運んだ。本陣の奥でも信玄は大量の血を吐いた。いつもの吐血《とけつ》と違う大量吐血だ。

信玄は以前にも血を吐いて三河から甲斐に引き揚げ、身延《みのぶ》の湯で数カ月療養《りょうよう》したことがある。

「美濃、何んでもない、騒ぐなと伝えろ……」

信玄は馬場信春に命じ、夕餉《ゆうげ》を兵の前で取って酒まで飲んで見せた。だが、その夜遅く、信玄が再び吐血した。深夜、甲斐から医師を呼ぶために早馬が本陣から飛び出した。

一気に重大な局面を迎えたが、翌日も武田軍はなお西進を続けた。

だが、もう無理な行軍はできなくなった。武田軍はすぐ三河に入らず、国境《くにざかい》から五里ほど東の浜名湖北岸《はまなこほくがん》の刑部村《おさかべむら》で越年した。

信玄と武田軍が十月三日に甲斐を出陣した時から、信玄と武田軍を追いかけている者たちがいる。

武田の間者三ツ者《みつもの》と真田の滋野《しげの》、北条の風魔《ふうま》が従っているのは、武田軍、真田軍、北条軍の支援のためで当然だが、越後の軒猿《のきざる》や信長の間者たちも信玄を追っていた。

その知らせが逐一《ちくいち》信長に届いている。

大軍が動けば闇の者たちの戦いも激しくなる。

信玄も自分の動きが捕捉《ほそく》され、信長や謙信に筒抜《つつぬ》けになっていることは承知の上だ。だからこそ謀略や策略が使えるとも言える。眼に見えないところで熾烈《しれつ》な騙《だま》し合いが繰り広げられている。

信長は信玄が元亀三年十月十日に青崩峠を越えて遠江に侵攻し、間もなく年が明けると言うのに未だに遠江にいるのはおかしいと感じている。

いくら慎重な信玄でも今頃は三河に入って、尾張の国境辺りに現れていないとおかしいのだ。

それは武田軍がまだはっきりと兵農分離《へいのうぶんり》していない軍団で、戦いをする時期は秋の穫り入れが終わる九、十月ごろから、翌年四、五月頃までで百姓兵《ひやくしようへい》は田植え時期には国に戻りたいはずなのだ。信長はそれを考えていた。

二カ月も遠江にいるのは何故かを考えている。

可能性は色々考えられる。

上洛とは言っているが信玄の真の目的は遠江、三河と領土を広げ、信長を倒して一旦帰国し出直す。

遠江、三河から尾張に向かわず秋山虎繁が奪った東美濃の岩村城に転戦、美濃攻略を先にして信長を追い詰め、近江浅井、越前朝倉と連携して上洛を狙う。

三河に侵攻して信長が手古摺《てこず》っている伊勢長島一向一揆軍と連携、信長の尾張を東西から挟んで占領し、有力大名のいない伊勢を呑み込んで、岐阜の信長を東美濃の秋山、越前朝倉、北近江浅井、南近江六角、京の将軍、摂津石山本願寺、三好三人衆、大和松永、伊勢長島一向一揆と糾合《きゆうごう》し信長包囲網を構築、四方八方から総攻撃する。

信玄がどんな策を考えているか、ただ、無傷で行軍《こうぐん》している武田軍が、信長の大軍と戦うことを考えていることだけは確実なのだ。

四十　信玄は生きているか

浜名湖北岸で越年《えつねん》した武田軍が翌元亀四年（一五七三）一月三日に西進《せいしん》を再開、遂に三河に侵攻すると東三河の野田《のだ》城を包囲した。

野田城は小さな城で四百人ばかりの城兵しかいない。

信玄は城主の菅沼定盈《すがぬまさだみつ》に降伏勧告したが定盈はそれを拒否、三万の武田軍に徹底抗戦することになった。

信玄はこの小城を力攻めにせず、甲斐の金堀衆《かなほりしゅう》に城の下まで穴を掘らせ、井戸の水の手を断《た》つ作戦に出た。

武田軍が力攻めにすれば数日で落城《らくじょう》する城だ。一日で落ちる可能性もある小城なのだ。

この野田城を武田軍が包囲して、動きを止めたと聞いた信長は、敏感《びんかん》に武田軍の異変に気付いた。二俣城を包囲するまでは一日で二つも三つも、城を落としてきた武田軍とは思えない不思議な動きだ。

なぜ武田軍は動きを止めたのだ。岐阜にいる信長は信玄が今川義元と同じように尾張に出てくると見ている。それが野田城を包囲して動かなくなった。

信長が不審を持つほど信玄のこれまでの戦い方は風林火山の如《ごと》くだった。疾《はや》きこと風の如く、徐《しず》かなること林の如く、侵掠《しんりゃく》すること火の如く、動かざること山の如しとは孫子の軍争《ぐんそう》にある軍の進退を説《と》いた一文である。軍の移動は風の如くに速く、その陣容は林の如く静かに敵に気付かれず、攻撃は火の如き勢いで、どのような敵の陰陽の動きにも陣形を崩《くず》さず山の如くあれという。

信玄の軍団はその孫子の旗を掲げて戦い実践《じっせん》してきた。

だが、この重要な上洛戦の武田軍の動きは明らかに違う。信長はそれに不審を持ち尋常ではないと気付いた。

武田軍は野田城を包囲して五日経《た》っても十日経っても十五日経っても動かない。信長はいらついた。大軍を岐阜城に集結させ、いつでも出陣できる構えでいるのだ。

一月も二十日を過ぎた寒い夜、信長の寝所に間者の頭《かしら》甚八《じんぱち》が現れた。

「甚八か！」

「はい、遅くなりました……」

部屋の隅《すみ》に平伏している黒装束《くろしょうぞく》が静かに答える。信長が褥《しとね》に起き上がった。

「待っていたぞ！」

「遅くなりまして申し訳ございません」

「うむ、寄れ！」

信長が甚八を傍に呼んだ。部屋の灯《あか》りがジリジリと消えそうだ。

「信玄だな！」

「はい、三方ケ原の戦いの夜、信玄の本陣から早馬が出ましてございます」

「どこに行った！」

「七里《しちり》に追わせましたところ甲斐にございます」

「甲斐だと！」

「七里の調べでは甲府から信玄の医師二人が消えましてございます」

「何ッ！」

甚八たち間者は甲斐に忍び小屋を持っていてここ数年、信玄の周辺から重臣たちに至るまで詳細に調べあげている。

信玄の主治医もすっかり調べ上げていた。

七里は半刻で七里を走ると言う速足《はやあし》の男でそう呼ばれている。その七里が甲斐を調べて信玄の医師が消えたことを掴んで戻ってきたのだ。

「信玄は病なのか！」

「野田城から動かないところを見るとそのように思われます……」

「調べることはできるか！」

信長の眼が灯りにギラッと光る。獲物《えもの》を狙う眼だ。

「三ツ者や滋野の警戒が厳しく、本陣に近寄ることはできませんが、何んとか確証を掴みたいと思います」

「甚八、無理をするなよ！」

信長は自分の目と耳である間者たちを大切にしている。

二百人を超える信長の間者は各地から信長の知りたいことを調べてくる。それは信玄も同じで三ツ者や滋野、歩き巫女など六、七百人の間者を動かしていた。

情報は集めるだけでは駄目で集約して大局《たいきよく》を見極める。その上で先を想像し自軍の動きを決める。そして実践する。それを迅速《じんそく》にできるのは、信玄や謙信や信長など数人の武将しかいない。

それゆえにこれらの武将は戦いに強い。ただ戦って勝っているのではない。聡明《そうめい》な頭脳を持たない武将は一度や二度の戦いには勝つが、戦いに勝ち続けることはできない。

「信玄が動きを止めるほどであれば病は相当に重いな！」

「そのように思います……」

「大将の陣中死《じんちゆうし》はある話だ。それだけ戦いは厳しいということだ。武田軍を見張れ。大将の異変は必ず軍の動きに出る。もう出ているのかも知れぬ。軍の動きを見落とすな！」

「はいッ！」

信長は老人の甚八に厳しく命じた。甚八は信長の祖父信定《のぶさだ》の家臣で信秀や信長を支えてきた。そんな間者たちはわずかな俸禄で命を賭けて働く。信長は甚八たちを特別大切にしている。どんな時でもまず最初に甚八の話を聞く。

「他には！」

「京の将軍さまが動いております」

「あの男は懲《こ》りぬな！」

信長が苦笑した。甚八は本願寺や三好三人衆、越中の雪の中で一向一揆軍と戦う上杉謙信の苦戦などを、信長に報告して寝所《しんじょ》から消えた。

それから数日して二月に入ると将軍義昭が信長に対して挙兵《きょへい》したことが分かった。義昭は信玄の上洛を信じて信長にたいして旗幟鮮明《きしせんめい》にしたのだ。だが、その信玄に異変が起きている可能性が高いのだ。

信長は義昭の挙兵を聞いても動かない。迂闊に動いて信長が岐阜城を空けたところで、武田軍が動けば信玄と義昭の罠だったということになる。信玄がどんな罠を仕掛けているか分からない。

信長は決して野田城の信玄から目を離さない。武田軍以外で信長が恐れるのは越後の上杉軍ぐらいだ。今は野田城を包囲している武田軍の動向が喫緊《きっきん》の問題だ。

すると二月十日に野田城が落ちたと知らせてきた。

いよいよ武田軍がどう動くかだ。尾張に侵攻してくるかも知れない。信玄なら一気に熱田神宮《あつたじんぐう》辺りまで押してくる可能性も考えられる。

信長は緊張し偵察隊を増やして警戒の構えを取った。

ところが武田軍に信長が想像もしていないことが起きた。

野田城が落ちて数日後の夜、信長の寝所にまた甚八が現れた。続けて姿を見せるなど珍しいことだ。

「殿……」

甚八に呼ばれて信長が目を覚ました。

「信玄か！」

「はい、武田軍が長篠《ながしの》城に入りましてございます」

「何んだとッ！」

信長が驚いて褥《しとね》に飛び起きた。

「誠かッ！」

「はい、この眼で見てまいりました。全軍、長篠城に入りましてございます」

「なぜだッ、野田城から長篠城までは二里（約八キロ）はあろう。なぜ信玄が二里も引いたのだッ！」

信長の頭が混乱した。

信玄は理由もなく一寸《いっすん》たりとも引くような武将ではない。それが二里も引いたということは何を意味している。

信長の頭脳があらゆることを想定して猛烈に回転した。

「なぜだッ、なぜ引いたッ!」

「殿……」

信長の大きな声に廊下の寝ずの番が戸を開けた。

「何でもない!」

信長に近習が叱られた。

「甚八、もっと寄れ!」

信長に呼ばれて甚八が膝を進めて褥の傍に平伏した。

「信玄が死んだのではないか!」

「まだ、そこまでは分かりません……」

「生きていれば長篠城から三州街道に出て岩村城に出てくるのか。それとも上洛をあきらめて甲斐に戻るか。それとも、三月の雪解《ゆきど》けまで浅井、朝倉が動くのを待つつもりか!」

信長の頭が大混乱になった。

ここで信長が策を誤れば取り返しがつかないことになる。信玄は生きているのか死んだのか。生きているとすれば健在なのか病《やまい》なのか。だがそれを知る手立てはない。大将のことは軍の最高機密だ。

おそらく病なら武田軍でもそれを知るのは数人だろう。

「殿、信玄の生死を知る方法ですが……」

「あるか。聞こう！」

「長篠城を攻めてみるのが一番ですが、それは殿をおびき寄せるための罠かも知れず、あまりに危険すぎます。そこで逆に、京で挙兵した将軍を叩いてはどうでしょうか？」

間者の頭領も何んとか信玄の生死を知りたいと考えてきたのだ。

「甚八、それはおもしろい策だぞ。義昭を追い詰めれば、信玄が生きているなら動く。動かなければ死んだ！」

「はい、死んでいないまでも武田軍の指揮を執れないほどの重い病ということに……」

「そういうことだな！」

信長は嬉しそうにニッと笑った。

「それでは……」

「うむ、甚八、配下で長篠城に入りたい者もいるだろうが駄目だぞ。敵中に入ればば殺されるだけだからな！」

「はい、そのように命じまする」

甚八は名もない間者に優しい信長が好きだ。信長の間者に対する考えは一貫《いっかん》していて、この大将なら必ず天下を取れると甚八は信じている。

翌二月二十日、岐阜城から次々と早馬が飛び出した。

近江長光寺城の柴田勝家、坂本城の明智光秀、佐和山城の丹羽長秀、安土の蜂《はち》屋頼隆《やよりたか》らに将軍義昭の石山《いしやま》城、今堅田《いまかたた》城を攻撃しろという信長の命令を伝える使いだ。

攻撃を命じた信長は長篠城の信玄をにらんで岐阜城から動かない。

おそらく信玄は重い病で動けないのだろうと思うが確証がない以上、万一ということがあり得る。信長はいつになく慎重になっていた。家康が三方ケ原で完膚《かんぷ》なきまでに叩き潰されたことが聞こえていて、信長は信玄の動きに全神経を集中している。

二十四日に続々と琵琶湖を渡った織田軍が大津《おおつ》に集結した。

信長は義昭が挙兵した時、朝山日乗、村井貞勝、島田秀満を派遣して、娘を人質に出すことを条件に義昭と和睦しようとした。だが、将軍義昭は松永久秀、三好義継、兄義輝の仇《かたき》である三好三人衆などと手を組んで和睦を拒否したのだ。

集結した織田軍が石山城に猛攻を加えた。

山岡景友《やまおかかげとも》と在番の伊賀衆と甲賀衆は防戦したが、城と言うより砦のような不完全なもので、二十六日には降伏して織田軍に明け渡した。その石山城を取り壊すと織田軍は今堅田城に向かった。

二十九日に織田軍が攻撃を開始した。

光秀は朝五つ辰《たつ》の刻《こく》（午前七時から九時）に舟から今堅田城に攻撃を仕掛け、柴田勝家、丹羽長秀たち織田軍は陸から襲いかかった。城内の六角義賢と六角軍は防戦したが、昼頃、光秀の明智軍が湖上からの攻撃で突破口を開いて城内に乱入した。

「今だッ、突っ込めッ、突き崩せッ！」

「押し戻せッ！」

たちまち城内で両軍入り乱れての激しい戦いになった。そこに丹羽軍、蜂屋軍が突入してくると一気に形勢が傾き城兵は敗走した。この一連の戦いで将軍義昭方は千五百人の死傷者を出した。

光秀はそのまま近くの坂本城に戻り勝家や長秀、頼隆はそれぞれの城に戻って行った。この戦いで光秀が幕府軍とも言える石山城、今堅田城と戦ったことで、明智軍は織田軍であると確定した。

光秀は三月に入ると細川藤孝や荒木村重に使いを出して、調略《ちょうりゃく》を開始して将軍義昭から離れて信長に味方するよう説得した。信玄の動きに光秀も不審を持って考えていたのだ。信玄ほどの名将が大軍を率いて上洛するというのに、その行軍の遅さに本気で上洛する気があるのかと疑っていた。

光秀は信長の使いが坂本城に現れた時、信長の作戦は武田軍の異変を揺さぶるつもりだとほぼ正確に理解していた。

案《あん》の定《じょう》、三月になっても長篠城の武田軍が動かない。信長は信玄が動けないほどの重病だと読み切った。坂本城の光秀も上洛するのは信玄ではなく、義昭を討つため岐阜から信長が上洛すると考えた。

そのために光秀は細川、荒木の二人に調略を仕掛けたのだ。将軍が挙兵した以上、信長と大きな戦いになることは間違いない。

京では間もなく信長が上洛してくると噂が流れた。人々も三河まで出てきて動かなくなった信玄をおかしいと考え始めたのだ。中には武田信玄が陣中《じんちゅうし》死したと早合点《はやがてん》した噂も流れている。

義昭は二条城の堀を拡張したり兵を集めたり、信長と戦う支度で忙しい。

そんな中で細川藤孝と荒木村重が、光秀の説得を受け入れて義昭から離れた。光秀と藤孝は互いに信頼し合っている。若い頃からの付き合いなのだ。

三河長篠城に入った武田軍は動きを止めて全く動く気配がない。

三万からの大軍が動く時は必ず兵糧など、何んらかの大きな動きがある。いきなり動くことはできない。ことに十月に甲斐を出て三月で半年になる大軍だ。動き出すにはそれなりの準備が必要だ。

どこからも信長に知らせは入ってこないが、最早、武田軍は腐って死んだも同然だと信長は考えた。

そこで信長は軍団を動かす支度を命じた。

信玄との対決には慎重にも慎重だった信長だが、将軍義昭と戦うため三月二十五日に岐阜城から出陣した。

京ではいよいよ信長が上洛してくると噂が広がっている。

それを武田信玄が四万の大軍で追って来る。越前の朝倉義景も二万の大軍で後ろから襲撃する。南からは三好軍と石山本願寺軍二万五千が、京に向かっていると無責任な噂が広がった。

三月二十七日になると信長はもう近江に来ている。間もなく京に現れるとの噂が流れ京は大混乱になった。

将軍義昭は奉公衆五千人、摂津衆や丹波衆など三千人を集めて二条城に入れている。

京の中で戦いになる可能性が出てきた。

三月二十九日朝四つ巳《み》の刻頃(午前九時から十一時)、信長は十二、三騎の供《とも》廻《まわ》りだけで京の郊外十町余りに現れた。その後方には五、六千騎が従っている。

魔王信長が京をにらむところまで進出してきたことが分かり、京は緊張し大慌てで公家も武家も町家も洛外《らくがい》に逃げ出す者が続出した。

昼頃、光秀に説得された細川藤孝と荒木村重が信長を迎えに現れた。

信長の織田軍一万に荒木、細川軍が加わり一万六千人ほどに膨《ふく》れ上がり、信長は東山《ひがしやま》の知恩院《ちおんいん》に着陣、織田軍は粟田口《あわたぐち》、祇園《ぎおん》、清水《きよみず》、六波羅《ろくはら》、竹田《たけだ》などに広く布陣した。

「吉兵衛《きちべえ》、朝廷に黄金五枚を献上して、心配に及ばずとうるさいことを言わないようなだめておけ!」

信長が村井貞勝に命じた。

「承知いたしました！」

「十兵衛、藤孝と二人で将軍に和睦するよう説得してまいれ。条件は余の剃髪《ていはつ》と人質を差し出すことでどうだ！」

「はッ、畏まりました！」

光秀は名目だけとは言え義昭は征夷大将軍で、信長が将軍を討てば世評《せひょう》の聞こえがどうか気にしたと受け取った。信長が剃髪と人質を差し出すなど考えられない条件だ。

光秀と細川藤孝が二条城に向かった。

織田軍を迎え討つ支度で城内はごった返している。怒号が飛び交い兵たちは殺気立っている。襲撃されたら光秀と藤孝はその場で殺される。

「上さまがお会いになられます」

二人は城内の御殿に案内された。

「十兵衛ッ、うぬはいつから信長の家来になったッ。余は許した覚えはないぞッ！」

主座《しゅざ》に立って初めからいきなり喧嘩腰だ。

「そのことは幾重《いくえ》にも謝罪いたしますれば、まずはお静まりくださいまするよう願い上げまする……」

「黙れッ、うぬの指図は受けぬ。さっさと用向きを言えッ！」

「恐れ入りまする。本日は和睦のことにつき罷《まか》り越《こ》しましてございまする！」

「ふんッ、今さら和睦とは笑止千万だッ。信玄入道がすぐそこまで来ているわッ！」

「上さまは本気でそのように思っておられますか。天下の征夷大将軍が和睦より信玄さまを頼って戦をなさるおつもりか？」

細川藤孝が厳しく義昭をにらんだ。義昭を奈良興福寺の一乗院から脱出させ、背負って木津川まで逃げたのが藤孝なのだ。

「藤孝、そなたも余を裏切ったなッ？」

「上さまッ、そのように仰せにならず、ここは冷静に和睦をお考えくださるよう願い上げまする！」

光秀は子どものように聞き分けのない義昭に願った。

「黙れッ、和睦などせぬッ、帰れッ！」

義昭は信玄が必ず上洛すると信じていて取り付く島がないのだ。光秀はもう信玄は上洛できないのだと言いたかったが呑み込んだ。

もしかしたら、万に一つ長篠城の武田軍が、京に向かって動き出すかも知れないからだ。

「上さま、信玄さまが本当に上洛なさるなら、とっくの昔に上洛しているはずではありませんか？」

「何ッ！」

藤孝が光秀に代わって信玄の上洛を危ぶむ話をすると義昭が敏感に反応した。

「信玄さまは遠江、三河と領地を奪えば、上洛する気などないのではありませんか？」

「上さまは武田さまを信じ過ぎておられまする……」

藤孝と光秀が義昭に翻意《ほんい》を促《うなが》した。

「黙れッ、黙れッ、信玄入道は来るッ、必ず来るッ、余のために必ず来るとの約束だッ！」

将軍が裏で動いたことを白状した。

「もう三月も過ぎまする。信玄さまはなぜここにいないのですか？」

藤孝は不思議に思っていることを口にした。穏《おだ》やかな口ぶりだ。光秀は信玄の異変に気付いているが藤孝と義昭はまだ分かっていない。

信玄は陣中死したと言いたいが、光秀は確定していないことは口にしない。

「信玄入道は必ず来るのだッ、今頃、尾張に入っている頃だッ！」

義昭は全く聞く耳を持たない。

「帰れッ！」

怒って奥に引っ込んでしまった。この将軍義昭の判断で十五代続いた足利幕府が滅亡することになる。


（下巻につづく）

天狼 明智光秀（上）

一〇〇字書評

切り取り線

購買動機（新聞、雑誌名を記入するか、あるいは○をつけてください）	
□（　　　　　　　　）の広告を見て	
□（　　　　　　　　）の書評を見て	
□ 知人のすすめで	□ タイトルに惹かれて
□ カバーが良かったから	□ 内容が面白そうだから
□ 好きな作家だから	□ 好きな分野の本だから

・最近、最も感銘を受けた作品名をお書き下さい

・あなたのお好きな作家名をお書き下さい

・その他、ご要望がありましたらお書き下さい

住所	〒				
氏名		職業		年齢	
Eメール	※携帯には配信できません	新刊情報等のメール配信を 希望する・しない			

この本の感想を、編集部までお寄せいただけたらありがたく存じます。今後の企画の参考にさせていただきます。Eメールでも結構です。

いただいた「一〇〇字書評」は、新聞・雑誌等に紹介させていただくことがあります。その場合はお礼として特製図書カードを差し上げます。

前ページの原稿用紙に書評をお書きの上、切り取り、左記までお送り下さい。宛先の住所は不要です。

なお、ご記入いただいたお名前、ご住所等は、書評紹介の事前了解、謝礼のお届けのためだけに利用し、そのほかの目的のために利用することはありません。

〒一〇一－八七〇一
祥伝社文庫編集長　坂口芳和
電話　〇三（三二六五）二〇八〇

祥伝社ホームページの「ブックレビュー」からも、書き込めます。

www.shodensha.co.jp/bookreview

祥伝社文庫

信長《のぶなが》の軍師外伝《ぐんしがいでん》　天狼《てんろう》　明智光秀《あけちみつひで》（上《じょう》）

令和 元 年 11 月 10 日　初版第 1 刷発行
令和 2 年 1 月 15 日　　　第 3 刷発行

著　者　岩室忍《いわむろしのぶ》
発行者　辻　浩明
発行所　祥伝社《しょうでんしゃ》
東京都千代田区神田神保町 3-3
〒 101-8701
電話　03（3265）2081（販売部）
電話　03（3265）2080（編集部）
電話　03（3265）3622（業務部）
www.shodensha.co.jp

印刷所　堀内印刷
製本所　ナショナル製本
カバーフォーマットデザイン　中原達治

Printed in Japan ©2019, Shinobu Iwamuro　ISBN978-4-396-34577-8 C0193